墨书白 著

下册

终结篇

青岛出版集团 | 青岛出版社

第十一章 千灯明

顾九思领着徐罗去了司州,隐藏了身份,先去了城里柳玉茹开的铺子。

徐罗拿着柳通商行的令牌叫了管事出来。

顾九思之前派人到司州,给了两个令牌,一个用来调司州的军马,另一个是柳玉茹的,可在危急时调动柳玉茹在司州的所有商铺。顾九思让人一入城就先到柳玉茹的铺子打个招呼,也算有个知情人。这本也只是以防万一,顾九思没想到如今这块令牌真的有了用处。

"之前的确有人拿着柳夫人的令牌来了花容,还让我们准备了客房,说夜里要留宿。"司州的管事恭敬地道,"可白日这位公子来了,去了官府之后就再没回来。我们以为他是临时改主意,回了永州……"

顾九思哪里还有不明白。

之前人是到了司州,还去了官府,现在却不见了。司州迟迟不发兵,这人怕是已经没了。

顾九思知道司州留不得了,深吸一口气,站起来,道:"你好好经营,当没见过我,什么事都别说别问。如果有一个叫江河的人来了,你让他在永州城郊外的密林里放一颗信号弹。"

管事连连应下。顾九思走出门去,领着徐罗回到林子里。

徐罗跟在顾九思身后,很是担心,道:"大人,接下来怎么办?"

"明日随我去买纸笔,还有风筝和孔明灯。"

"买这些做什么?"徐罗有些茫然。

顾九思平静地道:"若是真的走到绝路,只能同他们拼了。"

徐罗还是不明白。

顾九思嘲讽:"这么大的事,你以为王家一家就能干出来吗?这么多人一起干这种会被抄家的事,你以为他们不怕?"

"一群乌合之众,"顾九思冷声道,"怕是自己一伙人内部都还闹不清楚。更何况他们把持荥阳这么久,想取而代之的人多的是。"

徐罗感觉自己似乎懂了,又似乎没有懂:"但这和风筝有什么关系?"

顾九思道:"你到时候就知道了。"

徐罗点了点头,觉得顾九思高深莫测,自己怕是不能理解大人的深意了。

顾九思领着人,夜里歇在了山林里。王树生没想到顾九思从山林里逃了,却又回到了山林里,只想一个人必定要找个落脚的地方,甚至觉得顾九思会直接逃往东都或者司州。于是王树生让人从周边的客栈、村子搜起。

而柳玉茹等人在县衙里安安稳稳地睡了一觉。第二天起来,她便去清点县衙里的物资。

县衙如今有三百多人,柳玉茹首先要考虑的就是粮食问题。好在原来准备给河工的那些粮食,仓库放不下,她就从县衙里挪了两间屋子来存放。这样一来,粮食的问题便解决了。县衙内院有水井,柳玉茹又带着人拆了几个偏房,把木材劈成了柴放在院子里,于是水和火的问题也都解决了。

柳玉茹解决后勤问题,洛子商和李玉昌清点了县衙里存放着的兵器。两个人商量着,花了一整天时间,以内院为中心一层一层地设置机关。

这一夜谁都睡不着。

顾九思在外面躲王树生的追杀,王树生四处找顾九思,江河领着叶世安披星戴月地奔向司州。而柳玉茹自个儿站在庭院的枫树下,一直看着月亮。

白日忙活了一整日,印红有些撑不住了。她站在长廊上等着柳玉茹,终于道:"夫人,回去睡吧,折腾一天了,您不累吗?"

"你先回去睡吧。"柳玉茹道,"我再待一会儿。"

印红应了声,便回去睡了。柳玉茹待在院子里,过了一会儿,突然听见有人道:"睡不着啊?"她回过头去,便见洛子商站在长廊上,正歪头瞧着她。

柳玉茹轻轻地笑了:"洛大人。"

洛子商点了点头,撩起衣摆,坐在了长廊的横栏上:"不知活不活得过明日,心中害怕?"

"洛大人,"柳玉茹轻叹,"凡事心知肚明就好,何必都说出来呢?"她放低了声音,"人心时时刻刻被人看穿,是会害怕的。"

"柳老板说的是。"洛子商点了点头,"不过我见柳老板害怕,就觉得有意思得很。"

柳玉茹哽住了。洛子商寻着她的视线往上看过去,有些疑惑,道:"你在看什么?"

"以往九思心烦,就会站在这儿看看,我学学他。"

"柳老板烦什么呢?"洛子商撑着下巴,笑着看柳玉茹。

柳玉茹的目光落到洛子商的脸上:"洛大人不怕吗?"

洛子商没说话,抬了抬手,示意柳玉茹继续说。

柳玉茹走到长廊的柱子边上,与洛子商隔着柱子坐下,慢慢地道:"他们之所以不对我们动手,其中一个原因是当时我唬住了他们,说自个儿在外面留了人和口供。他们若不让我进来,我便点信号弹,到时候九思和我的供词会一起出现在东都。我们若是死了,他们就完了。他们终究还是怕,如今还想着伪装成暴民。今日就算陛下领人打进来了,也都是暴民做的事,与他们没有关系。而我们也没什么伤亡,陛下就不会深究。这是他们给自己留的后路。"

"可若他们不要这条后路了呢?"柳玉茹转头看向洛子商,紧皱着眉头,"当日我说我留供词在外,唬住了下面那些小的,可给了他们这几日的时间,他们就会反应过来了。王家是和这个案子关系最大的,按王思远给出来的名单,秦楠和傅宝元提供的证据,王家几乎一个都跑不了。他们就算不作乱,等九思从司州带兵过来,单凭他们做过的事也是要完蛋的。再加上王思远惨死,王树生又如何咽下这口气?我若是王树生……"

"我若是王树生,"洛子商接了话,笑着道,"最好的路,便是利用暴乱一举干掉李玉昌、顾九思,这两个人一死,其他人不足为惧。洛子商有洛子商的打算,能谈就联手,不能谈再杀。等朝廷来了,把一切都推到暴民身上,这事就算完了。但如今顾九思跑了,"洛子商撑着下巴,笑意盈盈地看向前方,"所以必须抓到顾九思,一切按照之前的计划办。就算查出暴民的事与他们有关,人也死了,算是同归于尽。而且四个大家族联手,说不定还有周旋的余地。要是等顾九思领着大军回来,到时候顾九思按律法办事,他们也活不了。所以他们还有什么理由不撕破脸?同归于尽尚能挣扎,做别人案上的鱼肉,滋味可就不太美妙了。"

洛子商说着,柳玉茹的心沉了下去。片刻后,她轻笑了一声:"洛大人现在能说风凉话,也不过是因为您身后站着扬州,关键时刻您还有谈判的资本罢了。无论如何,"她叹了口气,"您终归是有路可选的。"

柳玉茹垂下头,洛子商看着她,道:"那你怕吗?"

柳玉茹转头看他,艰难地笑了笑:"怎么会不怕呢?"

"若我说我能救你呢?"洛子商接着问。

柳玉茹愣了愣。

洛子商转过头去,慢慢地道:"柳老板,以您这样的才能,留在顾九思身边终究是可惜了。你若是跟着我,"他撑着下巴,笑着道,"扬州予你,自是一番天地。"

柳玉茹听着这话,慢慢地皱起眉头。

洛子商接着道:"你可以到扬州去。扬州富饶,商业发达,我可以将扬州财政全数交给你。日后你可以不当顾柳氏,只当柳夫人。"

"洛大人,"柳玉茹笑起来,"听您的口气,不像个臣子。"

"说的好像你们相信我只打算当个臣子一样。"洛子商轻笑,眼里带了几分嘲讽之意,站起来道,"你好好想想,如果愿意,紧急之时我会带你走,让你以我夫人的名义离开。"

"洛大人说笑了。"柳玉茹冷声说。

洛子商回头看她,道:"我是不是说笑,柳夫人心里不清楚吗?"

柳玉茹不说话。

洛子商背对着她,站了片刻后,突然又道:"我是感激你的。"

柳玉茹愣愣地抬眼,风徐徐吹过,洛子商背对着她,月华色压金线的衣衫翻飞,他的声音有些低:"年少时,我每个月都会去隐山寺。听说有一位富家小姐每个月都会在那里送桂花糕,我阿爹每次都会去领一份回来,那是我吃过最好吃的东西。"

柳玉茹有些发蒙,突然回想起当初为黄河之事去借钱时,洛子商家中挂的那幅画。

当时洛子商曾问:"柳夫人对方才那幅画有兴趣?"

而她回答:"年少时,母亲每个月都会带我去隐山寺祈福,倒也是认识这地方的。"

"那时候想读书,没钱,"现在洛子商看着前方,声音平和,"于是偷了本书,被人追到隐山寺门口,差点儿被人打死。刚好那位小姐在,听到闹声,问了一句'怎么了',我听见了。"洛子商说着,转过头来,看着柳玉茹,轻笑,"当时我就趴在不远处的泥潭里,仰着头,很想看到这位小姐的模样。但我什么都看不到,就看见马车干净又漂亮。然后马车上就走下来一个下人,帮我给了书钱,又给了我一两银子,让我去买书、医伤。"

听到这里,柳玉茹依稀想了起来。

那是张月儿还没进门的时候,她和她母亲过得还不错,每个月都去隐山寺祈福。她隐约记得有这么一件事。这件事发生后没多久,张月儿进门,于是她们母女就再没去过隐山寺了。

柳玉茹呆呆地看着洛子商。

洛子商看着她,神色认真地道:"我这辈子有一份善念不容易,柳玉茹。"

"那您,"柳玉茹从震惊中拉回了几分冷静,有些好奇地道,"您后来知道是我?"

"不知道。"洛子商摇了摇头,"在扬州时没刻意打听过,我一个乞丐刻意打听,怕多了念想。后来到了章大师门下,更不想知道了。只是兜兜转转,你还是来到了我面前。你来同我要钱那次,我便知道了。"

柳玉茹没有说话,像在想些什么。洛子商有些不高兴,知道柳玉茹的心思,僵着声音道:"给你治理黄河的钱与这事没有关系。我同你说这些,只是希望你想明白我并非哄骗你。你若愿意去扬州,我能给的,一定比你现在得到的多得多。"洛子商说得认真。

柳玉茹听到这话,却是笑了:"可您这样说,我更觉得您在骗我了。"

洛子商愣了愣。

柳玉茹站起身来,温和地道:"洛大人,有些路走了,是回不了头的。您同我说这些,或许有几分真心,可更多的是因为您看中我经商理财之能。当初我到扬州收粮,对扬州必有破坏,我心知此乃不义之举,但时逢乱世,我又站在幽州那边,也别无他法。但您从此事上便可明白,若财帛之事运筹得当,实则与兵刃无异。您今日为的不是安您那份良心,而是想要玉茹到扬州去，成为您麾下将领。"

"你说我骗你，"洛子商淡淡地道，"便当是我骗你吧，但若真的出事，我能救你。"

柳玉茹静静地站着。

洛子商抬眼看她："那么，你的回答是……？"

"我不想欠您，所以也望您，"她看着他，说得平静，"若要保留一份良心，别留给我。"

洛子商愣了愣。

柳玉茹冷静地道："对您不好。"说完，她行了个礼便转身离开。

洛子商看着柳玉茹走远，什么都没说，转过头来，静静地看着不远处月下的红枫。许久后，他轻笑了一声，像是嘲讽。

第二日，县衙里众人心惊胆战地等了一日，王家也没什么动静。外面被人围着，他们出不去，也打听不了情况。而顾九思在司州买了纸笔后，也被王树生的人察觉。好在顾九思机敏，和王家人在司州县城中纠缠了一整日，最后把人甩开了。

这样一拖，已经足足过去了两日，荥阳城内的各个大家族终于坐不住了。

当天夜里，顾九思被追杀，逃到司州远郊。启明星亮起来时，他才终于领着人找到一个山洞歇下。

与此同时，王家灯火通明。

荥阳大家族的当家人几乎都在，大多年纪大了，头发斑白，只有王树生一个人不过二十出头，却坐在主座上。老者们喝着茶，神态自若，坐在主座上的年轻人绷紧了身子。众人都看得出来，王树生这个位置坐得十分不安稳。

"先前我们计划利用暴乱结果了顾九思等人的性命，如今顾九思既然跑了，这事继续下去是不是就不大妥当了？"坐在左上方的赵老爷放下茶杯，慢慢地道，"如今停了手，咱们把那些'暴民'先处理干净，这事也就算了……"

"然后呢？"王树生冷冷地开口，"等顾九思拿着证据回来把我们一锅端掉？！"

"他如今有多少证据也难说。"陈老爷摸着他的大肚子，皱着眉头道，"说不定你爹就没招呢？"

王树生对自己的父亲多少有些了解,王思远不是硬骨头,落在沈明手里,怕是早把人都招出来了,顶多不招王家人。可这城里的关系千丝万缕,他们只要查了别人,顺藤摸瓜,那些人早晚也会把王家供出来。

可他不能当着众人的面这么说,只能是红了眼眶,做出委屈的姿态来:"陈伯伯,我父亲自然是不会供出大家的,可是不怕一万就怕万一,而且他们要是硬查,哪里有不透风的墙?"

这话让众人安静了,王树生这么一提醒,大家又想起王思远的性子来。

王家的人怕是不会被招出来的,但关于其他家族的情况,王思远能说的绝对不会少说一句。

"世侄说的是,"赵老爷斟酌着道,"可是就算招了,他们要查,我们推出些人来抵罪,也比把暴乱一事坐实的罪要轻些。不如我们想想其他办法?"

"其他办法?"王树生冷笑,"若有其他办法,我们还能走到这一步?我把话说清楚了,"他将茶杯往桌上一磕,冷声道,"各位都是各家的主事,若顾九思真的拿到了什么证据,在座的各位一个都跑不掉。如今我们已经没什么路可退了,唯一的办法就是抓了顾九思,把事做得干干净净!"

"那到时候,陛下怕是不会轻易罢休。"李老爷终于开口。

王树生抬眼看过去,冷声道:"那就让他去查!若能查得到,是我们几家命当如此。若是查不到,"王树生笑起来,"那就是咱们赢了。"

众人都不说话,王树生见大家沉思着,提醒道:"二十多年前你们就做过一次,如今还怕些什么?"

"这次不太一样。"陈老爷摆了摆手,叹了口气,站起身来,道,"世侄,老朽如今也是半只脚踏进棺材的人,不想为了保自个儿的命,把家里人都搭上。这事,恕陈家不能奉陪了。"说着,陈老爷往外走去。

王树生怒喝:"你以为你逃得掉?!今日我们若是出了事,你们陈家绝不要想独善其身!我告诉你们,"他站起来,"如今我们就是一条绳上的蚂蚱,生死都绑在一起了。既然各位如此犹豫,那不必多谈了。明日清晨直接拿下县衙,把他们全架到城楼上去,只要顾九思还在,我不信他不回来。"

"你疯了?!"陈老爷震惊地道,"若是顾九思去东都搬救兵,你这样做等于自己认罪了。他带兵直接破城进来,谁都跑不了!"

"他就在城外,我的人搜到过好几次他的踪迹,无奈都让他跑了。况且就算他真的不要妻子,至少也有人给我们陪葬。"

"你疯了……"陈老爷往外走,喃喃地道,"我不要和疯子待在一起。"

"拦住他!"王树生大喝一声,外面立刻传来许多人急促的脚步声,屋内众人都变了脸色。

王树生站在高处,笼着手:"诸位莫怕,清晨我便让人攻打县衙,将柳玉茹抓出来挂在城头。等顾九思来了,我必将他千刀万剐,让他死也不安宁。只要他死了,"王树生笑起来,"一切就安定了。"

众人看着王树生,神色里都带了惧意。

王树生伸出手:"还请诸位将家主令牌都交上来。"

"树生,"一贯和王家交好的赵老爷终于忍不住道,"起初你不是这么同我们说的。若你做的是同归于尽的打算,何不一早就抓了柳玉茹挂起来?"

"赵叔,"王树生故作镇定地道,"此一时彼一时,我也存过两全其美的念头。可是既然走到了这一步,我也没有什么回头路可走了。我必须报我父亲的仇。"

"报什么仇?!"陈老爷怒喝,"分明是你这崽子作的孽太多,一旦顾九思查起来,你头一个要死!"

"请陈老爷歇下!"王树生抬手,直接道,"来人,直接从城南调足兵马,强攻县衙,把柳玉茹给我带出来!"

早上,柳玉茹是被惊醒的。她听见外面有打杀之声,猛地睁开眼睛,抓了一件外套,便急急地冲了出去。她刚一出去,就见羽箭纷飞。

她还没反应过来,洛子商就一把把她推了进去,怒喝道:"你出来做什么?!"

"外面……"

"王家打算强攻县衙了。"

柳玉茹着急地道:"他们怎么突然就……"

"不要命了吧。"洛子商眼中露出狠意,"王树生这疯子,死了也要人陪葬。"洛子商骤然靠近她,神色又冷又狠,压低了声音,道,"你考虑清楚我说的话。现在我保你一日,一日后你要死要活,就看你自己的了。"说完他猛地关上房门,大喊,"老弱女眷全给我躲好别出来,其他人只要爬得起来都把剑给我带上，到外院去！"

柳玉茹站在屋中，整个人愣愣的。

印红赶上前来扶着柳玉茹，快要哭出来一般，道："夫人，我们怎么办？怎么办啊？"

柳玉茹没有说话，片刻后才镇定下来，道："你把九思给我的那把刀拿过来，你自个儿也找个武器，若真到万不得已，"她的眼中带了冷光，"杀一个不亏，杀两个稳赚，总不能就这么白白去死。"

印红愣了愣，深吸了一口气，低头道："是。"

印红将柳玉茹的刀找出来。这刀说是顾九思给的，实际上是柳玉茹自己拿的。出门在外总要有个东西防身，她当初从顾家墙上取下来这刀，便没有放回去。

柳玉茹将刀握在手中后，和印红一起坐下来，两个人像小时候一样一起靠着床。她们各拿了一把刀，抱在怀里，低低地说着话。

"夫人，"印红靠着柳玉茹，声音里带着害怕之意，"你说姑爷会来救咱们吗？"

柳玉茹听出印红的声音隐隐发抖，想了想，抬起手来搭在印红的肩上，将印红拢在了怀里。

顾九思常做这个动作，对兄弟如此，对媳妇儿更是。每次顾九思将手搭在柳玉茹的肩上，将她整个人环住时，她就会觉得，有种无声的鼓励和支持围绕着她。

柳玉茹惊讶地发现，两个人相处的时间长了，便会越来越像对方。

柳玉茹发着愣，印红疑惑道："夫人？"

"嗯？"柳玉茹回过神来，想起印红方才的问题，笑了起来，"当然会呀，九思不会抛下我们的。"柳玉茹的声音镇定又温和，"他现在不出现，一定有他的原因。他有他的法子，别担心。"

外面打斗声不断。虽然王家叫来了许多人，但众人各怀心思，只有王家的人因为王思远的死而奋战。而柳玉茹这边的人都是被精挑细选出来的，所以即使敌众我寡，也还强守着没让人上前一步。

下午时分，陆续有伤员被送到内院。洛子商一把推开房门，同柳玉茹道："我让人把伤员都送到凉亭，那里不在他们的射程范围里，你带着女眷过来帮忙。"

柳玉茹忙带着印红出去赶到凉亭处。

地上有几个伤员,大夫正在尽量快地为伤员清理伤口、缝合、包扎。柳玉茹带着人上前去,大夫迅速教了她们一些要领,她们便开始帮忙。

洛子商和李玉昌领着人在不远处奋战。柳玉茹听着四周的厮杀声,不敢再多想什么,只能麻木地领着人不断处理着新来的伤员。

王树生开始攻县衙时,顾九思正从司州附近赶回来。午时,顾九思赶到荥阳城外,就听见了里面的声音。上千人的厮杀,声音太大,人哪怕在城外也能听清。顾九思的脸色顿时大变,徐罗也有些紧张:"大人,里面是发生什么了?"

顾九思没有说话,捏紧了缰绳。徐罗忍不住又道:"大人,是不是里面出事了?"

"玉茹在里面,一定会想办法和李大人会合。"好半天,顾九思才镇定下来,接着道,"有洛子商和李玉昌在,他们一定会自己在里面布防,如今大概是两批人打起来了。"

"那怎么办?"

"王树生坐不住了。"顾九思深吸了一口气,"他想用玉茹逼我出来。我们在城中一共有三百多人,听这个声响,王树生应该是直接调了军队。但他们上下没有一条心,而且有洛子商在,玉茹尚且能撑一撑。"

徐罗听出来了,顾九思是在梳理自己的思绪。

顾九思慢慢地道:"如今也只能搏一搏了。"说着,他抬起头来,"你立刻去找五百个村民,给他们每人一两银子,让他们在城外密林一起喊话。"

"喊话?"徐罗蒙了。

顾九思点点头:"等一会儿我给你写张条,你就领着人去,让他们一起喊。如果官兵来抓,让村民往林子里跑就是了。你们在林子里设好陷阱,保护他们的安全。"

"好。"徐罗应了声,派人去找人。

顾九思道:"其他人跟着我去村子里,把村子里会写东西的人都给我找过来。"

顾九思领着人,去村里取了自己原先放好的纸笔、孔明灯和风筝。

有钱能使鬼推磨,徐罗出去找人,顾九思领着仅有的人开始写东西。顾九思拿着纸,思考片刻,深吸了一口气,一篇洋洋洒洒的《问罪书》便成形了。这《问罪书》和过去讨伐梁王的檄文不同,写得朗朗上口、简洁明了,只要是识字的人都能看明白他在写什么。

他先简要写明了如今的情况——王思远犯上作乱,刺杀钦差大臣,王树生等贼子围困县衙,荥阳大乱。

"今圣上下旨,令钦差顾九思拿此贼子,还永州清明,百姓公正。日后永州生死,在于今日;百姓贵贱,在于今日。明日辰时,以日出为令,顾九思持天子剑,于荥阳城外恭候诸位英雄。凡呐喊助威者,赏银一千文;动手者,赏银三千文;若对阵沙场,一个人头赏银十两;若有取王树生首级者,赏银百两!有罪者可抵罪,无罪者可嘉赏。永州为王氏恶霸所困近百年,今日顾某以血明志,愿以颈血换青天,永州百姓非虫非蚁,何以任人踩之践之?王氏在,永州乱;王氏灭,则永州可得太平矣!"

顾九思迅速写完,立刻交给人,道:"抄,把这里的纸抄完。把风筝准备好,还有孔明灯,去找朱砂来,给我都写上'杀''王'二字。"

众人点头,徐罗也明白顾九思的意思了,一面抄,一面皱起眉头:"大人,我听明白您说的了,可这里的最后一句是什么意思?"徐罗指向顾九思写的纸页上的最后一句:"莫怕,我来了。"

这一句在洋洋洒洒的《问罪书》里显得格外诡异。

顾九思抬手一巴掌就把徐罗推了回去,冷声道:"别问,抄就是了。"

按照顾九思的计划,众人分工做各自的事情。

黄昏时分,徐罗找齐了五百个村民。后面有许多人听说喊一喊话就有钱拿,纷纷跟着过来,于是最后来了上千人。

徐罗有些担心,小心翼翼地问顾九思:"人会不会太多了?"

"没事。"顾九思摇了摇头,随后亲自领着他们到了密林高处,先给他们解释了所有规划好的逃跑路线,并给他们明确地指出了陷阱的位置之后,便开始教他们喊话。

他需要这些村民喊的话很简单:

"王氏谋逆,可诛九族,同党同罪,还请三思。"

"王家白银三千万,皆为百姓白骨堆,今日贼人若不死,永州再难见青天。"

村民们跟着顾九思学了一会儿,小声训练后,终于能够整齐发声。

徐罗那边的《问罪书》也抄完了,他赶过来,道:"大人,都准备好了。"

顾九思转过头去,不远处的荥阳城在残阳下带着血色。太阳一寸一寸地落下,血色与黑夜交织,余晖落在山脉上,一阵山风拂过,鸟雀惊飞。

顾九思站起身来,拍了拍身上的泥土,平静地道:"将孔明灯放到我说的位置了?"

"一千盏孔明灯,一千三百只风筝,都已经准备好了。"

"好。"顾九思点头道,"动手吧。"

此时,县衙内已经到处是伤员。

柳玉茹听着外面的打斗声,整个人从一开始的惶恐变成了麻木。

这种麻木说不上是好,也说不上是坏,她就是机械地走在伤员中,不断给伤员上药,包扎伤口。

药品越来越少,伤员越来越多。因为人手不够,只要不是重伤,伤员也得重新回到外院去继续奋战。

柳玉茹一直低着头做事,夕阳西下,面前又坐下一个伤员,柳玉茹毫不犹豫地给对方包扎。包到一半,她才察觉不对,抬起头来,就看见洛子商没有半分血色的脸。他的伤口在肩膀上,血浸透了衣衫,他的神色却还是很平静,和别的龇牙咧嘴的伤员完全不一样。

柳玉茹愣了愣,洛子商淡淡地道:"看什么?"

柳玉茹反应过来,立刻道:"别说话。"她垂下眼,继续给洛子商包扎。

她的神色看不出起伏,洛子商端详着她,道:"你意外什么?"

"你不应当受伤的。"柳玉茹平静地说。

洛子商听了,却笑了:"我又不是神仙,为什么不会受伤?"

"你此刻可以开门出去,"柳玉茹淡淡地道,"将我们全交出去,与王树生做交易。你有扬州,与他没什么冲突,不必如此。"她清理好伤口,将药撒上去。

洛子商靠着树,垂眼看着面前的人,道:"你还信顾九思会来吗?"他平静地道,"最迟明日清晨,他再不来,一切都晚了。"

"他们不会杀了我。"柳玉茹的言语里毫无畏惧之意。

洛子商注视着她,道:"你是女人。"

柳玉茹的手顿了顿。

洛子商冷静地道:"你知道羞辱顾九思最好的办法是什么吗?"

"你方才问我,信不信九思会来。"柳玉茹抬起眼,认真地看着他,"我告诉你,我信。"

"都这个时候了,"洛子商嘲讽地笑了,"你还信?"

"我愿意信。"柳玉茹说着,继续给他包扎伤口,道,"洛子商,你如果试着把一个人变成你的信仰,那么任何时候你都会信他。"

"如果他没来呢?"

"那他一定有不能来的理由。"

"你不恨?"

"我为什么要恨?"柳玉茹笑了笑,"我希望他能做出最好的选择,若这个选择是舍弃我……"她低下头,温和地道,"虽有遗憾,但无憎怨。"

洛子商看着面前认认真真地做着事的姑娘,没有再说话。

他第一次认识这样的姑娘。他过去见过形形色色的女人,她们要么如姬夫人那样以美色为资本,攀附他人,要么如叶韵那样爱恨分明,炽热如火。他头一次遇见柳玉茹这样的女人,她如月下的小溪,温柔又明亮,涓涓流过他人的生命,照亮他人的人生。

她和顾九思犹如天上的日月,互为信仰,互相守护。

洛子商说不出自己心中是怎样的情绪,静静注视着面前这个明月一样的女子,好半天,突然问:"如果十六岁那年,我上门提亲,你会答应吗?"

听到这话,柳玉茹愣了愣,片刻后,笑起来:"就算十六岁时你遇见我,你也不会上门提亲。我那时候啊,梦想就是嫁个好男人,你若上门提亲,我拒绝不了。但你不会喜欢那样的我,我也害怕你。"

洛子商轻轻笑起来。外面都是喧闹声,他转过头去看着远方,突然道:"你给我唱首扬州的曲子吧。"

柳玉茹有些茫然,洛子商平和地道:"你为我唱首曲子,我再守一晚上。明日清晨顾九思再不来,柳玉茹,你不能怪我。"

柳玉茹听到这话,认真地看着洛子商。洛子商没有看她,靠着树,将一只手搭在膝上,静静地注视着前方。柳玉茹将双手放在身前,恭恭敬敬地行了个礼。

洛子商没有回应,闭上了眼睛,没多久就听见熟悉的吴侬软语响了起来。

温柔的调子,一瞬间仿佛跨过了千山万水,让在场的许多人回到了家乡。那曲子让拿刀的人湿了眼眶,握紧了自己的刀柄。

回去,得回去,他们不能葬在永州,得回家乡去。

在柳玉茹轻哼的小调中,天一寸寸地黑下去。

她唱的曲子很短,一曲歌毕,仿佛是回应她一般,远处突然响起了人声。

那似乎是许多人,他们声音洪亮,整齐划一地大喊着:"王家白银三千万,皆为百姓白骨堆,今日贼人若不死,永州再难见青天!"

听到这声音,柳玉茹猛地抬起头来。

远处的声音越来越清晰,紧接着,众人都还没反应过来,就见许许多多的纸页如雪般纷飞而下,洒满整个荥阳。这些纸页配合着城外的大喊声,再傻的人都明白发生了什么。

"顾大人回来了!"

"顾九思来了!"

人群中发出惊喜之声,柳玉茹看着满天纷飞的纸页。山头处,无数孔明灯升腾而起,照亮夜空。

那孔明灯犹如星星一般,密密麻麻,上面用朱砂写着:"杀""王"。

哪怕写满了这样戾气满满的字,那千盏孔明灯在夜空缓缓升起的模样,依旧成了最美丽的画卷。

"这是什么意思?"有人觉得疑惑,"你们看信的最后一句话,'莫怕,我来了',这语气怎么像给自家媳妇儿写信一样?"

柳玉茹低下头来,拿着手里的信,看着那信上的话语。

"莫怕,我来了。"

这几天她一直把情绪维持得很好,一直是众人的支柱,众人都觉得她冷静,都觉得她情绪没有什么波澜。可看见这纸页上最后一句话,看见这满城"飞雪",千盏灯火时,她还是忍不住红了眼眶。

你看,他从不辜负她。

他来了。

这样声势浩大又突如其来的袭击让城内所有参与此事的富豪乡绅都慌了神,哪怕是王树生,内心也有了几分不安。王树生故作镇定,吩咐王贺:"你去看看,可是顾九思搬救兵来了?"

王贺早就想去,赶紧应下离开。

被困在座位上的陈老板见状,愤怒地道:"还看什么看?必定是顾九思带着人打回来了!"

"打回来了又怎样?!"王树生怒喝,"难道我们还能停手吗?!"

这话让众人沉默了。王树生看着屋内众人惶惶不安的样子,心中气闷,又挂念着外面的局势,吩咐人看管好他们之后便走了出去。

他驾马疾驰到城楼,登上城楼之后,王贺也回来了,恭敬地道:"如今还没看见顾九思的人马,只听见人在城外叫嚷。公子,如今怎么办?"

"怎么办?你还问我怎么办?"王树生怒道,"出去抓人哪!"

"那县衙那边……"

"继续攻打!"王树生立刻道,"天亮之前,我一定要见到柳玉茹。"

"可是人手怕是不够的。"王贺犹豫着道,"城内士兵不过三千人,今日激战后可动用的不到两千人。听外面这声音,怕是要有上千人,没有双倍之数,迎战后怕会有差池。"

王树生静了片刻,终于道:"去城外迎敌。若是不敌,回来之后,柳玉茹还不出来,就一把火烧了县衙。"

"一把火烧了?"王贺惊道,"里面的人怕是都活不了了,到时候如何牵制顾九思?"

"输了,输了,"王树生冷声道,"还谈什么牵制?多一个人上路,多一个伴儿。"

王贺听着这话,心凉了下去,知道了王树生的打算,心中虽然害怕,却也只能应声下去。

王贺吩咐了士兵,又吩咐家丁去拿油和干柴。

这样,县衙顿时平稳下来。外面没有了声音,柳玉茹却没有半分松懈,一直紧皱着眉头。

印红听到外面撤兵,顿时瘫软在地上,轻拍着自己的胸口道:"总算没事了。"她转头看向还在揉帕子的柳玉茹,道:"夫人,姑爷都来救咱们了,您怎么还愁眉苦脸的?您听外面,他们都走了。"

"他们是走了。"柳玉茹高兴不起来,低着头,淡淡地道,"是去找你家姑爷了。"

"姑爷那么厉害,"印红满不在意地道,"不会有事的。"

柳玉茹苦笑了一下,没有多说。她低头给人包扎着伤口,心里默默地给顾九思祈祷。

荥阳城外,王家子弟领队,荥阳的军队一路朝着发声的方向冲过去。

顾九思站在高处，俯视着荥阳城的动静。

他穿着红色绣金纹外衫，内着纯白色单衫，用金冠绾起头发，腰悬长剑，迎风立在山头，显得格外惹眼。

林中人看不清远处，也不知发生了什么，就只是按顾九思的吩咐一直喊："王氏谋逆，可诛九族，同党同罪，还请三思！王家白银三千万，皆为百姓白骨堆，今日贼人若不死，永州再难见青天！"

那声音荡进荥阳城中，一遍又一遍，没有停歇。

顾九思算着士兵到此的距离，觉得是时候了，便立刻同徐罗道："撤！"说着，顾九思便和徐罗等人一起，指挥着百姓迅速跑开。

百姓在林中四散。士兵进入林中，先遇上了一堆陷阱，人仰马翻，队形便乱了。顾九思握着剑，和徐罗护在百姓的末尾，送百姓一路逃走了。老百姓连士兵的脸都没怎么见过，就都跑了出去。

这些百姓都是当地的村民，一跑出去，便抄近路翻到了另一个山头。

顾九思和徐罗等人躲在树上，观察着这些进来搜人的士兵，顺手杀了一些落单的。没一会儿，这些士兵就发现自己的人少了一些，而后在另一个山头，喊声又响了起来。

领队立刻意识到不对，大喊道："退！退回去！"

退出了密林之后，士兵也不敢多耽搁，旋即回城禀报。

王树生在城楼上见军队回来，本以为抓到了顾九思，听了士兵的禀报之后，当即大怒："什么叫没见着人？你们这么多人进去，眼瞎了？！"

"密林地形实在复杂，顾九思又不与我们正面交战，我……"

"闭嘴！"王树生训斥。

王贺沉默了片刻，慢慢地道："公子，既然已经确定了顾九思清晨会来，那我们不如就等着。当务之急还是活捉到柳玉茹等人，然后安排好退路。"

王树生静了片刻，深吸了一口气："你说的是。"他上前一步，低声道，"将家里面的人都送出去，一路直行不要回头，去益州。"

王贺恭敬地行礼，带着人走了下去。

王家大堂上，各家的长老、家主都有些焦急。一位小厮来给赵老爷奉茶，赵老爷端起茶杯，看见了杯托上的字后，脸色顿时大变。

看见他脸色不对，一直观察着众人的陈老爷不由得开口道："赵老爷的茶是什么茶？"

"同诸位一样，"赵老爷定了定心神，接着道，"但王家的茶，怕是同咱们的不一样。"

在场的人互相看了一眼，都看出来赵老爷知道了什么。

外面传来不断重复着的喊话，陈老爷慢慢地道："看来顾九思对王家憎怨颇深啊，来来回回都是王家的事。"

"说起来，这事还是树生年轻冲动，忍不下这口气。"赵老爷抹了杯托上的字迹，从容地把茶杯放在一旁，慢慢地道，"我们几家，家里人多，有几个孩子出息些，但余下的许多子弟也不过是普通人。人活着终究是最重要的，你们说呢？"

聪明人说话都绕着，几句话下来，众人便都明白了。

这事主要是王家的事，走到今日也是王树生忍不下父亲被杀的这口气，而顾九思惦念着要下死手的也是王家。他们几家在官场上是有一些子弟，当初也是为了护着这些子弟，才跟着王树生干了刺杀钦差大臣的事。可是除了这些在官场上的子弟，他们的家族中还有许多没有牵扯其中的普通人。若是真的和王家一条路走到黑，到时候王家跑了，他们却要被抄家灭族。与其这样，他们不如放弃一部分人，只要留住根基，未来也许还能靠着宗族里的小辈东山再起。

话说到这里，已没有人再接话了。

如今谁若再接话，便是铁了心要从这条船上下去。可是一行人谁都不信谁，就怕一有人开了头，转头就有人去王树生那里告密。他们一群人的性命如今都被掌握在王家的手里，谁都马虎不得。

众人猜忌着，担忧着，而王树生则彻底放弃了抓捕顾九思，亲自领着人到了县衙门口。王家已经准备好了油和柴火，带着两千人马将县衙团团围住。

而县衙里面，柳玉茹这边的人大多带着伤。他们拿着刀，围成一圈，护在外围。

"柳玉茹！"王树生站在门外，大喊，"你给我出来！"

柳玉茹在内院，只听到外面有人喧哗。过了片刻，木南便进来，恭敬地道："夫人，王树生在外面叫您。"

柳玉茹犹豫了片刻，还是站起身来，领着人一路走到外院，站在这里，便能听见门外的动静。

王树生在外面等了一会儿，就听见木南的声音："我家夫人来了，有话便说。"

"柳玉茹,你夫君顾九思如今就在城门外,等着见你。"王树生大声道,"咱们不要再这么打下去了,你自己出来,我便饶里面的人不死。"

"王大人说笑了。"柳玉茹平静地道,"若王大人这么容易就要了我们的命,何必要妾身出来?自己来取就是。不过是拿城外我家郎君没办法,又拿我们没办法,就想把我一个妇道人家哄出去,当作这荥阳城的盾牌罢了。"

"顾夫人对自己倒是自信得很。"王树生笑了,"我要捉你们难,要你们死可是容易得很。柳玉茹,我告诉你,现在县衙外面有全城的油,足够的柴火。你要是不出来,那就不要怪我动手了。"

"王大人,"听到这话,在一旁陪着柳玉茹的洛子商终于出声,冷笑道,"你若一把火烧死了我们,可就再没有顾九思的把柄了。而且若我死在这里,你可知是什么结果?"

"洛大人,"王树生立刻道,"在下并不愿与您为敌,相信您也没有与在下为敌的意愿。在下只是想求一条出路,若您愿意,就打开门,将顾夫人交出来。只要顾夫人出来,在下保证绝不会动县衙半分。"

洛子商沉默了。

王树生继续道:"洛大人,我如今已是无路可走,兔子急了也会咬人,何况我王树生?"

没有人说话,印红见四周的人都不表态,顿时红了眼,急切地道:"不行,夫人不能出去!他们明摆着是要拿夫人要挟姑爷,到时候……到时候……"

到时候若是顾九思不入圈套送死,柳玉茹就活不下来。若是顾九思入圈套送死……柳玉茹怕是也活不下来。这件事终归是个死局。

印红焦急地想要求着所有人,然而所有人都没说话,大家都看着柳玉茹。

片刻后,柳玉茹终于道:"那烦请王大人稍候,妾身梳洗过后就出府。"

"半个时辰。"王树生立刻道,"半个时辰后,我见不到人,便烧了这县衙。"

"好。"柳玉茹一声应下,转过身去吩咐印红:"去打水,我洗个澡。"

印红站着没动,柳玉茹往屋里走,冷静地重复道:"打水。"

印红听出柳玉茹声音里的警告意味，红着眼跺了跺脚，便领着人去打水了。

柳玉茹翻了新的衣服出来，找出了顾九思给她买的首饰，然后散开了头发。

之后，她仿佛是要去参加一场盛大的宴会一般，沐浴更衣，绾发，画上精致的妆容，在发髻中插入镶白玉坠珠步摇，而后站起身套上紫色底白花大衫，展开双臂，用暖好的香球熨烫过衣衫。

等她做完这一切，外面传来木南的声音："夫人，快半个时辰了。"

柳玉茹平静地道："开门吧。"

大门被打开，柳玉茹便见众人列成两排站在门外。她抬眼往外看去，神色平静又从容。李玉昌看着她，心中不忍，道："顾夫人，你……"

不等他说完，柳玉茹笑起来："李大人不必多想。"她平静地道，"大家都会平安的。"

李玉昌也不知，柳玉茹是安慰他，还是不明白她此去的后果。可他也不能在此时多说什么，只叹了口气。

柳玉茹抬脚出门，众人目送着她。她一路都没有回头，姿态从容。

也不知是谁起头，侍卫们突然跪了下来，哽咽着道："恭送夫人。"

而后那两排侍卫如同浪潮一般，随着柳玉茹不徐不疾的脚步，一路跪了下去，随之响起的是一声接一声的"恭送夫人"。

柳玉茹没有停步，没有说话，亦没有回头。

这尊敬是她应得的。作为夫人，她应当在内院，哪怕他们全部战死在前方，这位女子也会是最后一位离去的人。然而她选择了以自己的命换他们的命，以女子孱弱之身护在他们身前。

柳玉茹走到门前，看着血迹斑斑的县衙大门，停住步子。片刻后，她转过身来，将双手交叠放在身前，轻轻躬身："谢过诸君。"

听到这句话，洛子商的睫毛颤了颤。他在柳玉茹转身的前一刻，突然道："柳玉茹！"

柳玉茹顿住步子。

他道："我带你回扬州。"

然而回应他的，却只有柳玉茹沉稳的两个字："开门。"

门吱呀一声，缓缓打开，而后柳玉茹便看见外面站着的人。

王树生站在最前方，带着密密麻麻的人，他们犹如修罗地狱来的厉鬼，隔着一道门与柳玉茹相望。

门里是生，门外是死。

柳玉茹朝着王树生微微一福，用温和的语调道："王公子。"

"顾夫人。"王树生笑着回礼，道："请吧。"

柳玉茹点点头，毫不犹豫地踏过门槛走了出去。等她下了台阶，回过头看见县衙的门还没关，众人都看着她，似乎她只要愿意回头，便能回去。柳玉茹轻轻一笑，道："关门吧。"

"夫人！"印红终于忍不住号哭起来，朝着柳玉茹就要奔过去，却被木南一把抓住。木南颤抖着身子，没有说话。

柳玉茹挥了挥手，再说了一遍："关门吧。"

门被缓缓地关上，柳玉茹也回了头，转身看向城楼，道："是要上城楼吗？"

"顾夫人似乎一点儿都不怕？"王树生对柳玉茹的模样有些诧异。柳玉茹在他的指引下上了马车，淡淡地道："我怕什么？"

"你知道会发生什么吗？"

"无非是拿我威胁顾九思，让他一步一步就范，最后被你所擒。"

"你觉得顾九思愿意用他的命换你的吗？"王树生觉得有些意思，看着柳玉茹道，"我听闻你们感情很好。"

"你觉得会吗？"柳玉茹看着王树生。

王树生笑起来："你认为我是怎么想的呢？"

"你觉得不会。"柳玉茹肯定地开口。

王树生点头道："那么我会怎么利用你？反正你也威胁不了顾九思。"

"他不会用他的命换我的命，可我的死能干扰他。你应该已经让弓箭手都埋伏好了，若当着他的面杀了我，他必然会乱了心，然后你再动手。"

王树生笑不出来了。

柳玉茹平静地道："你以为我能想到的事情他想不到吗？他比我聪明得多。"

"那又怎么样？"王树生板起了脸，"他就算知道，就不会受干扰了？"

"王树生，"柳玉茹劝他，"你还有回头路可走。"

"我还有回头路可走？"王树生嘲讽，"你别为你那好夫君来当说客了。我干过这么多事，刺杀他，如今还指挥军队围困县衙，你却说我还有回头路可走？你难道还要告诉我，顾九思会饶我不死？"

柳玉茹不说话了。

王树生接着道:"他让沈明杀了我爹,如今又想杀了我,今日我就算取不了他的性命,也要取了他家人的性命。他就算活着,我也要让他一辈子活在愧疚里,因为你是为他死的。"他一把捏住柳玉茹的下巴,狠厉地道,"你要记得恨他,若不是他一定要治理什么黄河,查什么案子,为百姓求什么公道,你就不会死了,知道吗?"

柳玉茹定定地看着他,道:"我是被你杀的。"她的一双眼平静得令人害怕,"我若要恨,也是恨你;要诅咒,也当诅咒你。"

王树生死死地盯着她,许久后,一把推开她,怒道:"疯婆子。"

两个人一起到了城楼。如今已经接近清晨,正是天最黑的时候,王树生让人将柳玉茹绑了,挂在城楼上。

柳玉茹没受过这样的苦,手被吊起来,粗绳摩擦在她娇嫩的皮肤上,疼得她忍不住哆嗦。

王树生笑起来:"终究是个女人。"

柳玉茹没有说话。她不愿去多想了,闭上了眼睛。

天慢慢地亮起来,四周鸟雀鸣叫,从山林中纷飞而起。

柳玉茹听见远方传来青年嘹亮的歌声,那声音熟悉又遥远。

那年她过生日,少年高歌欢唱:"君不见黄河之水天上来,奔流到海不复回。"

柳玉茹慢慢地睁开眼睛,就见远处的青年红衣猎猎如火,金冠流光溢彩。他一人一剑,身骑白马,脚踏晨光,从远处高歌而来。带金纹的衣角翻飞,他停在城楼下,仰头看她。他的一双眼带着笑,笑容遮掩了所有情绪。

众人都看着他,他的目光却只凝在柳玉茹的身上。

好久后,他终于开口。众人就听他大喊了一声:"柳玉茹,我来救你了!"

柳玉茹骤然笑出来。她一面笑,一面哭,好像所有的疼痛都不是疼痛,所有的苦难都不是苦难了。

王树生顿时怒了,看着顾九思,大声道:"顾九思,你的人呢?!"

"我的人?"顾九思挑眉看他,一手拉着马,一手将剑扛在肩上,道:"我不是在这儿吗?"

"你的兵马呢?!"王树生有些紧张,昨晚这么大的阵仗,顾九思说只有一人，谁能信？

顾九思朝城里仰了仰下巴："我的人在城里啊。"

"胡说八道！"

"你不信？"顾九思挑眉，"那你就开城门让我进去，我让你看看我的人在不在城里。"

王树生没敢应声。

顾九思继续道："你们几家人胆子倒是大得很，拿家丁伪装百姓，伪造暴乱，刺杀钦差大臣，围攻县衙，你们这是做什么？这是谋反！知道谋反是什么罪吗？诛九族的大罪！你们几个永州的地头蛇，逃得了这个罪吗？不过我大方得很，"他大声道，"我只找王家的麻烦，其他几家若能趁着今日立功，谋逆之事，我可以求陛下网开一面，不予追究！"

"公子，"王贺急了，"不能让他再说下去了。"

"再说你们这些永州百姓啊，都是软骨头吗？被人欺负这么多年了，来个人帮你们出头，你们都不敢出头吗？不敢便罢了，那老子给钱啊，呐喊助威的一千文，陪我动手的三千文，杀了人的一个人头十两白银，砍王树生的一百两……"

"顾九思！"王树生一把抓住柳玉茹的头发，将刀架在她的脖子上，"你还要不要她的命了？"

顾九思安静下来，看着柳玉茹痛苦的表情，目光落在她的发簪上。

"王树生，"顾九思的声音冷静，"说来说去，你不过是想要我给你父亲抵命。你放开她，我把命给你。"

这话让众人都愣住了，便是柳玉茹也震惊了。

她顿时疯狂地挣扎起来，怒喝道："你走！顾九思，你走！"

"闭嘴！"王树生反应过来，顿时乐了："没想到顾大人还是个情种，那你拔了剑自刎就是。"

"你当我傻吗？"顾九思气笑了，"我自刎了，你不放人怎么办？"

"那你要怎样？"

"你把她放出来。"

"我放她出来，你跑了怎么办？"

"你开城门，我入城去。"顾九思立刻道，"你放她走，只要你让她走到射程之外，我便自尽。"

这话让王树生有些犹豫。王贺看了看，附到王树生耳边道："城内埋伏好了弓箭手,将他引进来就是了。"

王树生想了想,终于道:"那你扔下武器,白衣入城!"

白衣入城,便是王树生将顾九思当罪犯看待,也不让他穿任何防身的软甲了。

柳玉茹还想挣扎,顾九思却什么都没说,翻身下马,脱了外衣,卸下金冠,放下长剑,只穿一身单衫,赤脚站在城门前,大声喊:"开城门吧!"

见顾九思卸下了所有武器,王树生终于将柳玉茹拉了上来,刚把绳子解开,柳玉茹便一把推开了四周的人,翻身从地上爬起来,跌跌撞撞地从城楼上跑了下去。

王树生也没让人拦她,柳玉茹跑得极快。她失了一贯的冷静,疯狂地奔向楼下的城门,眼里含着眼泪,像是一个十几岁的小姑娘受了天大的委屈,要去找那个能护她一辈子的人。她一路狂奔,风呼啸而过,跑到城门后时,衣衫凌乱,发髻散开,看上去狼狈不堪。她喘着粗气,看着城门一点点地被打开,先进来的是晨光,然后那个人在晨光之后一点点显现出来。

顾九思穿着一身单衣,长发披散,赤足站在城门前。四周都是士兵,众人都戴盔持剑,严阵以待。唯独他依旧是那副玩世不恭的模样,仿佛是闲来踏青看花,对这些烦人的小事都不甚在意。

柳玉茹喘着粗气,两个人隔着三丈的距离,谁都没动。

顾九思打量着她,笑容慢慢变大,朝她招了招手,声音有点儿哑。

"玉茹,"他道,"过来吧。"

柳玉茹毫不犹豫,猛地扑进他的怀里。

那一瞬间,地面隆隆颤动,王树生大喝:"放箭!"

千万支带火的羽箭从城外朝顾九思飞来,同时也有士兵在顾九思四周立起盾牌。顷刻间,四周乱成一片,晨光与血染红了这个清晨,而他们两个人旁若无人地抱在一起,仿佛这一切都与他们无关。

"这些时日我不在,你怕不怕?"顾九思抱着她,仿佛抱着失而复得的珍宝。

柳玉茹哽咽:"我不怕。"

"胆子这么大啊?"顾九思轻笑。

柳玉茹抽噎着,抓着他的衣衫:"我知道……"她哭着道,"我知道你会回来的。"

顾九思抬起手,覆在她的头发上。他侧过脸,低头亲了亲她的面颊。

"玉茹真乖,"他的声音沙哑但温柔,他凝视着她,道,"我以后再不会让你吃这样的苦了。你当真是我的心肝啊。"稍稍碰着他的心就疼,轻轻伤着就疼到绝望。他哪怕舍了命,都舍不得让这尘世脏她裙角半分。

这是他的妻子,柳玉茹。哪怕她在外强悍如斯,于他面前还永远如娇花一般,是需要被捧在手心上的姑娘。

顾九思替柳玉茹理了理头发,见四周有人护着他们,正要再同她说几句话,脑袋就被人抽了一巴掌。

江河骑在马上,大喝:"都什么时候了还有心情磨磨叽叽的!把人送到安全的地方,然后来找我。"骂完之后,江河便骑着马离开,柳玉茹这才看了看四周。

不知道哪里来的士兵在城内和王家的家丁、士兵厮打起来,江河和叶世安骑在马上,正领着人追王树生。

顾九思昨晚闹了一番,城内早就人心浮动。陈家在昨晚就得了陈老爷的信息,特意走了关系将家中在守军中的亲戚调来城门口,为的就是保护顾九思。

王家人夜里将自家人送出城去,却带着其他几家一起造反。大家都不是傻子,趁着这个机会拿王家卖人情,拉拢顾九思,才是正理。但若是陈家提前动手,一来顾九思感受不到这个人情,二来他们不是王家的对手,在内斗里死了就真的什么都没了。于是陈家人一直等到顾九思入城了,千钧一发之际才冲了上来救了人。

陈家有自己的算盘,顾九思也是料到了会有这种人存在,才敢入城的。

第一拨箭雨中,顾九思没被射杀,江河早埋伏在外的大军先用火箭震慑住了在场众人,随后江河便直接带着人冲了进来。接连冲击之下,原本还在动摇的中立人士也立刻倒戈到顾九思这边来,哪里还有心思跟着王树生奋战?

于是在短暂的反抗后,各家子弟跑的跑,叛的叛,只剩王家的人负隅顽抗。但王家的人面对这样绝对的兵力压制,也很快败下阵来。

柳玉茹和顾九思看了一眼战局,顾九思将手搭在她的肩膀上,扶着她,吩咐一直站在他们身边的士兵:"劳烦诸位送我们回县衙。"

这些士兵原本都是守城的士兵，方才王树生放箭，就是他们冲上前来架盾挡住了箭矢。之后他们也没走，就守在顾九思身边，像是随时等待吩咐。

顾九思知晓他们的心思，他们临时叛变就是指望将功折罪。于是顾九思一路上问了他们的名字，他们报上名字之后，明显轻松了许多。报名字时，他们也不忘告诉顾九思，自己与当地的哪一位乡绅是亲属关系。

顾九思漫不经心地道："各位前些时日还听着王家的命令，昨夜怎么改了主意？"

众人不敢说话。

顾九思轻笑："时至今日，许多事大家心知肚明，各位但说无妨。"

这些人本也只是在下面当差的武夫，没有太多心思。其中一个叹了口气，直接道："大人，不瞒您说，我们陈家并无谋逆之意。昨夜王树生把我们家老爷困在了王府，半夜就把王家人都送出城了。我们家主得知消息，想尽办法用王家府上的暗桩送出消息来，让我们今日帮着大人。我们帮大人图什么，想必大人也清楚。"

"我明白。"顾九思点点头，像是谅解了他们，这些人舒了口气。送顾九思到了县衙，他们还不忘加一句："我们都是下面的人，过往的事我们也做不得主，还望顾大人不要计较。"

"也并非只看我计不计较，"顾九思笑了笑，"端看律法。律法之内，顾某做不得主，但是若能通人情，各位的救命之恩，顾某还是记得的。"

几个士兵讪讪地笑了笑，也不敢多说。

顾九思领着柳玉茹进了县衙，一进门就听见印红的哭声。

印红哭得极惨，一面哭，一面咒骂："你们这么多男人都护不住一个女子，要夫人拿命去给你们求一条生路，你们不要脸，你们……"

"印红。"柳玉茹止住印红的话。

印红愣了愣，抬起头来便看见柳玉茹和顾九思站在身前："夫人！"印红惊喜万分。

柳玉茹皱着眉头，道："你方才胡说八道什么呢？"

"没什么。"印红见柳玉茹回来了，哪里还顾得自己说错了什么，赶忙擦着眼泪站起来道："我给大家赔不是！我口不择言，乱说话了。我错了！夫人回来了，"印红说着，眼见又要哭起来，"我给大家认错。"

"下次别再说这样的胡话。"柳玉茹冷着脸说，朝着众人行了个礼：

"没有调教好丫鬟，我给诸位赔不是。"

"夫人，"一个侍卫站出来，愧疚地道，"这丫头说的没错，是我们没用。"

"哪里的话，"柳玉茹笑起来，"我是你们的主子，是要为大家着想的，不会让大家为我白白牺牲。"

"可是……"

"过去的事，都不说了。"顾九思见他们互相道歉，没完没了，于是温和地道，"大家应当也是一夜没有歇息，都还带着伤，该休息休息，该包扎包扎。若是真觉得对不起你们夫人，日后好好为她做事就是。"顾九思给众人铺好了台阶，大家这才应了。

侍卫都散了，就留下李玉昌、秦楠和洛子商。

李玉昌走上前来，看着顾九思，道："你没事吧？"

顾九思见李玉昌少有地失了那份冷淡和礼数，不由得笑起来，摆摆手，道："没事。李大人看上去也没事。"

"是啊。"李玉昌舒了口气，道，"走，我们里面说。"

李玉昌要同顾九思聊案子的事，便拖着秦楠一起走了，庭院里就剩下洛子商和柳玉茹。

洛子商沉默着，柳玉茹看着洛子商，温和地道："洛大人看上去也累了，不妨先去休息吧。"

洛子商顿了顿："我说要带你回扬州，你为何不走？"

柳玉茹知道他指的是清晨的事，低头笑了笑，温和地道："我给不了洛大人想要的，便不能要洛大人给的东西。"

"我不需要你给我什么。"

"你不是不需要，只不过是得不到，所以退了一步而已。"柳玉茹看得通透。

两个人沉默了。洛子商静静看着柳玉茹，两个人对视着，许久后，洛子商突然笑了。

"柳玉茹，"他的声音平静，"我不欠你什么了。"

柳玉茹笑得温和："洛大人本也不欠我什么。"

"那时候是你自己做的桂花糕吗？"洛子商没头没脑地问起来。

柳玉茹愣了愣，道："母亲做的。"

洛子商没有再说话，过了一会儿，朝着柳玉茹作了一揖。柳玉茹回礼之后，他便起身离开了。

柳玉茹在门口等了一会儿，知道顾九思正和李玉昌说着案子的事，一时半会儿估计说不完，她也疲惫得不行，便干脆先回房了。

她在房里先卸妆洗漱，随后吃了点儿东西，拿了本话本，坐在床头等着顾九思。她本是想等顾九思回来同他说说话的，但紧张了这么几日，骤然放松下来，着实太困了，于是翻着书页，没一会儿便不受控制地靠在一边睡了过去。

顾九思先和李玉昌交接了案子，同处理完王家的江河说了一会儿话才回房。

回到房间里，他首先听见的是均匀的呼吸声，柳玉茹睡了。他蹑手蹑脚地进了屋，本想叫醒她，但看着她睡在床上的模样，也不知道为什么就趴在了床头。他把双手交叠着放在身前，将下巴搭了上去，侧着头看着柳玉茹的睡颜。他像一个孩子一样，认真又专注地观察着柳玉茹，看她睡得好不好。他的目光一寸寸地打量着她的每一根发丝，每一寸皮肤。他这么趴着一看，就一直看到了柳玉茹迷迷糊糊地醒过来。

她睁开眼就看见侧头看着她的顾九思，吓了一跳，一双杏眼瞪得圆溜溜的。

顾九思忍不住笑了："吓到了？"

"你这样趴在一旁瞧多久了？"

"也不是很久，"顾九思直起身子来，甩了甩有些发麻的手，平和地道，"见你睡得香，不忍打搅你，又觉得你睡得太好看，就忍不住看到了现在。"

"净胡说。"柳玉茹嘀咕一声，从床上坐起来，正要穿鞋，就被顾九思握住了脚。

顾九思耐心地替她穿上鞋，仰头看她："打算做什么去？"

柳玉茹被他的动作搞得红了脸，小声道："给你倒杯水。"她站起身来，去给顾九思倒了杯水。

顾九思一直站在她的背后看她，一面看，一面道："我方才叫了大夫，想让他给你看看，瞧瞧你有没有什么不妥当。"

"我能有什么不妥当？"柳玉茹将水杯递给顾九思。

顾九思靠着柱子，接过水轻抿了一口："多看看，终归是好的。"

柳玉茹道："舅舅什么时候来的？"

"昨夜。"顾九思也没瞒她,"王树生让人来抓我,我带着人跑了,没多久就遇上他。我才知道沈明居然去了东都告状,所以他们三天前就来了,舅舅从司州借了兵便领着人直接来了。"

"那么今日也是你算好的?"

"勉强算吧。"顾九思放下杯子,回答道,"我与舅舅协商好,让他把兵藏在不远处,我一个人来,只要让他们开了门就行。"

"那今日……"

"可我说的话不是骗人的。"顾九思截住柳玉茹的话,看着她,认真地道,"今日就算没有舅舅,我也会来。"

柳玉茹回过头,看见青年俊朗的面容上带着宣誓一般的郑重神情。

她笑了笑:"这也无关紧要的。"

"这很重要。"

两个人说着,大夫来了,外面传来了通报声,顾九思立刻让大夫进来。有了外人,两个人也不再腻歪,就等着大夫给柳玉茹诊脉。本来两个人也只是求个放心,未承想大夫握着柳玉茹的手诊了许久脉。

顾九思的脸色不由得有些难看了,他道:"大夫,有什么问题,您直说吧。"

"也没什么问题,"大夫皱了皱眉头,接着道,"我就是想看看是不是真怀孕了。"

顾九思和柳玉茹都呆了呆,片刻后,顾九思着急地道:"什么真的假的?怀孕还能有真假?"

"怀孕没真假,"大夫瞪了顾九思一眼,接着道,"诊脉有误诊啊。"

头一次见到这种把误诊说得这么理直气壮的大夫,顾九思和柳玉茹也是无言。顾九思一口气堵在胸口,只能道:"那你赶紧看看。"

"安静些。"大夫不耐烦地说了一声。

顾九思赶紧捂住嘴,不说话了。

大夫又是左手换右手地诊了许久,顾九思有些忍不住了,正要开口,大夫就喝了一句:"安静些!"

顾九思:"……"他还什么话都没说呢。他给了柳玉茹一个委屈巴巴的眼神,柳玉茹抿唇忍着笑朝他眨了眨眼,顾九思顿时又高兴起来。

两个人眉目传情,传出了几分趣味,也不觉得等待的时间难熬了。过了一会儿,大夫注意到他们的眼神交流,看看这个,看看那个,啧了一声,收回了手,拿了纸笔,道:"小夫妻老朽见得多了,这么能腻歪的还真头一次见。"

"怎么样?怎么样?"顾九思不打算理会这个老头的嫌弃,径直询问。

大夫低着头开始写药方,漫不经心地道:"怀了孩子,但身体底子不算好,得好好养。我开个方子,主要还是要食补,然后适当运动,但也别动得太过了。"

顾九思听得眉头皱起,柳玉茹早已料到了,应声道:"谢过大夫了。"

大夫写了个食疗的方子,便被送走了。

顾九思拿了方子,看了一眼便走出去吩咐木南:"你悄悄将城中所有大夫都给我叫来,给夫人看一遍。"

木南惊了,忙道:"夫人她……"

"没事,没事,"顾九思摆摆手,"你先去叫,也不是大事,不必惊动其他人。"

"是!"木南赶紧去了。

顾九思折了回来,到柳玉茹面前,有些拘谨地道:"那个,你要不要吃点儿什么?"

"睡之前用过饭了。"柳玉茹半卧在床上,笑着打量顾九思,"你吃过了吗?"

顾九思点点头,似乎在思索着什么。

柳玉茹等了片刻,道:"我以为你会很高兴。"

"啊?"顾九思回过神,赶紧点头,"高兴!我……我就是太高兴了!"

"你高兴,不应当是这样啊。"柳玉茹感到有些奇怪。

顾九思愣了愣:"我高兴当是什么样?"

"应该很明显才是,"柳玉茹想了想,"总不是现在这样,看上去像做错事了一样。"

"我……我倒是想抱你起来转个圈。"顾九思有些不好意思,"但怕伤着你。而且……我要当爹的人了,总……总得沉稳些。"

这话把柳玉茹逗笑了。她掩着嘴,笑得颇为克制,顾九思被她笑得有些窘迫,坐到床边去,有些懊恼地道:"你别笑话我了,我这是进步,是成长,你当夸我才是!"

"是是是,"柳玉茹笑着道,"顾大人,您如今越发成熟稳重了。"

第十二章　兄弟情

柳玉茹和顾九思有一搭没一搭地说着话，过了一会儿，外面传来了江河的声音："九思！"江河笑意盈盈地进了门，"我听说外甥媳妇儿有喜了？"

柳玉茹诧异地看向顾九思，顾九思面上的笑容僵住了，他磕磕巴巴地道："您……您怎么知道的？"

江河感到有些奇怪："我刚才在院子里听到李大人说的。"

"李大人又是听谁说的？"顾九思的笑容有些撑不住了。

江河像是察觉了什么，笑着道："是听洛大人说的。"

"那洛大人又是听谁说的？"顾九思的笑容彻底消失了。

江河把小扇在手里打了个转："自然是听其他人说的咯。"

"公子，"门外传来木南的声音，"大夫来了。"

顾九思看着木南招呼大夫进来，深吸了一口气，将木南抓到了一边，压低了声音，道："你同多少人说过夫人怀孕这事？"

"我在路上遇到秦大人，"木南茫然地道，"就和秦大人说了一嘴。"

顾九思明白了，木南和秦楠说了，秦楠转头便同洛子商说了，洛子商又和李玉昌说了……现下应该整个府邸的人都知道了。

顾九思一巴掌抽在木南的头上，抽一巴掌吐一个字："不是叫你别说出去吗？"

木南被打得有点儿蒙，一面被抽得点头，一面道："秦大人……也不算什么不能说的人吧？而且这是喜事啊！"

听到"喜事"两个字，顾九思总算清醒了些，深吸了一口气，走了回来，在大夫身边打着转。

江河看着顾九思转来转去，走到顾九思身边去，捅了捅他，道："别转了，荥阳各大家族都递了帖子上来，今晚得见一见。"

顾九思顿时冷静了下来。

见他沉默着，江河以为他是不愿意，便提醒他："明日得开始审案，你若有什么想法，今晚得处理，最好见一见。"

"我明白。"顾九思想了想，同江河道，"但见他们之前，我想我们自己内部得先商量一下。这样吧，我让人通知李大人那边一声，等玉茹这边出了结果，我同你一起去商量一下。"

"随你。"江河耸耸肩，没有半点儿在意，"反正我就是跑个腿，也没什么所谓。"

两个人站着等了一会儿，大夫的结果都出了，确认柳玉茹怀孕近三个月了，大家开出了大同小异的食补方子。对于此事，柳玉茹并不感到惊奇。她细细想来，自己的确许久没有来月信了，只是她月信一贯不准，也就没有太在意。到永州后，事务繁忙，她偶有不适也只当是太累了，没有放在心上。

她细细问了大夫之后该如何养胎，顾九思在一旁听着。大夫说完之后，外面的木南也报来消息，说李玉昌等人都已经在书房等着了。顾九思正准备告别，柳玉茹便道："我也一同去，可方便？"

顾九思愣了愣。

江河道："有何不方便？走吧。"

"她怀着孕……"

"怀孕又不是耳聋眼瞎，"江河斜睨了过于紧张的顾九思一眼，"你担心什么？"

顾九思没再说什么，柳玉茹起了身，他赶紧去扶柳玉茹。柳玉茹有些不好意思，同顾九思小声道："你正常些，这样便让我难做了。"

顾九思觉得柳玉茹说的也是，便收敛了些，但还是扶着柳玉茹，只是省了各种小心嘱咐。

李玉昌、秦楠和傅宝元都在书房。双方互相行礼之后，便坐了下去。

这是他们几个人头一次一起见面，顾九思同江河道："舅舅，我为你介绍一下。"

听到这个称呼，秦楠轻轻皱了皱眉头，江河笑着看着秦楠。

顾九思道："这位是秦楠……"

"刺史秦大人，"江河抢了顾九思的话，站起身来拱手道，"在下户部侍郎江河，秦大人看上去十分面熟，我们过去可是见过？"

秦楠死死地盯着江河。

江河笑了笑："秦大人？"

"江河？"秦楠冷冷地说。

江河认真地道："正是。"

众人注视着他们，秦楠深吸了一口气，站起身朝着江河行礼。

可不知道为什么，他一直在抖，众人都看出他在颤抖。李玉昌皱眉道："秦大人？"

"老毛病，"傅宝元打哈哈，"他是老毛病了，一发病就全身抖，我扶他去休息一下。"

"不必了。"秦楠的声音僵硬，"老毛病，不用管，很快就会好的，继续吧。等一会儿顾大人就要见那些乡绅了，我们得提前商量出结果来。"

"是啊，是啊，"傅宝元赶紧道，"他没问题，大家继续就好。江大人，下官荥阳县令傅宝元。"傅宝元拿出了他拍马屁的那一套功夫来，脸上堆着笑，道，"久仰江大人大名，今日可算是见到了，真是三生有幸。您让荥阳当真蓬荜生辉！"

江河是听惯了这些拍马屁的话的，不咸不淡地笑了笑，算作回应。

介绍了几个人后，大家坐下来，顾九思明显感觉到了秦楠和江河之间气氛不对。可当事人不说，顾九思便也假装不知，只道："这一番变故后，如果细查近几日的事，荥阳城内的四大家族怕是一个都跑不掉。今日我就问大家，到底是查还是不查？"

众人不说话。

过了一会儿，顾九思接着道："如果查下去，那我们要解决几个问题。首先，我许诺过这次主要针对王家人，其他三家临时协助我们，虽然曾经有过，但这回也算有功，如果我还要追查，那就是出尔反尔。其次，如果我们只处理王家一家人，那还算容易，但如果要强行处理四家，之后恐怕会再生乱子。最后，本来官场上要查的便已不少，如果要算上这一次，最后被牵连处斩的怕是要有几千人。"说着，顾九思看了一眼秦楠，"我如今打算将官场上的人全部处理完，这已算是难事了。荥阳官场上，估计上上下下全都得清理一遍，到时候谁来做事？如果还打算处理这次暴乱，我怕牵扯人数太多，会有变数。"

"你的意思，我明白。"李玉昌开口，"但是律法严明，一切按律法处置就是。"

顾九思顿了顿，点点头："按李大人说的意思办。那处理了人后，让谁来填需要填补的位置？"

"这样吧，"柳玉茹道，"先按照李大人的意思来处理，但是这次暴乱牵连的人太多，九思不如和陛下求个情。此事不罚不行，但许多人不过是因为家族而被牵连，当真斩了怕是太过严苛，不如就让四大家族交罚金。要罚，就要一次罚到他们元气大伤。填补官员上，科举在即，我们把这些事处理完了，科举也结束了，让陛下来委派高层；至于底层官员，秦大人和傅大人在荥阳多年，应该还是有一些人的。我们在保留一部分可靠人手的基础上，再在荥阳搞一个小科举，公开招人，让那些老手专门准备一些课程，在短时间里教会大多数人熟悉平日的事务流程。纵然会有一段艰难的时期，但总能熬过来的。"

柳玉茹说完，顾九思看了一圈众人。众人对视一眼，李玉昌道："我觉得可行。"

大家商量完，定了下来，由顾九思去谈。

此刻已是深夜了，顾九思让众人先去休息，自己将赵家、李家、陈家的三位家主请了进来。

三个人已经在外面等了许久，内心都十分忐忑。如今他们是鱼肉，顾九思是刀，他们完全不敢多说什么。进去后，他们见到顾九思，纷纷跪了下来，颤抖着声音道："见过顾大人，顾大人饶命啊！"

"说笑了，"顾九思笑起来，将他们一一扶起，"各位迷途知返，本官十分欣慰。今夜特意将各位叫过来，是想商量一些事。"

三个人不敢说话，顾九思让他们坐下，亲自给他们倒茶。三个人如坐针毡，看着顾九思给他们献殷勤，不由得有些害怕。

顾九思道："今夜各位来，必定是为了暴乱一事。"

"顾大人，"赵老板深吸了一口气，"我们明人不说暗话。昨夜您大费周章地又让人喊话，又让人发传单，无非想要我们叛了王家帮您做事。

我们想明白了,也做到了,顾大人也应当按照昨晚上说的放过我们几家了吧?"

"赵老板说的不错,"顾九思摩挲着茶杯,"顾某不是知恩不报的人,所以现下咱们才能在这里好好聊天。"

"知恩图报"不过是意思意思,在场众人心知肚明。

顾九思敲打着桌子,慢慢地道:"我是想放过各位,可是大家也知道,这里管事的不只我一个人,还有李大人。李大人这人为人公正古板,我也是想尽办法劝他了,但他一定要处理这个案子……"

"顾大人,"陈老板皱起眉头,"若是帮你们和不帮一样,你不是在戏弄我等吗?"

"怎么会一样呢?"顾九思叹了口气,"陈老板,你听我说完。本来按照律法,你们做的事儿,是要被诛九族的。可我既然答应过你们,自然不会让你们落到那个境地,我和李大人商量出了一个折中的法子。"

"什么法子?"三个人都紧张起来。

顾九思笑着将身子往前探了探,然后搓了搓手指,笑道:"给钱。"

三个人都愣了。

而这时候,庭院里,江河看着突然堵在他面前的秦楠:"秦大人有事找我?"

秦楠握紧了拳头,声音颤抖:"你不应当姓江的。"

江河看着他,片刻后,轻笑起来:"你当年确实查过我。"

风吹得有些冷,秦楠静静地看着江河,江河没有半点儿外露的情绪,始终保持着一种局外人的冷静,仿佛与二十一年前发生过的一切都没有半分干系。

秦楠不能理解怎么会有这样一个人,感受到从未有过的愤怒涌上心头,然而这份愤怒在对方的注视下,又在到达顶点之前一分一分地冷却下去。彻底冷静后,秦楠竟然觉得可悲。是的,可悲,自己的二十一年,洛依水的一生,在这个人云淡风轻的注视下,显得如此可悲又可怜。

江河看着秦楠的表情变换,一直不动声色。风带着细雨飘落而下,江河敛了神情,转过身,道:"秦大人,回去吧。"

"你不觉得愧疚吗?"秦楠骤然开口。

江河顿住,注视着庭院中一株开得正好的海棠,道:"人死灯灭,秦大人,过去了就不要提了。"

"你愧疚吗?"秦楠格外固执,"你知道她为你做过什么……"

"她想让我知道吗?"江河打断秦楠。

秦楠愣住了,江河回过头来,定定地看着秦楠。江河终于失去了笑意和平日的那份玩世不恭,认真又冷漠地看着秦楠:"她愿意吗?"

她愿意吗?秦楠被问呆了。他一贯木讷,向来理解不了那个女子洒脱又飘忽的想法。他读四书五经长大,从小循规蹈矩,虽不能明白,可也知道当年洛依水不曾吐露过半分,那她又怎么会愿意?

看了秦楠的神色,江河垂下眼眸:"秦楠,其实你一直不懂她。在她心里,她做的一切都不是为我而做的牺牲,那是她的选择。她不愿我可怜她,而且我也回答你,"江河抬眼看着秦楠,"我不愧疚,也不后悔。我江河做事,做了便不会回头。你可以怨我、恨我,若有能力,可以为她报仇杀我。我不想提及旧事,是顾及她的名声。你今日要如何都使得,"江河警告道,"别把故人牵扯进来。"

秦楠没说话,江河拱手转身离开。

这一次出门太急,江河没有带着一贯带的侍女,只带了一个下人。江河进屋站了一会儿,坐到书桌前方,打开香炉,点燃了炉中刚换过的香圈。

顾九思坐在屋中,看着一直在踌躇的三个人。

顾九思把给钱的方案和三个人说了,可三个人一直没有说话,顾九思也不急,留了时间给他们慢慢想。

许久后,赵老爷艰难地挤出一个笑容,道:"顾大人,虽然我们有过失,但今日也算是将功抵过……"

"赵老爷,"顾九思放下茶碗,慢慢地道,"我应当同您说过,这事不是我能做主的,今天我也已经尽力了。要么让李大人一直查下去,谋逆者,满门抄斩;要么按照我说的,将该交的钱交了,这几日的事就当没有发生,我们之前拿到多少证据接下来就查多少。只要不是杀人等罪大恶极的,都可以从轻判处。各位老爷,"顾九思放低了声音,"留得青山在,不怕没柴烧。"

三个人沉默了。他们来之前已经做好了准备,这也并不是他们无法接受的结果。

许久后,陈老爷首先起身,跪在地上叩首,低声道:"明日我会派人将银子送来,谢过大人。"有人做表率,剩下的人也不再挣扎,跟着行了礼便走了出去。

他们走后,顾九思独坐片刻,去了江河的屋子。

顾九思进屋的时候,江河正在发呆。顾九思没怎么见过江河这番模样,犹豫了片刻,才出声:"舅舅。"

江河转过头来看向顾九思,顾九思恭敬地行了个礼。

江河点点头:"谈妥了?"

"谈妥了。"顾九思说着,坐到了江河的对面,江河给他倒了茶。两个人都是聪明人,无须赘述具体细节。

江河淡淡地道:"想问什么便问吧。"

顾九思顿了顿,道:"今日舅舅失态了。"他接着道,"您不该抢话,向秦大人强调您是谁的。"

"有何不妥吗?"江河摇着手里的茶碗。

顾九思看着他,道:"秦大人认识您?"

"大概吧。"

"我之前问过您是否认识秦大人,您说不认识。"

"我有说错吗?"

"时至今日您还要骗我吗?"顾九思盯着江河。

江河握着茶杯的手顿住了,他抬眼看向顾九思。外面是落雨声,江河定定地看着顾九思,放下了茶杯:"我没有儿子,一直将你当作自个儿的孩子看。"江河靠在了椅子上,"我们江家原本有三个孩子,大哥死了,我没有子嗣,只有你母亲生下你。我小时候想好好教你,可你父母太宠爱你,我也没有太多耐心。可我知道你是聪明的,只是没想过你这样聪明。"江河往前探了探身子,"为什么觉得我认识秦楠?"

"他认识你,想提前叫你的名字,而你也知道他认识你,所以抢先介绍了自己。"

江河应了一声,漫不经心地敷衍道:"那么,我不愿意让人知道的过去的事,你也一定要知道,是吗?"

顾九思深吸了一口气,道:"您不愿意说,我也不会继续查。其实我不清楚具体如何,但已经知道了大致情形。我只问您一件事。"

顾九思注视着江河,认真地道:"会对未来局势有任何影响吗?"

江河顿了顿,道:"如果你是说那个孩子,我可以肯定地说,没有。

但如果你说牵扯到故人,"江河笑了,目光里带了几分无奈,"那就不一定了。"

"您是站在我这边的,对吗?"顾九思看着江河。

江河平静地道:"九思,"他的声音认真,"我们是一家人。"

顾九思深吸一口气,俯身在地,恭敬地道:"请您牢记。"

"我记得。"江河转过头去,看外面细雨打枝,"我是江家人,这一点,我比谁都记得清楚。"

顾九思和江河的话止于此处,顾九思行礼之后便起身回了屋。

柳玉茹正躺在床上看书,顾九思走进来,她忙起身上前去。顾九思叫住她,自己脱了衣裳,道:"衣服上沾染着寒气,你别过来。"说着,他将衣服放在一边,自己走进屋中。缓过来后,他才朝柳玉茹招手,柳玉茹到他身前,让他用力抱了抱。顾九思抱够了才松开,看着她,道:"怎么还不睡?"

"等着你呢。"柳玉茹笑着道,"你不回来,总觉得屋子里少个人,睡不着。"

"那以后我早点儿回来。"顾九思放开柳玉茹,亲了她一口,开始洗漱,洗漱完毕,两个人到床上细细地说着白日里的事。

若是寻常夫妻,夜里床头说的大多是家长里短,时日久了,要么这男人闲着无事太关注这些,要么就得起些矛盾。但好在顾九思和柳玉茹之间是不存在这样的情况的,他们每日能聊的事情太多。他们聊了对乡绅的安排,便聊各家的反应,聊了各家的反应,又聊柳玉茹的仓库。

"仓库新建起来,现在我撒手不管了,心里总怕出事。可是若我继续操心这些事,要是孩子出了事,你会怪我吗?"柳玉茹说着,看了顾九思一眼。

顾九思握住柳玉茹的手,叹了口气,有些无奈地道:"说来不怕你笑话,你也别恼怒,其实关于这个孩子,此刻我还是没几分真实感。"

"嗯?"

"最初听着高兴,觉得你我有孩子了。可接着就有些害怕,总觉得我自个儿还是个孩子,怎么就要当爹?当了爹,能不能当好?我想着这孩子将来的样子,就希望他像你。左想右想,我才发现,其实我也不是多喜欢这个孩子,只是因为你是这孩子的母亲,所以我才喜欢。"

柳玉茹静静地听顾九思说，顾九思翻了个身，将柳玉茹揽到身前来，看着床顶，有些茫然地道："孩子是你怀，苦是你吃，牺牲是你做，我做不了什么，自然也不会干涉你什么。你按自己想做的去做就好，要是想继续管仓库，告诉我具体要做些什么，能让我做的就让我去做。若之后真的有什么事，我也绝不会怪你，只觉得是自己无能，不能替你怀这个孩子。"

柳玉茹不由得笑出声来，靠着顾九思，低声道："你净说些不靠谱的话。不过我也不逞能，问过大夫了，适当活动更好些，不用一直拘着。"

"嗯。但能让我做的，也一定要让我去做。"

"好。"柳玉茹靠着顾九思，想了想，接着道，"今日舅舅和秦大人……"

"我问过了。"顾九思直接道，"他不愿意说的私事，也就罢了。"

柳玉茹知道顾九思已经得到答案了，只是这个答案他并不想多说。她不是一个爱探听别人私事的人，便没有再问。她靠着顾九思，有些困了，临睡之前，慢慢道："在荥阳这边把案子审完就要回东都述职了吧？"

"嗯，得和陛下有个交代。"

"去多久？还回来吗？"

"黄河还没治理好。"顾九思叹了口气，"应当还会回来的吧。至于多久？"顾九思看着天花板，有些痛苦地道，"这一个月怕是都有得忙了。"

第二日清晨，顾九思起来，便让人开始全城抓捕。王家的人在顾九思入城当日就已经被拿下，而剩下三家的人在昨夜一番交涉之后，也呈现出了异常的克制与平静。

对于大家族来说已经接受了命运，但对于个人来说，每个人都有自己的想法，于是官兵破门而入的时候，见到的是家族内的互相指责以及一些人试图逃脱的场景。

荥阳城热闹无比，四处充斥着哭闹声、叫骂声、叱喝声。

柳玉茹清晨起来，领着人穿过了城，到了仓库之中。

人大多在前些时日被送走了，仓库中没剩下什么人，而旧货也被卡在了上一个仓库点。柳玉茹到了码头逛了逛，让人去通知之前离开的人回来，又让人去通知上一个仓库点的人可以开始正常放货了。

回来的时候，柳玉茹经过赵家，看见一个男子衣冠不整地冲出来，即刻有家丁冲出来抓住了那个男人。那男人在大街上挣扎号哭："官是你们让我考的,事是你们让我做的,你们却在家享福。你们成天同我说一家人一家人,如今出了事,却不管不问,让我去抵罪,这是什么道理?哪里来的道理?!"

那男人吼得整条街的人都听得见,一个年迈的老者叱喝道:"把他的嘴给我堵上!"

而后那男人就只剩下了呜咽声,没多久就被人拖了回去。

之后,大街上又是干干净净,仿佛一切都未发生过一般。柳玉茹转过头去,看向赵家大门,便见赵老爷站在门口。赵老爷看上去苍老了许多,见到柳玉茹,微微躬了躬身子,恭恭敬敬地叫了声"顾夫人"。

柳玉茹回了个礼,赵老爷似乎疲惫极了,也没有过多寒暄,行礼之后便转身回了大门内。

柳玉茹沉默了片刻,轻叹一声,由人扶着回了家。

这日顾九思回来得早。他回到家里来,便看见柳玉茹坐在桌边发着呆,账本都没翻。他走进来,笑着道:"今日是怎么,谁惹着柳老板了?"

柳玉茹听到顾九思的话,回过头来,轻轻笑了笑:"回来了?"说着,她起身来,要替顾九思换衣裳。

顾九思连忙拦住她,道:"你自个儿忙自个儿的,我自己会换。"

柳玉茹就坐回去了,温和地道:"今日我见城里到处在抓人。"

"嗯。"顾九思在屏风后,扔了一件衣服上屏风,解释道,"我让人去的。司州的守兵不能一直停在永州,而且荥阳也算是中转大城,一直这样对它的损伤太大。本来修河道就够劳民的了,若是因这些事又伤了元气,我来永州这一趟,就是作孽了。"说着,他从屏风后转出来,系上腰带,道,"这案子要速战速决,反正傅大人和秦大人也都准备好了证据。"

柳玉茹点点头,顾九思走到她边上坐下,握了她的手,将人揽到怀里。柳玉茹把头靠在他的肩上。

"你今日被吓着了?"

"也不是,"柳玉茹摇摇头,"有些感慨罢了。"

她将赵家的事说了一番,顾九思静静地听着。她说完后,顾九思才道:"自从朝中允许商人子弟入仕,这便是常态了。一个家族总要培养一些孩子读书,当官,然后反哺家族。那人也是好笑了,他说赵家对他不公,怎么不想想,当官升迁,个中资费来源于哪里。而且这种家族里仕宦子弟自幼享尽优待,他在赵家,平日里个个吹捧他,让着他,为的是什么？不就是为了出事的时候保全自己吗？为家中牟利，本可不做的事，因家族里的优待和资助做了，到头来又说家里人对他不公害了他，这是什么道理？合着他只能享福，不能受罪？"

柳玉茹不由得叹了口气："深陷泥淖，还想挣脱，太难了。九思，出淤泥而不染是人之向往，可人性软弱贪婪。"

顾九思沉默不言，柳玉茹抱着暖炉，靠着他，温和地道："当一个老百姓，你黑白分明、疾恶如仇是好事。可作为官员，你得把人当成普通人。"

顾九思静静地听着，思索着柳玉茹的话。

他听得明白柳玉茹的话，荥阳，或者说永州的问题不是一个地方的问题，而是大荣百年积弊。这些年来，物产越来越丰盛，商贸越来越发达，商人入仕就成了必然。无论再怎么打压商人，在钱财的驱使之下，商人在朝中拥有自己的权势也是难以阻挡之事。

商人逐利，官员有权，然而没有相应的制度，荥阳的今日便是其他各州的未来。就算今天他把荥阳的贪官都斩了，下一个、再下一个官员处在这个位置上能不步前任官员的后尘吗？

哪怕是顾九思自己——

顾九思心想，如果自己也是从小被如此教导，也会为家族命运投身于官场。倘若一族兴衰系于他一人，风气如此，十年后，二十年后，他又能比今日这些荥阳官员好到哪里去？

顾九思把柳玉茹的话放在心里，拍了拍她的肩，柔声道："别多想了，你好好赚钱就是，这些该是我想的。"

柳玉茹应了声。

抓了几日人，顾九思开始公审。他开了县衙大门，将天子剑悬在桌上，而后便开始审人。

有了秦楠和傅宝元准备了多年的证据，王思远的口供，加上后续从各家搜查出来的证据，顾九思一个接一个地抓人、审判。

关于这些人的关系网，从荥阳到永州，乃至东都，顾九思得到了一个巨大的名单。

一个月后，审完定罪，这些人全部被收押。永州最终收押官员五百三十二人，其中荥阳官员两百三十八人，处斩九十八人，其他各类处置人数不等，但顾九思总还是留了一条生路。

这样的大案，顾九思必须得回东都述职，取得范轩的批示。于是顾九思选出人来接管了城防之后，又让秦楠和傅宝元接管永州、洛子商监管治理黄河的工程，自己领着江河、叶世安一起回了东都。

顾九思本不打算带柳玉茹，柳玉茹怀了孕，顾九思怕她受不起这样的奔波。

出发前夜，柳玉茹辗转反侧。顾九思将人往怀里一捞，温和地问："怎么还不睡？"

柳玉茹犹豫了片刻，终于道："我许久没回东都，其实也该回东都看看，但怀着孩子，我知道这太任性了，我……"

顾九思静静听着她的话，将她揽在怀里，过了片刻后，叹了口气："你想去便去吧，这算什么任性？"他温和地道，"路上我会好好照顾你，不会有事的。"

柳玉茹低着头，顾九思亲了亲她，柔声道："你是个好母亲，但不是所有事都要你一个人承担。别太紧张了，孩子的事要随缘，总不能怀了孩子，你连床都不下了。"

柳玉茹抿唇笑了笑："哪里像你说的这样夸张？"但她心里也是高兴的，她伸手抱住顾九思，靠着他，什么话都没说。

第二日，顾九思便让人重新布置了马车，带着柳玉茹一起回东都。

七日后，他们终于站在了东都城门前。从荥阳回来，顿时感觉东都城门高大，道路宽阔，街上人来人往，繁华熙攘。两个人没有了当初第一次入东都时那样的小心、忐忑。仰头看了东都城门的牌匾一眼，柳玉茹将头发拢在耳后，平和地说了句："进城吧。"

入城之后，顾九思和柳玉茹先拜见了顾朗华、江柔和苏婉。报过平安，顾九思便在梳洗之后，跟着江河、叶世安一起入了宫。

范轩等了一些时候了，顾九思进来行礼，范轩急急上前去扶住了顾九思，道："顾爱卿辛苦了，快起来。"范轩这一番姿态让顾九思定下心来，顾九思站起身来，恭敬地道："为陛下做事是臣分内之事，没有辛苦不辛苦。"

"你在永州的事，我已听闻了些，"范轩叹了口气，让顾九思坐下来，端了杯茶，道，"你去时我就想到不会容易，却没有想到这样不容易。你这么年轻，处理这样的事的确是太为难你了。"范轩喝了口茶，叹息道，"罢了，不提了。你同我说说结果吧。"

顾九思上前来，将结果同范轩说清楚，范轩静静地听完。

顾九思将折子放在范轩的桌上，恭敬地问："剩下的官员大半还在东都，不知陛下打算如何？"

范轩静了好久，终于道："既然办了，就一并办下去，没有案子办到一半回头的道理。马上就是秋闱了，本来我让叶爱卿和左相操办这事，既然你回来了，这一次的主考官就由你来担任吧。让世安帮着你，顺便在秋闱之前在东都把案子也结了。"

听到这话，顾九思愣了一下，下意识地张口："可黄河……"

"就几个月的事，"范轩打断他，"洛子商在那里，你等事情办完了再回去。"

顾九思想了想，应声道："是。"

范轩看向叶世安，又嘱咐了他几句，将案子的事草草说了一些，随后看了看天色："如今也晚了，顾爱卿不如留下来陪朕用顿晚膳。"

顾九思知道范轩是想单独留他，便应了下来，江河和叶世安也是懂事的，都自觉告退了。他们都走了，顾九思留在屋中，范轩什么话都没说，低头喝着茶。

范轩看上去有些疲惫，顾九思不在的这几个月，范轩似乎又瘦了些许。顾九思见了，不由得道："陛下保重龙体。"

范轩笑了笑："顾爱卿有心了。不过人老了，这身体也不是我想保重便能保重的了。"他抱着茶杯，温和地道，"听说你媳妇儿有喜了。"范轩这个口吻，仿佛他还是那个幽州节度使，闲来无事与下属拉拉家常。

顾九思也藏不住那份心思，面上便带了喜气："是，三月有余。"

"头一胎是个男孩儿就好了。"范轩有些感慨地道，"还是多生几个男孩儿好。"

顾九思把这话品了品，怕是近来太子又让范轩不满了。

范轩慢慢地道："太子近来换了好几位老师，朕想让他多学儒家经典，可他还是不爱听这些老师的话，时时与朕作对。朕本想让周爱卿来当太傅，但周爱卿心里不乐意，太子更是同我吵得厉害。他与叶世安也是不对付的……"范轩絮絮叨叨地说着，抬眼看向顾九思，叹了口气，道，"你性子随和，是陆爱卿的爱徒，与陆爱卿相像，你日后多哄着帮着太子。"

顾九思听明白了，范轩其实知晓范玉的脾气，周高朗与范玉是不对付的，叶世安耿直，也是范玉不喜欢的。而顾九思不一样，顾九思能玩，以前便是纨绔子弟，想哄人也简单。顾九思又拜了陆永当师父，陆永是什么人？这天下没陆永拍不好的马屁。顾九思跟着陆永学，日后要哄一个范玉，简单得很，端看顾九思愿不愿意了。若是顾九思有能力，又愿意追随范玉，顺着范玉的意思说话，引导范玉做事，那日后范玉在朝堂上也算有了左右手。

顾九思静静地思量着，突然明白了当年范轩为什么把陆永的人都交给他，为什么撮合他们师徒。范轩怕是那时候就已经想到日后让顾九思辅佐范玉了。

顾九思一面想，一面慢慢地道："臣是臣子，对君上哪里有哄着的说法？都是据实相告，陛下就别埋汰臣了。"

"你这孩子啊，"范轩叹了口气，"心里明镜一样，还要同我打哈哈。你以为我让你留下来审案子是为什么？"

顾九思没说话。

范轩接着道："陆永的人虽然给你了，终究不是你自己的人。要在朝堂上立足，你终归要有自己的门生。这一次你上下清理了这么多人，科举后就得填补上。这是史无前例的大考，你当了主考官，要好好思量。"

顾九思应了声。

范轩轻咳了几声，道："平日为人做事你也要谨慎，我这里收到的参你的折子已不少了。沈明的事，你说不是你指使的，他也自己认了罪，可这事绝不能有二次。"

"陛下恕罪。"顾九思赶紧跪了下去。

范轩接着却道："好在太子把这案子压了下来，成珏，太子不懂事，但也是一个惜才的人。"

"臣明白。"顾九思急急地道，"臣必当好好辅佐陛下和太子，赴汤蹈火，在所不辞。"

范轩似乎这才舒了口气，平和地道："这一次沈明的案子就交给你办吧。"

这话让顾九思愣了愣。见顾九思发怔，范轩压低了声音，提醒道："成珏，你得多为你的前途着想。"

"可是……"

"你是要当爹的人了，"范轩打断了他，慢慢地道，"玉茹是个好姑娘，她自打跟着你就没过过什么好日子，成日奔波劳累，就图你安安稳稳。你年纪不小了，凡事得多考虑考虑。"

顾九思不敢说话了，那一瞬间想着孩子，想着柳玉茹，心突然就像被人重重地拍了一巴掌。那一巴掌把他火热的跳动着的心拍得疼了，他的心疼得蜷缩起来，在暗处瑟瑟发抖。

范轩拍了拍他的肩膀，站起身来："走，用饭去吧。"

顾九思应了声，起身跟着范轩一起去用了晚膳。

跟天子一起用饭是莫大的殊荣，然而这一顿饭，顾九思吃得心里沉甸甸的。

吃完饭后，顾九思犹豫了片刻，终于道："臣想去见见沈明……"

"成珏，"范轩抬眼，定定地看着他，"你再想想。"

顾九思不敢说话了。范轩的意思太明显了。

顾九思行礼之后，跟着张凤祥走了出去。张凤祥一贯在范轩身边伺候，鲜少这么亲自送人离开。

张凤祥把顾九思送到了门口，笑着道："顾大人看上去不大高兴啊。"

顾九思勉强笑了笑，张凤祥把双手放在身前，压低了几分尖厉的声音，劝顾九思道："顾大人，有些机会有些人求一辈子也求不来。机会来了，若是握住了，那就是平步青云。这世上有舍有得，有些人是保不住的，何必把自己也葬送了？您说是吧？"

顾九思静了许久，微微躬身，低声道："公公说的是。"他朝张凤祥行完礼，便往外走了。

当时已是深夜，东都的深秋，天气已经冷了起来。顾九思出宫前换了常服，此刻穿着一身蓝色华袍，头顶玉冠，失魂落魄地走上了大街。他没上马车，等候许久的车夫为了避寒躲在车后面，也没看到顾九思走过去。

车夫等了许久，也没见着顾九思出来，终于忍不住上前去问守门的士兵："各位可见顾尚书出宫了？"

士兵识得车夫，不由得有些诧异："顾尚书不是早就出宫了吗？"

车夫愣了愣，旋即知道不好，赶紧回去禀告。

柳玉茹白天去花容和神仙香盘账，不敢太劳累，下午便早早回来了。

她还在吃着滋补的药，印红着急地走了进来，道："夫人不好了，姑爷不见了！"

这话让柳玉茹愣了愣，但她还算镇定，忙问道："怎么不见的？你将禀报的人叫过来，我亲自来问。"

印红应了声，忙让车夫进门来。车夫跪在地上，战战兢兢地将话说了。柳玉茹静静听着，许久后，道："你没瞧见他出宫了，士兵却说他出宫了？"

车夫颤抖着道："夫人恕罪，是小的错了，天太冷了，小的……"

"暗卫呢？"柳玉茹问印红。

印红愣了愣，随后道："我这就让人去找。"

"从宫门前开始，问着人找。"

印红出去后，柳玉茹让车夫把事情再说一遍。听完后，柳玉茹想了想，直接去了隔壁院子，找到了正在会客的江河。

江河被人从一片吹拉弹唱声中叫出来，看见柳玉茹，挑了挑眉，道："怎么了？"

"九思不见了，没什么打斗痕迹，暗卫那边也没消息，应当是他不想回家。我想知道你们在宫中说了什么。"

江河皱起眉头："也没什么，也许陛下说了什么让他烦心的事……"江河认真地想了想，突然道，"沈明！"

柳玉茹愣了愣。

江河眼里带了几分惋惜之意，叹息道："我还以为陛下是打算饶了沈明，没想到在这儿等着九思呢。"

"舅舅的意思是……？"柳玉茹试探着询问。

江河解释道："沈明来东都自首，说他一人担着杀王思远的事，但陛下没有马上处理他，只是将他收押在天牢，我本来以为陛下是打算网开一面，但现在九思举止不对，那唯一的可能就是，陛下是留着沈明让九思处置。"

"为什么？"柳玉茹脱口而出。

江河笑了："为什么？九思是陛下一手捧上来的，连字都是钦赐的，陛下对他得有多大的期望？怎么容得九思身上有半点儿瑕疵？"

他这么一说，柳玉茹便明白了。

这时候印红也回来了，同柳玉茹道："夫人，人找着了。听说姑爷就一个人走在街上，什么都没做，走到现在了。"

柳玉茹让人准备了热汤，便领着人走了出去。

顾九思一个人在街上走了很久。他不太敢回去，也怕天亮。他的脑子木木的。他感觉自己的脊梁弯着,像一只滑稽的软脚虾,可笑地被人捏在手里。他一直在想,方才在宫里怎么就不说话呢?出门的时候,他怎么就会同张凤祥说那一句"公公说的是"呢?他闷着头一直走,觉得有种无处发泄的烦闷从心头涌上来。

柳玉茹找到人的时候,远远看见顾九思,他正漫无目的地往前走,低着头,有种说不出来的萎靡。东都的街很繁华,和荥阳城的不同,四周的人都穿着华美的衣裳,戴着精致的发簪,说的都是纯正的官话。可这里的顾九思不再是那个如朝阳般的青年,她只看见了一个泯然于众人的顾九思,他正恍惚地走着。

柳玉茹感觉心里刺疼。她深吸了一口气,叫了一声:"九思。"

顾九思转过头来,看见不远处的柳玉茹。

她穿了一件粉色长裙,外面披了白色狐裘披风,手里提了一盏灯,拿了一件披风,站在不远处。灯火在她身上罩了一层光,顾九思愣了愣,柳玉茹走了过来。

她什么都没说,只是将灯塞在他的手里,轻柔地展开了披风,披在了他的身上。披风上带着她的温度,温暖得让他冰冷的四肢里的血液又重新流动起来。

"听说郎君找不到回家的路了,我特意来接你。"柳玉茹开口,声音有些沙哑。

顾九思提着灯,定定地看着替他系着披风的姑娘,慢慢地道:"你难过什么?"

"今日听人说书,"柳玉茹开口,"听得人心里难过了。"

"听了什么?"

"先是听了哪吒的故事,听他削骨还父削肉还母,一身傲骨铮铮。"

"你也不必难过,"顾九思劝她,"他最后好好的,还封神了。"

"我不难过这个。"柳玉茹系好了带子,却没离开,手停在顾九思身前,低着头。

顾九思静静地等着她后面的话,她道:"我难过的是,后来他们又说到,齐天大圣偷蟠桃被众仙追杀,他一棒打退了哪吒,又击败了五位天王。"

顾九思看见柳玉茹抬眼看他,她的一双眼清明通透,仿佛什么都看明白了。

"都是天生天养的一身傲骨,怎么最后都落入了凡尘?"

风从两个人中间吹过,让他们的头发纠缠在一起。

顾九思在昏暗的灯光下看着仰头看他的柳玉茹,突然克制不住自己,猛地扔了灯,捧住了她的脸深深吻了下去。

他知道柳玉茹的意思。哪吒当年也曾傲骨铮铮,最后却成了天庭爪牙;齐天大圣也曾云霄笑骂,最终却也成了斗战胜佛。他们有了神位,却失了命随己心的气魄。从被镇压的人变成镇压别人的人,仿佛是难以逃离的轮回。

让柳玉茹觉得可惜的不是哪吒也不是大圣,而是他顾九思。他在黑夜里彷徨,不就是因为他已经隐约感知到他的未来了吗?沿着这条路走下去,他或许会是下一个范轩、下一个周高朗、下一个陆永乃至下一个王思远。若他今日为了前程舍了沈明,明日不知又会舍去什么。他低着头一步一步往前走,久了便会连原本要去哪里都忘了。

柳玉茹说出这话之后,他仿佛在黑夜里骤然看到了明灯,在绝境中猛然抓住了救命草绳。他死死地抱了一下柳玉茹又放开,而后披着柳玉茹给他披的披风转过身去,道:"你先回去吧,我要再进宫一趟。"

柳玉茹见他匆匆往宫里赶去,不由得笑了,大声道:"自个儿回来!"

顾九思小跑着摆了摆手,没回头:"知道了。"

顾九思一路奔回宫中,求见范轩。

范轩有些诧异,但还是接见了他。顾九思见了范轩,立刻就跪下了。

范轩:"你这是什么意思?"

"陛下,沈明的案子,微臣不能审。"

范轩皱起眉头。

顾九思跪在地上,继续道:"陛下爱惜微臣,希望微臣能够不被人指责,可做人,重要的是当个怎样的人,而不是别人说我是怎样的人。沈明是微臣的兄弟,微臣教导无方,不与他一同承担骂名便也罢了,哪里有资格审判他?若微臣为了保住自己的名声重罚了他,那是不义;若不这样,哪怕我的判决是公正的,也会招来非议。故而还请陛下三思,换一个人做主审。"

"顾大人,"范轩的语气中有了几分不快,"你可想好了?"

"陛下的意思,臣明白,"顾九思的神色平静,"可陛下看重臣,看重的不正是臣这一份正直吗?若今日臣对友不义,陛下又怎敢将太子托付给微臣？"

范轩静了好久，终于道："那么，沈明的案子，你是决计不审了？"

"不审了。"

"朕若让另一个人审，最后判了他一个死罪呢？"

"按律，沈大人虽然有罪，却也立下大功，就算活罪难逃，但死罪理应可免。"

"那么你打算怎么办？"

"替他申冤。"

"朕让人办的案子，你也要让人申冤？！"

"陛下是明君。"顾九思这句夸赞让范轩沉默了许久。

顾九思静静地跪在地上，好久好久，才听见范轩无奈的声音："顾九思，你可知道，朕是想让你当丞相的。"

"微臣谢陛下厚爱。"

"未来周大人管武，你掌文，朕对你有过太多期望。"

"臣辜负了陛下信任。"

"你可知自己放弃的是什么？"

"知道，"顾九思的声音铿锵有力，"臣不后悔。"

"为什么？"范轩像是有些烦躁。

顾九思抬起头，看着范轩，认真地道："臣以为，做人比做官重要。"

范轩盯着顾九思，好久后，深吸一口气，终于道："你下去吧。"

顾九思叩首，站起身，退出去。

他出了御书房，便回了家中。到了家里，看见柳玉茹在屋中算账，他冲进屋去，抱起柳玉茹来，高兴地转了一圈。

柳玉茹受惊，忙让他放下自己，顾九思将她放到位子上，高兴地道："我们明天去看沈明吧？"

"好啊。"柳玉茹笑起来，温和地说，"进宫同陛下说了什么？"

"我同陛下说我不干了，我不愿意审沈明。"顾九思把和范轩的对话说了一遍。柳玉茹静静地听着，顾九思抱着她，缓缓地道："我那会儿从宫里出来，其实不知道怎么办。在官场上久了，自个儿也不自觉染了官场上的脾气，权衡利弊，自私自利。越往上走，身上负担越多，就想得越多。有时候想太多了，连自个儿怎么来的都忘了。不过还好，"顾九思靠着柳玉茹，闭上眼睛，安心地道，"你在，我就觉得有了路。"

柳玉茹轻轻地笑了，轻抚着顾九思的头发，想了想，慢慢地道："说来也奇怪，你说陛下是不是太急了？"

"嗯？"

"让你治理黄河，又让你回来审案子，还让你主持秋闱，有点儿……"柳玉茹皱起眉头。

顾九思笑了，直接道："有点儿捧得太过了。"

柳玉茹点点头，顾九思靠着她，闭着眼睛，平静地道："其实这也不难明白，他需要一个人和周大人制衡。周大人不喜欢范玉，又有权势，陛下害怕他们俩起争执。丞相张大人与周大人有旧，又是个不倒翁，不会刻意保着太子。日后若周大人和太子有了冲突，张丞相大约就是隔岸观火，所以陛下需要一个明确的太子党。这个太子党不能太护着太子，不能像洛子商，否则会激化周大人和太子的矛盾；但也不能偏向周高朗，不能像他们一干老臣；还得有能力，不是像李玉昌、叶世安那样的能力，而是调和众人的能力……"顾九思慢慢睁开眼睛，"想来想去，也只有我了。"

"你同周烨的关系好，他不怕你日后成为周大人的人吗？"柳玉茹感到有些奇怪。

顾九思笑起来："他看重的不正是我和周大人的关系吗？我若与周大人没有半分关系，如何做这个中间人？陛下知道，我经历过扬州的事，最大的心愿便是天下安安稳稳的，不要再起争斗。其实只要太子不要太过分，有周大人和我，还有这些大臣辅政，哪怕陛下走了，这大夏也会继续安安稳稳的。我虽然不喜欢范玉，可还是会尽量护着他，因为这样可保天下安稳。"

柳玉茹有些犹豫，道："可他若失格呢？"

顾九思慢慢地道："如果天下注定要乱，自然要另择明主。"

"陛下想不到吗？"柳玉茹想不太明白这些弯弯道道，"他难道不知道，一旦太子失了分寸，你也不会再做这个和事佬吗？"

顾九思叹了口气，眼神里带了几分无奈："其实陛下也很难。范玉是他唯一的儿子，虽然脾气嚣张，但终究没有犯过什么大错。哪怕是一般帝王，也不至于为此废太子。更何况太子是陛下唯一的子嗣，废了，又要立谁？无论立谁，都名不正言不顺，都会有另外一批人拥护范玉登基，除非范玉死了，不然大夏难安。可陛下也想得长远，以太子如今的性子，他日登基，会做什么不会做什么，谁都说不清楚。如果他真的犯下大错，以陛下如今的布局……太子怕是没有后路。"

一个朝堂,没有彻彻底底的太子党,只是每个位置上都有最合适的人。殿前都点检周高朗、丞相张钰、户部尚书顾九思、工部尚书廖燕礼、刑部尚书李玉昌……哪怕有一日范轩归天,这些人也可保大夏内外安定。

范轩已经为这个国家尽力了,只是始终还有一点儿私心,希望自己唯一的子嗣能够好好的。所以范轩希望顾九思不仅仅是一个户部尚书,还希望顾九思能够站稳脚跟,成为一个能和周高朗相互制衡的人。

周高朗与范玉不对付。周高朗看着范玉长大,内心始终认为范玉是个孩子,又不大看得上他,过去常常谏言范轩续弦再生一个孩子,甚至十分反对立太子一事。范玉对周高朗恨之入骨,但周高朗位高权重,范玉就是被欺负得狠了,也半点儿奈何不得周高朗。他日要是走了极端,范玉便完了,大夏又是一番动荡。

所以这个朝堂需要一个顾九思。他与周家交好,能劝着周高朗,又能哄着范玉,让范玉以为自己有一颗和周高朗制衡的棋子,不至于走到绝境去。在这个过程中,范玉慢慢长大,或许有一日也能明白父亲的苦心。

柳玉茹不由得叹息:"这天家也不容易,若陛下不是陛下,也就不用想这么多了。"她放低了声音,道,"只是……做得这样急,陛下怕是……"

话没说出来,顾九思却已经明白了。他叹了口气,摇摇头,没有再说什么。

第二日清晨,顾九思便出门去打点,约了柳玉茹下午去看沈明。柳玉茹清晨到了神仙香,同叶韵一起看了看神仙香如今的经营状况。用过饭后,顾九思便派人来接柳玉茹,叶韵不由得道:"还这么早,顾大人接你做什么去?"

"去看看沈明,"柳玉茹笑了笑,接着道,"你要不要一同去?"

叶韵听得沈明的名字,叹了口气:"自然是要去的。"

柳玉茹点点头,领着叶韵上了马车。坐在马车上,柳玉茹想起离开东都之前沈明那惊天动地的一哭,不由得抿唇笑了起来,偷偷打量叶韵。

叶韵看见她那眼神,有些不自在,道:"你这是什么眼神?"

"离开东都那日,沈大人哭了一天。"

叶韵知道柳玉茹要问什么,轻咳了一声,道:"他孩子气。"

"与你过去倒是挺像的。"柳玉茹轻描淡写地说了一句,想了想,手肘搭在小桌上,瞧着叶韵,"你是怎么想的呢?你年纪也不小了,你叔父不管你的婚事吗?"

"管是管的,但也不敢多说,怕伤着我的心。"叶韵平静地道,"说句实话,其实我也没有多想,就是觉得,家里让我嫁给谁,我就嫁给谁。若我的婚事能给别人带来几分快活,那也是好的。"

"你……"柳玉茹皱起眉头。

叶韵笑了笑:"说来也不怕你笑话,之前家里是为我相看了江大人。我也是有了几分心思的。"她似乎有些不好意思,低头道,"想着若是嫁过去,一来也算和你成了亲戚,日后可以互相照应。二来,我们叶家、顾家、江家真连在了一起,我也算是为家族做了几分贡献了。三来,嫁给江大人,也算是体面,没有辱没门楣。只是没想到江大人心中有人……"叶韵叹了口气,转头看向窗外,"后来我也想明白了,我还年轻,还有许多机会,未来的事,慢慢看吧。"

"说来说去,"柳玉茹笑着道,"就是不说沈明。"

叶韵静了好久才道:"他救了我,对我好,心疼我,我视他为好友。他说喜欢我,我怕糟蹋了他的心意,也怕糟蹋了他的人。"

"你这话说的倒奇怪了。"柳玉茹有些疑惑,"叫你嫁给江舅舅,你不觉得糟蹋,让你回应沈明,你倒怕糟蹋了沈明?"

叶韵苦笑起来:"你不懂。"她转过头去,低声道,"沈明这个人干净得很。"

柳玉茹明白了。如今的叶韵正像当初的她,面对顾九思的那份感情,那时的她总觉得自己配不上,因为她心思重。而顾九思就如今日的沈明,干净得很。她突然就有了那么几分感同身受,可奇怪的是,当年她觉得自个儿配不上顾九思,如今却没有半分这样的想法。察觉到自己的变化,柳玉茹不由得有些愣神。叶韵见她发愣,也不说话。过了一会儿,柳玉茹慢慢地道:"再等等就好了。"

"等什么呢?"叶韵有些疑惑。

柳玉茹笑起来:"再等等,或许你再等等便会知道,被一个人真正地爱着,是多么神奇的事。"那会治愈你所有残缺,会让你脱胎换骨。

"或许吧。"叶韵叹了口气。

两个人到了天牢,下了马车就看见顾九思和叶世安在门口候着。顾九思见柳玉茹出来,忙上前扶着柳玉茹下马车。叶韵见到叶世安,问候了一声。叶世安了然,道:"看沈明啊?"叶韵应了一声,叶世安想说点儿什么,最后却也只是皱了皱眉头。

四个人一起进了天牢,刚走几步,就听见了沈明的声音。

他在里面闲着没事,敲着碗唱着歌。他也没什么文化,唱的都是山寨里的歌,活生生把一个天牢唱出了几分寨子的感觉,似乎随时就会跳出两个土匪来挥舞着大刀喊:"此山是我开……"

四个人走进去,沈明听到了声音,背靠着牢房门,百无聊赖地道:"世安哥,我想吃桃子,下次带点儿桃子进来。"

"好。"顾九思开了口。

听到顾九思的声音,沈明骤然愣住了。他猛地回头,看见顾九思后,赶紧爬了起来,高兴地喊:"九哥!"

顾九思臭着脸,看着沈明,冷笑道:"还知道我是你哥?"

"哥,"沈明赶紧讨好地道,"你是我亲哥哥。你怎么来了?事情解决了?王家的人都砍了吧?秦大人好不好?荥阳什么情况了?你……"

"你还有脸问这么多问题,"顾九思冷着脸打断他,"怎么不反省一下自己做了什么?"

"我错了,"沈明赶紧开口,"下次再也不敢了。"

"还有下次?"顾九思严肃地看着沈明,认真地道,"你倒的确没有下次了。"

这话让沈明愣了愣,叶世安和叶韵也惊了,叶世安立刻道:"陛下……"

"陛下让我主审此案。"顾九思看着沈明,"荥阳一案牵扯东都众多官员,陛下希望我来审。可因为你,我也被牵扯进去了。为了洗清我指使你杀王思远的嫌疑,我得做点儿什么,然后才能去审案、立功,让陛下给我一个升官的机会。这是陛下给我的考验。"顾九思眼里没有半点儿说笑之意,"沈明,你说我该怎么办?"

"九思……"叶世安急急开口。

顾九思怒喝:"你让他说!"

沈明平静地道:"九哥是要做大事的人,接受了陛下的考验,主审此案,便可以平步青云,日后说不定是咱们大夏最年轻的丞相呢。到时候九哥还得像现在一样,多为百姓办事。"

"我问你我该怎么办?"顾九思不让他有半分逃避。

沈明叹了口气:"自然是要重判,律法里怎么判最重,就怎么判。九哥你也别担心,我看过《大夏律》了,我这个情况,最重的判法是夷三族。我也没有三族可以被夷，你就这么判。这么判了，谁都不会再说是你指使我的了。"

"你是不是以为我不敢判？"顾九思的话里带了几分怒意。

沈明看着顾九思，神色一片清明："九哥，我知道你心里不好受。如果可以，我自个儿了结自个儿，不让你为难。可我若自个儿了结了，就是畏罪自杀，你的嫌疑就洗不清了。我不是冲动，从我做那事开始，就做好打算了，绝不连累你，你若是让我连累了，我还不如死在路上不回来。"

顾九思看着面前的沈明，吩咐狱卒："开一下门。"

这狱卒是顾九思安排的人，狱卒开了门，顾九思道："你到门口去，我再跟他说几句。"

狱卒犹豫了片刻，想着顾九思的身份，还是出去了，在门口等着。

片刻后，狱卒听到里面传来沈明的号叫声。

"你这脑子！你这脑子！"顾九思进了牢房里，对沈明拳打脚踢。沈明号叫着在监狱里四处逃窜，叶世安、叶韵和柳玉茹赶紧进去拦着顾九思。

顾九思一面打，一面骂："你还不如不懂事！还不如什么都不想！逞什么英雄？！我今天把你打死，打死算了！不懂事的东西，王家那一家子的命抵得上你的命吗？！"

顾九思被另外三个人联手拦着，却还是追着沈明作势要打。叶世安连连劝阻："骂骂得了，别动手，别动手。"

柳玉茹也赶紧道："你冷静些，要打也回去再打，在这儿打出事来不行。"

叶韵道："他回来时被人捅了好几刀，如今刚养好，再打下去真的会打死他的。"

听到这些话，顾九思也打累了，缓了动作，往床上一坐，喘着粗气道："沈明，我和你说，我真的是上辈子欠了你的。"

"九哥，我真的知错了。"沈明抱着头蹲在一边认错。

顾九思缓了缓，突然就体会到了顾朗华当初的那种心情。顾九思此刻真的很想提一根木棍打死沈明，就算打不死，把木棍打断也会觉得舒服些。

沈明见顾九思不说话，低声道："九哥，你真的别为难。"

"我为难什么为难？！"顾九思骂了一句。

叶世安明白了："那这个案子你不打算审？"

"不审。"顾九思扭头道,"审什么审?我回去治理黄河去!我就留在黄河边不回来了,我和黄河天天待在一起,万古长存。我治理完黄河治理长江,治理完长江治理淮海,这辈子都不回东都,一辈子治水算了!"

叶韵忍不住笑起来,顾九思冷冷地看了她一眼。叶韵赶紧退了一步,躲在了叶世安后面。

柳玉茹听着顾九思说气话,忍住了笑,轻咳了一声,道:"你打算自己扛了所有事,可你九哥怎么会让你一个人扛?沈明啊,日后做事,你得知道,你身边人都惦记着你,不可能放着你不管。你想牺牲,也得问问旁人难不难过,允不允许。你不是以往那个在山上一个人吃饱全家不饿的山匪了,"柳玉茹的声音里带了几分无奈之意,"你既然来了顾家,便有家了。"

沈明蹲在一边,低着头,双手环着自己,好久不说话。

叶韵走到沈明边上去,轻轻踹了踹他,小声道:"说句话,哑巴了?"

"我知道了,嫂子。"沈明终于开口,沙哑地重复了一遍,"我真知道了,九哥,嫂子。"他知道,自己不是一个人了,有一个家了。

顾九思也没了找沈明的碴儿的心,坐在床上,抿了抿唇,终于道:"你最近好好养伤。我不审这个案子,陛下也没有一定要判你重罪的理由,应当会派李玉昌主审,他清楚你的情况。我猜,你最后不是充军,便是流放了。"

"嗯。"沈明低着头。

顾九思接着道:"我会帮你想办法,充军也尽量到幽州去,到了周大哥的地界上,你好好跟着周大哥做事。你日后也别总是冲动,想着用蛮力,多读点儿书,不喜欢看那些文学方面的书,就多看看兵法什么的。"

"好。"沈明没了往日的活泼劲儿,什么都说是,什么都说好,顾九思也没法骂了。

几个人闲聊了一会儿,顾九思走出门去,同叶世安道:"你从你家拿些兵书来,别让他在牢里过得像养老一样,什么都不学了。"

叶世安点点头,道:"你推掉的不止是主审荥阳案的机会吧?"

顾九思沉默了片刻,才道:"陛下本想让我当此次科考的主考官。"

叶世安愣了愣,片刻后,终于叹息道:"九思。"

顾九思转头看他。

叶世安笑了笑:"愿你我兄弟几个,能永如今日。"

"嗯?"顾九思有些不明白。

叶世安像是有些不好意思,道:"你放心,若我是你,也会如此。"

顾九思也笑了，拍了拍叶世安的肩，道："我真的是上辈子欠了他的，养个儿子也就这样了。"顾九思有些难过，"真的，我感觉自己年纪轻轻就养了个叛逆的儿子。我爹当年的心情，我真的已经提前感受到了。"

"什么心情？"柳玉茹笑着插嘴。

顾九思叹了口气："就是想打死他，非常想打死他。"

如顾九思所料，没过几天，范轩就下令让李玉昌审理荥阳案。但出乎顾九思意料的是，范轩并没有完全抛弃他，反而是让他与李玉昌共同审理此案，只是沈明的案子由李玉昌单独审理。

这是在朝廷上宣布的，命令一下来，整个朝堂上都是议论之声。顾九思站在前方，听着各路人的声音。过了片刻，便有大臣站出来道："陛下，沈明刺杀王思远一案尚未审理清楚，顾尚书与沈明关系密切，让顾尚书同李大人一同审理荥阳案，怕是不妥。"

范轩抬眼，看着说话的人，道："朕与沈大人也时常说话，朕是不是也和沈大人关系密切得很？这个案子从头到尾都是李爱卿和顾爱卿办的，若要临时换人，你给朕找个合适的人来？"

这一句胡搅蛮缠的话表明了范轩的态度，众人也不敢多说。强行将朝堂上的意见压了下去，下了朝，范轩便将顾九思叫了过去。

顾九思进了御书房，看见范轩正在喝茶。顾九思一进去便跪在地上告罪，范轩也没让他起来，只道："等办完了案子，你便主持今年科举之事。"

顾九思有些忐忑，不明白范轩为什么最后还是将他推到了这个位置上，范轩也只是道："你不愿处理沈明，朕也不逼你。但你得记着，今日朕可以帮你压了此事，来日此事必定成为你的一个污点，未来若有人想捅刀，这就是你的命门。"

"微臣明白。"顾九思连忙回答，"微臣知道陛下的一片苦心。"

范轩叹了口气，转头同顾九思说了一些细节。

顾九思退下的时候，见人端着汤药进来，看了汤药一眼，没有作声。

出宫之后，顾九思心里发沉。他隐约知道了范轩这样做的原因，但这事无法逆转，顾九思也只能在事情发生之前，尽量把事做好些。

范轩让顾九思和李玉昌审荥阳这个案子，主要是为了让他们两个人多些政绩。有了这个案子作为基石，范轩让顾九思主持科考才能顺理成章。

顾九思在荥阳便已经掌握了许多证据，在东都开始办案就直接动手抓人。

这些大多是前朝就留下来的老人,早在前朝就和荥阳那边有不浅的关系,多年来,只要治理黄河,就是他们发财的好机会。这些人人脉广,顾九思审案期间,顾家府邸来来往往的都是人,什么亲戚都找了上来,搞得顾朗华和江柔都不敢见人,连苏婉都不堪其扰。

柳玉茹本也不大清楚顾九思在做什么,只是她店里的客人不知道怎么就多了起来,日日都有人来找她,要同她做生意。找她的人多来几次,柳玉茹便明白过来。于是她干脆谢绝了客人,每日待在顾家也不敢出门。别人送礼来,她都退还回去。

过去她做这样的事习惯了,以往还觉得难堪,如今做起来也没什么不好意思。

顾九思和李玉昌审了大半个月,从荥阳审到东都,最终定案时获罪人数有一千二百之多。

这是大夏建国以来最大的案子,如此大案,大荣立国百年也少见。一时之间,李玉昌和顾九思声名远播,骂者有之,惧者有之,更多的人将俩人当作青天大老爷给供了起来。

身负如此盛名,顾九思主持这一次科举,也没有多少人有异议,民间的读书人还颇感几分荣耀。他们若在此次科举中高中,也就间接成了顾九思的"学生"。顾九思公正清明,刚正不阿,必定会给他们一个公平的考试结果。而且顾九思前途不可限量,又是东都的风流人物,能成为他的学生确是一件幸事。

这一年的秋闱在十月初三举行,相比过去是晚了许多。秋闱举行前,沈明的罪也定了下来,李玉昌明白顾九思的意思,判沈明充军幽州。

沈明走那日是十月初一,顾九思领着柳玉茹、叶世安、叶韵一起来送他。沈明是跟着其他充军之人一起走的,穿着囚衣,戴着枷锁,手脚上戴着的铁链看上去十分沉重。

沈明脸上仍旧带着笑,但相比过去的确是沉闷了许多。顾九思给他倒了酒,他和众人逐一碰了杯子,随后笑着道:"此去不知何时是归期,你们若有时间,便多来看看我。"

"别这样说,"叶世安叹了口气,"你早晚会回来的,我们都会想办法。"

沈明笑了笑,点头道:"行,我知道你办事最妥帖,我会等你想办法。"

叶世安听出沈明话里面的调笑之意，想骂骂他，又觉得这送行的日子，不当与他起什么争执。见叶世安憋了气，沈明似乎高兴了些，转过头看着顾九思，道："哥，我走了。"

顾九思看着他，平静地道："我让人给周大哥带了信，让他平日里多给你点儿书看。你也老大不小了，别总像个山匪一样。"

"知道。"沈明笑起来，"我会好好看书。"

"到了幽州，战场便当是你的天地，好好建功立业，你也当有你的一番事业。"

"我知道。"沈明有些不好意思地道，"不过建功立业这事，玄乎，我尽量就是了。"

顾九思顿了顿，慢慢地道："沈明。"

"嗯？"

顾九思认真地看着他："我与世安都是文臣，我们都需要一个手握兵权，又同我们一条心的人。"

沈明不由得愣了，顾九思的目光挪都不挪，眼里满是期许："我知道你是一只鹰，你会有广阔的天地。我和世安都会在东都等你，到时候你会满身荣光回来。那时，我们执笔，你执剑，共守大夏江山百姓。"

沈明听着顾九思的话，感觉有什么在内心翻腾不休。

官差的催促声传来，沈明回过神，有些狼狈地低下头，哑声道："行，我知道了。"

顾九思拍了拍他的肩，想了想，道："我等着你，你还想和谁说几句，就和谁说吧。"

这话提醒得明显，于是顾九思一走，柳玉茹和叶世安也赶紧走了，就剩叶韵还在原地，显得有些踌躇不安。

沈明定定地看着叶韵，问了句："你今年几岁了？"

叶韵愣了愣，没想到沈明会问这么一个问题，有些茫然地道："十九。"

"大好年华。"沈明笑了。

叶韵没明白沈明的意思，两个人沉默着，沈明静静地注视着她。过了一会儿，他笑着道："回去吧，好好经营店铺，你得当个有钱的姑娘。"

叶韵听着沈明的话，不由得怔住，下意识地问："你没有其他话同我说了吗？"

"该说的我没藏着，都说过了。"沈明转过头，看向远方，"不该说的，也不必说了。"

叶韵抿了抿唇,道:"你还打算回来吗?"

"九哥在这儿,我自然是要回来的。"沈明平静地回复。

叶韵看着他,认真地道:"既然打算回来,不再同我说些什么吗?"

沈明静静地看着叶韵。

叶韵有些紧张,道:"我记得,你说过你想娶我。"

沈明慢慢地笑了:"是。"

"那么,"叶韵看着他,认真地道,"我可以等你,你早些回来。"

沈明看着面前的人认真的神情,听着她的话,心里酸楚又欢喜。他认真地看着她,道:"你不必等我,也不必同我说这些。叶韵,"他叫她的名字,"你得自己过得好,别总想着为别人好,也别总想着回报别人。你若要嫁给我,只能因为喜欢,我不接受别的理由。"

"我没有……"叶韵急切地开口。

"我不傻。"沈明认真地看着叶韵,"以往我不明白,可如今我懂得,你今日应我,只是想给我一个回东都的盼头,让我高兴些。你愿意嫁给我,也只是因为你视我为好友,觉得你的这桩婚事至少能让我高兴些。"

叶韵不说话了。她以往觉得沈明蠢笨,如今却发觉这人比谁都聪明,活得比谁都通透。

沈明笑起来:"可我不乐意这样。我喜欢你,你可以不喜欢我,但我希望你只在喜欢的时候才回应我。我会在幽州好好生活,也会尽快回东都。我回来的时候会有与你般配的身份,也会有不辱你门楣的品级,到时候你若喜欢我,我必定三媒六聘、八抬大轿迎娶你。我会让别人都知道,你嫁给我不是因为将就,也绝不会失了你的身份。在我回来之前,我希望你也和我一样,"沈明眉眼里带着温柔,"好好生活。如果遇到合适的人,你想嫁,觉得高兴,就嫁,我也会很高兴,因为你过得好。如果你没有遇到合适的人,也别害怕,我会一直等着你,等你喜欢上我。我随时随地,都等着娶你。"

沈明像是有些不好意思,垂下眼眸。

官差又喊了一声,这次是真留不得了。

沈明同众人告别,转过身去,同其他犯人一起往远处走去。

叶韵看着沈明的背影,风卷着他残破的囚衣。看着他被上百斤枷锁压得佝偻的背,她发现自己终于可以以一种平等的姿态审视沈明。

过去她总觉得他幼稚，总觉得他无法体会她内心的想法和艰辛。然而看着那人远走时，她突然开始明白，他或许不是不懂，甚至可能比谁都清楚，比谁都明白，只是他不像他们这些聪明人，想得多，烦恼得多。一件事，他想做便做了。一个人，他想爱便爱了，没有犹豫，也无迟疑。沈明踏上的路，他从不后悔，也不回头。

当天晚上，顾九思和叶世安便进了贡院，开始准备科考一事。

此次顾九思担任主考官，叶世安、江河协助。考题由范轩拟定，在科考前一天晚上才交到顾九思手中。

秋闱一共三场考试，每场三昼夜，第一场考八股文，第二场写公文，第三场则是策论。

往年秋闱一般在八月份，然而这一年，因新朝初建，事务繁忙，于是秋闱被推迟到了十月。而范轩意在选拔治国实用之才，私下也同顾九思说过，此次批卷重在策论，前面两场考试大概看看就行。

考生考试的时候，顾九思也得陪着。他和叶世安等人一直被关在贡院里，百无聊赖，三个人没事就去巡查。

顾九思以前读书不行，逢考必作弊，对作弊手段清楚得不得了，让他来查考场，他每天都会抓到几个考生扔出去。开考没有几天，整个考场就再也没人敢作弊了，而顾九思明察秋毫的形象也在考生心里印下了。

九天后，所有考生考完离开。考生出来了，考官却还得被关在一起。等人把卷子糊了名字，考官批完卷子才能出来。

柳玉茹是知道这个情况的，可心里还是有那么几分挂念，于是贡院开门的时候，早早到了贡院门口。考生一个接一个地走出来，有的欢天喜地，有的鬼哭狼嚎，有一位甚至出了门便披头散发地赤足狂奔，后来人们听说这人直接跳进了护城河。

柳玉茹本来是来看顾九思的，却不由得被这些考生吸引了目光。她坐在马车里静静地瞧着他们。

这也许是这些人一生中最重要的时刻了。

他们一辈子，最努力的时光是在这里，最艰辛的时光是在这里，最重要的时光是在这里。

考生三三两两结伴，说着此次考试。他们议论着题目，悄悄说着顾九思。

"此次主考的顾尚书，怕是有史以来最年轻的考官了，我的文章引经据典,万一他看不出来怎么办?"

"这你不必担心,"另一个考生道,"在下幽州望都人氏,去年梁王攻城,顾大人与梁王谋士城头骂战,在下刚好在旁,只听俩人论战半日,互相考校学问。顾大人虽然年纪轻轻,却无一不知,可谓学识广博。顾大人之才能,兄台大可放心。"

"顾大人是人中俊杰啊,"之前那个考生接着道,"先前只听闻顾大人力保望都,又治理黄河,灭贪官,知顾大人有实干之能,不想学识也是出众……"

考生说着话从柳玉茹身边走过去,柳玉茹抿着唇,笑着听这些人说的话。

她也不知道怎的,听着这些人这么夸顾九思,总觉得这些人若真知道顾九思是个怎样的人,怕是要大跌眼镜。

顾九思在考场里待了五日,终于和同事们一起批完了卷子。

放榜当日,顾九思才回了顾府。柳玉茹本以为他下午才回来,没想到他大清早就自己骑着马回了家里。柳玉茹甚至还没起床,迷迷糊糊地就感觉有人带着一身寒意突然掀开被窝挤了进来。她惊叫起来,顾九思一把搂住她,赶紧道:"别怕,是我!"

柳玉茹愣了愣。

顾九思抱着柳玉茹,似乎疲惫极了,含糊地道:"多睡睡,我也睡睡。"

柳玉茹看看天色,还没回过神来,顾九思眼周黑了一片,比在荥阳时严重多了。柳玉茹整个人呆呆的,也不知道他怎么就来了,更不知道他怎么什么都不干就扑到床上来睡了。她想想,也不管了,往被子里一缩,接着睡。

两个人窝在温暖又拥挤的被窝里,顾九思抱着柳玉茹,发出一声舒服的叹息,道:"还是抱着媳妇儿好睡。"

柳玉茹迷迷糊糊的,但也觉得顾九思说的对。她往他怀里又挤了挤,找了个合适的姿势伸手揽住他。她模模糊糊地想,还是相公在好睡。

柳玉茹怀着孕,睡得本也多些,之前不知道怀孕的时候,每日都拖着困倦的身子强行起来做事。如今知道了,她便放任自己睡。顾九思不在的这几日,她睡得也不大好,如今人回来了,她心里安定下来,睡得也熟。于是两个人一觉睡到日上三竿,柳玉茹觉得饿了,才迷迷糊糊地睁开眼来。

她想着顾九思也累了,本不打算打搅他,谁承想她一动,顾九思便醒了。他将她拉到怀里，撒娇道："我觉得饿了。"

"我让人弄东西去吃。"

"想吃肉。"

"好，"柳玉茹笑着道，"我让人弄一桌子肉。"

顾九思在她的肩头蹭了蹭，埋怨道："以后我再也不干这事了，可累死我了，五天时间看了这么多卷子，我头都看炸了。"

柳玉茹听着他的话，感到奇怪："看看试卷而已，难道比治理黄河还累？"

"累。"顾九思果断地道，"心累。"

柳玉茹推他起来，吩咐人准备饭菜和洗漱的东西，自个儿起身开始洗漱。

顾九思盘腿坐在床上，披头散发地看着柳玉茹梳洗，夫妻俩有一搭没一搭地闲聊。

柳玉茹漫不经心地道："你这么怕读书吗？"

"不是怕读书，我是怕遇见脑子有问题的人，"顾九思抓了抓脑袋，有些烦躁地道，"让我看东西也就罢了，一大半都是些狗屁不通的文章。脑子这么不清楚的玩意儿，是怎么通过了乡试送上来的？我随便读几年书也比他们强。"

柳玉茹忍不住笑了，知道顾九思是看卷子看烦了，转了个高兴的话题，道："就没几个让你看着觉得好的？"

"那自然是有的。"顾九思说起这个就有些高兴。他说了好几个人的文章，因为糊了名字，不知道姓名，只能点评内容。柳玉茹静静地听着，时不时就着他的话发问几句。顾九思说得高兴，便停不下来，两个人一面吃，一面聊。快吃完的时候，顾九思突然道："你瞧，都是我在说，你听着也乏味吧？"

"没有啊。"柳玉茹笑着道，"你说什么，我听着都高兴。"

顾九思给她夹了一块肉，凑到她身边，道："不能总是我在说呀，你说说你的事吧。"

柳玉茹听了这话，像是有些苦恼："我不会说话，不知道有什么好说的。"

"怎么会呢？"顾九思立刻道，"来同我说说你这些天怎么过的？"

柳玉茹认真地想了想，回答道："每日起床，去同公婆问安，然后同我母亲说些话，再去花容看看，去神仙香看看，而后就回来，看看书，睡觉。"

柳玉茹说完后，顾九思有些疑惑："然后呢？"

"就这些。"

柳玉茹说完后，顾九思有些无奈："你最近吃了什么？"

柳玉茹一五一十地把每日吃过的东西都答了。顾九思又问她穿了什么衣服，柳玉茹把每天穿的衣服也都答了。两个人一问一答，柳玉茹的回答标准得像一本账本，什么都清清楚楚，但也都规规矩矩。

他们这么说着话吃完了饭，而后就传来叶世安叫顾九思一起入宫的通报。

顾九思忙道："糟了，我才想起来还要见陛下。"

他慌慌张张地去拿衣服，柳玉茹知道他的衣服平日都放在哪里，不慌不忙地给他取了官服，又拿了狐裘披风，让人备了香茶。

顾九思在最短的时间里穿上衣服，柳玉茹送他出去。顾九思穿着官服，头上戴着官帽，自己给自己的披风打结，急急忙忙地道："我走了。"

柳玉茹一把抓住了他的披风，顾九思正要问她有什么事，柳玉茹就踮起脚，将他拉得弯下了腰，在他的脸颊上轻轻亲了一下。

顾九思愣了愣，诧异地抬眼看柳玉茹。柳玉茹抿了唇，压着笑意，眼里带了几分闪烁的羞涩之意，温和地道："我不会说话，便亲你一下，让你觉得我也不是那么乏味。"

顾九思听到这话，高兴得一把捧住柳玉茹的脸，在她猝不及防时，亲了几大口。

柳玉茹又羞又恼，忙推他，道："叶大哥还在等着，还不出去？！"

顾九思亲得高兴了，最后又狠狠亲了一口才放开她，道："行了，我真走了。"

柳玉茹捂着眼睛，背对着他："赶紧。"

顾九思抱着公文高兴地跑了出去。柳玉茹转过身去，又听见顾九思折回来的脚步声，只见他探出半个身子，用亮晶晶的眼看着她，道："以后你每天都这么亲我好不好？"

柳玉茹被闹了，从旁边书架上抽了一本书就砸了出去，道："再不走，我就亲自送你入宫去！"

顾九思被这气势汹汹砸出来的书吓到，赶紧缩回头跑了。

柳玉茹这才笑了，低声说了句："孩子气。"

第十三章 宫门变

随着秋闱的结束，荥阳一案也终于尘埃落定。这一案涉案人数之多、影响之深远，都是百年难得一见的。发生在大夏康平甲子年间的这个案子后来被称作修河大案，彰显了大夏新帝对于旧朝贵族强硬之态度，以治理黄河为引立了国威。此后各地豪强纷纷收敛，范轩之声望在民间高涨。

而与范轩这位明君声望一起水涨船高的，便是处理完此案后，紧接着主考了科举的顾九思。

这位年轻有为的顾尚书，以从未有过的速度在政坛崛起。朝官都清楚，之前顾九思的尚书之位是范轩强行保住的，但在科举之后，顾九思的门生迅速入朝并遍布朝廷。等黄河治理完毕，积累了民间声望，那这尚书之位，顾九思便彻底坐稳了。

等顾九思归来，他将是整个朝堂之上仅次于周高朗和张钰的第三人。而那时他不过二十一岁。对于这样一个年轻人，外界或怀疑或嫉妒或欣赏。

他成为整个东都最热门的话题，茶余饭后人们谈论的都是他。柳玉茹每次出门，都能从不同的人口中听到顾九思的名字。政客议论着顾九思的仕途，商人议论着顾九思的家庭，而女子则纷纷议论着顾九思是个俊朗的郎君。

柳玉茹静静地听着这些言论，感觉自己仿佛是怀揣了一块璞玉，这块玉被磨啊磨，终于有了光辉。

秋闱之后便是殿试。按理殿试要放在开春，然而因为荥阳一案，朝廷人手极度不足，只能提前殿试，早日将人安排下去。

于是十二月中旬，顾九思便主持了殿试。范轩亲自选出了三甲，昭告天下后，大夏第一场科举结束了。

科举结束当天，顾九思扶着范轩回御书房。

天冷了，范轩越发疲乏，顾九思扶着他的时候能感觉到他的手冰凉。顾九思低声道："陛下要多当心身子，这大夏千万百姓都还指望着陛下呢。"

"他们哪里是指望我啊？"范轩听着顾九思的话，慢慢地笑起来，"他们指望的是你们啊。"

"有君才有臣，"顾九思把范轩扶到高座上，温和地道，"我们也不过是帮陛下的忙罢了。"

范轩听着顾九思的话，摇了摇头，似乎有些累了。张凤祥给范轩送上暖炉，范轩抱在手里，靠着椅背，慢慢地道："人都会老，会死，朕这辈子也差不多了。朕创立了大夏，未来的大夏，是你们这些年轻人的。成珏啊，"范轩轻咳了几声，张凤祥忙给范轩奉了药茶，范轩轻咳着喝了药茶，缓过来后，接着道，"朕许久没这么高兴了。今日这些年轻人都很好，朕很欣慰，也很高兴。有你们在，朕就放心了。"

"我们都还年轻，"顾九思听出范轩话里的托付之意，忙道，"都得仰仗陛下照拂。"

范轩笑着抬起手，拍了拍顾九思的肩。范轩似乎有很多话要说，然而最后也只是说了句："回荥阳的路上，多多照顾玉茹。"

顾九思没想到范轩会关心这个，愣了愣，随后笑起来，恭敬地道："陛下放心，臣会照顾好内子的。"

范轩笑了笑，寒暄几句后，让顾九思下去了。

顾九思走后，张凤祥给范轩添了茶，低声道："陛下简直是把顾大人当亲儿子看待了。"

范轩听到张凤祥的话，笑了笑："朕瞧着他，便想起年轻的时候。"

张凤祥没说话。

范轩端了茶，看着门外，乌云黑压压的。他开始怀念从前，道："年轻的时候，朕也是这样。只是朕比他懂事晚，早年只想着百姓、国家、权势,没花多少时间在念奴身上,也没时间好好管教玉儿。"

杨念奴是范轩的妻子,也是范玉的生母。张凤祥知道,范轩与发妻感情极好,然而杨念奴早年跟随范轩奔波,生下范玉后没有好好调养,落了病根,在范玉小时候便撒手人寰。杨念奴死后,范轩哪怕只有范玉一个儿子,也一直没有再娶。许多人都以为这是范轩对杨念奴情深,然而张凤祥却从这话里听出别的意思。

"陛下如今是在自己罚着自己啊。"张凤祥叹息。

范轩笑了笑,道:"本想登基后好好教导玉儿,没想到上天却不给朕这个时间了。"

"不过还好,"范轩看着远方,神色里带了几分苦涩,"上天待大夏不薄。"

天空慢慢飘下雪来。顾九思穿着官袍,笼着手,一路走出宫去。

范轩闭上眼睛,轻叹:"大夏还有顾九思。"

科举之后,顾九思在范轩的默许下又多待了些时日。顾九思同周高朗、江河、张钰等人和吏部的人一起安排好了此次选出的人的去处,期间顾九思去了几次东宫。

或许是因为在太子这个位置上磨炼了许久,又或许是因为范轩训斥得多了,相比过去,范玉收敛了许多,虽然看着仍旧傲慢了些,但至少知道给人面子了。范玉知道如今顾九思是范轩的宠臣,也知道顾九思是日后会辅佐自己的人,因此虽然不喜欢顾九思,但每次顾九思来了,范玉还是会陪顾九思说几句话。顾九思同周高朗等人不同,既与范玉同龄,又爱玩,每次去见范玉,都会先搜罗些有意思的东西。顾九思放低了身段,拣着好话说,多见了几面,范玉也有些喜欢顾九思了。

有一次,顾九思送了一只鹦鹉给范玉。下人提了鹦鹉进来,恰巧遇到叶世安给范玉讲学,范玉的目光落在鹦鹉上就不能动了。叶世安皱了皱眉头,问提着鹦鹉的奴仆:"哪儿弄来的东西?这时候提进来做什么?"

"是顾大人送过来的,"奴仆赶紧跪下解释,"奴才便提进来给殿下瞧瞧。"

话刚说完,鹦鹉就叫了起来:"太子殿下千岁千岁千千岁!太子殿下英明神武!天下第一!"

一听这话,范玉扑哧一声就笑了出来。

叶世安的脸色有些难看，他正经地道："正在讲学，什么畜生也弄上来，拿下去！"

奴才赶紧将鹦鹉提了下去，叶世安这一骂打了范玉的脸，范玉当下便有了脾气。但之前与叶世安起冲突总被范轩训斥，此时范玉也就忍了，没有多说。

叶世安骂完了鹦鹉，又觉得这样太不给顾九思面子，只能僵着声音道："顾大人送这鹦鹉给殿下，是为了提醒殿下，若要对得起别人的夸赞，需得好生学习功课。配得上的才叫夸赞，配不上的便是讽刺了。"

范玉心头火气顿消，虽知道叶世安是在为顾九思说话，但此时竟也觉得叶世安说的也不错。范玉知道自己不学无术，成日被叶世安这些清流鄙视。这些人天天逼着范轩重新立后生子，就是因为瞧不起他范玉。今日叶世安已算是克制，不过这也是看在顾九思的面上。一想到这一点，范玉心中好不容易生出的对顾九思的几分好感，顿时又消了下去。

范玉扭过头去，敲着桌子不耐烦地道："叶大人，继续讲学吧。"

叶世安的脸色更难看了，只是范玉没有顶嘴，叶世安也不好多说，只能就着之前的话，将课继续讲了下去。

下学之后，叶世安立刻去找顾九思。

春节临近，顾九思正在家里贴春联。叶世安气势汹汹地进来，顾九思还踮着脚踩在凳子上贴春联。

"顾九思，"叶世安冲过去，焦急地道，"你给我下来。"

顾九思贴着春联没回头，嘴里叼了根沾着糨糊的木棒，口齿不清地道："有话就说。"

"我问你，你好端端的给太子送鹦鹉做什么？"叶世安焦急地道，"你不是不知道他本就贪玩，还送这些东西给他，让他如何收起心思来读书？"

顾九思把春联粘好，才慢吞吞地道："你说的倒有意思了。"他拍着手从凳子上下来，"他不读书，是他不乐意读，别把事赖在鹦鹉身上。"

"你还有理了？"叶世安有些生气，"你可知我为了教他读书费了多少力气？"

"世安啊，"顾九思从下人手里接过帕子，领着叶世安往书房走，一面走，一面擦手，叹息道，"你得想开点儿。"

"想开什么？"叶世安皱起眉头。

两个人进了书房，顾九思关上门，让叶世安坐下来，又给他倒了茶，慢慢地道："你得想明白，太子殿下该是什么人。"

"什么叫该是什么人？"叶世安还是听不懂。

顾九思慢条斯理地喝了口茶，平和地道："你打算让他当一位盛世明君吗？"

"不可能。"叶世安教范玉也教了一段时间了，顾九思一开口，他就断然否定。

顾九思接着道："那你这么费心地教他读圣贤之书做什么？"

这话把叶世安问愣了。

顾九思看着叶世安，叹息："世安，同你说句明白话，陛下如今身体不好，你是太子的老师，你心里得明白太子日后要做什么，才好决定教什么，怎么教。你看陛下的布置，陛下希望你把太子教成一代英才吗？就如今的形势，太子最好不要太有想法，也不要太有才华。日后有什么事是大伙儿解决不了的呢？太子只要好好当他的皇帝，多纳几个妃子，多生几个孩子，不要管太多，爱做什么做什么，这就够了。所以什么四书五经、《资治通鉴》，这些你都不需要教，你只要好好地哄着他，"顾九思靠近叶世安，轻声道，"让他觉得你好，尊敬你，同你有几分感情，听你的话，那就够了。"

这话让叶世安有些发蒙。

顾九思收回身子，喝了口茶，道："明日就是除夕了，你家大业大，怕是不会同我们一起过了。今年沈明和周大哥也不在，"他举起杯子，温和地道，"我先祝你新年大吉。"

顾九思的话冲击了叶世安，叶世安出门的时候脑子还是一片混乱。柳玉茹见叶世安这个样子，不由得有些疑惑，进了屋又只见顾九思一身常服在家里瞎晃悠，不由得道："你同叶大哥说了什么？他走的时候看上去不大好。"

顾九思摆了摆手："没事，正常。"

顾九思把两个人的对话粗粗一说，柳玉茹听后笑了："叶大哥是这么个规矩的人，你说这些话，他怕是得缓好一阵了。"

"他只是规矩，不是傻。"顾九思把双手背在身后，笑着道，"他心里会明白的。"

顾九思上下打量着换了套衣服、正在化妆的柳玉茹，靠着门柱道：

"你这是做什么去?"

"明日除夕放假,我订了位子,今夜带店里的人去下馆子。"柳玉茹很是高兴,扭头看了顾九思一眼,"你去吗?"

"去呀。"顾九思立刻站直了身子,道,"这种场合,我必须在。"

"不过你去不好吧……"柳玉茹见顾九思真要去,顿时有些犹豫,"你如今官大了……"

"官大怎么了?"顾九思听到这话立刻急了,"官大了,连顿饭都吃不得了?要被你嫌弃了?"顾九思噘起嘴来,"不行,我得去,我要去露露脸,让大家知道我的地位。"

柳玉茹挑了眉,有些好奇地道:"什么地位?"

"我老板夫的地位啊。"顾九思立刻回道,"免得一些不长眼的人把主意打到你身上。"

"你胡说八道什么呀。"柳玉茹哭笑不得,"我都嫁人了,还有谁会把主意打到我身上?"

"那可不好说,"顾九思一本正经地围着柳玉茹打转,比画着道,"你看看,你长得这么好看,脾气这么好,人还这么有钱。这牡丹花下死,有钱能使鬼推磨,就算你嫁了人,也总有人挡不住美色和金钱的诱惑啊。"

顾九思半蹲在柳玉茹身边,将脸放在柳玉茹的腿上,眨巴着眼睛看着柳玉茹:"人家说女人有钱就变坏,你不是变坏了,想瞒着我吧?"

"瞒你个鬼,"柳玉茹戳了顾九思的脑门一下,忍不住笑了,道,"你要去便去,不过可别胡闹,砸我的场子。"

"好嘞!"顾九思高兴得跳起来,跑到衣柜前开始翻衣服,"现在就要走了是吧?你瞧瞧我穿哪件衣服合适些?不能太素净,我得去撑场子,也不能太花哨,显得不端庄……"

顾九思嘀嘀咕咕地选衣服,柳玉茹看着也乐得不行。最后顾九思选了一件红色绣金线的长袍,然后逼着柳玉茹也换了一套红色金线绣秋菊的长裙,两个人往镜子前一站,红灿灿一片,是人都看得出来他们是一对。

柳玉茹很少穿这样的衣服,看着镜子里几乎要融在一起的两个人,不由得有些羞怯,小声道:"还是换了吧,太张扬了。"

她转身便要去换衣服,却被顾九思一把揽在怀里。顾九思看着镜子里的两个人,把下巴放在柳玉茹身上,道:"我瞧着正好,你这么穿,冬天都不冷了。"

柳玉茹听到顾九思说这话，看着镜子里的两个人，内心鼓起了几分勇气，竟也想试一试这顾九思用惯的颜色。顾九思抱了一会儿，抽了一支金蝴蝶镶珠步摇插在柳玉茹发间，端详了片刻，握住她的手，高兴地道："就这样吧。"

顾九思拉着她往外走去，柳玉茹的羞涩和焦虑感竟少了许多。顾九思走在前面，她跟在后面，他大摇大摆地开道，她就低着头跟着。

下人的目光都被这两个人吸引了，靠得近的低头叫着柳玉茹和顾九思："公子，少夫人。"

顾九思高兴地点点头，而柳玉茹只能低着头，尴尬地应着声。

走了一会儿，顾九思便察觉到柳玉茹的情绪，停下步子，转头看向她，皱眉道："你是不是觉得不好意思？"

柳玉茹低着头，小声道："也……无妨。"

顾九思想了想，随后笑起来："我想出一个办法了。"

柳玉茹抬起头来，看着顾九思，有些茫然。顾九思猛然将柳玉茹一把抱了起来，柳玉茹惊叫，一下搂住他的脖子，顾九思抱着她便狂奔了出去。

柳玉茹反应过来后，赶紧道："你这是做什么？快放我下来！"

顾九思只是道："快，把脸埋进来，你就不尴尬了！"

"什么歪理！"柳玉茹哭笑不得。

顾九思抱着她小跑到了门口，将人往马车里一放，自己也躲了进去，吩咐车夫："赶紧走！你家少夫人尴尬呢！"

车夫笑呵呵地应了。

马车动起来，柳玉茹抿了唇不说话，扭头不看顾九思。顾九思凑过去，笑着道："怎么样，不尴尬了吧？"

"你离我远点儿。"柳玉茹瞪了他一眼，将自己被他压着的裙摆扯了过来，不高兴地道，"什么歪主意，怕是你自个儿想出风头吧？"

"这不是出风头，"顾九思笑着道，"这是以毒攻毒。你不是觉得尴尬吗？我让你再尴尬些，等会儿下了马车，我拉着你走，你就不觉得尴尬了。"

这一番胡说八道，柳玉茹竟觉得他说的有几分道理。她故作生气不搭理他，顾九思就凑过来，一会儿叫她娘子，一会儿叫她媳妇儿，一会儿叫她心肝儿，一会儿叫她宝贝，嘴抹了蜜一般换着法儿逗她。最后柳玉茹绷不住笑出声来，终于道："我不同你闹了，日后不准这样。"

"你若当真不准，"顾九思握着她的手，摸着那染了颜色的指甲，小声道，"跳下去便是了。我可舍不得真让你不高兴。"顾九思将她的手按在自己的胸口，笑眯眯地道，"我可还得靠哄您开心吃饭呢，您说是吧，柳老板？"

柳玉茹将手抽出来，轻轻地呸了一声，低声道："油嘴滑舌。"

顾九思用那双风流的桃花眼注视着柳玉茹，放柔了声音："我油嘴滑舌，不也是想让您喜欢吗？您倒说说，您是喜欢，还是不喜欢？"

那声音与顾九思平日的声音不同，清朗中又有了几分独属于男人的沙哑，配合着放缓的语调，让人不禁想起春日里大片大片盛开的桃花，如火一般，漫山遍野。

柳玉茹觉得心跳有些快，故作镇定地扭头看窗外，顾九思还半蹲到柳玉茹身前，拉过她的手。

柳玉茹回头看他，顾九思注视着她，缓慢又优雅地吻上她的手背，声音低哑地道："喜不喜欢我？"

柳玉茹素来自持，但此刻慌张无措。顾九思的眼中带着笑意，似乎一切尽在掌握。她有几分不甘心，抿了抿唇，抽了手，从袖子里拿出了一沓银票，塞在顾九思的手里，僵着声音道："还可以吧。"

顾九思拿着一沓银票有些错愕，柳玉茹却是高兴了，压着唇角的笑意，扭过头去，轻咳了一声，道："我挺喜欢你的，这个是赏你的。"

顾九思缓过神来了，收起了银票，抬头看着柳玉茹，认真地道："这么多银子，看来晚上我得好好服侍才对得起这个价。"

柳玉茹的身子僵了僵，好在这时车夫叫道："公子，夫人，到了。"柳玉茹如蒙大赦，赶紧往外走去："到了，到了，不胡闹了。"

柳玉茹下了马车，顾九思跟在后面，笑得春风满面。

芸芸和叶韵站在门口招呼人，柳玉茹匆匆走过来，同她们打了个招呼，便匆匆走了进去。反而是顾九思慢悠悠地走过来，同她们行了个礼。

芸芸见着这个场景便笑了："大人可是又欺负我们东家了？"

"那他可惨了。"叶韵笑着道，"玉茹可是个记仇的。"

顾九思低低地笑了，看了看往来的人，询问道："二位还不进去？"

"人还没来齐，"芸芸手里抱着暖炉，"你们先进去吧，我和叶掌柜是管事的，得在这里招呼人呢。"

顾九思行了个礼,便往里去了。

顾九思进门之后,入眼便是热热闹闹的男男女女,他们穿得朴素,但无论男女,面上都洋溢着在外少见的高兴之意。这种高兴与普通的高兴不同,你能明显看到这个人笑着的时候,挺直了腰背,眼里带着对未来的期许。

顾九思站在人群中,突然希望有朝一日整个大夏都是这番模样。

他稍微站了站,印红便折了回来,道:"姑爷,夫人在上面等着您了。"

顾九思笑了笑,朝着同他打招呼的人点了点头,便往上走去。

这酒楼一共四层,全都被柳玉茹包了下来,在东都的员工都被她请了过来,根据职位坐在不同的位置。

最顶层的雅间只有一间。顾九思进门后,发现雅间里已经坐满了人,桌子围成一圈,中间留了一大块空地。

房间里有几十人,与其他商铺里基本都是男人的人员构成不同,这里面坐着许多女人,有老有少,柳玉茹坐在正上方。顾九思进门,众人都看了过来,那些人都是柳玉茹后来的员工,有许多没见过顾九思的人,目光里带着好奇打量着他。

顾九思笑着绕过人群,走到柳玉茹身边。柳玉茹拉了顾九思的手,像是和娘家人说话一般介绍道:"这位就是我夫君了,他姓顾,大家叫他……"柳玉茹顿住了,一时竟也找不到一个好的叫法来。要是放在其他铺子里,东家的伴侣,要么叫夫人,要么叫老板娘,可她是个女人,叫老爷显得顾九思老,叫大人仿佛又把顾九思的官职扯了进来,叫……

"叫公子吧。"顾九思替她解围,笑着举了杯,"在下顾九思,字成珏。外面年纪比我小的,叫我九哥;年纪相仿的,赏个薄面叫我九爷;长辈们叫我公子或者小九都可以。在座有许多人与我是第一次见面,这一年来,多谢各位替内子操持生意,顾某在这里先敬各位一杯,以作谢意。"顾九思大大方方地喝了一杯,然后将酒杯翻过来,未留一滴。

这是生意场上的做派,顾九思没有半分扭捏,众人顿时便放松了,觥筹交错间,气氛热闹起来。

柳玉茹本也不大能喝酒,怀了孕更是被顾九思拦着,滴酒不沾。但顾九思也知道给人面子,敬柳玉茹的酒都进了他的肚子。

芸芸和叶韵回来的时候,屋中十分热闹。看着顾九思拉着一个来给他敬酒的大爷胡侃,叶韵凑到柳玉茹耳边,低声道:"今儿个真热闹,咱们铺子里从来没这么热闹过。"

柳玉茹抿了抿唇,看了喝着酒话异常多的顾九思一眼,小声道:"他呀,在哪儿都热闹。"

叶韵看了顾九思一眼,又看了柳玉茹一眼,随后摇摇头,道:"当真与你差别大得很。"

柳玉茹笑而不语,将手放在肚子上。

酒过三巡,印红端了匣子上来,同柳玉茹道:"夫人,到发红包的时候了。"

柳玉茹听到外面的起哄声,点点头,顾九思扶她起来。她走到门外,从四楼往下看,整个酒楼里站满了人,众人都看着她。

酒后的气氛洋溢着欢乐,柳玉茹一一打量过每个人的眼睛,她竟有了这么多员工,有了这么多产业。她素来知道一个人的成功会给自己带来一种成就感,可不知道的是,除了成就感,它还能带来一种对于生命的满足和踏实的感觉。

柳玉茹本来准备了很多话,可是看着这些人仰望着她,却是什么都说不出来了。想了想,她挥了挥手,道:"什么也不说了,发钱吧。"

众人都笑起来,然而在大笑之后,一个大汉大声道:"东家,从来没听您说过什么,还是说点儿吧!"

"是呀,"芸芸站在一边,接着道,"就算说个新年好,也当说点儿呀。大家好不容易聚起来吃顿饭,您也别太害羞啊。"

柳玉茹无奈地笑了,看了一眼众人,慢慢地道:"那我就随便说点儿吧。今天我们一共来了二百三十七人,都是花容和神仙香的伙伴。在座的各位,每人平均每月八两银子,最低二两,最高一月可达百两。这个数目,玉茹不敢说比其他商家都好,可也不算差了,是吧?"

"是。"下面传来一片响应声。

柳玉茹笑了笑,接着道:"可这只是我们的开始。这是花容过的第二个年,神仙香过的第一个年。今年我们在十三州一共开了三十二家花容,七家神仙香,因为运输成本昂贵,建立了商队。明年,汴渠会连接到淮河,到时候,扬州、幽州就不算遥远,神仙香的成本会减少至少一半,而花容的成本也会降低至少三成。我们早在幽州买好良田,明年还会在黄河一带买下土地,种植适合的粮食。不出三年,我们就会成为成本最低、质量最好的商家，会有最好的货、最便宜的价格。那个时候，你们会有更高的酬劳，更多陪伴家人的时间，更好的人生。"柳玉茹顿了顿，看着灯火下的一双双眼睛，看着那些满是期待的眼神。她明明没喝酒，却有一种莫名上头的感觉，只觉热血沸腾："这些是我十八年来做过的最让我骄傲的事。说句实话，我看到在座的这么多姑娘，觉得特别高兴。我不知道你们有没有同样的感觉，当我们走出来，当我们拥有了钱，当我们用自己的才能、努力去获得认可，我们的人生就不一样了。我们可以做出选择了。"

许多姑娘听着，悄无声息地红了眼眶。

顾九思感觉到柳玉茹情绪的起伏，走到她身边，轻轻握住她的手。温暖的触感让柳玉茹缓过神来，她回头看了顾九思一眼，深吸了一口气，收敛了情绪，转头笑着道："看我，说多了。来来来，明日就是除夕，今日我提前给大家发个红包，祝大家新年大吉，明年我们柳通商行旗下所有生意，都得红红火火、蒸蒸日上！"

"红红火火，蒸蒸日上！"整个房屋中爆发出大家的祝贺声。印红端着放红包的托盘，叶韵和芸芸跟在柳玉茹身后，顾九思扶着柳玉茹，一行人往下走去。柳玉茹一个一个地将红包发下去，拿到红包的人趁着机会和柳玉茹说几句一直想说的话。

柳玉茹不断听到有人同她说着谢谢，或哽咽或欢喜。

她知道这里有的姑娘是逃婚跑出来的，也知道有的姑娘为了养活家里人，差点儿去了青楼。

发完了红包，众人举杯对饮，时间来到了除夕这一日。

柳玉茹本该同他们闹一夜的，但怀着孕不方便。说完最后的祝词，与雅间里的人告别了一番，柳玉茹就同已经有些醉了的顾九思一起离开。

顾九思虽然喝了许多酒，但在照顾柳玉茹这件事上十分清醒。他上了马车，铺好了垫子，才扶着柳玉茹坐下来。柳玉茹坐下来后，他坐在一边，看着柳玉茹一个劲儿地笑。

柳玉茹察觉到他的目光，转头看他："你笑什么？"

顾九思低下头，拉住柳玉茹的手，低声道："玉茹，你好厉害。"

"嗯？"

"我以前，以前觉得，"顾九思说话都有些不清楚了，断断续续的，"觉得这个世界，得当官才能帮着百姓。可你好厉害，没当官，但做到的比我做到的好很多。你给他们钱，给他们能力，养活了好多人，救了好多人……"顾九思将头靠在她身上，抱住她，含糊地道，"我觉得你好厉害呀，还好……还好我娘……我娘帮我把你娶回来了……不然我都配不上你，娶不到你了。"

柳玉茹忍不住笑了："是我配不上你才对。"她与他双手交握，垂下眼眸，"你想想，如今多少姑娘等着嫁给你呀。"

顾九思有些茫然地睁眼，抱紧了柳玉茹，仿佛怕她跑了一般，低声道："可是我只喜欢你呀。"

柳玉茹被这直白又幼稚的话逗得笑出声来，但顾九思还紧紧地抱着她，认真地道："你也要一直喜欢我，不要搭理其他人，尤其是洛子商。"

"好好好，"柳玉茹忙道，"我不搭理他，我只赚他的钱，好不好？"

顾九思听到这话，心满意足了。

顾九思一路抱着柳玉茹，回到家也一路抱着不放。柳玉茹没法将他扯下来，旁人来扯，他就踹人家，说人家要抢他的宝贝。

柳玉茹不想闹醒江柔和顾朗华，只能让他抱着，被他带回了屋。

顾九思抱着柳玉茹睡了一夜。第二天清晨，他们还没起来就听外面通报，说是秦婉之来看他们了。

顾九思和柳玉茹慌慌张张地穿上衣服，秦婉之已经在正堂等着他们了。

秦婉之穿着绯色长袍，袍子下的小腹有着明显的起伏。顾九思和柳玉茹愣了一下，秦婉之扶着腰站起来，顾九思忙道："嫂子先坐下，别累着自己。"

秦婉之笑了笑，温和地道："哪儿这么容易累？"她指了指一个盒子，同顾九思道："这是你大哥从幽州寄过来的礼物，他让我交给你，昨儿个才到的，我想就当新年礼物吧。"

"这样的事，让下人办就好，"柳玉茹走到秦婉之边上，扶着秦婉之坐下来，道，"你怀着身孕，怎么还亲自跑一趟？"

"许久没见你们了，"秦婉之笑了笑，"在家里也烦闷，同婆婆说了一声，便出来走走。"

听到这话，顾九思和柳玉茹对视一眼。

周烨的母亲对周烨态度一向不太好，秦婉之的日子自然也好过不到哪里去。秦婉之如果能跟着周烨去幽州，自然是最好的。但是周烨守幽州，手握大军，而范轩就是幽州节度使出身，登基之后，便下令所有边关武将必须将家眷留在东都。周烨没有孩子，秦婉之只能待在东都，等她生了孩子，孩子留在东都，她才能去找周烨。而在此之前，秦婉之只能和周夫人待在一起。

柳玉茹稍稍一想，便明白秦婉之很少来找他们的原因，应当就是周夫人不允许。柳玉茹心中叹息，也不好多问，坐到秦婉之对面，看了看她的肚子，道："你怀孕这事也不早告诉我们，看肚子应当也有六个月了吧？"

"快七个月了。"秦婉之笑了笑，"你们走了之后才发现的。这么点儿事，我也不好专门写信通知你们不是？"她看了柳玉茹一眼，道，"你们还没动静？"

"有了，有了，"顾九思赶紧献宝一般插嘴道，"三个多月了！"

"你帮着贴对联去。"柳玉茹瞪了顾九思一眼。

顾九思缩了缩脑袋，像是怕柳玉茹，赶紧道："昨儿个贴了。"

"昨儿个贴的是内院的，"柳玉茹立刻反驳道，"大门都等着今天贴呢，快去。"

顾九思被柳玉茹赶走了，柳玉茹才得以和秦婉之好好说话。两个人其实算不上熟悉，但秦婉之许久没同人说话，而柳玉茹看在周烨的分儿上好好应答着，倒也说了许久。

午时，秦婉之看了看天色，道："我也得回去了，不然婆婆又要多话。"

柳玉茹不敢干预别人的家事，只能劝道："等生了孩子，过些年你便可以同周大哥一起在幽州好好生活了。"

秦婉之苦涩地笑了笑，低头道："只能等着了。不过我倒是希望，什么时候公公能想开些，让夫君回东都才好。"

人人都知道周烨是被周高朗赶出东都的，不然周烨以当初的身份和功劳，怎么也能在东都谋一个官。周烨安安稳稳地待在东都享受繁华，不比到幽州那种苦寒之地卖命好？

柳玉茹听出秦婉之话中的埋怨之意，沉默了片刻，只能道："放心吧，总有这么一日。如果这对周大哥有好处，九思也会想办法的。"

得了这句话，秦婉之终于笑起来，柳玉茹也算是明白了秦婉之的来意。

柳玉茹送秦婉之出去。

顾九思贴完对联回来，看见柳玉茹愁眉不展，不由得问："你们说什么了?你怎么满脸的不高兴?"

"说了些周大哥的事。"柳玉茹颇为忧虑地道,"嫂子过得太难了。"

顾九思的心也沉下来,他想了想,道:"熬一熬吧。"

柳玉茹有些不明白,顾九思慢慢地道:"是嫂子去幽州,还是大哥回东都,熬过这几年便会有结果了。"

"周大人也太狠心了。"柳玉茹听着顾九思的话,忍不住叹息,"虽然周大哥不是他的亲生儿子,也不至于防范至此啊。"

听到这话,顾九思忍不住笑了:"周大人和陛下都是下棋的好手。"

"嗯?"

柳玉茹不明白,顾九思转头看向宫城的方向,慢慢地道:"会下棋的人,任何一颗棋子都不会白白落下。所以你放心,收官之时,便会知道这一步棋是做什么的了。"

过完了新年,顾九思便启程去了荥阳。柳玉茹本打算同顾九思一起去的,但江柔和苏婉都说柳玉茹怀着身孕,不能跟着顾九思这么四处奔波。夫妻俩打从在一起后就没分开过,但顾九思挂念着柳玉茹的身体,最后还是决定让她留下来,让家里人照顾。柳玉茹知道他们说的也在理,心里虽然有些不乐意,但在东都这两个月,肚子一日日大了,也的确觉得有些力不从心,只能让顾九思一个人去了。

顾九思一个人赶回了荥阳,首先同秦楠、傅宝元了解了最近的情况。顾九思离开荥阳之后,治理黄河一事便由洛子商接管,秦楠和傅宝元协助。洛子商这个人虽然心眼儿不好,但是做事的能力是不容置疑的。尤其章大师原就精于土木之事,作为章大师的得意门生,洛子商在这方面要比顾九思强上许多。

顾九思查看了一圈,确认没什么问题,便按计划继续督促着众人将活儿干下去。

春节后不久,周烨奉命入京,柳玉茹便同叶韵、叶世安一起上门探望周烨。周烨黑了不少,看上去结实了许多,领着秦婉之一起招呼他们,说了说边境的情况。

"本来是打算回来过春节的,结果北梁想着我们过节了,就趁机偷袭,劫掠了一个小城。于是大过年的,我也只能守在前线。"

柳玉茹叹了口气,道:"我们在后方过得富足,也全靠周大哥这样的将士庇护了。"

"本也是应该的。"周烨突然想起来,"我之前听说你们这边出了事,沈明似乎去幽州了?"

沈明是十二月中旬出发的,顾九思也是那段时间给周烨寄信的,周烨刚看到信就赶了回来,也没见着沈明。

叶世安心情沉重:"流放过去的。到幽州去也是陛下开恩了,你到时候多帮帮他吧。"

周烨了然地点头。叶世安将这前因后果说了,周烨颇为感慨:"没想到不过半年,便已发生了这样多的事。"

周烨看向柳玉茹,眼里带了笑意:"看样子弟妹也是没几个月就要生了。"

柳玉茹有几分不好意思,低下头去,温和地道:"还有四个月呢。倒是嫂子……"

柳玉茹的话还没说完,秦婉之惊叫了一声,捂上了自己的肚子,周烨忙问:"怎么了?"

秦婉之皱起眉头,似乎是在感受。片刻后,她转头看着有些慌张的周烨,颤抖着道:"我……我似乎是……要……要生了!"

周烨眼里闪过一丝慌乱,立刻抱起了秦婉之,吩咐下人:"快,去叫产婆。"

周烨急急忙忙地往内院走去,柳玉茹和叶世安对视了一眼,叶韵犹豫着问:"我们是不是先回去?"

"不行。"柳玉茹一口否决,小声同叶家兄妹道:"周夫人管着内院,他们怕有照顾不周之处,我们得在这里看着。"

这么一说,叶世安和叶韵立刻想起过去那些关于周烨同周夫人的传闻。周夫人本就一心防范着周烨抢她小儿子的位置,如今秦婉之又要生下第一个孩子,周夫人心中怕是芥蒂更深。

叶世安点了点头。于是三个人没人招呼,也自己站在周家,陪着周烨等秦婉之生产。

秦婉之生产的整个过程里,周夫人都没有露面,反倒是周高朗匆匆赶了回来看了一眼。

秦婉之生了足足一天。她刚开始生孩子,柳玉茹便让人去请宫里的御医过来帮忙,而后又派人回家里拿人参给秦婉之含着续力。柳玉茹还指挥下人烧热水,一锅一锅地端进去。

起初周烨不能进产房,只能让柳玉茹和叶韵进去帮忙看看。秦婉之是个能忍耐的人,生产的时候一声不吭,柳玉茹陪在她的身边,道:"我听说生孩子是极疼的。"

秦婉之流着汗,脸色惨白,苦笑着道:"自然是疼的。"

柳玉茹给她擦着汗,颇为惊讶地道:"那你也太能忍了。"

秦婉之笑了笑,捂着肚子。一阵疼痛感袭来,她猛地一抽,随后大口大口喘息着。等缓了过来,她转过头去,看着窗户外,艰难地解释道:"阿烨还在外面,我不能吓着他。"

柳玉茹对秦婉之有了几分疼惜,突然觉得相较于秦婉之,自己的日子着实过得太好了。

没有婆媳不和的烦忧,顾九思也为她撑起了一片天。他们夫妻与周烨、秦婉之全然不一样,他们的难是在理想之路上前行的难,而秦婉之和周烨的难则是在一袭华美的袍子之下满地的鸡毛碎屑。

母亲的防备,君臣间的猜疑,他们俩是一大盘棋中的棋子,命运被别人牢牢把控。

阵痛时秦婉之还能忍耐,孩子要出来时,她忍不住了。她惊叫了一声,外面的周烨再也克制不住自己,要进产房。下人慌张地拦住他,焦急地道:"大公子,您去不得产房……"

"滚开!"周烨一把推开下人,直接冲了进去。

周烨一进屋,入眼便是一地狼藉,秦婉之躺在床上,柳玉茹和叶韵陪在她身边。周烨急急地朝秦婉之冲过去,脚下一软,就跪在了她面前。他握住秦婉之的手,有些痛苦地将她的手抵在了自己的额头上。他有一种深深的无力感。他自觉为人子,为人臣,为人夫,都未能做好。他的身子微微颤抖着,眼泪大颗大颗地落下。秦婉之被他握着手,似乎便有了某种力量,在一声毫不压抑的尖叫声中将孩子生了出来。

然后她大口大口地喘息着,孩子的哭声传来,众人都围到孩子身边去了。御医高兴地道:"是位公子。"

周烨并没有理会,如释重负地爬到秦婉之身前去,用脸贴着她的脸,眼泪沾着她的眼泪。

"我刚才好怕。"周烨哽咽。

秦婉之笑了笑,声音很虚弱,道:"有什么好怕的?"

"我怕你离开我。"

秦婉之突然也不觉得疼了，周烨年少老成，素来稳重，少有这样失态的时候。柳玉茹和叶韵也不便打扰人家夫妇，便走到一旁去看那孩子，看人擦了他身上的血水，将他包裹起来。

秦婉之累了，周烨陪着她。她缓了片刻，握着周烨的手，低喃道："阿烨，你什么时候才能回来？"周烨僵了僵，没敢说话，秦婉之也没追问，困得睡过去了。

柳玉茹回过身来，同周烨道："先让嫂子休息吧。"

周烨点了点头，似乎也很是疲惫。这时候他才想起自己的孩子。

叶韵正在逗弄孩子，见周烨走过来，笑着将孩子交给他，道："周大哥，取个名儿吧？"

周烨没有说话，孩子被交到他的手中，他抱着孩子，孩子哇哇大哭。慢慢地，孩子似乎意识到了什么，茫然地睁着眼盯着周烨，看了一会儿后，突然咯咯地笑了，将软软嫩嫩的手朝着周烨伸了过去。周烨看着这个孩子，也不知道是怎么的，突然就落了泪。他深吸了一口气，将孩子交给柳玉茹，低声道："劳你帮我看着孩子，我出去一趟。"

周烨急急地朝周高朗的书房走了过去。

周高朗正在和人议事，周烨带着一身血腥气冲了进来，周高朗顿时皱起了眉头，不满地道："你要来见我，至少换套衣服过来，这副样子成何体统？"

然而周烨站在门口不动，也不说话，周高朗知道他是有事一定要现在说，便只能请人回避。

房间里只剩父子两个人时，周高朗颇为不满地道："有什么事一定要用这样的法子来同我说？"

话音刚落，周烨就跪了下去。他重重地将头磕在地上，发出一声闷响，他的声音沙哑："我请求父亲将我调回东都来。"

周高朗正要说什么，周烨立刻道："我不求高官厚禄，做一个八品小官也好，甚至当个捕快也行。要是父亲还是不放心，怕我同弟弟争什么，就将我的名字从周家族谱上除去，我带着婉之和孩子，自己出去谋生也好。"

周高朗听着周烨的话，许久未出声。周烨见周高朗不说话，跪在地上，颤抖着身子痛哭："父亲，虽然我不是您的血脉，可我自幼在您身边长大。您未发迹时,您在外做事,我操持家事;您需要钱,儿子经商;您需要权,儿子当官。二十多年了,儿子没有功劳也有苦劳,您当真心如顽石,为了防备儿子,就要让儿子妻离子散,逼儿子到如斯境地吗?!"周烨抬起头来,看着周高朗,一直压抑着的情绪骤然爆发,"血脉就这么重要吗?因为我不是您的血脉,所以这么二十年,您的养育、培养,我的孝敬、陪伴就都不是感情,都不作数了吗?!"

"你其实就是想同婉之在一起,"周高朗思索着道,"如今有了孩子,将孩子放在东都,让婉之陪你过去不就好了吗?"

"那孩子呢?"周烨冷冷地看着周高朗,"孩子如今还这么小,婉之怎么可能走?就算大了,我们夫妻走了,让他一个孩子留在东都,谁养他?"

"还有你母亲……"

"她算得上母亲吗?!"周烨怒喝,"若她真将我当儿子,我又怎会难堪至此?!您以为我只是想着和婉之在一起吗?我知道她在这东都周家承受了多少委屈和难堪!我为人夫,"周烨看着周高朗哽咽地道,"又怎能明知她为难却不闻不问?我为人父,又怎能明知孩子留在这里意味着什么,还让他留下?这算什么留下?这叫放弃!是放弃!"

周高朗垂下眼眸,看着茶碗里的茶汤,好久后,终于道:"那么,你又要让周家怎么办?"

周烨愣了愣,周高朗抬起头看向周烨,像是做了什么决定,道:"你以为我是为了防备你?我若要防备你,当年为何要教你,培养你,把你养到这么大?我若介意你身上的血脉,当年随便一个意外让你死了不就好了?"

这话把周烨说蒙了,周高朗笑起来:"莫不是你还以为,我不杀你,只是因为你当年会做事,能帮我弄钱回来?稚子啊。"周高朗摇了摇头,"我放你在幽州,不是因为防备你,是为了给周家留一条路啊。"

"我不懂……"

"你范叔叔身体已经不行了,"周高朗放低了声音,"我早劝他续弦再生一个孩子,但他对嫂夫人一往情深,坚持不肯。我劝他多教导玉儿,他又下不去手。我那时心急,插手过许多事,玉儿十分厌恶我。若我们还在幽州,他厌恶也就厌恶了,可如今呢?"周高朗看着周烨,"他是太子,是未来的一国之君,我是殿前都点检,手握兵权。以他之品性,一旦登基，你以为会如何？我若不放权，他怕是时时刻刻都会想着我要夺权篡位。我若放权，以他之品性，我周家还能留下谁来？我放你在幽州，让你掌兵权，就是希望有朝一日，如果我周家在东都出了事，你至少还能活着。只有你还在幽州掌着兵权，他们才会投鼠忌器，不敢肆意妄为。阿烨，你在幽州不是为了你自己，是为了我，为了婉之，为了你母亲，为了整个周家。"

"你以为我如今身在高位，陛下与我是生死之交，我周家就可以高枕无忧？我告诉你——"周高朗认真地看着周烨，"我周家早已危如累卵，如履薄冰。我与你弟弟在东都，那是拿命放在这里，你这么哭着闹着回来，回来做什么，一起送死吗？你以为你母亲为什么对你不好？那是因为她知道，如果有一日周家遭遇灭顶之灾，只有你是最有可能活下来的那个人。她不甘心啊！"

周烨呆呆地看着周高朗，周高朗看着他，声音沙哑："你是我一手养出来的孩子，阿烨，二十多年来，你一直是我的骄傲。我本不想这么早告诉你这些话，怕你沉不住气，可如今你既然这么说了，我只能告诉你。你得回去，回幽州去，得装作忠心耿耿，将软肋都留在东都，不要提接自己家眷离开东都这种事，这会引起陛下猜忌。然后你要一直等。"

"等到什么时候？"

"等到，"周高朗平静地开口，"太子诞下子嗣，又或者，"他转头看着周烨，"与我周家，兵戎相见。"

周高朗垂下眼眸，淡淡地道："我知道你介意你母亲，我会再好好同她说。日后我让玉茹多上门来陪伴婉之，如此一来，你当放心了吧？"

周烨静了好久，似乎终于放弃了什么，低声道："听父亲吩咐。"

"阿烨，"周高朗看他，有些疲惫，"你的付出不会没有结果，未来的一切都是你的。"

"父亲，"周烨平静地道，"我做这些从来不是为了什么结果。我的愿望很简单，我要不起河清海晏，也要不起太平盛世，如今只想一件事——"他注视着周高朗，认认真真地开口，"我就希望我的妻子、我的孩子、您、母亲、弟弟，我们这一家人能够平平安安过一辈子，这就够了。"

周高朗看着面前的青年，周烨被磨掉了锐气，也被磨去了棱角，可和过去似乎也没有多大不同。周烨永远恭顺、孝敬、谦和、正直，是一个好大哥，愿意帮人，却也从不是个烂好人。

周高朗叹息，摆了摆手："你走吧。"

周烨恭敬地行礼退下。

等周烨回到屋中，柳玉茹已经让人把所有事打理好了。周烨从柳玉茹怀里接过孩子，孩子什么都不知道，正睡得香甜。

"取个名字吧。"柳玉茹轻声道，"我们方才逗弄他，都不知道叫什么才好。"

周烨看着孩子，好久后，终于道："思归。"周思归。

周烨只在东都待了十几日，秦婉之还没出月子，他就离开了周家。走之前，他嘱咐柳玉茹多多照看秦婉之，柳玉茹应下，便时常同叶韵一起去看秦婉之。

三个女人时常闲聊，聊天的内容除去柳玉茹和叶韵的生意和平日的杂事，便是那些在外的男人的事。周烨常常给秦婉之写信，信里一定会提到沈明，据说沈明在幽州进了冲锋军。周烨本是不同意的，因为那是因犯组成的队伍，专门用来当箭靶子，是冲在前面的，风险太大。但沈明坚持要进冲锋军，周烨也没了法子。

叶韵每次都能从秦婉之收到的信里听到沈明的事，总觉得信里那个人不像沈明，因为那个人比起她记忆里的沈明沉稳太多，聪明太多。据说他开始读书了，每天晚上在营帐里，大家都睡了，他也要翻出本兵法来看。他从起初看都看不懂，到后来兵法计谋也能说得头头是道。

关注一个人成了习惯，便时时想知道他的消息，后来叶韵在柳玉茹的怂恿下给沈明写了一封信。那封信她写了又写，改了好多遍，才被柳玉茹逼着寄了出去。半个月后，叶韵便收到了回信。信里的字写得不好，但也算端正，写信的人下笔极重，一字一字写得郑重又克制。他在信里没有写什么多余的话，却句句都是多余的话，规规矩矩地回答着之前叶韵问的问题，没有多说一句不该说的，不该问的。这信仿佛不是沈明写的，可那一个个看上去郑重极了的字又表明那的确是他写的。两个人就这么没头没脑地通着信，相比他们的守礼克制，顾九思的来信则又多又放肆。

随着黄河河道的顺利连通，柳玉茹的商队越来越多。商队盈利不菲，还让她其他生意的成本也降低了，正式运营的第一个月就让柳通商行的整体收益比上个月增加了五成。时间越长，柳通商行的名声越响，各地的小商店都将货物交托给柳通商行，由柳通商行运送。

钱如流水般涌来，柳玉茹按原先的规划买地、扩张店铺，现在神仙香和花容都能独立掌握从原材料供给到售卖的整个流程，成本也大大降低。

生意越好，商队通航越频繁，而顾九思的信也搭着便车，几乎每日一封地从荥阳寄回来。他每天晚上写好信，让人早上送到荥阳的码头，信就跟着去东都的船被送到柳玉茹手里。这么频繁的通信，内容自然不会有太多营养，顾九思其他地方没什么长进，写情诗的水平在这半年倒有了大大的提升。

四月，柳玉茹快生了，在信里告诉了顾九思预产期，却没收到顾九思的回信。

柳玉茹觉得有些奇怪，心里不由得有些担心。也许是这么一担心惊动了肚子里的孩子，柳玉茹当时正在屋里，只觉一阵剧痛袭来，倒吸了一口凉气。印红忙扶住她，道："夫人怎么了？"

柳玉茹等着那一阵疼痛过去，抚着肚子，有条不紊地安排道："去将何御医和产婆都叫过来，通知一下大夫人和我母亲，我可能快生了。"

印红慌慌张张地应了，赶紧让人按着柳玉茹的话做了。

柳玉茹虽是产妇，但异常沉稳，指挥人将自己扶到产房，然后有规律地呼吸着缓解疼痛。没过一会儿，江柔和苏婉就匆匆赶了过来。

看着柳玉茹的模样，江柔迅速问了柳玉茹的情况，柳玉茹清晰又缓慢地将自己此刻的感受说了。江柔点点头，道："怕是还有一阵子才生，你先吃点儿东西，省着点儿体力。"柳玉茹点点头。

过了一会儿产婆进来，又过了一会儿，何御医也到了。

何御医到的时候，顾朗华、江河、叶世安、叶韵等人都赶了过来，端的是热闹无比。刚刚从刑部出来的李玉昌从江河的同事那里听闻了此事，想了想，也赶了过来。加上秦婉之等和柳玉茹交好的官家夫人、花容和神仙香的一众管事，纵使顾九思不在，柳玉茹这孩子也生得一点儿都不寂寞，甚至可以说是热热闹闹。

柳玉茹在产房里还能听见外面的人嗑着瓜子聊天的声音，还有一些作法祈祷之声。她也不知道这批人是为看热闹来的还是因担心她而来的，哭笑不得。

她生到半夜，疼得厉害，最疼的时候便想起顾九思来。她生平第一次想埋怨顾九思，他把这么一个折腾人的大娃娃塞进她肚子里来折磨她，让她如今受着这种罪过，他自己却远在黄河边，半点儿罪都受不着。柳玉茹一面想，一面觉得委屈，想骂几声，又怕浪费了力气，理智让她沉默不言，只是低低地喘息。苏婉见她吃苦，给她擦着汗，眼泪都要流出来了，哽咽着道："你若是个男孩儿就好了，免得受这种罪过。九思也是，这种时候不在你身边，你一个人……"

两个人正说着话，外面传来了喧闹声。

顾九思领着木南，急急地冲到顾家门口。木南追着顾九思，小声道："公子你动静小些，咱们偷偷回来……"木南的话没说完，顾九思就已经朝着内院狂奔而去，大吼道："玉茹，我回来了！我回来陪你了！"

柳玉茹恍惚中听到了顾九思的声音，抓着衣袖，喘息着转过头去，神色复杂地看向了大门的方向。

顾九思风风火火地冲到内院，一进院门，就看见院子里热热闹闹的一大批人转头看着他。

顾九思被这场景惊呆了，下意识地道："你们这么多人在我家做什么？"

顾九思看向了李玉昌。其他人也就算了，刑部尚书在他家，顾九思觉得心里有点儿慌。

李玉昌神色平淡，冷静地回了句："柳夫人正在生孩子。"

顾九思更加不解了，立刻道："是，我的夫人生孩子，你们这么多人在我家做什么？"

"来为玉茹鼓把劲儿。"叶韵开口了。顾九思朝叶韵看过去，就看见那边坐了一群神仙香的管事，还有芸芸，芸芸身边也坐了一群花容的管事。这批人后面还有一些穿着奇怪的衣服跳来跳去作着法的人，摇着铃，唱着咒语，搞得院子里十分热闹。

顾九思觉得有些恍惚。一时间，他都不知道自己回来到底是来参加奇怪的聚会的，还是来陪媳妇儿生孩子的了。

顾九思意识到这群无聊人士是来看热闹的，也顾不上会不会被李玉昌举报，赶紧往产房里走。下人想要拦，顾九思甩了一个眼刀过去。谁也不敢拦这惯常胡作非为的混世魔王了，顾九思冲了进去。

顾九思进了门，赶紧到了柳玉茹身边。他抢过苏婉手里的帕子，一面给柳玉茹擦汗，一面查看柳玉茹的情况，同时问守在一旁的何御医："何大人，现下什么情况？大人、孩子都还好吗？"

何御医被骤然出现的顾九思吓了一跳，好在他也当了多年御医，见惯了大风大浪，恭敬地行了个礼后，同顾九思道："顾大人放心，夫人目前状况很好,只是孩子不是一下就能生出来的,现下一切正常。"

顾九思缓了口气,握着柳玉茹的手,软了声调,又重复了一句:"我回来了,你莫怕。"

柳玉茹紧紧地握着顾九思的手,也是奇怪,这人来了,替她擦着汗,握着她的手,照顾着她,她就觉得没有那么疼了。

她低低地喘息着,小声道:"你怎么回来了?"

"我都安排好了,"顾九思立刻知道她要问什么,赶紧道,"我让人替我盯着那边,陪你生完孩子,明日就走。"

"那还来做什么?"柳玉茹紧皱着眉头,"空劳累一番,我一个人也成的。"

"我知道你一个人也行,"顾九思擦掉她额头上的汗,温和地道,"可是不亲眼见到你们母子平安,我不放心。"

顾九思凝望着她。他一路奔波,身上还带着尘土和汗,衣裳都没换就进来了,而此刻的柳玉茹也决计算不上美好,甚至可以说是她最狼狈的时候。两个狼狈的人将手紧握在一起,都觉得双方是最美好的。

顾九思来了之后,柳玉茹也不紧张了,天快亮的时候,孩子终于出生了。在院子外面等着的人有熬不住的已经趴着睡了,这孩子哭得嘹亮,他们骤然被惊醒。

顾朗华最先反应过来,道:"这是生了?"

"生了!生了!"印红从里面走出来,高兴地道,"是位千金!"

如今是千金还是公子都不重要了,听到生了,众人都松了口气,叶韵忙问:"玉茹没事吧?"

"没事。"印红笑着道,"夫人现下正在休息。"

孩子生出来,柳玉茹觉得疲惫极了。但她想到还有许多人在外面,那些人都是担心她才过来的,便同顾九思道:"你出去招呼一下客人,别怠慢了寒了大家的心。"

"好,"顾九思应了,替她擦干净脸,温和地道,"我先安置好你,就去招待他们。"

柳玉茹应了一声。顾九思吩咐下人先照顾柳玉茹,抱着孩子走出门去,给众人看了一圈,又同众人表达了谢意。

在门外等了这么一夜,如今母子安好,众人也都累了,见过顾九思后,要么歇在了顾府,要么直接离开。顾九思将人安排好,为直接离开的人备了点心作为薄礼,感激他们对柳玉茹的惦念。

他与柳玉茹做事向来客气,虽然平日里与人玩笑打闹,但礼数向来周全,因此人缘极好。大家来这么一趟本是出于关心,点心不算珍贵,但这番心意大家也收到了——除了李玉昌。

顾九思特意给李玉昌多加了一笼点心,赔笑道:"李大人……"

"你不当来东都。"李玉昌冷冰冰地开口,"违律。"

"李大人,"顾九思的笑有些挂不住了,"您收着这点心,我明天就走,您当没看见行不行?"

"贿赂官员,"李玉昌继续开口,"罪加一等。"

"点心也算行贿?!"顾九思想要骂人了。

李玉昌从顾九思手里拿了点心,转过身去,淡淡地道:"今日请假,明日参你。"说完,李玉昌就提着点心悠然地走了。

顾九思整个人是蒙的,等李玉昌走远了,顾九思才反应过来,怒喝:"李玉昌你个小兔崽子!完工回来老子弄死你!"骂完之后,顾九思又有些心虚,想了想,赶紧去找柳玉茹了。

反正他都要被参了,被处置之前能开心一阵是一阵。

顾九思送走了人,便去找柳玉茹。柳玉茹也已经被送到了房间里,下人帮她用热帕子把身体擦了个干净,又重新换了熏香。顾九思一进房里,便察觉到自己身上的味道。他赶忙退了出去,匆匆洗澡换了衣裳又进去。这时候柳玉茹已经睡了,顾九思小心翼翼地上了床,就靠在她边上。

柳玉茹沉沉地睡了一觉,刚慢慢醒过来,还没睁眼,就感觉到身边熟悉的温度和气味。她往那个方向移了移,靠在顾九思的胸口,什么都没说。

顾九思伸手梳理着她的头发,声音柔和,道:"黄河的事也快结束了,至多两个月,我就做完了。"

柳玉茹低低地应了一声。顾九思知道她没力气,又想同自己多说些话,便道:"我说话,你听着就是了,也不必回应我,我知道你心里怎么想的。"

"你又不是我……"

"可我知道呀,"顾九思笑起来,"你住在我心里,你想什么我都知道。"

柳玉茹不说了,靠着顾九思,顾九思同她道:"如今在外面你的名声可响亮了,你的产业到处都是,人家都叫你女财神,说这天底下最有钱的人就是你了。"

"他们胡说的。"柳玉茹终于稳不住了,低低地开口,"才没有。"

"迟早会的。"顾九思轻轻亲了一口她的额头，柔声道，"你已经是女财神了，首富不过是早晚的事。大家都很喜欢你，"顾九思夸着她，说着她在外的名声，"你建学堂，开善堂，带着百姓赚钱，给穷人食物和药，我走到哪儿都能听到别人夸你，还有人给你立了像供奉。我听说人被供奉久了就会变成神仙，也不知是不是真的。"

"哪里会是真的？"柳玉茹笑了，"这世上哪儿来的神仙？"

"有啊。"顾九思说得理所应当。

柳玉茹有些疑惑："你见过？"

"见过呢。"

"在哪儿？"

"我面前。"

柳玉茹知顾九思是在打趣她，又闹不动，轻哼了一声，便不作声了。

顾九思低笑起来："脾气倒是越来越大了。"

顾九思待了一天，刚学会抱孩子，便又得走了。他给孩子取了名，叫顾锦。刚给孩子取了名，顾九思便驾马回荥阳了。

他走的时候，江河去送。出城前，江河小声道："陛下身体不行了，每日咳血，太医说撑不了几个月了。"

顾九思想了想，道："这事你同玉茹说一声，让她在城郊开个铺子。"

江河点点头，明白顾九思的意思，便送顾九思走了。

江河回到顾家后，同柳玉茹道："九思让你在城郊开个铺子，专门卖些花草，你觉得如何？"

柳玉茹抬眼看向江河，定定地看了片刻，骤然想起宫中那些传闻，点了点头，道："明白。"

她坐着月子，是不能自己去办这事的，纵然能，也不方便。于是她让芸芸找了一个与顾家毫无关系的人，用那人的名字买了一家城墙边上的宅子，开了家花店。这花店面积不小，内里要种花，便需要铺泥土，此时工人已动工，正叮叮当当地修着养花的院子。

顾九思回到荥阳后，秦楠和傅宝元先来见他，大致说了一下近况。

傅宝元问顾九思："如今治理黄河一事收尾在即，离夏汛也就两三个月了，大人是等夏汛后检验完各地成果后走，还是等事了就走？"

顾九思笑了笑："这哪里是我能选的？得看陛下的意思。先干好了事，到时候陛下怎么说，我便怎么做吧。"

没有范轩的命令，顾九思也就老老实实地待着在荥阳监管治理黄河一事。这一待就是两个月，东都城内已是风起云涌。

一次剧烈的咳血之后，范轩昏迷了两天才醒过来。他察觉到自己不大好了，将御医叫过来，询问道："朕还有多长时间？"

御医不敢说话。

范轩在咳嗽的间隙道："说话！"

"陛下！"御医跪了一地，范轩便明白了。他闭眼躺在龙床上，许久后，睁开眼，声音沙哑地道："黄河也治理得差不多了。立刻下令，召户部尚书顾九思回东都。"

张凤祥红着眼，压抑着哭腔道："是。"

范轩缓了一会儿，挥了挥手，御医便都下去了。

范轩低声吩咐："召丞相张钰觐见。"

"陛下，"张凤祥有些着急，"您还是歇歇吧。"

"召，"范轩压低了声音道，"张钰觐见！"

张凤祥深吸了一口气，道："是。"

范轩刚刚遣走御医，召张钰入宫的消息便传了出去，东都的气氛一下紧张起来。

周高朗站在庭院里，看着这漆黑的雨夜。好久后，他终于道："让黄平准备，一旦张丞相出宫，立刻将张丞相带到偏殿保护起来。"

跟在周高朗后的管家周善德微微一愣，片刻后，却是明白了，低声道："是。"

东宫之中，范玉坐在高座上，下面坐了两排幕僚。

电闪雷鸣之中，范玉看着众人，慢慢地道："如今父皇先召了张钰，诸位以为父皇是何意思？"

"您是陛下唯一的儿子，"一个幕僚道，"虎毒不食子，陛下既然没有废太子，宣谁入殿都无大碍。"

"那父皇为何还不召本宫？！"范玉看向幕僚，急道，"御医都说他没多少时间了，他还不让本宫入宫去……"

"陛下是为殿下着想。"幕僚打断了范玉，冷静地道，"周高朗向来不喜殿下，如今是周高朗唯一的机会，他若要动手，必然是今夜。殿下如果现下入殿，岂不危险？"

"我们就这么等着?"范玉皱起眉头。

幕僚立刻道:"自然不是,殿下还需做一件事。"

"何事?"

"今夜周高朗必将护卫都换成自己的人手,属下已经让人在宫中盯着,只要周高朗的人有异动,殿下便可光明正大地领着人入宫与周高朗对峙。"

"本宫哪里来的兵?"范玉皱着眉头。

幕僚笑了笑,道:"殿下不必担心,如今宫中禁军不过三千,周高朗敢在今夜调动的必然是自己的亲信,顶多不过五百人,殿下也只要有五百人便足够了。而这五百人,洛大人已经给殿下备好了。"

幕僚拍了拍手,外面走进来一个人。那人跪下恭敬地道:"微臣南城军守军熊英,见过殿下。"

范玉觉得这名字有些熟悉,却想不起来这是谁。

幕僚接着道:"这五百人潜伏在城中,如今我等已将他们召集到东宫,只等殿下一声令下,他们便会伪装成南城军,由熊大人带领,陪殿下一起入宫。今夜守城的指挥使不是周大人的人,即使察觉周高朗之行径,他们也不敢管,但也不敢放。到时我等强行入宫,入宫后只需要护张大人出殿,请张大人宣读遗诏。"

范玉紧皱着眉头道:"若是张大人拿到的遗诏是……"

"不会有这样的结果。"幕僚从袖中拿出了圣旨,用双手捧着端到了范玉面前,看着范玉,认真地道,"张钰大人的遗诏,只会有一个结果。"

范玉盯着遗诏,许久后,慢慢地笑起来:"好,"他站起身,"就当如此!张钰的手里只能有一份遗诏!"范玉拿过圣旨,高兴地道,"我们就在这里等着!"

此时周高朗的人已进了宫。黄平正是今夜值班的禁军守卫,得了周高朗的命令,犹豫了许久,还是执行了。

张钰已经入了宫中,心中慌乱,面上还要故作镇定,看见范轩坐在榻上,先跪下行了礼。

范轩点了点头,道:"坐吧。"

张钰大概知道今夜自己是来做什么的,但不敢提,假装什么都不知道。他坐在了范轩边上,勉强笑起来,道:"陛下看上去气色好些了。"

范轩似笑非笑地看他一眼,靠在枕头上缓了一会儿后,慢慢地道:"你也莫怕,朕召你过来不是为了遗诏的事。"

张钰愣了愣，范轩躺在床上看着床顶，平静地道："朕不过就是想知道，若朕真的去了，会发生些什么罢了。"

张钰的脑子迅速运转起来，想知道范轩是什么意思，可范轩不说，他也不敢问。

范轩闭上眼，平静地道："落明，你的琴弹得好，弹首曲子给朕听吧。"

张钰没说话，听着范轩叫了自己的字，恍惚了片刻。这时候张凤祥抱着琴进来了。将琴放在了张钰面前后，张凤祥弯下腰，附在范轩耳边道："陛下，黄平动了。"

范轩闭着眼应了一声，张钰勉强听清了这话，便知道了范轩的打算。张钰本就是不打算参与这些的，如今得了这话，心中惶惶不安，但面上不显，只是道："陛下要臣弹什么？"

范轩想了一会儿，才道："当初我们在幽州的时候，你常弹的曲子是不是《逍遥游》？"

"是。"

"弹这首吧。"范轩说。

张钰坐到了琴边，手放在弦上，悠扬的琴声不时就响彻宫中。

与琴声一起响起来的，是大殿外士兵急促的窸窣声。

而相比内宫的偷偷摸摸，宫门之外，范玉领着人疾行入宫的声音显得张扬了许多。五百轻骑冲到宫门前，范玉看着守宫门的人，大喝："陛下急召本宫入宫，让开！"

守着宫门的人不敢动弹，惶恐地道："殿下，按令……"

"这位大人，"不等守门人说完，范玉身边的幕僚便道，"您不如入宫去问问陛下？"

那守门人听得这个建议，立刻道："是，请太子殿下稍等，我等这就入内宫通禀陛下。"

说完，守门人便疾跑冲向内宫。

所有人都知道，太子带这么多人夜闯宫门，绝对不是一件普通的事，但没有人敢在这个时候做出任何有违规矩的事来。此时此刻，规矩便是一根绑住了野兽的绳子，一旦谁解了绳子，一切就会失控。

守门人按令上报，士兵按规矩将消息递到了内宫，然而内宫门口早已被围得严严实实。士兵战战兢兢地报了太子入宫的消息，黄平冷声道："内宫戒严，未有传召，不得入内。"

守门人知道情况不对，但也只能按着黄平的话传达。

范玉一听这话便急了，忙道："你……"

"这位大人，"范玉身边的幕僚笑起来，把双手放在身前，恭敬地道，"您面前站的是太子，是陛下唯一的子嗣，太子听闻陛下病重，欲入宫探望，陛下焉有不见之理？定是有人意图阻拦殿下入宫，这位大人，还是不要把自己搅和进去为好。"

守门人不敢说话，若是可以，自然也不愿卷入此事。幕僚拿出东宫令牌来，冷声道："太子殿下听闻有贼人挟持陛下，入宫救驾。谁敢阻拦，视为同谋。让开！"

太子身后的骑兵拔出剑来，幕僚盯着守门人，怒喝："让！"

守门人犹豫着，幕僚举剑往前几步，守门人终于还是打开了门，范玉急急入了宫。

范玉如此张扬，自然惊动了其他人。

柳玉茹在睡梦中被惊醒，慌慌张张地穿上衣服去找江河。江河已穿好了官袍，正坐在灯旁给自己束冠。顾朗华和江柔也赶来了。

柳玉茹缓了缓，道："舅舅，太子带人入宫了。"

"我知道。"江河将玉簪插入发冠中，拿了一个盒子，平静地道，"不必惊慌，回去睡吧。我即刻入宫。"他抱着盒子便往外走。

柳玉茹一把抓住了江河的袖子，咬了咬牙，终于道："花铺的花已开了大半，可要摘了？"

江河听到这话，却是笑了，拍了拍柳玉茹的手臂，安抚道："放心，等花开好了再说。"

柳玉茹不知道江河是哪里来的信心，但还是放下心来，放开了江河的袖子，同顾朗华、江柔一起送江河出府了。

江河问外面的侍卫："望莱，陛下可曾传消息到荥阳？"

"传了，"望莱立刻道，"急召大公子回来。"

"嗯。"江河道，"派人护送，确保消息能到荥阳。"

望莱应了一声。

江河垂下眼眸，摸着手里的盒子，慢慢地道："九思啊，回来后，这就是他的天下了。"

第十四章　风云起

太子领着人疾行入宫，一路冲到内宫门口。

黄平领着人驻守在内宫门外，见范玉来了，心叫不好。但事已至此，黄平也不敢多做什么，只能站在最前方，恭敬地行了个礼，道："殿……"

黄平的话没说完，范玉就一巴掌抽了过去，怒道："你们这是做什么？父皇还没死呢，你们就围在他门口，是要造反吗？！"

这一巴掌抽寒了黄平的心，原本不安的情绪反倒镇定了许多。周高朗说的对，这样的人不配为君。黄平平静地看着范玉，恭敬地道："属下奉命行事，还望太子见谅。"

"奉命？你奉谁的命？你……"

"奉我的命！"

范玉还没骂完，就听身后传来一个浑厚又镇定的男声。众人看了过去，便见周高朗穿着官袍，腰上佩剑，正冷静地看着范玉。范玉看着周高朗身后的士兵，心里有些发慌，好在他旁边的幕僚上前一步，厉喝道："周高朗，你这乱臣贼子，安敢殿前佩剑？！"

周高朗面色不变，直接领着自己的兵往前走，无人敢拦，一路走到范玉面前。周高朗看范玉仿佛看一个孩子，道："太子殿下深夜领兵强行闯宫，怕是不妥。"

范玉素来怕周高朗，一时竟不敢回应。幕僚见了，立刻上前一步，正要再喝，就被周高朗一巴掌抽得滚到地上。

周高朗冷眼看过去，斥道："本官同太子说话，哪里轮得到你这狗奴才插嘴？！给本官拖下去砍了！"

范玉再怕周高朗，也知道自己必须站出来了。连幕僚都护不住，作为太子，脸面就彻底没了。范玉上前一步，指着周高朗，怒道："周高朗，你敢？！你囚禁我父皇，还想杀我的人！周高朗，你是要反了吗？！"

"殿下，"周高朗平静地看着他，"您说臣囚禁陛下，可有证据？如今陛下病重，臣按律守内宫，按规矩，任何人不得进入。殿下强闯，到底是臣不守规矩，还是殿下不守规矩？"

"你……"

两个人正争执着，内宫的门忽地开了，张凤祥从里面疾步走出，众人都看了过去。

太子立刻大喊起来："张公公，我父皇怎么样？！你告诉父皇，周高朗要反了！他欺负我，父皇要为我做主啊！"

张凤祥听到这话，朝着范玉讨好地一笑，随后转头看向周高朗，恭敬地道："周大人，陛下请您进去。"

周高朗没有说话，笼着手。内宫里传出《逍遥游》的琴声，周高朗点了点头。范玉在外面叫嚷着要跟进去，被拦住了。张凤祥没有理会范玉，领着周高朗走了进去。

周高朗一入寝殿，便闻到浓重的药味，范轩坐在床上，张钰坐在一旁，正从容地弹着琴。屋内这平和的景象与内宫外兵戎相见的景象形成鲜明的对比。周高朗恭敬地向范轩行礼："陛下。"

范轩朝他笑笑，让他坐下来，又同张钰道："落明，你去休息一会儿吧，我和老周说说话。"

张钰站起来，行了个礼，退了下去。他不敢出内宫，只能到偏殿去等着，寝殿里只剩下范轩和周高朗。

两个人静默了片刻后，周高朗笑起来："看你的样子还好，我差点儿以为你快死了。"

"离死还有一会儿，就是想看看，我若是死了，会发生些什么。"范轩也笑起来，"我猜着我死了你便会欺负我那儿子，没想到我还活着，你就已经欺负他了。"

周高朗没说话，范轩沉默了一会儿后，道："你去幽州吧。"

听到这话,周高朗有些诧异。

范轩想要直起身来,周高朗赶忙去扶,又给范轩垫了枕头,范轩轻轻地喘息着,道:"等我走了,你也别待在东都了,去幽州吧。"

"你让我去幽州,"周高朗抿了抿唇,"就不怕是放虎归山?"他手掌兵权,若去了幽州,想反便可反。

范轩又笑:"你把家人留下。"

周高朗诧异地看着范轩,范轩叹息:"老周,我知道你的,你这个人重情重义,只要你家人在这里,你绝不会反。"

周高朗抿紧了唇,并不答话。

范轩接着道:"这么长时间了,我其实什么都不担心。大夏有很多人才,有你,有落明,有清湛;年轻的,还有顾九思、李玉昌……大夏稳稳当当地发展,不说千秋万代,起码南伐一统,百年可期。这一年来,百姓休养生息,耕种良田,广开商贸之路,物尽其用;顾九思治理黄河接通南北,又整顿荥阳,立下国威震慑地方。最难的事情,我已经做完了。剩下的,你们稳稳当当地走,便没什么大的障碍了。我唯一担心的是你和玉儿,"范轩抬眼看着周高朗,苦笑起来,"你与玉儿结怨太深,你是我的兄弟,是大夏名将,我不能杀你。"

"你也杀不了我。"周高朗很平静。

范轩顿了顿,笑起来,道:"你说的对,这天下本就是你我二人的天下,我若杀你,就是自毁长城。我不能杀你,可也不能废了玉儿,他是我唯一的孩子……"

"可你看看他成了什么样子!"周高朗怒喝,"我早让你续弦再生几个孩子,你偏不听我的。如今走到这个地步,你以为我愿意?!这个孩子是我眼看着长起来的,我就下得去手?!你把他废了,"周高朗盯着范轩,"从宗族里过继一个孩子,我已经为你选好了人。我不会杀玉儿,会让他衣食无忧地过一辈子。"

"那你还不如杀了他。"范轩低头轻笑,"他是我唯一的孩子,只要他活着,就一定会有人想借他的名义作乱。今日你不杀他,我走了,日复一日,年复一年,你又能忍他多久?"

"那你要怎么办?"周高朗冷声道,"我围了内宫,就没想过走回头路,就算我放过他,他又怎么能放过我?"

"所以,你去幽州吧。"范轩叹息道,"你远在幽州,又拿着兵权,他也不能把你怎么样。玉儿他并不坏，天生耳根子软，好哄得很。我会让人在东都稳住他，再给你家一道免死金牌，除非你起事，不然我保证你家无事。"

周高朗不语，范轩继续道："我在东都都安排好了，到时候新上任的辅政大臣会给他进献美女珍宝，哄着他游玩。等他生了孩子，你们便让他当太上皇，把他送出去，就当养一只金丝雀一般，把他养得高高兴兴的便好了。等他当了太上皇，你便回东都来。"

周高朗笑了："你倒对我放心得很。"

"怎么不放心呢？"范轩温和地道，"你还欠着我一条命呢。"

周高朗不说话了，看着范轩苍白的脸。

范轩素来是这副书生模样，说话也温和，但身边没人不服他，没人不把他当大哥。因为范轩重情重义，对发妻，答应了一生一双人，就当真一辈子只有那一个妻子；对朋友，赴汤蹈火，两肋插刀。周高朗欠范轩的不是一条命，是好多条。战场上，范轩为周高朗挡过的刀，陪他吃过的苦，数不胜数。范轩如今身体不好，也是攻打东都时为周高朗挡箭落下的病根。

周高朗突然意识到，范轩是当真要去了。若非如此，以范轩的性子，他怎么可能说出这样的话来？

"答应我吧。"范轩的笑显得有些疲惫，"看在兄弟一场的分儿上，给他一条活路。"

这是范玉唯一的活路。若是不当皇帝，范玉就会成为别人的棋子，早晚要死。范玉当了皇帝，周高朗在东都，他们就会斗个你死我活。范轩不如让周高朗去幽州，留周家其他人在东都。

周高朗看着范轩，许久后，终于道："好。"

范轩得了这话，拍了拍周高朗的手，一如既往地温和，道："我就知道，你会答应我的。"

范轩转头对外面道："凤祥，将玉儿叫进来吧。"

张凤祥应了声，便走了出去。

范轩看看周高朗，慢慢地道："你说，走到今日，你后悔吗？"

"后悔。"这次周高朗回答得很果断，"还不如留在幽州，至少刀剑指向的是敌人。"

"我不后悔。"范轩语速缓慢，"每当我后悔的时候，我就会站在望都塔上看一看东都。我看到百姓活得好，便觉得一切都是有价值的。我就是觉得我活得太短了,"范轩叹了口气,"若活得再长一点儿……"我或许有时间再教导范玉,又或许能再生一个孩子。

静默中,外面传来了急促的脚步声,那是范玉来了。

"父皇!父皇!"范玉急急忙忙地冲了进来,挡在范轩身前,警惕地盯着周高朗,道:"你要对我父皇做什么?"

"玉儿,"看见范玉如此维护他,范轩笑了笑,拍了拍范玉的肩膀,平和地道,"周叔叔没有恶意。"

"父皇,他……"范玉回过身,看见范轩,便愣住了。

范轩看上去精神还可以,甚至比平日里还好些,范玉却觉得有种莫名的恐惧感涌上心头。范玉似乎感知到了什么,跪在了范轩面前,声音都颤抖了:"父皇……"

"玉儿,"范轩拉住范玉的手,认真地凝视着他,慢慢道,"是爹对不住你。"

范玉愣在原地,范轩慢慢地给范玉整理了一下头发,动作做得有些艰难,却十分认真。

"以前爹心里有太多东西,太忙,没有好好照顾你。这些时日,我总在想,我这辈子做了些什么,亏欠了谁什么。我想来想去,对你的亏欠是最多的。你年少时,我没好好陪你,没好好告诉你什么该做,什么不该做;你长大后,我竟然还指望你能什么都明白,你不明白,我便说你不对,便骂你。"

"父亲……"范玉觉得视线有些模糊。

范轩神色温和:"我一直都知道你是个好孩子。其实叔叔们都很疼爱你,你周叔叔以前骂你,也只是希望你能过得好。等我走了,你就把他们都当成我来孝敬,好不好?"

"您不会走的,"范玉抓紧了范轩的手,焦急地道,"您都说了,您对不住我,您已经对不住我十几年了,如今又要把我抛下吗?!父亲,"范玉凑上前去,死死地抓住范轩,慌张地道,"您别走,我害怕!您别抛下我,别走好不好?"

范轩静静地看着范玉,范玉的眼泪大颗大颗地落下来。打从范玉懂事开始,他们父子间多有争执。这样仓皇的模样,似乎只有小时候的范玉有过。范玉小时候胆子小,遇到什么就紧紧地抓着范轩的衣袖,惊慌失措地连连喊父亲。

如今范玉快十七岁了，此刻却如一个受惊的稚子一般，惶恐地道："您答应我，父亲，您不能丢下我一个人！"

"玉儿，"范轩叹息，"我没法陪你一辈子，我这辈子到头了。"范轩转头看向周高朗，"日后，你周叔叔会帮你镇守幽州，有他在，北梁绝不敢越界。顾九思、叶世安还有你叶叔叔、张叔叔，都会帮着你料理朝中内政，让国家富足安宁。李玉昌也是个好臣子，有他在，朝纲便不会乱。还有一位叔叔，他虽然过往与你不甚亲近，可他是我最好的朋友，会永远站在你这边帮着你。"

"我虽然不在了……"范轩看向范玉，急促地咳嗽起来，张凤祥赶紧上来替他顺气，范轩觉得自己的五脏六腑都要咳出来了。激烈地咳嗽过之后，范轩喘息着抬起头来，接着道："可是，我已经为你安排好了，以后你什么都别管，就像以前一样生活，好不好？"

范玉哭着没应声，红着眼看着范轩。

范轩似乎是不行了，艰难地重复了一遍："好不好？"

范玉覆着他的手，哭着低下头去："父亲，在你心里，是我重要，还是天下重要？"

范轩看着范玉，又看向周高朗。范轩眼里带着恳求之意，周高朗看得明白。"你放心。"周高朗道，"放心吧。"

外面的雨还在下，范轩听着雨声慢慢地闭上了眼睛。范玉浑然不觉，还紧握范轩的手，低着头，肩膀抽搐着，在等一个答案。周高朗静静地看着这一切，张凤祥最先反应过来，声音尖厉地惊叫起来："御医！快让御医过来！"

范玉艰难地抬起头来，周高朗走到范轩身前，将手指放在范轩的鼻子下。直到范轩完全没了呼吸，周高朗才慢慢地直起身。

周高朗静静地看了范轩片刻，才同范玉道："我们出去吧。"

范玉抱着范轩的尸体，号啕大哭。

"父皇！"

这一声传出去，外面的士兵猛地破开大门，冲了进来。两边的士兵都挤了进来，范玉的幕僚冲过来，一把扶起范玉道："殿下。"

周高朗大步走了出去，幕僚立刻低声同范玉道："殿下快拦住他，他要去找张钰了！"

范玉立刻追上周高朗，道："周高朗，你要去做什么？！"

周高朗直接走出去。这时候的张钰被一群人护着,但被对峙的周高朗和范玉的士兵围在了中间。看见周高朗,张钰又惊又怒,道:"周大人,你这是做什么?!"

"把遗诏给我。"周高朗径直走过来。

张钰焦急地道:"陛下说得还不够清楚吗?老周你不要发疯了!"

周高朗抿紧了唇,范玉追了出来,大声道:"张大人,把遗诏给我!"

"我没有遗诏!"

张钰立刻道:"殿下,周大人,如今陛下尸骨未寒,你们就要闹得这样难看吗?陛下操劳一生,你们要让他死都不能安息吗?"

周高朗不说话了,内心似乎在剧烈地挣扎。

范玉直接扑了过去,抓住张钰,道:"怎么会没有遗诏?你骗本宫!你骗本宫!你是不是要伙同这个老匹夫一起谋反?你……"

"殿下!"张钰费力地扯开范玉的手,一把推开他,怒喝道,"你失态了!"

范玉被推到地上,周高朗看着面前这个疯子一样的太子,紧皱着眉头。许久后,周高朗深吸了一口气,转头同张钰道:"落明,遗诏……"

"遗诏在我这儿!"

一个清朗的声音从宫门前直直传来。众人同时回头,便看见江河身着绯红色官服,头顶金冠,手中捧着一个盒子走了过来。江河镇定又冷静,对着寝殿方向,朗声道:"微臣江河,奉陛下之命前来,宣读遗诏!"

众人都愣了,江河将目光落在周高朗的身上,态度强硬地道:"跪!"

张钰最先反应过来,赶紧跪了下来,而范玉也被幕僚扯着跪了下来。周高朗静静地和江河对视,上前了一步,四周宫墙上立刻多出了许多架好的箭矢。周高朗环顾四周,只见四周已经布满了士兵。江河看着他,再喝一声:"跪!"周高朗沉默着,轻笑,慢慢跪了下来。

江河打开手中的盒子,将圣旨取出,朗声道:"奉天承运,皇帝诏曰,朕悉闻天生万物,未有不死,星斗轮回,天理常伦。朕体感天命之期将近,留此书告身后事,大夏毋论臣子王亲,皆循此安排。

"太子范玉,乃朕唯一血脉,性情温和,恭孝有加,可堪大统。然念其年少,特安排左相张钰、户部侍郎江河、御史大夫叶青文、殿前都点检周高朗及户部尚书顾九思五人辅政,组为内阁。江河擢升任右相,周高朗兼任幽州节度使,驻守幽州,留家属亲眷于东都照看,非内阁召不得入东都。

"此后凡政令,皆由内阁商议,报以天子宣读。一国战事,由周高朗主持决议,政务之要,唯江河是瞻。如此,臣子尽其能,天子尽其心,君臣和睦,共治天下。待到时机,挥兵南下,收复江山,一统大夏。"

"如此,"江河抬眼看向众人,"朕虽身死,亦心慰矣。"

江河宣读完,双手捧着圣旨交给范玉,笑着道:"陛下,接旨吧。"

范玉呆呆地接过圣旨,猛地反应过来,霍然起身,道:"江河你这是什么意思?!你说这是圣旨这就是圣旨了?什么内阁,什么辅政,父皇不会下这种旨意,你骗人!你……"

"陛下,"张钰站起身来,平静地道,"这封遗诏是真的。方才先帝宣我入宫,就是说此事。"

范玉震惊地看着张钰。

江河笑起来,放低了声音,道:"陛下何必动怒呢?您想想,无论如何我们都只是臣子,都是要听您的安排的。先帝组建这个内阁,无非担心您太过操劳,让我们帮些忙而已。先帝同我说过,您打小身体不好,如果政事全都让您操心,不是太过劳累了吗?"

范玉听了,舒心了不少。

幕僚上前一步,怒斥道:"你休要信口雌黄,诓骗陛下。内阁掌握所有政要,你却说是帮陛下分担。你当陛下是小儿,可由你欺骗吗?"

江河将双手放在身前,笑眯眯地问:"敢问阁下是……?"

"东宫幕僚陈双。"

"哦,陈先生,"江河拱手,笑着道,"洛大人手下的名士,失敬,失敬。"

一听这话,陈双和范玉的脸色都变了。江河转过头去,看向范玉身后的熊英,接着道:"哦,上次陈茂生大人因七夕祭祀出了岔子、丢了官职的事,我听说,洛大人举荐的就是这位熊大人吧?怎么陛下当初没举荐,今儿个又用上了?陛下,"江河看向范玉,"您这身边能文能武的怎么都是洛大人的人哪?人家好歹是扬州的小天子,把人这么给您用着,也真是大方。"

"你……"陈双再度上前。

江河冷下脸,怒道:"区区白衣也敢持剑入内庭,王法何在?!来人,将这贱民抓起来!"

士兵迅速拿下陈双,江河转过身朝着范玉恭敬地道:"陛下,您看这陈双如何处置?"

范玉不语,神色难测。

江河平静地道:"微臣知道,陛下不信微臣。但陛下想想,微臣若是对陛下有二心,今日为何会拿着圣旨出现在此处?先帝组建内阁,当真是为陛下着想。陛下贵为天子,怎能为案牍所累?这天下是陛下的,我等也是陛下的,是生是死不过陛下一句话。陛下若不放心,那这内阁就先放着,陛下先当政一段时间,若觉得乏累,再建内阁。陛下以为如何?"

听到这些话,范玉的神色慢慢放松了,他挺直了腰背,点头道:"就依你说的办吧。"

江河笑起来:"那现下陛下不如先去休息,由臣等料理先帝后事。"

范玉一夜没睡,如今也已经累了,于是点了点头,道:"那就劳烦江大人,朕先去睡一觉。朕带过来的人,不要为难他们。至于陈先生,"范玉看过去,淡淡地道,"江大人看在朕的面子上,放了吧。"

"谨遵陛下吩咐。"江河答得恭敬。

范玉离开后,江河转过头来,看着熊英,道:"熊大人,请。"

熊英抿了抿唇,气势汹汹地走了。

众人走后,江河走到周高朗面前,笑着问:"周大人是今日启程还是再过些时日?"

周高朗不说话,静静地看着江河。江河接着道:"在下以为,还是越快越好。"

"本官倒不知道,"周高朗慢慢开口,"江大人和陛下是何时如此亲近的?"

江河笑而不语,看着宫门外,慢慢地道:"我知道周大人不甘心。周大人放心,"江河回头意味深长地看着周高朗,"陛下还有一道诏令,只是还没到时候。"

周高朗和张钰都愣了,片刻后,他们似乎是明白了什么。江河见他们都懂了,笑了笑,躬身做了个"请"的姿势:"周大人请。"

周高朗抿了抿唇,一言不发地转过身,疾步走了出去。

等周高朗走了,江河看着张钰:"得劳烦张大人了。"

张钰点了点头,想了片刻后才道:"江大人,在下有些不明白……"

"我知道,"江河应声道,"你想问我为什么让陛下先处理政务,而不是强行建立内阁。"江河笑了笑,"先帝就是希望我们能与陛下和谐共处,才会这么安排的。陛下吃软不吃硬,磨一磨就好了。"

"磨一磨?"张钰有些不明白。

江河轻咳了一声，压低了声音道："他要管事，我们就拿些鸡毛蒜皮的事让他管，再往后宫里多送点儿人，他的新鲜劲儿过了，自然要请我们回来的。"

张钰一下笑了，点了点头，道："江大人想得周到。那顾大人……"

"先帝早已让人去通知了。"江河站在高台上，平静地道，"就等着他回来呢。"

八百里加急的消息在第二天夜里到了荥阳。

这晚顾九思正和秦楠、傅宝元一起喝酒。

治理黄河的所有工程终于彻底完成。庆功宴上，大家载歌载舞，顾九思和秦楠、傅宝元喝得高兴了，便特意在散场后留下来，在后院一起聊天。三个人的年纪相差很大，却像朋友一般，在院子里喝着酒，唠着嗑。

"黄河治理完了，"傅宝元靠在椅子上，漫不经心地道，"成珏也该回去了，回去后就是朝廷里的大官了。"

"我如今不是吗？"顾九思笑起来，"好歹也是个户部尚书啊。"

"不一样。"秦楠淡淡地道，"他说的是像周大人一样的大官。"

顾九思摆了摆手："在穷乡僻壤里待着的，回去也就是帮个忙，哪儿能和周大人比？"

"不一样，"傅宝元立刻道，"你同他，你同其他的官都不一样。成珏，"傅宝元把手搭在顾九思的肩膀上，打了个酒嗝，道，"你是我见过的最不一样的官。"

"有什么不一样？"顾九思有些疑惑。

傅宝元数着道："别人当官，都是争权夺利往上爬。你不一样，你干一件事，是一份功劳，做的都是为百姓好的事。你未来要比周高朗走得高，走得远，你知道为什么？"傅宝元拿手砸了胸口两下，认真地道，"百姓心里有你。"

顾九思笑起来："百姓心里也有你们。"

"我们老啦，"傅宝元摆摆手，"而且最重要的是你是大夏的榜样。"

傅宝元看着顾九思，顾九思有些不明白，傅宝元的眼睛有些红："有了你，大夏的年轻人才知道，好好做事，不钻营，不成天想着钩心斗角，做实事，也能成为大官。"

"或者说，"秦楠接着道，"大夏的大官本来就该这样当上去。"

"未来是你的。"傅宝元又哭又笑,"是你们的。"

顾九思听着傅宝元的话,心里有几分酸涩。顾九思扶着傅宝元,哑声道:"等我回东都,我们就一起回去。我替你们向陛下请功,让你们也回东都去。"

"不必啦,"傅宝元笑起来,靠在秦楠身上,拍着自己的肚子,看着天上的月亮,"我在这里二十多年了,老婆孩子都在这里。我就想继续待在荥阳,多为荥阳百姓做点儿事,现在荥阳需要我呢。"

"秦大哥呢?"顾九思看向秦楠。

秦楠笑了笑:"我也一样。我们在下面做事已经做惯了,"他温和地道,"守好这一方百姓便已很好了,我们也不需要做更多了。以后你有时间,回来看看就好了。"

顾九思叹息一声,举起杯子,同两个人碰了杯。

夜深了,几个人都醉了,才各自回家去。

秦楠头晕得厉害,有些想吐,刚到家门口,就看到一个人站在门前。

那人穿着蓝色锦袍,张合着手里的小金扇,看着秦楠,笑眯眯地唤了声"秦大人"。

秦楠愣了愣,揉着头,有些茫然地道:"洛大人?"

洛子商把手中的小扇一张,温和地道:"秦大人似乎醉了。"

"还好。"秦楠直起了身子,被夜风吹得清醒了几分,冷静地道,"洛大人来这里做什么?"

洛子商笑了笑:"黄河事了,我等也要回东都了。洛某来问问秦大人,可愿随洛某一起回东都?"

听到这话,秦楠放松了不少,笑起来,摇了摇头,道:"我在这儿待习惯了,也不愿意去其他地方,就不同你们去东都领赏了。"

"若不是为领赏呢?"

秦楠愣了愣。

月亮隐到乌云后,夜空顿时一片漆黑。洛子商用小扇遮住半边脸,张合着唇,道:"若在下是想拜托您帮洛家一个忙呢?"

这时顾九思刚刚梳洗完倒在床上,正想着柳玉茹,想着顾锦,想着什么时候能够回去,外面就传来了急促的脚步声。

"大人,大人!"木南急急忙忙地冲进屋子,顾九思猛地起身。木南往地上一跪,焦急地道:"陛下驾崩了!"

在短暂的错愕后，顾九思跳起来，开始收拾行李，道："通知秦大人和傅大人一声，我这就回东都。"

木南应了一声，虽然也不知道顾九思为什么不用他说就知道自个儿要回东都了，但还是赶紧吩咐人去做事。

他们很快收拾了东西，天还没亮，顾九思和木南就驾马往城门赶了。出门不久，他们就遇见了一个人。那人穿着一身青衫，背着行囊，静静地站在巷子口。

他很清瘦，有一种读书人特有的静默，像亭亭修竹，不卑不亢地立在世间。顾九思看清来人，错愕地道："秦大人？"

"听闻你要去东都。"秦楠开口，声音里带着奇怪的疏离感，"我同你一起去。"

顾九思知道秦楠也收到皇帝驾崩的消息了，虽然不太明白为什么秦楠昨夜才说了不去东都，现在又要跟着他回去，但是此时也来不及多想。

"那便一起吧。"顾九思说。

秦楠的仆从牵马过来，一行人便出城了。

他们几人出城后不久，洛子商也领着人从荥阳赶了回去。

相比顾九思的急切，洛子商显得格外从容，但似乎在记挂着什么。侍卫鸣一看出来，立刻道："人留好了，放心。"

洛子商应了一声。

鸣一想了想，又问："大人为何不让秦大人与我们一路同行？"

"让秦楠与我们一路同行？"洛子商笑了笑，"是怕不够扎眼，让江河不够记挂吗？"

鸣一了然地点头："属下明白了。"

顾九思领着秦楠回到东都，国丧已经在江河和礼部的安排下，有条不紊地进行了。

按规矩，皇帝死后第一日，群臣入临，而后大殓成服。因大夏以日易月，故而十二日后，将由新帝主持仪式，将丧服换成小祥服，二十四日后，再由小祥服换成大祥服。之后再过三日，举行禫祭之后，官员就可以恢复正常生活。而这期间，每隔七日群臣入临一次。四十九日后，皇帝出殡。在皇帝出殡前，不得屠宰牲畜，寺庙道观鸣钟三万次。

顾九思入东都时，大殓已结束，范轩被安置在几筵殿。这日正是第七日,群臣入临。顾九思来得晚了些,入城之时,江河已经领着人入殿哭吊。

顾九思还未到城门前,就听到远处的山寺道观传出一下又一下的钟声。他入城后,只见满城素色,街头百姓都穿着素衣,店铺外面挂着白花。整个城市没有歌舞声也没有吆喝声,一派悲凉之景。

顾九思和秦楠入城后就各自分开,秦楠说自己还有朋友要拜谒,顾九思也顾不得他,一路驾马飞奔到了顾府。柳玉茹候在门前,也穿着素色成服,头上戴了一支玉兰素簪。

顾九思到城门口时,柳玉茹就得了消息。等他进来了,她平和地道:"舅舅说,你回来先沐浴更衣,换了成服,我陪你入宫去找他。"

顾九思点了点头,急急地往里走,柳玉茹已经给他备好了水。顾九思进了门,柳玉茹替他解开衣衫,他着急地问:"孩子呢?"

"睡了。"柳玉茹笑了笑,道,"不问大事,先问孩子,若让人听到,得说你失了分寸。"

"孩子就是我的大事,你是我天大的事。"顾九思下了汤池,才道,"先帝遗诏中怎么说?"

"太子登基。"柳玉茹坐在一边给顾九思舀水。

"我猜到了,"顾九思立刻道,"但先帝不会贸然让太子登基的。"

"是。"柳玉茹对顾九思的猜测之准毫不意外,平静地道,"先帝预感自己天命将至当夜,召张丞相入宫,周大人和太子都以为先帝是要写遗诏,于是周大人围了内宫,太子命人强闯。"

听到这话,顾九思露出震惊之色:"周大人疯了?"

柳玉茹面色不变,继续道:"太子与周大人争执于内廷,舅舅入宫布置人手,在先帝驾崩后宣读遗诏。先帝命太子登基,又选了五位辅政大臣组成内阁,日后所有政务由内阁统一商讨,再由新帝宣读。这五位辅政大臣分别为张钰、叶青文、周高朗、江河……"

她顿住了,顾九思平静地道:"我。"

柳玉茹注视着他:"你早知道了?"

"猜到了。周大人呢?陛下不可能就这么放着他在东都。"

"舅舅被擢为右相,日后内阁政务由舅舅主持。周大人兼任幽州节度使,防务战事都由周大人主持。"

顾九思点了点头,洗得差不多了,站起身来,柳玉茹忙用帕子帮他擦干了水。穿衣时,他仍静静地消化着柳玉茹所说的内容。

范轩宣张钰进宫，就是为了让周高朗和太子上钩，周高朗提前行动，而后范轩替太子处理了周高朗。范轩让周高朗做幽州节度使，表面上是加了个官职，实际上是把周高朗放出去。范轩给周高朗一条生路，也就给了范玉一条生路。

周高朗这一次没能杀了范玉，若日后再动手，那就是造反。以周高朗的心性，无论是念着和范轩的情谊，还是看在百姓的分儿上，都不会再主动找范玉的麻烦。而范玉这边有内阁牵制，也不会找周高朗的麻烦。这五位辅政大臣，无论是年龄还是能力，都能彼此制衡。范轩为了范玉，已经把大夏未来的五十年蓝图都谋划好了。

这一场宫变里有太多值得人寻思的东西。为什么江河是最后拿到遗诏的人？太子的人马是哪里来的？

顾九思觉得有些头疼，这时候柳玉茹已帮他插好了发簪。她覆在他脸上的手凉凉的，她的声音却很温和，道："事要一件一件地做，嗯？"

顾九思轻笑起来，点了点头，同柳玉茹一起走了出去。

他们一到宫门前，候在那里的太监就迎了上来，说江河在几筵殿等着他。

老远就看见素纱飞舞，顾九思和柳玉茹到了大殿门口，便看见两排穿着成服的士兵从门口延伸到大殿中央，连武器上也绑了白花，队列的尽头是范轩的牌位和棺椁。江河、周高朗、叶青文、张钰、叶世安等人都站在那里，正静静地看着顾九思。

太监唱喝："户部尚书顾九思——见礼！"

顾九思同柳玉茹在大殿外就跪了下去，行叩首礼。

顾九思听着远处的钟声，看着地上的玉石，突然想起这棺椁里的人同自己最初的见面。顾九思已然忘了确切的日子，只记得那时候自己是一个家道中落的县衙捕快，而这位已是名震四方的幽州节度使。然而范轩对任何人，都是同样的态度，平和文雅，以礼相待。他愿意信任顾九思，让顾九思走上仕途。他如长辈，亦是顾九思的君王。他给顾九思取字成珏，把顾九思捧到高处，自然有其考量，可顾九思也记得，酒后对弈时，范轩笑着道："成珏，回去别太怕玉茹，有事朕帮你撑着。"

顾九思一步一步地走到范轩的牌位前，每走一步，都会想起这位帝王曾经做过的事。范轩真的算不上多么英明的君主，手腕也不够强硬，但正是这一份仁善，让许多人都愿意追随他，愿意听从他。

范轩有自己的理想和坚持，亦有一生践行的决心，只是去得太早了。

顾九思的头抵在地面上，内心的无力和悲楚骤然翻涌。范轩走得太早了，若他再多活几年，大夏便可收复扬州，甚至一统南方；大夏会有一个新的继承人，就可免受下一轮的动荡。顾九思静静地跪着，闭上了眼睛。

柳玉茹拉着他，小声道："九思，起来吧。"顾九思被柳玉茹扶起来，江河走过来拍了拍他的肩，解释道："这之后还有许多事，我们一起商量一下吧。"

顾九思从叶世安手中接过帕子，擦了擦眼泪，才道："是我来晚了。"

"你本来就在荥阳忙着，"叶青文宽慰他，"不必自责。周大人也要启程了，今日便一起送送周大人吧。"

听到这话，顾九思忙看向周高朗，恭敬地道："周大人……"

周高朗摆摆手，没有多说。

江河让柳玉茹先回去，自己和顾九思一行人去了议事殿。议事殿正在换牌匾，顾九思觉得奇怪，张钰解释道："日后这里要改成'集贤阁'，就是我们议事的地方。"

江河道："情况玉茹和你说了吧？"

顾九思点点头："大致知道了。"

"先进去吧，"江河同顾九思道，"具体的情况，我们再说一遍。"

几个人就座，江河将遗诏的内容重新说了一遍。

顾九思："那陛下如今如何？"他问的是范玉。

众人交换了眼神，周高朗道："睡了一晚上，第二天醒过来，自个儿把自个儿关起来哭了三天，然后就要开始纳妃了。"周高朗嗤笑一声，"要不是古尚书拼死拦着，现在怕已经躺到女人床上去了。"

"周大人，"江河端着茶，道，"您的行程安排好了？"

周高朗的脸色顿时冷了下来，他怒道："你不去管管宫里那位，来管我什么时候走？你以为我不知道，我一走你就要去给那小子送女人！你们一个个的，"周高朗指着默不作声的众人，"生前和老范称兄道弟，如今老范去了，他儿子连孝都不戴，你们就这么看着，有你们这么当兄弟的？！"

听到周高朗这么吼，众人的脸色也不太好看。顾九思看了看周高朗，又看了看另外三个人，道："周大人，其实诸位大人也不过是在完成先帝的吩咐罢了。"

范轩清楚自己的儿子是什么货色，早已不抱希望，遗诏中提到自己的丧事，也说从简为宜。

周高朗的眼中是毫不掩饰的悲痛之意，他站起身来道："我走了。"

"我送周大人。"顾九思也跟着站起身来，追着周高朗走了出去。

周高朗疾步走了出去，意识到顾九思跟上来，怒道："你不去跟着你舅舅，在这里跟我做什么？"

"周大人是九思的伯乐，提拔之恩，九思不敢忘。"

顾九思恭恭敬敬地行礼，周高朗冷静了许多。

顾九思毕竟是自己人，而江河也没有与自己为敌的意思，周高朗都知道，如今只是因为范轩的死，发泄一番罢了。其实顾九思说的，周高朗也明白，如今自己是破罐子破摔和范玉撕破脸了，马上就要去幽州，也不用再怕什么，而留在东都的五个人的任务是稳住范玉。

顾九思见周高朗平静了，就道："其实周大人要做的，九思十分赞同。"

周高朗看着顾九思，皱起眉头："你什么意思？"

"若有那一日，"顾九思看着周高朗，恭敬地道，"九思始终是周大人的幕僚。"

周高朗愣了片刻后，沉声道："你这话我记住了。回去吧，"他加重了字音，"顾尚书。"

顾九思再行了一礼，送走了周高朗。顾九思回来时，人已经散了，只有江河还在。

江河笑了笑，道："说了些什么？"

"送别而已。"顾九思有些疲惫，道，"先回去吧。"

江河点了点头，两个人一起出门，张凤祥亲自来送他们。范轩死后，这位老太监仿佛也一下子苍老了，一路念叨着范轩生前的一些琐事。

到了宫门口，顾九思终于想起来什么，道："先帝有没有提过他赐我的天子剑……"

"先帝说了，"张凤祥笑起来，"您拿着，那本就是要给您的。"

顾九思愣了一下，转过头去，看着那巍峨的宫城，好久没有说话。

江河用扇子拍了拍顾九思，笑着道："看什么呢？"

顾九思回过神来，慢慢地道："其实先帝下棋很好。"

"嗯？"江河觉得顾九思这话没头没脑的，"你说什么？"

顾九思摇了摇头，没再说话了。

两个人回去的时候，已经很晚了。顾九思觉得天黑压压的，觉得自己很疲惫。走到房门外，他听到了柳玉茹哄孩子的声音。

柳玉茹的声音很温和,她正在给孩子说着笑话。孩子大概是不大明白的,只是定定地看着柳玉茹。顾九思默默地站在门口看着,此刻的柳玉茹像是在另一个世界,一个明亮又温暖的世界。

柳玉茹察觉顾九思回来了,抱着孩子,转过头去,笑着道:"回来了?吃过饭了吗?"

顾九思突然大步走了过去,蹲下来将娘俩紧紧地抱在怀里。

柳玉茹愣了愣,抬起手覆在他的头发上,柔声道:"累了吧?"

顾九思闷闷地应了一声。

柳玉茹接着道:"先睡一觉吧。"

柳玉茹让印红把孩子抱了下去,拉着顾九思起来,帮他脱了外衣,拉着他躺倒在床上。

她抱住顾九思,只说了一句"睡吧",顾九思竟就真的什么都不想了。

顾九思这一觉睡了很久,醒来的时候,周高朗已经走了。

周高朗离开东都后,众人终于放下心来。这一劫算是度过去了。

范玉不管事,每天都在宫里醉生梦死。起初,礼部有几个固执的人不懂事,往宫门前一跪,这位少年竟把人当场斩了。

这事震惊朝堂,江河赶过去处理,但又能如何处理呢?他只能将事情草草遮掩了。但自此之后,的确再也没有人敢去管范玉了。

你管他做什么呢?所有人都明白,范玉不过是个花架子,真正的权力全在集贤阁。这位小皇帝,你只要把他伺候好就够了。

这样的认知形成了,一切便有条不紊地运转下去。范轩出殡那日,范玉终于出现了。范玉瘦了很多,眼窝深陷,周身萦绕着一股阴冷之气,眉眼间全是戾气。或许是范轩不在了,范玉也就不用再遮掩,整个人看上去没有半分皇帝的样子。

一路上众人哭哭啼啼,这种场合,便是装都要装半分样子的,但范玉没有,甚至还笑了。下葬之前,范玉冲到范轩的棺椁前,狠狠拍打了几下,低声说了句什么,才让人将范轩的棺椁送入土中。

众人看在眼里,但没有人敢说什么。在荒唐的沉寂中,范轩终于入土为安。

当天晚上,范玉的寝宫乐声大作,闹了一晚上。

范玉喝了许多酒,将一个舞姬拉到怀里时,舞姬笑嘻嘻地塞给他一张字条。范玉愣了愣，一把推开舞姬，打开了字条，字条上是洛子商的字迹，写着两个字："已归"，落款是"洛子商"。

纵使范玉不算聪明，也明白洛子商回来了，肯定会要见自己的。可如今洛子商连个影子都没有，还要让一个舞姬传话，必然是被人拦住了。范玉顿时怒从中来，一下踹翻了桌子，大喝："洛子商！朕要见洛子商！叫洛子商来觐见！"

众人都被范玉吓到。范玉拔了剑，指着侍卫，道："给朕把洛子商找来！半个时辰后，朕若见不到洛子商，过一刻钟杀一个人！"

在场的众人瑟瑟发抖。他们都很清楚，这个皇帝绝不是在开玩笑。

有了这样的命令，洛子商很快被找来。

洛子商看着范玉，笑着行礼，恭敬地道："陛下。"

"你笑什么？"范玉盯着洛子商，冷声道，"你看上去并不恭敬。"

洛子商看着范玉，叹了口气，走上前，道："陛下，这些时日，您受苦了。"

"朕受什么苦？"范玉冷笑，"朕是皇帝，坐拥天下了，还是受苦吗？"

洛子商摇了摇头，坐下来，看着范玉，道："这天下是先帝留给内阁的天下，陛下不过是先帝竖给他们的靶子罢了。"

"你胡说！"范玉剑指洛子商。

洛子商给自己倒了茶，淡淡地道："先帝不过是拿陛下当个吉祥物稳住人心罢了。陛下说自己是皇帝，陛下想做什么，"洛子商似笑非笑地看向范玉，"就当真能做吗？"

范玉说不出话了。

洛子商："陛下，我让您问先帝的话，您问过了吗？"

范玉的嘴唇颤抖着。

洛子商见到他的反应，眼里带了几分怜悯之意："看来，在先帝眼里，哪怕是骨肉至亲也抵不过江山重要啊。陛下，先帝为这江山牺牲了一辈子，看来您也得学习先帝，为这江山操劳一生了。"

"洛子商，"范玉咬牙，"你这么同朕说话，不怕朕杀了你？"

"陛下，"洛子商低笑，"杀了我，您怎么办？除了我，"他玩弄着手中的瓷杯，"这天下，还有谁会帮着陛下？"洛子商嘲讽道，"把您软禁起来的江河，说着好话糊弄您的张钰，还是去幽州当小天子的周高朗，又或者与周高朗的儿子是结拜兄弟的顾九思？"

范玉的眼神越发幽深。

"陛下,"洛子商靠近范玉,"明日我送您个大礼吧?"

顾九思醒得特别早。今天的早朝是范轩死后第一次正式的早朝。

顾九思醒来就听见了孩子隐约的哭声。柳玉茹迷迷糊糊地醒过来道:"锦儿是不是饿了?"

顾九思拍了拍她,温和地道:"你继续睡,我去看看。"

顾九思起身披了衣服,到了隔壁便看见奶妈正在哄孩子,顾锦哭闹得厉害。顾九思从奶妈手里接过孩子,询问道:"可喂过了?"

"喂了。"奶妈赶紧道,"不知怎么的,就是不睡,怕是想大人、夫人了。"

顾九思应了一声,抱着孩子,轻轻拍哄着。他这些时日已经学会了抱孩子,在他的拍哄下,顾锦很快又睡了。顾九思见顾锦睡了,抱着顾锦回了房,把她轻轻地放在柳玉茹的身边。

柳玉茹迷迷糊糊地睁开眼,将孩子抱了过去,轻声问:"什么时辰了?"

"我起了。"顾九思替她掖了被子,轻声道,"你同锦儿再睡一会儿。"他亲了柳玉茹的额头一下,便直起身来,往外走去。

他洗漱完毕后,穿上官服,便去了宫里。

到了大殿前,他大老远就看见了秦楠。

秦楠和东都官员不熟悉,一个人站在中列。今日秦楠来,肯定是奏请了范玉的,那范玉今日应该会对治理黄河一事论功行赏。

顾九思见秦楠一个人站得窘迫,便主动走了过去,笑着同秦楠寒暄了几句,秦楠笑得僵硬。远处的天亮起来,大殿前的太监开始唱喝。顾九思同秦楠告别后,走到队列前方,在太监的唱喝声中走入了大殿。

辅政大臣同其他站着的大臣不同,顾九思、江河、叶青文与张钰分成两排坐在了御座下方的台阶上。

这是顾九思第一次坐在这种位置上,被众人盯着,还颇不习惯。但要习惯也不难,上朝没多久,顾九思就在范玉一次又一次的哈欠中慢慢适应了这个状态。

朝堂上的事大多不需要范玉管,范玉就听个大概。说到治理黄河的事,范玉才来了精神。

"听闻黄河这个事办得好,"范玉高兴地道,"那不得赏一赏吗?都是哪些人办的事,给朕看看?"

顾九思觉得范玉的态度有些奇怪，但还是站了起来，恭敬地道："是微臣与洛大人、秦大人一起办的。"

"哦？"范玉撑着下巴，扫了下面的臣子一眼，"那洛大人和秦大人呢？"

听到这话，洛子商和秦楠一同出列。

范玉敲着桌子道："三位大人想要什么赏赐啊？"他说得很直接，"顾大人的官够大了，升官不行了，给钱吧，一千两银子怎么样？"

顾九思立刻跪下去，恭敬地谢恩道："谢陛下赏赐。"

"洛大人的官小了点儿，"范玉皱起眉头想了想，道，"他以前是太傅，现在就当太师吧。"

"陛下，"江河笑着道，"升迁这事还需吏部商讨，不如再议吧？"

范玉深深地看了江河一眼，嗤笑一声："反正我也管不了事，只能发钱。那洛大人也赏一千两好了。"范玉看向秦楠："还有秦大人，朕也赏你一千两，怎么样？"

秦楠跪了下去，行了个大礼，道："陛下，臣不要钱财。"

"哦？"范玉有了兴趣，"还嫌不够多？"

"臣另有所求。"

"说来听听。"

"臣请求陛下，"秦楠抬头定定地看着范玉，"捉拿江河，重审洛家灭门一案！"

在场众人都惊了。顾九思愣愣地看着跪在地上的秦楠，江河保持笑容，张合着手中的小扇，慢慢地道："秦大人什么意思？"

"陛下，"秦楠毫无退却之意，拿出一封折子，认真地道，"臣发妻洛依水乃扬州洛家大小姐，十年前，洛家遭遇劫匪洗劫，满门被杀，成为轰动扬州的大案。如今当年的证人向臣指认，将洛家灭门的凶手正是手握重权的辅政大臣，当朝右相——江河！"秦楠的声音毫无波澜，"为人丈夫，得知妻子母族遭遇如此横祸，怎能不闻不问？今日，臣恳请陛下，"秦楠猛地提高了声音，带着破釜沉舟的气势大喝道，"重审洛家灭门一案！"

顾九思在脑子里迅速将秦楠的话过了一遍。

江河张合着小扇，静静地看着秦楠。秦楠正视江河，毫不退缩。

范玉看了看江河，又看了看秦楠，轻咳了一声，道："这不是小事啊，你有证据吗？"

"陛下，"叶青文在此时开口了，"臣以为，如此大案，不该当堂审讯，应交由御史台查办，得出结果后再公开审理。"

"哦，那……"

"陛下！"秦楠大声道，"江大人乃朝廷重臣，与御史台有千丝万缕的联系，如若把案子交给御史台，臣的证据怕就没了。"

这话出来，叶青文的脸色颇为难看。

范玉却点头道："朕觉得你说的很有道理啊！你的证据是什么？"

"微臣愿意为秦大人做证。"洛子商跪在了地上，恭敬地道，"微臣乃洛家遗孤，当年事发之时，微臣亦在场，只是当时年幼受惊，说不明白。如今再见到江大人，臣便想起来了。"

"那你为何不早说？"叶青文皱起眉头。

洛子商低声道："微臣不敢。幸而在荥阳遇到了秦大人，正是受长辈鼓舞，才终于决定站出来替洛家讨个公道。否则，江大人手握重权，微臣又怎敢贸然指认？"

"那洛大人是出于什么立场来指认的呢？"顾九思露出玩味的笑容来，"洛大公子？"

洛子商不说话了。

顾九思和洛子商都心知肚明，洛子商不是洛家的大公子，只是街上的一个乞儿，一个冒名顶替的人来替洛家申冤，这简直是笑话。

洛子商抬眼看向顾九思，道："那不如验证一番？"洛子商撩起袖子，神色笃定，"古有滴血认亲，秦大公子乃当年洛小姐所出，我是洛家血脉，自当与秦大公子血脉相融。如今秦大公子已在殿外，若是顾大人有所疑虑，不如一试。"

"你……"顾九思正要开口，就被江河一把按住。顾九思回头看向江河。

洛子商自然是洛家的血脉，只不过不是洛家大公子，而是洛依水的儿子。顾九思早就清楚此事，今日洛子商要验就验吧。顾九思就不信验完之后，洛子商还能站在这儿说鬼话。

但被江河按住了，顾九思就沉默了。江河看着秦楠，继续道："还有其他证据吗？"

"都在此处了。"秦楠奉上折子，恭敬地道，"十一年前，内子洛依水因病去世，数月后江河便为了玉玺戕害洛家。是江河将玉玺交由梁王，梁王才信心大振，举兵起事，致大荣倾颓，征伐不止，百姓流离。"

"今日有洛家遗孤在此，是为一证。微臣也查阅过十一年前东都的官署记录，洛家惨遭灭门之时，江大人正因病休沐，时间长达一月之久。而后，微臣几经走访，又寻到当年在梁王身边侍奉的侍从，那人可证明当年玉玺的确是由江大人交给梁王的。这些难道还不足以证明洛家灭门一事是江河所为吗？"

"江河不仅仅是杀百余洛家人，更是怂恿梁王举事的乱臣贼子！然而如此贼人——"秦楠眼中含泪，直起身来，指着高座上的人，厉喝道，"今日却端坐高堂，一人之下万人之上。大夏竟能容乱臣贼子如此猖狂吗？！"

听着这些，顾九思的心一点点地沉了下去。满朝文武俱不敢发话，顾九思认真地注视着跪在地上的秦楠。那一瞬间，顾九思觉得自己又回到了黄河边上，周围都是那些百姓注视的目光。

"顾大人，"秦楠放低了声音，克制着不让眼泪流下来，"您能为荥阳百姓做主，敢冒死为永州求一份公道，如今您怎么就弯了脊梁？就因为他是您的舅舅，因为他是右相，是吗？"

顾九思的手微微颤抖，江河转头看着顾九思，似笑非笑。

"如果大夏没有一分公正，"顾九思艰涩地开口，"秦大人，您又如何能走进这里如此说话？"

顾九思一开口，众人都看了过去。

如今是没有人敢说话的，帮着江河是说不过去，毕竟证据在此。可一个秦楠又怎么能扳倒江河？帮了秦楠，若是被江河记恨上了，日后谁都讨不了好。

这时候，也仅有身为江河外甥和辅政大臣的顾九思，能够出声了。

而顾九思这话说出去之后，也表明了他的态度。顾九思神色平静："大夏不会因为任何人而乱了规矩，秦大人不放心此案交到御史台，那交给刑部尚书李大人，您看如何？"

李玉昌的公正耿直是出了名的，秦楠也早已和李玉昌熟悉了，于是秦楠道："下官无异议。"

顾九思朝着范玉恭敬地行礼，道："陛下，如此处置，可妥当？"

范玉撑着下巴，笑道："妥当啊，都是你们说了算，朕觉得挺妥当。"

顾九思假装听不出范玉的嘲讽之意，让李玉昌出列接下此案。而后顾九思转头看着江河，平静地道："江大人可有其他话说？"

江河耸了耸肩："没有，让他们查吧。"

顾九思伸出手，做出"请"的姿势，道："那请江大人脱冠。"

江河苦笑了一下，但也没有为难顾九思，自己解下发冠，从容地跟着士兵走了出去。

做完这一切后，顾九思转头看向秦楠，神色平静地道："如此，秦大人可满意？"

秦楠跪在地上，声音低哑，道："微臣谢过陛下，谢过诸位大人。"

处理完江河的事后，范玉也没什么兴致了，打了个哈欠，便让人宣布退朝。

退朝之后，顾九思走到秦楠面前，两个人默默无言。许久后，顾九思艰难地笑了笑："你同我说你要留在荥阳，又突然告诉我要回东都，我以为是什么事，原来是为了这件事。"

秦楠低着头，声音沙哑地道："对不住。"

"是洛子商告诉你的？"

秦楠没有回答。

顾九思垂下眼眸："你不怕他骗你？"

"他是不是骗我，"秦楠苦笑，"我听不出来吗？"

顾九思沉默了。

秦楠道："如果李大人查出来，当真是你舅舅做的，你当如何？"

"我能如何？"顾九思苦笑，转头看向殿外，叹息一声，"秦大人，晚辈先告辞了。"说完，他便转身出了大殿。

顾九思刚一出门，叶世安便拉着他往外走，颇为激愤地道："你今日为何不揭穿洛子商？"

"揭穿什么？"顾九思的神色平淡，"告诉大家他不是洛家大公子？"

"对。"叶世安立刻道，"今日必然是他设局诬陷江大人，你还看不出来吗？你让他把秦公子叫进来，他也就唬哄大家，他敢验吗？！"

顾九思苦笑不语，甚至有些羡慕叶世安了。叶世安什么都不知道，在他的心里，亲友都是好人，洛子商是恶人。叶世安什么都不用想，只需要无条件地站在顾九思这一边就够了。

顾九思不忍打破叶世安的这份天真，抬起手拍了拍叶世安的肩，温和地道："我自有我的理由。世安，你先回去吧，我去看看舅舅。"

叶世安抿了抿唇，像是有不满。

顾九思想了想，接着道："等一切都弄清楚了，我自然会告诉你。"

"九思，"叶世安神色微变，"你变了。"

顾九思笑容疲惫："或许吧。"

顾九思前往天牢的路上，一面走，一面想。洛子商的身世、洛家灭门的案子、洛子商与江河第一次见面时的异常、江河与秦楠第一次见面时的场景、江河拿到遗诏的原因……将这一切捋顺之后，顾九思反而平静下来。

他走进天牢之中，看见江河面前放了一堆折子，这里与官署似乎也没有什么不同。

顾九思停在门口，江河注意到了，挑了挑眉："站在这儿看我做什么？不回家去？"

"回家去，"顾九思苦笑着道，"我娘得打死我。"

"把我交给李玉昌的时候不怕被你娘打死，现在来猫哭耗子啦？"江河盘腿坐在狱中，撑着下巴看着他，道，"你是来问我话的吧？你若有什么想问的便问吧。"

"我若问了，你会答吗？"

江河漫不经心地道："看心情吧。"

顾九思笑了笑。

江河沉默了一会儿，终于道："你这孩子，如今心眼儿多得让我害怕。"

"该害怕的不是舅舅，"顾九思拍了拍地上的灰，坐了下去，平静地道，"该害怕的是我才对。"

"你怕什么呢？"

"越是了解舅舅，了解你们，我就越是害怕。"顾九思有些疲惫，慢慢地道，"我过去总以为，善就是善，恶就是恶，我的剑永远对着敌人。可如今我慢慢发现，或许坚守所谓善恶的人，只有我自己。"顾九思抬眼看向江河，"今日为什么不让我说呢？"

江河听着这话，低头笑了笑，将手中的小扇张张合合，似是有些不好意思："你不是知道吗？"

"我不知道。"顾九思立刻开口，"我不知道，为什么明明有一条生路你不走。你当初不是答应过我吗？什么都不会影响。"

当顾九思暗示他知道江河和洛子商的关系时，江河曾斩钉截铁地告诉他，自己永远记得自己是江家人。

江河听着这话，垂眸不言。顾九思靠在一旁的墙上，只觉得疲惫，道："洛家人是你杀的吧？"

江河不答，顾九思抬眼看着牢狱过道缝隙里的天。

江河这一间牢房是被特别挑选出来的，四周都没有人，一整条长廊上都空荡荡的。顾九思的声音虽然小，却依旧能让人听得很清晰。

"不说？"顾九思转头看他，"要不要我帮你说？"

江河苦笑起来："何必呢？"他眼里带着苦涩之意，"你就当什么都不知道，不好吗？"

"我也想啊，"顾九思的语气里满是无奈，"可舅舅，我装不下去。知道了便是知道了，我已经装聋作哑很久了。我本来觉得这是你的事，你的过去，与我没有关系。可如今别人已经把这些东西放在我面前了，我不能再不闻不问了。"

"所以呢？"江河靠在墙上，"你知道什么，又想从我这里知道什么？当年是我杀了洛家人，是我拿了玉玺交给了梁王，怂恿梁王举事，所以呢？"江河看着顾九思，"你打算让李玉昌斩了我？"

"你没有说全。"顾九思盯着江河的眼睛，认真地道，"要我给你补全吗？"顾九思顿了顿，接着道"二十二年前，你去了扬州，与洛依水私定终身。而后你假冒了我父亲的名字，让洛依水以为她爱慕的人已有妻子，洛依水不甘为妾，与你断了关系，你离开扬州。但你没想到的是，那时候的洛依水已经怀了孩子。"

江河听到这里，终于失去了平日的从容。

"你回到京中，继续为权势斗争。而洛依水最终决定生下这个孩子，但洛家不愿意要这个孩子，在洛依水生产后，他们强行抱走了孩子，将其抛弃在城隍庙中。洛依水以为这个孩子死了，于是嫁给了秦楠，由秦楠带她离开了扬州，并决定此生不入扬州。

"这个孩子十二岁的时候，你为了玉玺再次来到洛家。这个孩子跟你说，灭了洛家满门，他就告诉你玉玺的位置，于是你答应了他。你灭了洛家满门，他死里逃生。之后他假冒洛家大公子，拜章怀礼为师，而你对他不闻不问。

"六年后,你怂恿梁王举事。又过了一年,你与范轩里应外合,拿下了东都。

"你从一开始就是范轩的人。你是为范轩拿的玉玺,也是为范轩怂恿梁王。因为只有这样,才能把祸乱天下的罪名加到梁王而不是范轩身上;只有这样,才能让天下诸侯混战,消耗他们的实力,从而让范轩一个节度使突围而出。"

顾九思定定地看着他:"你当初其实根本无须我搭救,你在牢里也不过是在等一个合适的时机而已。"

江河没有反驳,许久后,慢慢地道:"你既然已经知道了,还问什么呢?"

"你知道你们做了什么吗?"顾九思的声音哑了,他踉踉跄跄地站起来,扶了一下牢狱的木桩,又捏紧了木桩,声音都颤抖了,"我原以为范轩是个好皇帝,原以为范轩一心为国为民……"他的声音越发颤抖,"我原以为你虽做事狂浪,却有底线……我原以为你们都是好人,以为这世上有着诸多如你们这般堂堂正正的人!可你们与洛子商,与那些蝇营狗苟之辈有何不同?!胜者为王,败者为寇。百姓于你们而言只是棋子吗?范轩为了称帝,不惜让你挑起大乱。而你为了权势,毫无底线、丧心病狂!"

顾九思怒喝过后,慢慢有些颓然。

江河平静地看着他,道:"所以呢?"

顾九思说不出话了,颓然地看着江河的眼睛。

江河道:"你打算怎样?斩了我,替洛家,替天下讨个公道?"

"我不明白,"顾九思红着眼睛道,"你一直说,你是江家人,记得家里人。可是你做这一切的时候,"顾九思放轻了声音,慢慢地道,"你想过顾家吗?想过我,想过你姐姐吗?"

"自然是想过的。"江河道,"我的人去接应你们,但路上遇见其他人,被拦住了。"江河有些疲惫,"九思,每一次我都是拿着性命在赌。我不是神,只是个赌徒。当年的情况比你想象得更严峻,梁王也好、惠帝也好,你不要因为他们输了,就把他们当成了傻子。"

"我的人那时候去接应你们,却被惠帝的人拦住了。而我也没想到洛子商会支持王善泉,"江河揉着额头,低声道,"是我当年低估了他。"

惠帝是大荣最后一任皇帝,对江河极为赏识。

顾九思平静了许多,才道:"你当年已经是吏部尚书了,如果只是为了权势,何必搞成这样?"

"权势?"江河低笑,转过头去,目光悠远。好久后,他才道:"我同你说些往事吧。"

顾九思低低地应了一声。

江河看着月亮,平和地道:"很多年前,惠帝还是三皇子,东宫还坐着一位太子。"

"太子贤德,但无母族支撑,于是三皇子一心想要取而代之。那时候,我的哥哥,也就是你的大舅舅江然,在朝中担任户部侍郎。他与你一样,正直磊落,从不徇私。三皇子串通户部的人挪用了库银,打算陷害太子。你大舅舅没有背景,也没有站队,于是户部就把他推出去,让他做陷害太子的一颗棋子。

"他们要他招出太子,说这样就可以免他一死。可他这样公正的一个人,宁愿死也不肯牵扯无辜。好在有父亲和太子为他周旋,他没有被判死刑,最后被流放了。"

顾九思惋惜地道:"我听说大舅舅是死在了流放的路上。"

"不是,"江河果断地打断了顾九思,继续道,"父亲本是想着,等过些年就想办法将人弄回来。可是几年后,我和父亲在那流放之地找到的那个人根本不是他。我后来找了好多年,终于在惠帝身边的一个太监口中得到了大哥尸骨的下落。"

"那他是怎么死的?"顾九思颇为震惊。

江河笑了笑:"三皇子利用他陷害太子,却没有成事,便迁怒于他。大哥从流放路上被带回了东都,是被活活折磨死的。我和父亲去乱葬岗找他的尸骨,可是已经过了太久,找不到了。"江河的语气轻飘飘的,声音有些低哑,"他是个很好很温柔的人,你的名字便是他活着的时候取的。他说君子有九思,九思当为君子。那时候你娘还没出嫁呢。"江河笑起来,眼里带着怀念之色,"那时候我也从来没想过,有一天我会当官。"

顾九思沉默了好久后,声音低哑地道:"所以你才想要扳倒惠帝?"

"父亲和我在乱葬岗没有找到他的尸骨,只从那个太监手里拿到了他的遗物。回来之后我便想报仇,可父亲拦住了我,说惠帝是一国君王,我不能杀他;说不能为我江家一家的私怨,让天下百姓受难;说这样会让江家蒙羞,也会让哥哥死不瞑目。"

"其实我这个人不讲什么善恶,只是他为守道义而死,我不能践踏了他用命去守护的东西。所以如果只是哥哥的死,可能也就罢了。可后来呢?"江河低笑,"我在朝中看过太多荒唐事,你以为我是怎么当上吏部尚书的?因为我足够荒唐。大荣本就千疮百孔,早已风雨飘摇,扬州富足,可其他地方呢?"江河抬眼看他,语速急促起来,"梁王举事,不是一枚传国玉玺就能让他举事的。你可知,他举事前,沧州大旱三年,幽州兵将无衣,永州水患不止,益州贪官无休。没有任何一个国家会亡于一个人、一件事、一枚玉玺!你问我为什么要怂恿梁王举事,因为梁王不举事,沧州粮仓永不会开,幽州兵将永远腹背受敌,而你顾九思也绝对走不到永州去,修好黄河那些工程!"

"你以为你为什么能一路走得这么平坦?"江河靠近了他,"你以为洛子商天生就这么恶毒?你以为永州那些家族的人个个生下来都是坏坯子?什么水土养什么人,是有了大荣那样的淤泥,才长出这一个个怪胎!我、范轩、周高朗乃至秦楠、傅宝元,我们这些人用了一辈子去把淤泥剜干净,把腐肉剔干净,你这样的人……"江河定定地看着顾九思,眼里的眼泪却始终没有落下来。

江河紧握着拳头,看着顾九思,仿佛是透过他看着遥远的某个人:"你这样的人,李玉昌这样的人,我哥哥这样的人,洛依水这样的人……你们这些人才能在这个世界好好活下去。"

顾九思怔怔地看着江河,许久后回过神来,低声道:"既然……洛依水这样好,你为什么……要这么对她,对洛家?"

江河听到这个名字,有些恍惚,好久后才道:"我不想的。"江河垂下眼眸,"其实我和她本来就不该开始。"

"洛家掺和了大舅舅的事,是吗?"顾九思靠着墙。

江河低声道:"当年给惠帝出主意对付太子的是洛太傅,后来辅佐惠帝登基的也是他。惠帝登基后,我去扬州,本来就是去找他们家麻烦的。"

"但你遇见了洛依水。"顾九思很肯定。

江河脑海里慢慢浮现出和洛依水第一次见面的情景,熙熙攘攘的花灯节,人挤着人,都是尖叫声。而那个女子身着一袭白衣,在城楼之上,有节奏地击鼓,指引着人流疏散。

十六岁的他在人群中抬头仰望,像见到了月下飞仙。

"那时我不知道她是谁,"江河慢慢地开口,"她也不认识我。她女扮男装到处招摇,还和我打擂台,打了十几次,没一次赢的。"江河说起过往,笑起来,"我头一次遇见这种姑娘,张扬得很,她总觉得自己不一样,觉得自己能掌握自己的人生。我们天天混在一起,后来有一次醉酒,就私定了终身。当时我很高兴,回来说要去喜欢的姑娘家提亲。你娘亲给我备好了聘礼,都准备上门去了,我才知道她的真名。"

"我娶不了她,"江河靠着墙,有些茫然,"也不想将她牵扯进这些事里来。我不能原谅她的父亲洛太傅,是一定要杀了他的。最后我离开了她。"

"你骗她你是我的父亲。"顾九思说。

"我没有。"江河平静地开口,"我只是离开了扬州。她找不到我,四处打听,我化名顾三,有这个姓,她便以为我是你父亲。我离开扬州的时候便告诉自己,她活着一日,我便容洛家一天。只是我没想到,那时候她怀了孩子。我一直不知道,只知道她嫁给了秦楠,离开了扬州。她临死前,秦楠让人到顾家找你父亲,你父亲看到信物,发现是我的东西,便来问我,我就去看她了。"

"她和我说,当年她以为我是你父亲,气愤了好久。后来她才发现,我是江河。她说所有事她都知道,都明了,只求我放过她的家人。"

"我已经容忍洛家太久了,"江河平淡地道,"也不忍让病中的她难过,便答应了。"

"她死后,范轩要玉玺,我便去洛家取。那天我遇到了洛子商,我一眼就看出来了,他和依水一点儿都不像,他像我。"江河低笑,"那时候他才十二岁,就已经会用玉玺要挟我杀人,还知道躲到章怀礼来为止。"

"那时候我本能毁了他,"江河淡淡地道,"可最后还是放过了他。"

"为什么?"顾九思有些疑惑。

江河沉默了很久,才慢慢道:"或许是因为他是依水的孩子,也或许是因为他已经去了章怀礼身边,我不好下手,也犯不着花那么大力气去为难一个孩子。我想着他在章怀礼那里会变好的,"江河看着天花板,"章怀礼是个不错的人。可是谁能想到呢?"江河笑了,"可能我这个人从骨血里就是坏的吧。他一点儿都不像依水。"江河转头看顾九思,认真地道,"真的,一点儿都不像。"

顾九思道:"如果当年您将他领回来,好好教导,或许他就不是这样了。"

"不可能的。"江河轻叹,"九思,我其实很懦弱,那时候的我根本不敢面对这一切。依水为我做过这么多,在东都遇见洛子商后,我就知道我不能放任他不管。但他已经走到了那个地步,我又从来没教导过他,也没对他好过,未来或许还会杀了他……他不知道他是谁,不知道我是谁,那最好不过。本来也不该有什么干系,"江河的声音轻飘飘的,"何必再说出来伤人?"

"这就是你今日不肯开口的理由?"顾九思平静地道,"今日你若说出来,说他不是真正的洛子商,他就会当场滴血验亲。你为了证明他不是真正的洛子商,自然得说出当年之事将他认回来。"

江河看着墙壁:"依水已经走了,我何必玷污她的名节。当年没有娶她,后来屠她族人,难道如今我还要再扰她的安宁?何必呢?反正我已经做到了该做的,如今不过是等死,早一点儿去,晚一点儿去,也没什么区别。"

顾九思看着江河,好久后才道:"母亲大约还在等我们回去吃饭,我先回去了。"顾九思站起身来。

江河垂着眼眸,顾九思走了几步,江河叫住他:"九思。"江河慢慢地道,"我很希望你大舅舅生在这个时候,如果他活在这个时候,应当和你一样。我也好,范轩也好,洛子商也好,我们都是过去的人了。你所在的时代,一个官员应当光明磊落,凭着政绩和能力往上走。"江河顿了顿,慢慢地道,"我希望你能活得不一样。"

顾九思闭着眼,深吸了一口气,道:"我回去了。"

走到门口时,看见李玉昌站在门口,顾九思顿住脚步,笑了笑:"你在这儿做什么?"

李玉昌转过身,动作有些僵硬,道:"我送你一程。"

顾九思点点头。李玉昌提着灯,领着顾九思。

走了几步,李玉昌才再次开口道:"我不会徇私。"

"我知道。"

"抱歉。"

"无妨,"顾九思摇摇头,"你查吧。"

李玉昌送顾九思上马车。

回家的路上,顾九思坐在马车里,低着头一直没有说话。

第十五章　天下乱

一家子人正热热闹闹地吃饭，顾九思走进门，江柔抬起头来，笑着问："你舅舅呢？"

顾九思犹豫了一下，道："他有些事，这段时间不会回来了。"

江柔和顾朗华对视了一眼。柳玉茹抱着孩子，像是什么都知道了，但又很平和，道："先吃饭吧。"

顾九思点点头，但没什么胃口，匆匆吃了一些便起身道："我先去休息了。"

苏婉见了，有些犹豫地问："九思这是怎么了？"

"我去看看吧。"柳玉茹将孩子交给苏婉，同江柔、顾朗华告别，回屋去了。

顾九思正在同自己下着棋。

他一贯是不喜欢这些的，此刻却静静地看着棋盘。头发散落下来，遮住他的面容。柳玉茹进门来，便听见他道："今夜收拾一下，带着家里人出去吧。"

柳玉茹有些发慌，道："出了什么事？"

"今日秦楠状告舅舅，说他是灭洛家满门的凶手，现在朝廷已经将舅舅收押。"顾九思把棋子放在棋盘上，平淡地道，"这么一个案子不可能扳倒舅舅，洛子商也不可能想不到这一点，但舅舅身陷囹圄，我们就需早做打算。"

了解了情况,柳玉茹反而镇定了,道:"我明了了,今晚我便将家人送出去。我时常在外活动,突然离开怕是引人注目,我陪你留在城里。花圃那边的暗道已经挖好了,若真出了事,我们从那走。"

顾九思没有说话,柳玉茹知道他心里不是只有这些事。她坐到顾九思面前,拿起棋子。

顾九思抬眼看她,柳玉茹落子,平静地道:"我陪你走一局。"

顾九思打量着她,慢慢笑出来:"玉茹,"他温和地道,"你真的一点儿都没变。"

柳玉茹也笑了:"哪里会有一点儿都不变的人呢?只是我的性子同你的不一样,"她低下头看着顾九思落子,"我的喜怒都在心里,你的喜怒都写在脸上。"

"我不是说这个。"顾九思摇摇头,凝视着她,抬起手来,覆在她的面上。

他目光微微闪动,却一直注视着她的眼睛。

"不管经历了什么,你永远是我的柳玉茹。"

柳玉茹垂着眼,像是有些害羞,落子后低声道:"你落子吧。"

两个人下着棋,木南走了进来,恭敬地道:"公子,宫里来人,说请您过去。"

顾九思应了一声,站起身来,让柳玉茹去拿官服,道:"这么晚了,宫里召我何事?"

"说是为了江大人的事。"

这理由也很合理,顾九思点点头,又忍不住道:"这么着急?已经这么晚了……"说完之后,他顿时有些不安起来。

当初他在扬州,也是因为晚了才出了事。如今洛子商明显要做什么,顾九思不能再把家里人放在这里。

顾九思立刻同柳玉茹道:"你带着家人立刻出城去。"

柳玉茹立刻道:"我明白,那叶家那边……"

"我会找人通知叶府、周府。"顾九思低声道,"你们先从后门出去,走密道,直接走,快。"

"你……"柳玉茹才开口,顾九思便知道她要问什么。他一把抱紧她,重重地亲了她一口,随后道:"放心,我会回来。"

柳玉茹应了一声,没有多问。

顾九思换上官服便走了出去,一面走,一面吩咐木南:"你先派人把马车的轮子弄出裂痕;再让人立刻去给另外三位辅政大臣送信,提醒他们小心,特别是叶府的人,让他们赶紧离开;然后拿我的令牌去调南城第五、第七军,让他们守在城门口;最后领一队人去洛府,我这边一发信号,便把洛府给我烧了!"

南城第五、第七军的领队都是顾九思提上来的,这么一番布置,木南也紧张起来了:"那周府的人呢?"

顾九思抿了抿唇,道:"按律,他们不得出东都,所以不能轻举妄动。告诉他们,如果今夜我给了信号,就冲出东都。如果今夜我没给信号,就罢了。"

木南领了命下去,顾九思走出门。

来给顾九思传话的是个小太监,他笑眯眯地看着顾九思,道:"顾大人梳洗好了?"

"公公久等了。"顾九思恭敬地开口。

这个时候柳玉茹已经将府中的人清点好了。她挑选出了与顾朗华、江柔、苏婉和她的体形相像的人,组成了三队。顾九思出门之后,第一队人便会穿上柳玉茹他们的衣服,趁着夜色,带上侍卫,从后门上马车。而后另外两队人再从前门走,柳玉茹就和顾朗华、江柔、苏婉几个人带着顾锦,穿着奴仆的衣衫,混在其中一队里。

这三队人马出门不久就被人拦住了。

"圣上有令,"为首的士兵拦在前方,喝道,"今夜宵禁,所有人不得出门,违者以犯上罪论斩。"

柳玉茹大喊了一声:"跑!"

顾府的人立刻四散逃开。柳玉茹抱着顾锦,带着其他几人,在混乱中一路朝着花圃狂奔。

顾家人惊慌逃窜时,顾九思正在进宫的路上。

顾九思道:"公公,陛下今夜这么着急,所为何事?"

"不就是江大人的事吗?"太监笑着道,"江大人这样的身份,今日早朝出了这种事,陛下也很是苦恼。您说说,这办自然是不能办的,可是不办,又该怎么办?"

"不能明日再作商量吗?"顾九思笑着道,"您看如今也已经这么晚了,我出门时女儿还舍不得我呢。"

"这也是没法子的事。"太监叹了口气,"咱们那位陛下说了,今晚就算是抬,也得给您抬回去。"

顾九思定定地盯着那太监,突然问:"您认识刘公公吗?"

"您是说刘善公公?"太监有些忐忑。

顾九思点了点头。

太监笑起来:"那自然是认识的。"

"您和他熟悉吗?"

"关系还不错。"太监笑着道,"本来今晚该他来通知您的,但他临时和我换了差,说您这边太远,他不乐意,就去请张大人了。"

"哦,"顾九思转着手上的玉扳指,漫不经心地道,"刘公公的脾气倒是大得很。之前他来找我,我还赏了他两锭金子呢。"

"哦,是了,"那太监立刻道,"刘公公您大方得很,见了人,都要给二两一钱的。"

"二两一钱?"顾九思抬眼看向对面的太监。太监似乎不明白顾九思为什么这么看他,顾九思笑了笑,取出一个荷包交给对方,道:"刘公公小看我了,我岂会只给二两一钱?"

太监拿到了荷包,掂了掂分量,笑了。

就在这个时候,马车颠了一下,咔嚓一声就停在了路上。

那太监皱了皱眉头,探出头去,着急地道:"怎么回事?"

"马车坏了。"车夫有些慌张地道,"我立刻就修好!"

太监有些不满,顾九思道:"坏了就坏了吧,找个人去通报一下。"

那太监点点头,吩咐人回宫通报。太监再回过头来,还没反应过来,就被顾九思一把捏断了脖子。顾九思迅速同他换了衣服,趁着车夫还在换着车轱辘,跳下马车去,留了一声阴阳怪气的"小解"便直接蹿进了巷子。一枚信号弹腾空而起,顾九思放完就朝着城门外狂奔。

这时候,张钰、叶青文两个人正往宫里走。

这条路他们走了无数次,可今日张钰偏偏有几分胆寒,道:"陛下这么晚召我们进宫,你说会不会……"

"不必多想。"叶青文冷静地道,"我等乃朝中重臣,就算要动手也得有个罪名,不可能这么鲁莽。而且,"叶青文压低了声音,"宫中并无消息。"两个人在宫中都有自己的人,不可能一点儿消息都没收到。

张钰听到这话,安心了几分。

他们走到御书房,还没到门口就听见里面的乐声。两个人皱了皱眉头,进去了还是恭恭敬敬地跪下,道:"见过陛下。"

范玉坐在高座上,怀里抱着一个美人,身上靠着一个美人,脚下踩着一个美人。原本用来议事的御书房,在他手里成了玩乐之地。

叶青文皱了皱眉头,不由得劝道:"陛下,如今还是国丧,纵情声色怕是不妥。"

"国丧?"范玉转过头来,嗤笑,"朕的老子都入土了,还管什么国丧?他素来希望朕过得好,又怎么忍心让朕为了他愁眉不展、素衣斋食呢?两位大人也不要拘谨,来,进来坐。"

叶青文和张钰不动,范玉直起身来,冷声道:"朕让你们过来。"

"陛下,"叶青文也来了脾气,道,"臣等是来议事的,不是来享乐的。陛下要是不想议事,那臣等便告退了。"

"叶青文,你好大的架子!"范玉怒喝,从高处疾步走下来,舞女纷纷退让。范玉来到叶青文面前,怒道:"朕让你坐下!"

叶青文冷笑一声,转身便走,范玉一把拽住叶青文,猛地一扯。

叶青文年近五十,被这么一扯,直接摔到了地上。他愤怒地起身,却迎上了范玉的剑尖。

范玉盯着叶青文,冷声道:"朕让你坐下!"

御书房外,洛子商站在台阶前,看着空中升起的信号弹。

鸣一走过来,低声道:"顾家人跑了,在抓。顾九思的马车在半路坏了。"

洛子商点了点头,十分淡定地道:"顾九思不会来了,不过也不重要了。"

他背着手往御书房内走,面上带着柔和的笑,道:"关殿门,开席吧。"

顾九思到了城门口,便发现驻防的人已经换了。领队的人是柳生和王昌,他们都是顾九思提拔上来的。他们看见顾九思,恭恭敬敬地行了个礼。

顾九思穿着太监的衣服,两个人不由得感到有些奇怪,但也不敢多问。顾九思扫了他们一眼,道:"你们今夜怎么会临时调换位置?"

"负责驻防的人是我的好友,"柳生立刻道,"我同他说了一声,刚好也要换点了,他便将我们调了过来。"

"等一会儿你去知会他一声,不要让任何人知晓此事。今日本就是你们值守,你们也没见过我,知道了吗?"

"大人,"柳生紧皱着眉头,"宫城锁了,您知道吗?"

顾九思道:"宫中今晚负责防务的是何人?"

"马军指挥使郭顺。"王昌立刻接话,"就在方才,侍卫步军指挥使李弘被派往了叶家。"

顾九思沉默了片刻,随后道:"你们可愿领兵同我去叶府?"

柳生和王昌愣了愣,顾九思俯下身,压低了声音道:"你们是我的亲信。明日之后内阁便不复存在,陛下和洛子商会执掌朝政,你们是跟我去找周大人,还是留在这里?"

他们都是顾九思的亲信,哪怕今日砍了顾九思的脑袋向范玉投诚,日后也难免受猜忌。而周高朗位高权重,又有顾九思和其他内阁重臣助力,完全可以把持大夏。周高朗若是回来,东都根本不堪一击。

柳生立刻道:"王昌,你去接我们的家里人,我这就带人跟顾大人去叶府。"

"不必,我们兵分四路。你去叶府救出叶家人后,出了城门走三里,在那棵大树下学杜鹃叫三声,同我夫人接头。"顾九思果断地道,"给我一队人马,我去周府。再派一个人去天牢,要找可靠的人,知会我舅舅一声。"

"不必搭救江大人?"柳生很担心。

顾九思摇摇头:"他自有办法,若他实在无力自救,会让人来告诉我。"

虽然江河要搞死范玉很难,但江河在东都多年,根基深厚,范玉想弄死江河也不太容易。

三人迅速分头行动。

柳生带着人到叶府时,叶世安和叶韵的人已经和李弘的人打起来了。柳生大喝:"叶公子,顾大人派我等来接你们!"

柳生的人拥上前去,挡住了李弘的人。柳生一把抓住叶世安,忙道:"叶公子,我们人不多,赶紧离开东都才是。"

"可我叔父……"

"出了东都再说吧！"

叶世安咬咬牙，回头看了叶家的家眷一眼，一把扯过叶韵护在身侧，道："走！"

柳生护着叶家人且战且逃。顾九思领着人急急赶往周府，才走到半路，就听到一个虚弱的声音："顾大人。"

顾九思连忙勒住马，奔进了一个巷子里。地上一个丫鬟半躺着，满身是血，虚脱了一般倚靠在墙上。

顾九思认出她是秦婉之身边的侍女，忙问："你怎么在这里？你家主子呢？"

"主子……主子……"侍女颤抖着拉开了身上的大衣，顾九思低下头去，看见了一个紧闭双眼正睡得香甜的孩子。孩子身上染了血，侍女看着顾九思，艰难地喘息，道："小公子，交给……交给……"

"我知道。"顾九思匆忙将孩子抱进怀中，"这是思归对不对？"

侍女似乎已经要不行了，艰难地点头，抬手指了指周府的方向，声音低哑，道："主子说，别去……快……走……"

话刚说完，侍女终于坚持不住，闭上了眼睛，没了气息。

洛子商今夜动手，目标必然是周家人，周府怕是早已陷入重围，把这个孩子送出来，应该已经耗尽了举家之力。如今顾九思人马不多，如果强闯，不仅一个都救不出来，怕是连自己都出不来了。

然而顾九思不甘心。

顾九思让人将孩子藏起来，自己带了一小批人赶到周府。

他在离周府不远的暗巷里往外看，只见周府门外密密麻麻的全是士兵，周夫人和秦婉之提着剑，领着人站在周府门口。秦婉之脸上还带着血，周夫人穿着诰命服，立在最前方与士兵对峙。

"竖子犯上作乱，违逆纲常。尔等不思劝阻，反而助纣为虐，为非作歹，不怕天打雷劈吗？！"

顾九思数了一下周府的人数，手下悄无声息地搭好了箭，只等顾九思一声令下。顾九思环顾四周，皱了皱眉头，拉了拉手下的袖子，朝着远处屋檐上仰了仰下巴，又摇了摇头。士兵抬头看了一眼，四周屋檐上露出了几个人影。

顾九思想了想，绕到另一边，扔了一颗石子出去。

这么小的动静，却被人立刻注意到。带兵围困周府的人突然提高了声音:"周夫人,你别敬酒不吃吃罚酒,若不把两位公子交出来,今日我等就踏平了周府。"

秦婉之上前一步,扬声道:"你们敢?想踏平周府,也看看有没有这个本事!你们那天罗地网,也不过是虚张声势罢了!"

顾九思深吸了一口气,洛子商怕是早猜到顾九思会回来救人,专门在这里设了埋伏。此刻秦婉之是在提醒顾九思,让顾九思立刻走。

顾九思犹疑了片刻,若是只有自己一个人,或许还会拼一拼,可如今带着个孩子……这个孩子是绝对不能出事的。

秦婉之拼死把这个孩子送了出来,就是要顾九思护好这个孩子。

顾九思咬了咬牙,转过身去朝着众人挥了挥手,悄无声息地退远了。

他们一退,箭雨急发。顾九思一行人原本就未进入射程,此时头也不回地匆忙撤退,洛子商安排的士兵立刻紧追。见状,周夫人厉喝:"拦住他们!"周府的士兵倾巢而出,顿时与洛子商的人缠斗起来。

顾九思抱着孩子冲出暗巷,翻身上马,立刻朝着城门狂奔。

而此时内宫之中,叶青文的发冠已经歪了,头发散开,张钰的额头上冒着冷汗。范玉坐在高处,同美人调笑,舞女在大殿上起舞,洛子商坐在一边,笑着喝酒,一言不发。

外面传来士兵急促的脚步声,没一会儿,一个身着盔甲的男人提着人头走了进来,单膝跪在了范玉身前,道:"启禀陛下,叶世明、张澄等人应召入宫,属下们已经遵照陛下的旨意将其射杀。"

叶青文猛地站起身来,怒喝:"你说什么?!"

叶世明是叶青文唯一的子嗣,现任南城军总指挥使。张澄则是张家子弟,任殿前诸班直。

叶青文的怒喝并没有得到回答,他死死地盯着跪在地上的人,颤声道:"郭顺,你可知你在做什么?"

郭顺不说话,张钰颤抖着站起身来,看向范玉,低笑道:"陛下,臣明白了,您是下了决心,今夜必定要置臣等于死地了。"

歌舞仍在继续,张钰的话却清楚地传到了上方。

范玉抬起手,停了歌舞,握着杯子,笑着看着张钰,道:"张叔,您素来是个会说话的人,几个叔叔里,朕也就看你顺眼些,要是你不进这个内阁,朕还能留你一条命。如今你还有什么话,说了也好。"

"老臣自己的事,没什么好说,"张钰苦笑,"只是有几件事,老臣还替陛下担忧。"

"哦？什么事？"

"敢问陛下，今夜用的都是东都的军队吗？"

范玉不说话，转着杯子，张钰便知道了答案："怕是洛大人悄悄带入城中的扬州军队吧？能不声不响地在东都屯这么多兵，会是一时半会儿的谋算吗？"

"你要说什么？"范玉有些不耐烦。

张钰加快了语速："陛下，难道您还不明白吗？洛子商怎么可能是在帮您，他是一心一意地为自己做打算啊！"

"你不也是为自己做打算吗？"范玉嗤笑，"你们一个个的，哪个不是为自己打算？"

"那您也得选一条好走的路！"张钰厉喝，"您自个儿想想，今夜您就算将我和叶大人给杀了，我们的旧部呢？我知道你们的打算，杀了我等，困住江河，把持朝政后再以洛家灭门案之名审江河。只要将江河和梁王扯上关系，便可给江河安一个谋逆的名头，清算江河的党羽。彻底把控东都之后，你们再假借内阁之名传消息到幽州，诱周高朗和周烨入东都。他们两个人死后，内阁便是一盘散沙，您也有扬州托底，是不是？

"可顾九思今日没有来，跑了。他既然跑得出去，周高朗就不可能不知道这边的消息。就算您今日杀了我们，只要周高朗举事，我们的旧部必然会为了报仇纷纷响应。那时您兵力不及周高朗，朝中又有内鬼，洛子商就成为您唯一的倚仗，您就真真正正地成了一个傀儡皇帝，要被人操纵一辈子……"

"朕哪儿来的一辈子？！"范玉大笑起来，"朕在他手里是傀儡皇帝，在你们手里就不是了？你们以为朕不知道你们的打算？你们就打算养着朕，等朕生下太子，朕焉有命在？"

"小玉！"张钰急得往前迈了一步。

士兵拔出剑来，抵在他身前。

张钰看着范玉，焦急地道："你是我们看着长大的，无论如何我们也不会置你于死地！"

"闭嘴！"范玉猛地拔出剑来，直指张钰，道，"你休想骗朕！你也好，父亲也好，你们都说着冠冕堂皇的话，把自己伪装成正人君子。在你们心里，朕和天下相比算什么？朕一文不值。朕今日就要你，要父亲，要你们都看着，你们拿命换的天下是怎么被朕毁掉的！天下如今是朕的，是朕的！"

"你这个疯子！"哪怕是张钰也丢了一贯的好脾气，骂出口来。

范玉却笑了，拍着手高兴地道："好好好，好极了，朕就喜欢听你这么骂。"

"陛下，"洛子商放下茶杯，平静地道，"天快亮了，该准备见江大人了。"

范玉神情怏怏，将剑一扔，道："无趣。"

说完，范玉转过身便要离开。就在这一刻，叶青文猛地抢过侍卫的剑，朝着范玉冲了过去，四周惊喝声骤然而起，所有士兵朝着叶青文直冲而去，数十把剑贯穿了叶青文的身体。

张钰目眦欲裂，大喝："清湛！"张钰扑到叶青文身前去，扶住了叶青文。

叶青文盯着范玉，口中全是污血，含糊地道："畜生……"

"清湛……清湛你可还好……"张钰惊慌失措，然而这一刻，一把利刃猛地贯穿了他。张钰艰难地回头，那侍卫面色平静地看着他："得罪了。"

血流了一地，一切都安静了，范玉盯着倒在地上的张钰。

"帝王之路都是这样吗？"范玉突然开口，盯着地上的鲜血，紧皱着眉头。

洛子商站起身来，神色从容，道："这世上的权势之路都是如此。"洛子商微微弯了腰，朝范玉伸出手去，恭敬地道，"陛下，您该上朝了。"

范玉看着地上的血，越过了洛子商，走下台阶。

踩在鲜血上，范玉神色恍惚，嘴里呢喃着："你说的对，朕该上朝了。"

洛子商和范玉一起朝殿外走去，顾九思则早早冲出了城门。

出城之后没多久，顾九思就见到了叶家人。叶世安一见顾九思，就立刻扑了过来，焦急地道："我叔父怎么样了？"

"现在还不知道情况。"顾九思摇摇头，随后道，"但我还有人在里面，天亮前必会出来送信的。"

叶世安定了定神，发现顾九思怀里抱着个孩子，有些疑惑："这是……？"

"周大哥的孩子。"顾九思抿了抿唇,"我本想去周家将人都带回来,但是……"

不必多说,众人都已明了。顾九思又问:"可见到我夫人了?"

"我在这里。"柳玉茹从人群中走出来。

顾九思忙迎上去,上下打量了柳玉茹一圈,道:"你们都没事吧?"

"没事。"柳玉茹摇了摇头,道,"我们从暗道出来后便在这里等你了。"

顾九思点点头。

叶世安看了一圈,咬着牙道:"九思,如今我们的人都在,要不我们杀回去?"

"不可,"柳玉茹在一旁道,"洛子商出手,这不会是一时冲动,必然早有预谋,如今扬州兵马可能已经入城。他打了我们个措手不及,现下我们在城中的兵力怕是都已经被他逐个击破了。如今回城,不是救人,而是送命。"

"可我叔父还有我堂哥……"

叶世安的话没说完,顾九思就看一个人飞驰而来。那人老远就学杜鹃叫,三声为一组。顾九思同众人道:"藏起来,我过去。"

众人立刻隐匿起来。顾九思提了剑,走到路中央,静静地等着那人过来。

来的人是江河的侍从望莱。望莱远远看见顾九思,立刻勒停了马,翻身下马来,恭敬地行礼道:"公子。"

"舅舅呢?"顾九思皱着眉开口。

望莱立刻道:"如今城门处换了人,大人不便出来。大人说他便藏在城中,等你们回来,让公子不必担心。"望莱拿出了一个匣子和一把剑,双手捧到顾九思面前,恭敬地道:"大人说,叶世明和张澄都被洛子商引入宫中斩了,内阁能调动的主力已经没有了。您必须尽快赶往幽州,通知周大人。天子剑和这个匣子您得一起带过去,匣子要藏好,到关键时刻再拿出来。"

顾九思心头一凛,便知道了这个匣子里是什么东西。他将剑悬在身上,把匣子藏入袖中,道:"你回去保护舅舅,我会尽快通知周大人,领人回来救他。"

"大人说,救不救他没什么关系,"望莱平静地开口,"重要的是不能让洛子商把控东都。我如今回城也找不到大人,只能跟随公子了。"

顾九思点了点头，犹豫了一下："叶大人和张大人……"

"我出城时得到的消息，"望莱的语气没有半分波动，"已经去了。"

顾九思心中一震，张了张口，却什么都没说。

顾九思领着望莱回到人群中，叶世安一看见望莱，立刻冲上去："你知不知道我叔父……"

"叶公子，"望莱打断他，行了个礼，恭敬地道，"节哀。"

叶世安的脸色猛地变得煞白，顾九思一把扶住他，才没让他摔倒。叶韵握紧了拳头，颤抖着声音问："那我堂哥……"

"一并去了。"

叶家人都不说话了。

顾九思扫了叶世安和叶韵一眼，犹豫着道："如今情况紧急……"

"我明白。"叶世安握紧了拳头，扭过头去，死死地盯着东都，撕下了一截衣摆绑在了额头上，道，"走吧。"

顾九思似乎在思索什么，众人都看着他。天渐渐亮起来。顾九思笼着手，衣衫飘动。

他想了片刻，转过头看着柳玉茹："可否劳烦夫人为我去扬州一趟？"

柳玉茹侧过身来，挺直腰背，将双手交叠在身前，回望顾九思，平静地道："郎君所为何事？"

看到这样认真回应的柳玉茹，顾九思不自觉地扬起一抹极浅的笑容。看着面前披着一身晨光的女子，他上前一步，用极低的声音道："找到姬夫人——釜底抽薪。"

听到这话，柳玉茹在短暂的诧异后，旋即冷静下来。

洛子商能有今日的位置，最主要的原因是他代表着扬州。一旦无法控制扬州，洛子商对于范玉而言也就没有多少价值了。而洛子商在外这么久，扬州必然有了变化。

柳玉茹点了点头，道："我明白。"她转头看向了孩子，犹豫了一下，道，"我带着锦儿过去吧。"顾锦如今还未断奶，是离不开柳玉茹的。

顾九思沉默了。

他让柳玉茹去，一来是因为柳玉茹机警；再者她的生意这一年来也已经深入扬州，在扬州她有诸多人手，要去扬州，她比他们这里任何一个人都方便；另外柳玉茹是个女人，更容易接触到姬夫人；最重要的是，她是他们这一群人中唯一与洛子商有其他交流的人。

顾九思早已开始留意扬州,虽然扬州在洛子商手下固若金汤,顾九思的人没能带太多消息过来,但有一点是能推测出来的:姬夫人之所以愿意这么安安稳稳地当一个傀儡,无非是因为她心中对洛子商有另一份期盼。也许在姬夫人心中,扬州是她和洛子商两个人的扬州。所以他们要离间姬夫人和洛子商也得从这里入手,而这就需要他们对洛子商有更深的了解。以上种种,都指明了柳玉茹是最好的人选。

然而柳玉茹提到了顾锦,顾九思顿时有了几分犹豫。他想起柳玉茹去扬州收粮时一路的凶险,如今顾锦不足半岁,他不但没能好好照顾妻儿,还要让柳玉茹离开他……他是一定要赶去周高朗那里稳住局势的,而扬州也是要派人去的……

柳玉茹见顾九思沉默,立刻知道了顾九思的意思。她让人将顾锦抱过来,有条不紊地指挥人去准备马车,重整行装,又同叶韵和芸芸道:"你们俩同我一道去吧。"

"玉茹……"

"洛子商很快便会解决完东都的事,追击你们,这一路凶险。"柳玉茹抬眼看向顾九思,冷静地道:"我带着孩子,你们引走追兵,我们往南方走。"

"顾大人,"叶韵的声音低哑,"我陪着玉茹过去,不会有事的。"

叶世安也劝:"九思,走吧。"

顾九思咬咬牙,紧紧地抱了柳玉茹一下,道:"对不起。"

"没关系。"柳玉茹温和地道,"回来多带带孩子。"

顾九思应了声,放开了柳玉茹,回身指挥,把人分成两队。他将望莱留在了柳玉茹身边,马车也都留给柳玉茹。他扶柳玉茹上了马车,目送着一行人离开了。

这时候周思归终于醒了过来。之前应当是周家人怕他一哭就暴露了,特意喂了药,如今小娃娃醒了,大哭起来。

木南抱着周思归,手足无措地道:"公子,他哭个不停怎么办?"

顾九思回过神来,从木南手中接过了孩子。顾九思抱顾锦是抱习惯了的,哄了哄孩子,吩咐道:"弄点儿米汤来。"

柳玉茹走前特意给周思归留了米汤。顾九思喂过周思归,用一个布带将他系在身前,然后翻身上马,领着众人一路疾驰。

两队人马,一南一北行进。风雨如刀,顾九思等人驾马驰骋;而柳玉茹和叶韵等人坐在马车里，朝着最近的河道走。

柳玉茹抱着顾锦，轻轻拍打着她的背，唱着小曲儿哄她睡觉。

叶韵坐在马车上，一直没动，只看着外面的天空。这一日的天色不是很好，黑压压的一片。柳玉茹把顾锦哄睡了，抬头看了叶韵一眼。

柳玉茹沉默了片刻，终于道："想哭就哭吧。"

叶韵一直盯着窗外，没有回头，许久后才道："父亲母亲死的时候，我已哭够了。如今也不想再哭了。"

柳玉茹不知该如何劝解。

叶韵看着外面的天，过了一会儿，慢慢地道："你会想你父亲吗？"

柳玉茹垂下眼眸，道："我父亲他……你也是知道的。若你说彻底不想，也不见得。他这人算不上个好父亲，但我的确是吃了柳家的，住了柳家的，我仍旧记着生养之恩。只是他到底让我寒了心……"柳玉茹轻叹一声，"如我要找他，并不容易；他若要找我，倒容易得很。这么久了，他也没找我，要么是人没了，要么是不愿见我，我便当他不愿见我吧。"

叶韵脱了鞋，靠在马车的车壁上，蜷缩起来，抱住了自己，低声道："我原以为到了东都就好了，就算再生什么波澜，也不至于生离死别。可我叶家怕是上辈子没有好好供奉菩萨，"叶韵苦笑，"如今叔父走了，家中的长辈就都没了。"叶韵的声音闷闷的，"其实我很想我父亲，他待我很好。我总在想，若他还在，或许一切都会好的。"

柳玉茹突然觉得，叶韵还是当年那个叶韵，还是那个无忧无虑的小姑娘。柳玉茹素来是不会安慰人的，因为她自己遇到什么事，也是默默地藏在心里。她不知道安慰有什么用，但也明白此刻自己得说点儿什么。柳玉茹抿了抿唇，道："你哥还在。"顿了顿，她又道，"而且沈明也还在。"

听到沈明的名字，叶韵颤了颤睫毛。

柳玉茹接着道："人这一辈子，总有不同的人陪着。你的长辈离开了你，但会有新的人陪你走下去。日后或许你也会同我一般，成为别人的长辈。"柳玉茹轻轻笑了，"这可能就是咱们得走的路吧。"

"那这路也太苦了。"叶韵苦笑起来，"咱们运气太不好，没赶上大荣的盛世，不能尽情尽兴地活一辈子。光赶上动乱了，总被卷进去，这三年，我觉得比前面的十几年要苦得太多了。"

"这也是一番际遇，"柳玉茹温和地道，"经历过，才知道从前的珍贵。"

叶韵笑了笑。柳玉茹也没再说话。

她们的经历不同，在这场动荡里，柳玉茹恰好遇到了顾九思。顾九思陪着她，护着她。对于别人来说，乱世是生离死别，而对于柳玉茹来说，因为有顾九思，乱世就让她的人生从一潭了无生趣的死水变成了一场传奇。但不是每个人都有她这样的幸运，她也不能在别人的伤口上撒盐。

想了想，柳玉茹抱着顾锦走到叶韵身边坐下，抬起一只手，让叶韵靠在自己肩上，道："你睡吧，我陪着你。"

叶韵靠过来，垂下来的头发遮住了大半张脸。她闭着眼靠着柳玉茹，仿佛睡着了。过了一会儿，柳玉茹发现自己的肩膀湿透了。

柳玉茹一行人从陆路换了水路，顺流而下，不过三天就到了扬州。到扬州之后，柳玉茹领着人先到了花容。花容的老板水香是柳玉茹一手带出来的，一见柳玉茹，立刻把他们领进了内间。柳玉茹安置好了带来的人，又问水香："你在王府中有人吗？"

水香有些疑惑，道："有是有的，夫人打算做什么？"

"都在什么位置上？"

水香据实答了。

水香的人都是些无关紧要的下人，位置最高的也只是内院中一个二等侍女，这样的侍女自然是接触不到什么秘密的。柳玉茹想了想，又让水香把扬州目前所有官员的名字以及姬夫人的生平都告诉她。

姬夫人是当年王善泉府上的一个舞女，因为貌美曾备受宠爱，做了妾，还为王善泉生下了最小的儿子。但她生下儿子后，王善泉已有新欢了，她被遗忘在后院。姬夫人得宠时嚣张跋扈，失宠后，王善泉的妻妾便趁机报复。直到王善泉去了，洛子商清理了王家其他的公子，才将她带了出来。

或许是因为感恩，或许是因为仍需倚仗洛子商，姬夫人始终安安分分地做洛子商的傀儡。

"但有一点，其实王府中的众人都清楚，"水香站在柳玉茹身边，低声道，"姬夫人心中是有洛大人的。当年洛大人在扬州时，她曾多次夜召洛大人入府议事，不过每次都被洛大人拒绝了。洛大人只在白天见姬夫人，且身边必须有其他人在场。"

"洛子商难道还怕被玷污了不成？"芸芸笑起来。

水香也抿唇，像是也笑了。

叶韵冷着脸道："这位姬夫人是做得出这种事的人。"

柳玉茹看向叶韵："你识得她？"

"在王府见过。"叶韵僵着声音说。

见叶韵想起往事，柳玉茹不再多问，翻开扬州官员的名册一一看过去。看到王府客卿的名单时，柳玉茹突然注意到一个名字：陈寻。

柳玉茹脑海里闪过一个念头。

当年顾九思的两个好兄弟，杨文昌是没了，但陈寻早跑了，后来顾九思也派人找过陈寻，但几番查找都没有下落。如今在这里看见这个熟悉的名字，柳玉茹心里不由得存了几分幻想。

柳玉茹吩咐水香去把陈寻找来，自己继续熟悉扬州的官员。

如今洛子商不在扬州，主事的人便是洛子商手下的第一幕僚，萧鸣。这个萧鸣据说师从章怀礼，是洛子商的师弟，与洛子商情同手足，是个极有能力也极有野心的青年。如今他仅十九岁，就已是扬州城仅次于洛子商的人物。

柳玉茹在心里将官员们的关系大致捋了一遍。

水香来报："夫人，找到人了。"

柳玉茹站起身来，吩咐了印红照看好顾锦，自己便戴上帷帽，跟着水香一起往外走。

水香领着她走了一段，柳玉茹认出来了，这是去三德赌坊的路。她们两个女子进入赌坊太过引人注目，于是先在对面的茶坊坐下。两个人等了一会儿，入夜，外面下起了小雨。一个男人戴着帷帽，撑着雨伞，甩着手里的一个钱包，哼着小曲儿从赌坊里走了出来。

"就是他。"水香小声开口。

柳玉茹静静地看了那人一会儿，点点头，站起身走了出去。柳玉茹的手下散入人群中，只有水香和柳玉茹一起走。他们跟着那男人走了一段路，进了巷子。男人似乎是察觉了什么，突然停住了步子，将手搭在剑柄上，转过头来。

柳玉茹撑着雨伞，定定地注视着前方的人。青年面上蓄着胡子，戴着帷帽也还隐约能看见嘴角边上那一颗黑色的大痣，全然没有了原本的清俊。他看着柳玉茹，短暂警惕后变成了错愕。

柳玉茹平静地叫他："陈公子。"

这一次，陈寻终于确定了，惊讶地出声："柳玉茹？！"

柳玉茹找到陈寻时，顾九思一行人终于抵达了望都。

他们来得仓促，但顾九思原来在望都颇有威望，在城楼下一露面，便有人将他认了出来。

"是顾大人！"守城的将士即刻给顾九思开了城门。

顾九思领着人直奔周府。他们赶到周府时，周高朗刚收到消息，立刻赶到了正堂。只是顾九思的速度更快，周高朗到的时候，顾九思已经在正堂等着了。

顾九思一见周高朗就立刻抱着周思归给他行礼，周高朗摆摆手，道："不用多说，你……"

"九思！"周烨的声音从外面传来，周烨急匆匆地冲了进来，一把抓着顾九思，急促地道，"你带婉之出来没有？"

这话问得太大声，吓到了周思归，周思归当场大哭。周烨低头看向周思归，愣了愣，不由得道："这是……？"

"是思归。"顾九思开口回答。

一路颠簸，周思归又只有米汤吃，面色已经不太好看，好在还算乖巧，一路上并不怎么闹腾。此刻也不知是见到了周烨父子连心，还是当真被周烨吓到了，周思归就在周烨面前哇哇大哭。

周烨愣愣地看着周思归，叶世安提醒道："先找个奶妈让他吃饱吧，孩子跟着我们折腾了一路，别病了。"

周烨闻言看过去，见到叶世安头上的白布，竟说不出话来。周高朗看不下去了，让人将周思归抱下去，这才问顾九思："范玉是做什么了，让你这么千里迢迢地带着孩子赶了过来？"

顾九思看向周高朗，神色严肃，道："秦楠状告江大人，说洛家灭门案是江大人做的。江大人下狱当夜，范玉召我、张大人、叶大人一起入宫，又令人围了我们三家的府邸，我察觉不对提前逃脱。我带人想去救周夫人、周少夫人，对方却已经提前设伏，少夫人拼死将孩子送来给我，我领着活下来的人出城。张大人与叶大人……皆于当夜被害。"

周高朗静默了，周烨眼中一片茫然，不知是在想什么。

"我早知道……"周高朗低笑着，抬手捂住自己的额头，看不出是悲是喜。

顾九思微微躬身，恭敬地道："周大人，陛下意在废内阁，下一步应该就是要召见大人了，大人还是早做决断吧。"

"决断……"周高朗笑了笑,"我能做什么决断?"他抬眼看着顾九思,"我的妻儿在东都,这幽州的兵马又不是都听我的,你让我做什么决断?!"

顾九思很是冷静:"若您不做这个决定,您的妻儿就真的只能留在东都,再也回不来了。"

周高朗神色一僵,周烨突然道:"起兵吧。"

众人一齐看向他,周烨面上的震惊与痛苦之色都退去了,呈现出一种意外的冷静来。

周烨站起身来,道:"范玉今日敢如此,无非是觉得自己能拿我们怎么样。我们立刻举事,让范玉交人。他交人,我们退兵,从此据守幽州,占地为王。"

"你这是谋反。"周高朗盯着周烨。

周烨平静地回望周高朗:"是不是谋反,您在意吗?"

父子俩静静对视,周烨没有退让半分。

顾九思想了想,道:"周大人是不是怕幽州其他将领不敢跟随您?"

众人看向顾九思,顾九思平淡地道:"这好办,今日我便把陛下杀害张大人和叶大人的消息传出去。明日您让人假扮从东都来的太监,假传圣旨,就说陛下召您回东都,再随便编一个理由,说要处死一批将领。然后您再将这批人都召来,后续的事情,"顾九思勾起嘴角,"这些将领会帮您处理。"

听到这话,众人都沉默了。顾九思见周高朗还是不动,接着道:"我这里还有一样东西。"

周高朗看向他,顾九思从袖子里拿出一个长盒,放在周高朗面前。

"这是什么?"周高朗皱起眉头。

顾九思抬手打开盒子,冷静地道:"遗诏。"

周高朗神色一凛,顾九思将遗诏捧出来,递给周高朗,道:"先帝的第二道遗诏,若新帝失德,可废而再立。"

周高朗震惊地看着遗诏,一言不发。

叶世安见周高朗还在犹豫,冷声道:"周大人,您就算不想别的,也当想想您在东都的兄弟。我叔父与您也是年少时的好友,张大人与您更是生死之交,如今他们枉死刀下,您就这么眼睁睁地看着吗?"

周高朗定定地看着遗诏,像是在思索。

叶世安激动地上前一步,道:"如今还有什么可犹豫的?!你们周家的人都在东都,还都是女眷,范玉荒淫无道,你们留她们在东都一日,就多一分危险。如今即刻举事围困东都,逼他们将人交出来,然后踏平东都活捉范玉、洛子商,让他们以死谢天下才是!你们一个个的,还在犹豫什么?!"

"世安。"顾九思将手搭在叶世安的肩上,叶世安急促地呼吸着,握着拳头。顾九思轻轻地拍了拍他,平和地道:"冷静些。"叶世安扭过头去。

顾九思再次看向周高朗,道:"周大人如今还有什么顾虑?"

周高朗没有说话。此时一个青年提着长枪而入,面色凝重。他银白的盔甲上带着血迹,手上提着个人头。

众人都愣了。周高朗站起身来,震惊地看着面前的青年,道:"沈明,这是谁?"

"东都来使,"沈明冷静地开口,注视着周高朗的眼睛,"他说范玉来请周大人诛杀逆贼顾九思,我便在院外将他斩了。"

顾九思当即上前一步,道:"周大人,东都来使已斩,您如今已是退无可退。您现下举事,我替您修书一封,将遗诏一事说明,要求范玉将人还回来。我已派人前往扬州,离间姬夫人与洛子商的关系。等洛子商失了倚仗,周夫人也回到幽州,届时是进是退全看您的意思,如何?"

周高朗没说话,周烨却出声道:"可。"

周烨抬眼看向周高朗,神色平静地道:"父亲,如今你已经没有选择。"

其实众人都知道,此刻周高朗还有第二个选择,那就是将顾九思的尸体送到东都去表忠心,再与洛子商联手。可一来有周烨和沈明护着,周高朗杀不了顾九思;二来,与洛子商合作无异于与虎谋皮。

周高朗终于道:"就这么办吧。"

顾九思舒了口气,领命退下。

顾九思要确保望都城的所有将士都在今夜知道皇帝所做的一切,还要找一个人去假扮东都来使。第一个来使来得悄无声息,刚到门外就被沈明斩了。顾九思干脆让人扒了来使的衣服,抓着来使身边的小太监,在第二日重新入城。

这一次周高朗亲自来迎接东都来使,场面很是热闹。小太监战战兢兢,却不敢忘记顾九思的警告。入了官署,本该宣读圣旨,小太监按顾九思的吩咐,轻咳一声,同周高朗道:"周大人,借一步说话。"

众人都觉得奇怪,但没有人敢询问。

周高朗一进去,跪着的将领们就不安起来。他们窃窃私语,猜测着太监和周高朗的对话。

里面突然传来一声惨叫,周高朗面色惨白地走了出来。

将领们看着周高朗和从他的手往下滴的血,都有些心惊胆战。一个将领大着胆子开口道:"周大人,您这是……?"

"陛下方才给了我一道圣旨,"周高朗环视一圈,顿了顿,"他召我入东都。"

众人并不感到奇怪,已经听说张钰和叶青文遇害,也知道顾九思逃回望都来了,范玉对周高朗动手是必然的。他们心中立刻开始盘算,猜测周高朗接下来会怎么做,自己又该怎么办。

周高朗接着道:"他要我离开之前,将诸位统统处斩……"

"什么?!"这话让众人激动起来。

其中一个人立刻反应过来,急道:"大人!不可!我等皆为大人羽翼,大人若将我等处斩,便是自断其臂。等大人入了东都,便成了那狗皇帝砧板上的鱼肉了啊!"

这话点醒了众人,如今他们与周高朗已是一体,范玉若想杀周高朗,他们必然也逃不掉。看着周高朗手上的血,有人猜出了周高朗的意思,立刻道:"周大人已为我们杀害东都来使,我等唯周大人马首是瞻!"

"我等唯周大人马首是瞻!"一时之间院子里的人都表起忠心来。

周高朗露出极为痛苦的表情,红着眼道:"我与先帝原是兄弟。陛下于我,亲如子侄,但诸位与我如同手足,我又如何忍心残害诸位?今日我等不求功名利禄,只为保全性命。诸位可明白?"

"明白!"

"先帝英明仁厚,曾留遗诏于我,说若新帝失德,可废而再立。我等今日举事,于私是为保全我等性命,再效国家,于公是为实现先帝遗愿,匡扶大夏江山。诸位可有异议?"

"全凭大人吩咐!"

周高朗终于放松下来。

顾九思站在暗处,静静观望着,叶世安走上前来,捧着几份文书,冷声道:"九思,檄文和劝降信均已写好。"

顾九思转过身来,目光扫过檄文上慷慨激昂的字词,声音异常冷静,道:"那就送出去吧。通知周大哥,今日整军出兵,先拿下永州,控制荥阳。"顾九思抬起眼,慢慢道,"有永州水道在,粮草运输才算无忧。"

"会打起来吗?"叶世安神情冷漠。

顾九思:"你想不想打呢?"

"会打起来吗?"叶世安又问了一遍。

顾九思沉默了片刻,终于道:"这取决于范玉,看他愿不愿意把周家人还回来。"

叶世安点点头。

顾九思注视着他:"那么,你觉得呢?"

"打与不打与我没什么关系。"叶世安的声音里全是寒意,"我只想洛子商受千刀万剐,范玉死无全尸。"

听到这样戾气满满的话,顾九思沉默了片刻,轻声叹息:"世安,别让仇恨蒙住了你的眼睛。"

"这些话,"叶世安抬眼看着顾九思,"等你走到我这样的地步,再来同我说吧。"

顾九思沉默了。

叶世安像是也觉得话说重了,顿了顿道:"我家人教过我如何做一个君子,如何忧国忧民。可九思,这三年摧毁了我所有的信仰。我做一个君子,却家破人亡。他洛子商以民为棋,罔顾百姓生死,却身居高位。"叶世安红了眼,"九思,我如今只希望他死。他一日不死,我便觉得自己、叶家,我们所有的信仰和坚持都可笑至极。"

"那你还在坚持吗?"顾九思骤然发问。

叶世安愣了愣:"什么?"

"你的君子道。"

叶世安一时说不出话来。

顾九思笼着手,转过身去,闲庭信步一般往前走,道:"世安,一个人在任何境遇里都应当有底线。越过底线之前的动摇是磨炼,越过底线之后,"顾九思顿住步子,转头看向天空,"便是万劫不复了。每个人都有自己的难处,可任何难处都不该成为一个人作恶的理由。"

"愿君永如天上月。"顾九思穿着的黑袍罩着白衫,衣襟处金线绣着秋菊。他转过头,用一双清明的眸子注视着叶世安。他抬手指向天空,轻轻一笑,温和又坚定地道:"皎皎千古不染尘。"

叶世安神色微变,顾九思早已不是记忆中的模样,而他自己也已和年少时的自己相去甚远。

叶世安深吸一口气,扭过头,哑声道:"不说了,我还有其他事要忙。"

顾九思静静地看着匆匆离开的叶世安,直到看不到他的背影才垂眸轻叹。

幽州开始布兵。扬州的缠绵细雨下个不停。

柳玉茹和陈寻坐在茶楼雅间,水香和侍卫守在门外。

柳玉茹亲自给陈寻斟茶,颇为感慨地道:"一别多年,没想到还能再见。"

陈寻苦笑。他早已不是当年那轻浮浪荡的模样,从柳玉茹手中接过茶杯时,神色恭敬谦卑,像是已经习惯了伏低做小。

"之前九思寻过你,"柳玉茹看着他的样子,叹了口气,道,"但当时那世道,分别后要再见太难了。"

"是啊。"陈寻喝了口茶,茶的暖意从他身上蔓延开,"好在九思当了大官。本来你们不来寻我,我也要抽空去找你们的。"

"为什么不来呢?"柳玉茹感到有些奇怪。

陈寻苦笑:"我在扬州的职位不算高,每日都得到官署点卯,实在脱不开身。告诉其他人,我又不大放心。其实我本可以不留在扬州,这些年我也安置好了我的家人,就算辞官也可以回去安安稳稳地过日子。"

陈寻喝了口茶,转过头去,看着窗外的细雨,慢慢地道:"可是终究不甘心哪,每每想到文昌,想到过去,就觉得七尺男儿总得做点儿什么。九思能在东都当大官,做大事,可我没他这样的能耐,思来想去还是回到扬州来,想看看能不能做点儿什么。"陈寻抬眼看向柳玉茹,平静地道,"你来,是有所图谋吧?"

"范玉在东都登基,先帝建立内阁以辅佐范玉,你知道此事吧?"

柳玉茹毫不避讳。陈寻注意到了,柳玉茹叫范轩先帝,对范玉却直呼其名。

"此事早已传到扬州,如今陛下又做了什么?"

"洛子商怂恿他废了内阁,他已经杀了张丞相和叶御史。九思侥幸逃脱,如今大约已经到了幽州。我到扬州是来做一件事。"

"但说无妨。"

"洛子商能得到范玉器重,最重要的原因是洛子商有扬州的支持。"柳玉茹压低了声音,"我们希望扬州能够公开表态,与洛子商断绝关系。一则让洛子商与范玉生出嫌隙;二则九思发兵东都后,可免受夹击之苦。"

"我明白了。"陈寻点点头。

柳玉茹见他思索,不由得问:"你在想什么?"

"扬州如今其实被把持在两个人手里。"陈寻道,"一是王平章,此人是王家从前的客卿,原来跟随洛子商,如今在帮着萧鸣做事。但他本身是王家旧部,对我们这些客卿多有招揽。我看得出来,他虽然是帮着萧鸣,但其实自己也已经营许久。"

柳玉茹点点头,陈寻接着道:"其次便是萧鸣,此人是洛子商的师弟,对洛子商忠心耿耿,扬州如今是他说了算。你若要扬州表态,首先得过萧鸣这关。"

"那姬夫人,"柳玉茹敲着桌子,"在扬州是什么位置?"

"这就得说到扬州的第三股势力,其实就是王家的旧部,"陈寻将自己在扬州的见闻一一告诉柳玉茹,"之前跟着王善泉,从了洛子商,王善泉死了,这批人就跟着王小公子。但如今小公子年纪太小,所以说起来,这批人便是姬夫人真正的依靠。但这个姬夫人十分愚昧,几乎不管任何事,成日只在后院里待着,就等着洛子商回来。"

"洛子商与她有……"柳玉茹思忖了一下,找了一个合适的词道,"其他逾矩的关系?"

"我认为没有。"陈寻摇摇头,"洛子商这人十分高傲,应该看不上姬夫人这样的女人。之前姬夫人几次在夜里邀他入府,洛子商都回绝了,若真有什么,没必要这样。"

柳玉茹点点头,觉得陈寻说的也有道理。

洛子商这个人虽然不堪,但接触下来,柳玉茹也能看出,此人在感情上十分高傲自持。

陈寻喝了口水,接着道:"但姬夫人对洛子商怕是有许多想法,毕竟当年她是洛子商选出来的。而洛子商这个人出身名门,又生得俊朗,加上这么一出英雄救美,还送上了荣华富贵,女子很难不动心。我有一位朋友,在萧鸣身边做事,同我说起过她。那姬夫人啊,如今就一心想着,等洛子商回来就嫁给他,共同抚养那王小公子,一起当这扬州的土皇帝。"

"那姬夫人如今就这么等着洛子商？"柳玉茹皱了皱眉头。

陈寻笑了笑："大约是吧。也正是因为如此，她几乎没有和王家那些旧部接触过。"

柳玉茹静静地思索片刻，道："你觉得王平章会不会反了洛子商？"

"嗯？"陈寻感到疑惑。

柳玉茹敲着桌子，接着道："若我们许诺替王平章铲除萧鸣，王平章与我们合作的概率能有多大？"

"能有九成。"陈寻肯定地说。

柳玉茹想了想，慢慢地道："那萧鸣与姬夫人关系如何？"

"表面上是恭敬的，"陈寻道，"但萧鸣向来不太看得上姬夫人。"

"这样，"柳玉茹敲打着桌面，慢慢地道，"能否劳烦你替我引荐，让我见见王平章？"

陈寻愣了愣，点头道："好。"

当天夜里，陈寻便将王平章带到柳玉茹落脚的客栈里了。

柳玉茹让人架了帘子，与王平章隔着屏风谈话。

王平章行了礼，恭敬地道："听陈先生说有贵客来访，贵客自东都远道而来，可是……？"

"妾身听闻过王先生，"柳玉茹没接他的话，跪坐在屏风之后，慢慢地道，"王先生原为乡野一村民，后得王善泉大人赏识，带到扬州来，成为王家客卿。'平章'一名，便是王大人所取。王大人对于先生而言，恩同再造。"

王平章听着这些话，端起茶杯，吹开浮在水面上的茶叶，抿了口茶，道："夫人是王大人的旧识？"

"先生受此恩德，如今王大人人死魂消，被人杀子辱妻，王先生就这么看着，不觉得心中有愧吗？"柳玉茹不接王平章的话，继续询问。

王平章轻笑："原来是来离间我与洛大人的。"

"先生不觉得不甘心？"短暂试探后，柳玉茹大概摸清了王平章的路数，了解了此人的难缠程度，慢慢地道，"如今洛子商不在扬州，留了一个十九岁的小儿驻守。先生在一个孩子手下做事，不觉得委屈吗？"

"那我该如何呢？"王平章看向屏风上长长的影子，勾起嘴角，"这位姑娘觉得我能如何呢？"

这是谈条件了，柳玉茹思索着，开口道："我能助您杀了萧鸣。"

"然后等洛子商回来杀了我？"王平章低头轻笑，"姑娘，我还没这么傻。"

"洛子商没时间回来了。"柳玉茹平静地道，"他怂恿范玉杀了叶青文和张钰，顾九思前往幽州，不出半月，幽州必反。你以为洛子商还有时间回来收拾你吗？"

"你是幽州的人？"王平章接着试探。

柳玉茹慢慢地道："我是不是幽州的人，这不重要，我能助先生成为扬州之主，这才是最重要的。"

王平章不说话，明显是心动了。

柳玉茹看着外面的人影，继续道："我可以让姬夫人站在先生这边，还可以借先生人手。等先生和姬夫人联手杀了萧鸣，如果洛子商敢回来，幽州会出兵来助先生一臂之力。除此之外，我还会给予先生大量钱财，方便先生做事。我们出钱、出人、出力，先生做扬州之主，这样的买卖再划算不过了。"

"你能给我多少钱？"王平章听到钱，立刻来了兴趣。

柳玉茹笑了笑，抬手道："一百万两白银。"王平章正要拒绝，就听见柳玉茹道，"定金。如若洛子商决定出兵攻打先生，我来负责所有军需费用。"

王平章静了很久，认认真真地算完了账，才接着问："那你们有什么要求？"

"你成为扬州之主后，向天下发一封通缉令。"

"通缉谁？"王平章有些不理解。

柳玉茹低声说出一个名字："洛子商。"

王平章略感诧异。他若取了扬州，和洛子商便是死敌。柳玉茹这个要求实在是简单至极。

王平章不由得问："就这？"

"还有，"柳玉茹继续道，"以后柳通商行在扬州免赋税；所有扬州官家采买，首选柳通商行，柳通商行做不了，才能选择其他商行。当然我不会亏待先生，"柳玉茹放轻了声音，"到时候凡是官家的活计，所获利润先生与我三七分成，我七，先生三。"

王平章不说话。

柳玉茹慢慢地道："先生可以好好想想。我给先生钱、给先生兵，让先生成为扬州的管事,日后还与先生三七分成,先生可谓空手套白狼。如果先生不愿意,我换一个人也未尝不可。"

柳玉茹有钱有兵,王平章的确不是她唯一的选择。王平章掂量了片刻,点头道:"成。"

"口说无凭,"柳玉茹冷静地道,"还是立下字据为好。"

一说立字据,王平章便有些犹豫。

柳玉茹见他不答,便立刻道:"既然王先生不愿意,不如送客吧。"

"好。"王平章终于答应。柳玉茹即刻和王平章把字据立下。

陈寻送王平章出了客栈,扬州的小雨还没停歇。

王平章一上马车,下人立刻道:"先生,您立了字据,万一他们拿着字据去萧鸣那里揭发您,这可如何是好?"

"不会。"王平章摇摇头,"如今幽州和东都对峙在即,你以为这位夫人这么大老远地到扬州来做什么?扳倒洛子商,对他们来说是最重要的。"

"那……叶家与顾九思同气连枝,王大人死于叶韵之手……"那下人看了王平章一眼。

王平章笑了笑:"最重要的是什么?"

"啊?"下人愣了愣。

王平章靠近他,小声道:"是钱。"说着他便笑了起来。

陈寻回到客栈,柳玉茹和印红、望莱正在商量什么。陈寻走进屋内,颇为不安,道:"玉茹,你说王平章会不会是下一个洛子商?"

"不会。"柳玉茹喝了口茶,抬眼看他,"不是还有你吗?"

陈寻愣了愣。

柳玉茹转过头,吩咐望莱:"去给九思送个口信,让他拨一队人马过来。"

"您如今打算怎样?"望莱试探着问。

柳玉茹听着漏壶的声音,慢慢地道:"留些时间给王平章布置。水香,让你的人向姬夫人引荐一下陈先生。陈寻,你到了姬夫人面前,要刻意讨好她,与她说说洛子商在东都的情况,然后告诉姬夫人,洛子商,"柳玉茹抿了抿唇,终于还是道,"爱慕我。"

众人全都看向柳玉茹,柳玉茹继续道:"等九思的兵马到了扬州,我们这边伪造洛子商的信物,王平章与陈先生也布置得差不多了,我便带着锦儿,以洛子商妻女之名投奔萧鸣。萧鸣必然会送信到东都询问洛子商,飞鸽传书来往需两日，这两日内，我会激怒姬夫人，王平章再说动姬夫人，与她联手杀了萧鸣。萧鸣死后，扬州必乱，这时九思陈兵在外，王平章和陈先生在内，不出一夜，扬州便可到手。"

望莱领命出去后，陈寻跪坐在一边，有些忐忑地道："我怕王平章与我没有这么多人马。"

"你以为王平章和我要这么多钱做什么？"柳玉茹看向陈寻，似笑非笑，"有钱能使鬼推磨，就看你会不会花。王平章必然是重金贿赂扬州将领去了，他会，你不会吗？除了将领，那些贫苦百姓，山贼土匪，总有拿钱办事的人吧。你要实在找不到人，不妨去三德赌坊问问？"

陈寻醍醐灌顶一般道："我明白了，这就去想法子！"

柳玉茹的口信还没到幽州，幽州举事的消息已传遍天下了。

但周高朗非常克制。他只是集结了幽州的兵马，以极快的速度拿下了冀州与幽州接壤的边境四城，然后陈兵边境。之后他没有再往前一步，所有人都在揣摩周高朗的意图，天下人都在观望，但似乎都不清楚周高朗此举是图什么。

而东都之内的洛子商和范玉却比谁都清楚周高朗的意思。周高朗的密信传到了东都，上面写得清清楚楚，只要范玉交还东都内所有周家家眷，周高朗便即刻退兵，此生再不出幽州，镇边以报君恩。

范玉冷笑："以报君恩……以报君恩，他怎么敢违背圣令，杀朕使者，还敢发兵冀州！这乱臣贼子，哪里是来求朕，分明是要反！"

"陛下息怒，"洛子商恭敬地开口，"此事尚有转机。"

"什么转机？"范玉冷眼看过去。洛子商温和地道："如今唯一能牵制周高朗的便是周家人。今日我们把周家人送走，明日周高朗就会反，那时我们才是真正毫无还击之力。"

"朕知道，"范玉不耐烦地道，"别说废话。"

"陛下，刘行知如今还在益州。"

"所以呢？"

"如今大夏内乱，刘行知必然会发兵大夏，咱们把周高朗调到前线如何？"

范玉抬眼看向洛子商，皱着眉道："你什么意思？"

"如今大夏与南国的交界处都是当年先帝的精锐之师，他们对如今的东都局势大多只了解一个大概。陛下不如此时将前线兵马全部调回东都,这样一来,就算周高朗想强取东都,陛下也能有所应对。"

"那前线怎么办?"范玉有些犹豫。

洛子商笑了:"让周高朗去呀。"

"他要周家人,咱们不是不给,他击退外敌之后,我们就还人。"

"还人之后他还不是要反?!"范玉怒喝,"你这什么馊主意!"

"那时周高朗的兵马还剩多少呢?"洛子商的话中意味深长,"陛下,到时候他和刘行知两败俱伤。前方是刘行知,背后是兵强马壮的东都,扬州在旁,周高朗三面环敌,还不还给他周家人又有什么关系呢?"

范玉不由得问:"他若是不去呢?"

"他不去前线,陛下不更该召集诸侯与周高朗决一死战吗?"洛子商说得理所当然,"难道陛下以为前线诸侯不帮忙,以如今东都的兵力,还能和幽州一战不成?而且江河已不知去向,如今的东都怕也并不安稳。"

洛子商这些话让范玉忧虑起来,洛子商继续道:"陛下,调前线兵马回来,也就损失几城而已。到时候我们屯兵东都,有扬州协助,便可形成夹击之势,再派人与刘行知议和,陛下的皇位就坐稳了。休养生息,再图大事。陛下仁德,顾全大局,可万万不能为了大局送了自己的性命啊。"

范玉的心神慢慢定下来。他觉得洛子商说的不错,把父亲的旧部都召回来,丢个前线,比用东都的兵马直接面对周高朗要好得多,于是点头道:"就按你说的办,把南边前线将领杨辉、韦达诚、司马南都召回东都来,再把周家人送到冀州给周高朗看一眼,让他乖乖到前线去。"

"陛下英明。"洛子商得了范玉首肯,便退了下去。洛子商吩咐人将信息逐一送出,又低声对鸣一道:"你找个人,把消息私下透露给周家人,尤其是周烨的夫人,那个秦氏。"

鸣一有些不解:"您这是做什么?"

"再给南帝送一个消息,"洛子商慢悠悠地道,"一切已按计划进行,让他在东都与周高朗对峙时攻打豫州。"

鸣一点点头,退了下去。

洛子商站在宫栏边上,眺望宫城。扬州不过弹丸之地,刘行知和范轩谁赢了,洛子商都无法立足。范轩兵强马壮,又有贤臣辅佐,假以时日,刘行知必败,一旦打破这个平衡,扬州也就完了。

洛子商需要一个时机。从他入东都,修黄河,毁内阁,到如今收网……虽有差池，也无大碍。洛子商盘算着，慢慢闭上眼睛。

风夹杂着雨后的湿气扑面而来，洛子商闻着雨水的气息，便想起扬州码头那场细雨。

顾九思在幽州，柳玉茹呢？洛子商想：柳玉茹在顾九思身边，真是埋没了她。如果她能活下来，如果她愿意活下来……洛子商的思绪戛然而止，他睁开眼睛。

如今的时局让他不能再想这些了。

第十六章　家国碎

大雨洗刷而过，各地静候消息。

鸽子一只一只飞入鸽棚，仆人从鸽子上取下字条，送往书房。

书房之中，顾九思正在看地图，沈明坐在他旁边。顾九思看了他一眼，笑着道："你在想什么？"

"我在想，"沈明皱着眉头，"大夏闹出这么大动静，四周各国，尤其是刘行知，就没有想法吗？"

"幽州紧靠北梁，你和周大哥对北梁的打击已经让他们暂时无力行军，所以短时间内不必忧虑这边。"

沈明点点头，顾九思接着道："至于刘行知，他向来谨慎，南境有大夏三员大将，又有天险，我们这边不生大乱，刘行知便不敢动。即使我们这边真打起来了，他也很难立刻破了前线防守；就算他真的破了前线防守，那时我们应当也已拿下了东都，那便是两国正式交战了。"

"若当真正式交战，"沈明凑上前认真地问，"我们有几成把握？"

顾九思想了想，慢慢地道："先帝南伐之心一直都在，兵甲均备；治理好黄河之后，补给也可十分及时；我军将领又都在幽州战场上磨炼过，与刘行知这样的土霸王相比，大夏可说是兵强马壮。当真要打，大夏无所畏惧。"

沈明舒了口气，道："那就好。"

"但还有一种最坏的可能。"顾九思说。

沈明抬头看向顾九思,有些紧张,道:"什么?"

顾九思还没回答,侍卫匆匆进来,将信送到顾九思面前,道:"东都来的消息。"

顾九思拿过信匆匆扫了一遍,皱起眉头。

沈明注意到了:"九哥,信上怎么说?"

"周家家眷已从东都出发,被送往冀州了。"

"他们打算还人了?"沈明高兴地开口。

顾九思想了想,只道:"派人过去,不惜一切代价,营救周家家眷。"

沈明立刻道:"我去吧。"

顾九思看着高兴的沈明,抿了抿唇,道:"你有其他要做的事。"

"什么?"

顾九思放下手里的信,站起身来,慢慢往外走去。天黑压压的,风起云涌,顾九思站在长廊外,看向东都的方向。心中有一条脉络逐渐清晰起来,他眼前浮现出范轩曾经做过的一切。范轩留洛子商在扬州,整理国库,治理黄河,平永州,让柳玉茹发展柳通商行,将周家安置在幽州……顾九思不知道范轩当时是有意的还是无意的,这一切似乎都在为解决今日的问题做准备。但范轩毕竟是人,有太多变数是他没能预料到的,比如,他的儿子竟然是这样一位帝王。

顾九思终于道:"你准备一下,明日就去扬州。"

"明日?"沈明有些意外。

顾九思点点头,没有解释,只道:"去休息吧,我去找周大哥。"说完,他便往周烨的房中走去。

周烨正在房里带孩子,周思归在床上爬来爬去。周烨面无表情看着他,像是有些疲惫。

顾九思叫了他一声:"大哥。"

周烨从恍惚中回神,转头看向顾九思,苦笑起来,道:"九思。"

"今日我得了消息,说嫂子、周夫人和周小公子已经在去冀州的路上了,再过两日他们就会到临汾。"

周烨明显精神了些,有些难以置信地道:"范玉答应放人了?"

"怕是有条件的。"

周烨僵了僵,转头看看周思归,道:"那也无妨,只要能谈便是好的。"

"若我没猜错，"顾九思平静地道，"刘行知会在此时进犯，而洛子商会让范玉将豫州前线将士抽调回东都驻防，然后以周夫人作为要挟，让我们前往豫州。"

"他们想让我们和刘行知两败俱伤？"周烨立刻反应过来。

顾九思点头道："是。我们在前线与刘行知作战，他们很可能会联合扬州的兵力在背后动手。"

周烨不说话了，顾九思打量着他的神色，接着道："但是扬州这次不会出手，而东都也要看豫州三位大将的态度。"

"你笃定扬州不会出手？"周烨感到奇怪。

顾九思道："这就是我今日来的原因，我想从周大哥这里借三万人。"

"做什么？"

"扬州将有内乱，我想借机拿下扬州。"

周烨很犹豫，道："三万不是个小数目。"

"周大哥还想救回夫人吗？"顾九思定定地看着他，"营救夫人，我已经派人去了，可要真把人救出来，怕是不会那么容易。若是救不成，我们唯一的选择便是答应他们，前往豫州。"

"这样一来，我们岂不是腹背受敌？"周烨不赞同地皱起眉头。

顾九思立刻道："但这个时候范玉不仅不会攻打我们，或许还会给我们支援。等到我们和刘行知两败俱伤，若范玉真来攻打我们，我们便反过来让扬州攻打他们。如此，我们才可以既救下夫人，又不丢国土。"

周烨思索了一番，点头道："好。"

"那我今日便让沈明点三万人，明日出发。"

周烨有些诧异："这么急？"

顾九思点了点头："玉茹布局在即，十万火急。"

"那……"周烨犹豫了片刻，最终还是道，"去吧。"

顾九思取了令牌告退，找到沈明，将令牌交给他，道："你带三万兵马前往扬州，协助玉茹拿下扬州。"

沈明接过令牌，点头道："好，你放心。"他将令牌拴在了腰带上，抬眼看向顾九思，笑着道，"有什么话要我帮你带给嫂子吗？"

顾九思张了张口，又顿了顿，道："让她别担心，我一切都好。"

"行，"沈明点点头，转过身道，"那我走了。"

"沈明！"顾九思骤然提高了声音。沈明回头，顾九思上前一步，用只有他们两个人能听到的声音道："拿下扬州之后，你便即刻赶往豫州，不要管这边的任何命令。除了我的命令，谁说的话都不要听，做得到吗？"

"九哥……"沈明有些震惊。

顾九思抓紧了他的手腕，认真地看着他："做得到吗？"

沈明静静地看着顾九思。

顾九思的声音又低又急："刘行知是必定要攻打豫州的。如果明日做得好，我和周大哥会一起来增援你，但如果有其他变故，周大哥或许就要做些其他的事。可你一定得保住豫州，明白吗？"

豫州有天险，丢了豫州，大夏再要反击就难了。

"我只有三万人马。"沈明提醒他，要用三万人马抵抗刘行知举国之力，几乎是不可能的。

"我知道。"顾九思继续道，"扬州还有五万兵力。你领着这八万人，只要守一个月，必有增援。"

沈明不说话，顾九思抬眼看他："还有什么要问的？"

"九哥，"沈明抿了抿唇，"你是不是有什么事情瞒着我？"

顾九思没想到沈明敏锐至此，垂下了眼眸，慢慢地道："有一个最坏的可能性。"

"什么？"

"洛子商可能一开始就是刘行知的人。"

沈明怔住了，顾九思飞快地分析道："我一直在想，他为什么要来东都。他一直纠缠我们，但之前也都是小打小闹。他要治理黄河，说是跟随太子东巡时勘察过。可是东巡也就那么一点儿时间，他却拿出了一套如此完善的治理方案，分明是早有所图。他又在周高朗还在幽州的情况下怂恿范玉以如此激进的手段废除内阁，这完全不是明智之举，可如果他是刘行知的人呢？或者他和刘行知结盟了呢？洛子商来到东都，成为太子太傅，让太子与周高朗产生矛盾。等太子登基，与周高朗兵戎相见，洛子商再和刘行知里应外合。大夏内忧外患，而洛子商作壁上观，关键时刻直接出手便可坐收渔翁之利。那时候，这天下便是洛子商的了。"

沈明急了："那如今怎么办？"

"所以你要去豫州。"顾九思冷静地道，"如果真如我所料，那么，"他的声音有些低沉,"洛子商怕是不会让周家家眷活着了。"

"为什么？"沈明有些震惊,"这关周家家眷什么事？"

"只有周家家眷都没了,周家才会彻底和范玉撕破脸。洛子商要的就是大夏不管边境而一味内斗。如今他怕是已经将前线兵力全部撤回,固守东都。他把周家家眷送到边境来,应该也不是打的放人的主意。"

"那……那他要做什么？"沈明其实已经明白了,可是不敢相信。

顾九思的心情沉重:"他要周家父子亲眼看到自己的亲人惨死,要激起他们的血性。"

"所以你才让我去扬州,之后还要折往豫州。"沈明喃喃地道,"这事你告诉周大哥了吗？"

"我不能说。若是说了,这三万兵马你带不走。"

"可是事发之后,周大哥很快就会想明白,那时你怎么办？"沈明着急起来,"要不你跟我走吧！"

"事情还没走到这一步,"顾九思抬手道,"这是最坏的结果,或许洛子商并不是我所猜想的这样。而且我也已经有所部署,端看明日,"顾九思抬头看向天空,"能不能救下周夫人。若是能救下来,万事大吉。救不下来,只要周夫人不死,我便能说服周大人和周大哥同我们一起去豫州,那也是条生路。若我真猜中了,你只管守好豫州,我自有我的办法。"

"我明白了。"沈明点点头,立刻道,"我这就出发。"

"还有,"顾九思抿了抿唇,道,"我同你说的这些话,"他犹豫了片刻,终于还是道,"你别同玉茹说。等玉茹稳住扬州,你让她到永州去,就告诉她,洛子商治理黄河的目的绝不简单,怕是做了什么手脚。豫州最难攻的一道天险守南关就在黄河下游,让玉茹想办法。"

"好。"沈明应声道,"我明白,你怕嫂子担心你。"

顾九思低低地应了一声。见顾九思再无其他事交代,沈明便离开了,当夜点了三万人马,朝着扬州赶了过去。

顾九思坐在自己的房间里,写了一夜的信,写了揉,揉了写,开头的"玉茹"两个字写了无数遍。等他好不容易写完信,天终于亮了。

而这时候,周家女眷也终于步入了冀州的土地。

马车摇摇晃晃,秦婉之照顾着周夫人和周家二公子。周夫人神色疲倦,一言不发,周二公子发着低烧,靠着周夫人。

秦婉之给周二公子喂过水，低声道："不知还有多久才能见到郎君。"

秦婉之叹息了一声，转过头去，看着周夫人道："婆婆，你可还好？"

"死不了。"

秦婉之听见她嗓音干哑，便把水递过去，柔声道："婆婆，喝点儿水吧，明天就能到临汾，我们便能见到郎君了。"

周夫人慢慢地道："你喝吧，你好久没喝了。"

秦婉之愣了愣，没想到周夫人会主动让她喝水。她们婆媳关系一贯不好，患难之际，周夫人头一次对她好了那么一些，秦婉之的眼眶不由得有些湿润。

秦婉之应了一声，低下头去，抿了一口水。

周夫人看了她一眼，想了想，慢慢地道："你是不是以为我很讨厌你？"

秦婉之听到这话，神色有些僵硬，垂下眼眸，没有否认。

周夫人转过头，道："我的确讨厌你，也不喜欢烨儿。"周夫人的声音平淡，"我与他的父亲感情并不好，他的父亲在世时总是打我。怀他的时候我几次想杀了这个孩子，却都下不了手，后来生产，却差点儿让自己去了。"

周夫人从未提过这些，秦婉之静静地听着。

"后来有一日，我忍不了了，将那男人杀了，逃了出来。我们遇到高朗，他收留了我们母子，那时候我才第一次觉得活了过来。烨儿长得很像那个人。"周夫人转头看向秦婉之。

秦婉之忍不住道："可他并不是那个人。"

周夫人顿了顿，垂下眼眸，应声道："对，他不是。烨儿小时候，我怕高朗不喜欢他，所以不太敢亲近他。而且看着烨儿，我就会回想起那段过去。高朗说过我好多次，让我多照顾烨儿。起初我以为高朗说的是场面话，后来才发现，我不照顾他，高朗便会主动照顾他。烨儿小时候，很招人疼。他从小就乖，做什么都规规矩矩的，凡事都为别人着想。有一次我的衣摆拖到了地上，他就小跑过来帮我拉着。那时候他才四五岁，他说母亲衣裙脏了，我替母亲提。我问他能提多久，他说他能给我提一辈子的裙子。"

秦婉之想着那时候的周烨，有些心酸，但做媳妇儿的又不能斥责婆婆，只能委婉地对周夫人道："若不是吃了苦，哪里有这样天生就会照顾人的孩子？"

周夫人应声道："你说的对，他的确吃了苦。一开始我是想着，高朗和他感情深一些，就会不介意我以前的事。于是我故意不管他，让高朗去照顾他。他们的感情越来越深，我也生下了平儿。之后我的日子过得很顺当，但烨儿也离我越来越远。他很少同我说话了，每日除了请安，再没有旁的话。可平儿不一样，他在我身边长大，凝聚了我所有的心血，我希望把这世上所有的好东西都给平儿。可这时候我发现烨儿太好了，他太优秀，年纪也比平儿大太多，我很怕。"

"怕他抢了二公子的位置，日后继承周家，是吗？"秦婉之的笑里带了几分悲哀之意，"可他从没有过这样的想法。"

"谁知道呢？"周夫人神色恹恹，"若真没这些想法，何必在他父亲面前表现？他也的确得逞了，高朗早知道周家会有这一日，所以早早让他去了幽州。那时候我就问过，为什么去幽州的不是平儿，而是烨儿。他告诉我，因为烨儿更合适。"周夫人很是疲倦，"太荒唐了！不顾自个儿的亲生儿子，去管一个外人的儿子，还将他当作继承人。把自己的亲生儿子放在东都作人质，反倒把周烨送到幽州去快活，"周夫人嘲讽，"这是何等胸襟啊！"

秦婉之听着，心里又酸又涩，慢慢地道："您同我说这些，又是做什么呢？"

"你觉得范玉会白白放我们回去吗？"周夫人抬眼看向秦婉之，凝视着她的眼眸，认真地道，"不会的，一切都有代价。所以我早就同高朗说过，如果有一日我成为人质，不会让他为难。我如此，平儿如此，你呢？"

秦婉之呆呆地看着周夫人，周夫人低头抱着周平，声音平缓："高朗让我知道怎么能活得像个人，我不能让他后悔救了我，也不能让他为了我将他置于险境。至于你的去留——"周夫人低喃，"你自己决定吧。"

秦婉之没有说话。

马车从白天走到黑夜，终于走到了临汾。

他们被关入地牢。秦婉之一夜没睡，抱着自己，看着外面的天空。

到了半夜，外面突然闹了起来。秦婉之猛地站起来，周夫人也抱着周平起身，茫然地道："怎么了？"

秦婉之认真地听了片刻，激动起来，忙道："有人……有人来救我们了!"

周夫人急急地走到牢门前。

外面的声音越来越大。一队男人猛地冲进牢房中,抓住了秦婉之、周夫人、周平三个人,粗暴地将三个人按得跪了下去,直接将刀架在了三人的脖子上。为首的人朝着外面吼道:"再往前一步,我就砍了他们的脑袋!"

前来劫囚的人当下顿住了。周夫人却突然发了狠,抱着周平猛地朝着前方扑了过去,提刀的人毫不犹豫,手起刀落,便砍下了周夫人的脑袋。

血飞溅而出,洒在周平和秦婉之的脸上。两个人惊恐地看着倒在面前的周夫人,周平坐在血泊里,眼里满是震惊之色。持刀之人将刀指向周平,抬眼看着前来劫囚的人,道:"再跑一个试试?"

见到这样的场面,所有人都震惊了。大家都知道周家女眷是用来要挟周高朗的,没人想到她们真的会被杀。

在短暂的震惊后,劫囚的人退了出去。守狱的士兵赶紧追了上去,不一会儿后,牢房里就只剩下了秦婉之、周平,还有那砍杀了周夫人的青年。

秦婉之还跪在地上,似乎已经失去了所有力气。而周平慢慢缓了过来,尖叫着手脚并用地爬到了墙角处,死死地抱住自己,拼命颤抖着。

"我叫问一。"杀人的青年慢条斯理地用白色的绢布擦干净刀上的血,用刀尖挑起秦婉之的下巴,笑了笑,道,"明日若是周烨不答应陛下的条件,我也会这么送你和那位小公子上路。"

"你们……"秦婉之颤抖着道,"你们要让他答应什么条件?"

"告诉你也无妨,反正他也没得选。"问一弯下身子,靠在秦婉之耳边低声道,"刘行知打过来了,陛下要周家军到豫州抗敌。等他们打完刘行知,陛下会亲自带人送他们归天。"

秦婉之猛地睁大了眼。

刘行知倾一国之力进攻,范玉让周烨去抗敌,一定已经调走了前线的军队。周家的兵力被消耗得差不多的时候,范玉兵强马壮,再联合扬州打周家,周家便彻底完了。

"你觉得他们会换你们吗?"问一歪了歪头,做出好奇的样子。

秦婉之说不出话。

问一将刀往刀鞘里一插,提过来一个陶罐,递给秦婉之,道:"少夫人,喝点儿水润润嗓子,明日在城楼上同大公子多说几句话吧。"说完,他便大笑着走了出去。

周夫人的血漫了过来,秦婉之颤抖着身子往前挪,为周夫人整理了衣衫。

一夜过去,顾九思也得到了周夫人殒命的消息,心里发沉。

下人来禀告:"顾大人,一切都已准备妥当,周大人说该出发了。"

顾九思点点头,捏着字条,一时不知该不该告诉周家父子这个消息。

顾九思到的时候,周高朗和周烨已经在城门前了。顾九思恭敬地行了个礼,周高朗点头道:"走吧。"

周高朗走在最前面,周烨紧随其后,之后是顾九思和叶世安,其他大将领着士兵在他们的身后排开。

他们到了临汾城下,城楼上便响起了战鼓声,士兵架起羽箭。周高朗朝顾九思仰了仰下巴,顾九思立刻驾马上前,朗声道:"听闻我周氏家眷已到临汾,可是陛下想明白了,打算还周氏家眷,与我等冰释前嫌,重修君臣之谊啊?"

"顾氏逆贼,天使之前,敢如此猖狂?!"城楼上传来一声大骂,顾九思听出来,那是临汾原本的守将韦林。

顾九思笑了笑:"韦大人,您年事已高,说话费力,"他抬手,"还请东都来臣上前与我说话!"

"你叫我?"问一走出来。

顾九思辨认了片刻,觉得似乎在洛子商身边见过他。

问一抬手行礼,恭敬地道:"在下殿前司问一,见过顾大人。"

"殿前司的大人来了,想必陛下也拿定主意了吧?"

"陛下说了,"问一笑了笑,"妇孺老幼都是无辜之人,把他们牵扯进来毕竟不妥,周大人要求交还家人也可以理解。可周大人如今是谋逆之身,我们就这样放人,实在说不过去。"

"那他要如何?"周烨忍不住发问,扫视着四周,颇为着急。

问一将目光落在顾九思身上,高声道:"如今益州刘行知犯境,周大人不如开赴前线,击退刘行知,将功抵过,陛下也好放人。"

周烨看了顾九思一眼,心里想了一圈顾九思之前和自己说的猜想,上前一步,同周高朗低语道:"父亲,先应下来吧。"

周高朗抬眼看了周烨一眼，他们父子昨夜也商量过这事了。周高朗抬头看向问一，道："保卫大夏本就是我等的职责。只是若陛下出尔反尔，我们怎么办？"

"放心，"问一高声道，"你们只管往豫州去，只要你们到了豫州，我们这边就放人。你们接到消息，再战不迟。"

叶世安冷笑一声。

大军到了豫州，刘行知必然会将他们看作大夏的援兵，只会直接扑上来，哪里还容得他们不战？

周高朗点头道："至少让老朽见见家眷，确认他们无恙。"

顾九思心里一紧。他不由得将手放在剑上，往前走了一步。

问一丝毫不惧，抬手道："将人带上来。"

秦婉之和周平被押上来。秦婉之嘴里勒着布条，身上有绳子绑着，头发散乱，被人推搡着，走得踉踉跄跄。周平跟在她的身后，低着头，瑟瑟发抖。

看见他们，周烨立刻想要上前，叶世安一把抓住他，朝他摇头，道："再往前，就进入射程了。"

周烨死死地盯着城楼上的秦婉之。

原本秦婉之绝望又慌乱，然而在目光触及那个人坚定的眼神的一瞬间，不由自主地挺直了脊梁，突然就不怕了。她捏紧了手中的瓦片，静静地看着远处的周烨，看得贪婪又认真，仿佛要将这个人刻进眼里。

"周大人，"问一高声道，"如今已经见到了人，您该启程了。"

周高朗盯着城楼上的人，道："我夫人呢？"

"昨夜有贼子闯入，"问一漫不经心地道，"周夫人不幸遇刺了。"

周高朗脸色大变，捏紧了缰绳，怒喝："竖子，你还我夫人命来！"说罢他便想要打马往前。

周烨连忙拉住了周高朗，着急又惶恐地道："二弟还在！"

周高朗僵住了，目光落在城楼上那个颤颤巍巍的孩子身上，双眼瞪得血红，将手握在刀柄上，一时竟也不知该退还是该进。退，周高朗不甘心；进，周高朗又不忍心。

顾九思见状，连忙上前低声道："大人，我们先将剩下的人赎回来，日后再做打算也不迟。"

"九思说的对，"周烨急忙道，"父亲，如今保住活着的人要紧。"

周高朗几次张口,都说不出话来。

周烨见他已泣不成声,转头看向问一:"问一,我们答应陛下的条件。但你告诉陛下,若是我们到了豫州,收不到放人的消息,后果自负!"

"好。"问一笑着讥讽道,"您上路吧。"

周烨不想与问一打嘴仗,拉住周高朗的马,小心翼翼地道:"父亲,我们回去吧。"周烨又往城楼上看了一眼,张了张口,无声地说了一句"等我"。

说完转过头去,他便不敢再回头了。

城楼之上,秦婉之静静地看着他离开的背影,身体微微颤抖着,双眼盈满了眼泪。

问一看了秦婉之一眼,笑了起来:"是不是还有什么要同你家郎君说的?我也不是不通情理的人,你跟他好好道别吧。"问一解开了勒着她的嘴的布条,似是好心道,"说吧,多说些。"

秦婉之不说话,往前走了一步,想要将那人看得更清晰些。

她用目光勾勒着周烨的背影,那人似乎和第一次相见时没有什么区别,仍旧是那个温和的,甚至木讷的青年。她看着他驾马而去,这个画面,成婚以来她已看过很多次。她终于大喝:"周烨!"

这么久了,她从未阻拦过他的脚步,独独这一次她叫住了他。

周烨回过头来,便看见女子立于城墙上,一袭橘色衣衫猎猎作响,秦婉之嘶喊:"别去豫州!"

众人脸色大变,问一伸手要抓住她,但秦婉之的动作更快。她不知何时割断了绳子,此时猛地一挣,一把抱住周平,便纵身跃下了城楼。

周烨目眦欲裂,毫不犹豫地驾马冲了过去。

叶世安来不及阻拦他:"不……"

顾九思比叶世安更快,持剑跟在周烨身后,几乎和周烨同时冲了出去,嘴里大喝一声:"立盾,进攻!"

顷刻间箭如雨下,箭雨中,顾九思紧紧跟着周烨,替周烨挥砍着流矢。而周烨已经全然忘记了四周的一切,只看得见前方从城楼上落下的女子。

秦婉之重重地摔落,似乎能听到骨头碎裂的声音。周平被她护在身前,颤抖着,愣愣地看着天空,一时连动都不会动了。

顾九思护着周烨冲到秦婉之面前。第一拨箭雨结束,守军开了城门,士兵持着兵器冲出来。顾九思挡在周烨身前，面对着冲过来的兵马，大喝了一声："退下！"

这一声大喝震住了冲出来的人。然而顷刻间，战鼓再响，士兵又冲上前来。顾九思守在周烨身前，叶世安也领着第一拨侍卫冲到他们身边，护住了周烨。

四周都是打斗声，周烨却什么都顾不得了。他一把将周平推开，跪在秦婉之身前。顾九思将周平一拉，护在了身后。

秦婉之身下全是血，脸色苍白，笑着看着周烨。

周烨说不出话来，又急又怕，颤抖着手想去碰她，却又怕碰到伤处。他慌乱地看着她，眼里的泪大颗大颗地落下。他似乎有什么话想说，却又说不出口，只能啊、啊地发着极短的音节。

秦婉之看着他的模样，却格外从容。她颤抖着抬起手来，握住了周烨的手。

她的手碰到他的手，那一瞬间周烨定住了，呆呆地看着秦婉之。

秦婉之牵起嘴角，艰难地开口，声音沙哑地道："我是不是……不好看了……"

周烨看着她，泪落如雨。

四周鲜血飞溅，顾九思他们拼死护着这两个人，但没说一句让周烨站起来的话，只是挡在这两个人身前，让这两个人能安安稳稳地做最后一场告别。

秦婉之觉得眼前发黑，轻轻地喘息着："你别难过……这辈子……我很高兴……他们想……骗你……去豫州……你会死……会死的……"

"我不会……"周烨终于开口，声音颤抖着，"我会有办法的。"

"真……真的啊？"秦婉之放开他的手。

周烨弯下身，将她抱在怀里。她的骨头断了许多，他一碰她，她就疼，可她太贪恋这个怀抱了。

乱世之始，她家破人亡，一人独往幽州，以为周家大公子不会认这门亲事，不会娶她这样一个孤女，可他认了，也娶了，用八抬大轿把她抬进了周府。成亲那天晚上，他挑起她的盖头，说话还结巴："你……你别害怕，我……我会对你好的。"

那是独属于他的温暖，也是独属于她的光。这光照亮了她的人生，让她觉得人生所有苦难都是为了换来这一场相遇。

她抓着他的衣襟，低喃："阿烨，别辜负我……好好……"她的口中涌出鲜血，"好好活着……"如你所愿的活。

他们初见时，周烨意气风发，说："愿以此生，求清平盛世，得百姓安康"。秦婉之要周烨继续那样张扬地活。她希望他的棱角永远不会被磨平，热血永不冷，心头永远有一片光明灿烂的天地。那才是她的周烨，她的郎君。

可这些话她都说不出口了。

她失了力气，闭上了眼睛，她的手从他的胸口滑落下去。周烨一把将她的手压在自己的胸前，颤动着身子，压抑着低泣。他像是怕自己的哭声惊到了她，又像是不愿承认这份分别，故而不愿让这悲伤扩张。

四周的混乱似乎都与他们没有关系。

周高朗一马当先，叶世安有条不紊地指挥着队伍，他们用撞城柱撞开了城门。

周高朗不顾一切地追击问一："问一，你站住！"

这一声厉喝惊醒了周烨，他慢慢地放下了秦婉之，哑着嗓子吩咐士兵："护好她。"

说完，他便猛地朝着城门内冲了进去，顾九思紧随其后。周烨仿佛蓄满了力气，一路狂奔，横刀割开了一个士兵的喉管，夺走了对方的箭匣，一面追，一面抬手搭箭，对着问一连发三箭。

问一侧身躲过，速度慢了下来，顾九思攀上了墙，射出的箭矢紧追问一。问一在人群中狂奔，周烨紧跟其后，周高朗见了，干脆回过头去，杀上了城楼。

顾九思在高处看了一眼问一逃跑的方向，立刻下来追击他。

问一刚冲进一个巷子，便看见了里面的顾九思。问一转过头去，周烨已经堵在了巷口。

周烨逼近问一，问一喘息着，笑着往墙边退，道："让两位大人物屈尊追杀在下一个小小的侍卫，在下真是深感荣幸啊。"

顾九思一把锁住他的喉咙，直接将他按在了墙上，冷声道："是洛子商让你杀她们的？"

"不是……"问一拼命挣扎着。

周烨拔剑就将问一试图偷袭的一只手钉在了墙上，道："说实话。"

问一喘息着不肯说，周烨抬手又削去了问一的膝盖。问一惨叫，顿时跪了下去。顾九思掐着他的咽喉不放，继续道："洛子商让你杀她们，是不想让周大人去豫州，对不对？"

问一咬着牙奋力挣扎，道："你杀了我吧。"

"洛子商希望周大人进攻东都，和范玉打个两败俱伤。这是洛子商和刘行知约好的，是不是？！"

"不……"问一眼中闪过一丝慌乱之色，然而掩饰得极快，继续道，"您开什么玩笑？"

"还不说实话！"顾九思抓着问一的脑袋朝着墙上一撞，将他一把扔在地上，抬剑指着他，"洛子商治理黄河，到底是何居心？"

"是何居心？"问一笑起来，"我家大人为国为民！"

周烨一巴掌抽了过去，抓着问一的头发把他提起来，冷声道："他对黄河动了什么手脚？"

问一不说话，紧盯着周烨，知道自己活不过今日了。问一看着周烨，慢慢笑起来："可怜。"

周烨不说话，死死盯着问一。

问一笑着道："你夫人为了天下丢了性命，日后你坐在金座上，怕……"

问一的话没说完，顾九思的剑就贯穿了问一的身体。问一扭过头看向顾九思，正要开口，顾九思又果断地刺了第二剑。

周烨抬眼看向顾九思，顾九思平静地解释："他应当是不知道。"

"你怕他说出口来。"周烨笑起来，眼里带着嘲讽之意，"你怕他说的话，我受不了。"

顾九思沉默不言，周烨注视着顾九思："你也觉得我可怜。"

"周大哥……"

"别叫我。"周烨低着头转过身去，踩进了血水里，挺直了腰背，大步往前走。顾九思说不出话，只能默默跟上。

得知周高朗已打下临汾，周烨便径直去官署找周高朗。

官署之中到处是人，顾九思跟着周烨才走到门口，就听见里面的哭声。周烨顿了步子，然而最终还是走了进去。

他每一步都走得极为艰难，每走一步都离哭声更近了。他看见了地上躺着的两具尸体，周高朗正趴在周夫人身上，毫无仪态地痛哭。

见周烨进来，众人纷纷看向他。周烨提着剑，目光落在躺在另一侧的秦婉之身上。

周烨深吸了一口气,看向痛哭着的周高朗,道:"父亲,先将她们收殓吧。"

周高朗哭着点头。

亲手将周夫人放入棺材中,周高朗哭得不成样子,周烨却呈现出了奇异的冷静。将秦婉之放进棺木,周烨静静地注视着她,好久后,握住她的手,轻轻吻了下去。

"我会为你报仇。"周烨的声音沙哑。他一定会为她报仇。

周烨亲手盖上了棺盖,抬眼看向对面的周高朗。周高朗一下苍老了许多,招了招手,让周烨过去。

周烨扶住了周高朗,周高朗看向将领们,声音低哑地道:"诸位先去休息吧。世安,九思。"顾九思和叶世安立刻应声。周高朗低声道:"你们一个人布置灵堂,一个人去看看平儿。"

等周高朗和周烨走远了,叶世安才开口道:"我布置灵堂,你去看看二公子吧。"

顾九思应了一声,神色沉重。叶世安看了他一眼,道:"你别多想了,最后的决定由不得咱们做,我们照周大人说的做就是了。"

"要是他做错了呢?"顾九思皱起眉头。

叶世安迎上他的目光,平静地道:"你可以不做。"

顾九思抿了抿唇,转头去了周平的房间。

周平有秦婉之护着,年纪又还小,筋骨软,身上只有些擦伤。顾九思进门时,周平躺在床上,怔怔地看着床顶。他不过八九岁,眼神却像一个大人一般。

顾九思走到他的边上,温和地道:"二公子,您感觉如何了?"

周平一言不发。顾九思知道他受了惊,也没多说,替他披了披被角。周平将目光落到他身上,好久后才道:"她们都死了。"

顾九思的动作顿了顿,周平说的是陈述句。他虽然年纪小,但什么都明白。顾九思想了想,道:"二公子不必担心,日后你父兄会保护你的。"

"他们会死吗?"周平的声音发颤。

顾九思抬眼看向周平,认真地道:"不会的。"

"他们会给母亲、嫂嫂报仇吗?"

这话让顾九思皱起了眉头,顾九思斟酌片刻,道:"二公子,你还小……"

"若他们去报仇，"周平紧接着问，"我能上战场吗？"

"您要去做什么？"顾九思看着周平。周平抓着顾九思的袖子，认认真真地道："报仇。"

那一瞬间顾九思突然明白了，当仇恨把孩子都笼罩在其阴影下，不以血洗便绝不会消除。

周家军队停在临汾，周高朗和周烨给周夫人和秦婉之设了灵堂。

那天晚上，周烨便开始为秦婉之守夜。灵堂里点了七星灯，传说中这盏有七个灯芯的灯会照亮逝者的黄泉路，所以周烨一直不眠不休地守着，就怕这盏灯灭了。

顾九思没有劝阻他，只是默默陪着他。

临汾城里哀歌声、哭声交织，顾九思低着头烧着纸钱。

周烨慢慢地道："其实你都知道。"

顾九思微微一顿，低着头看着跳动的火焰，好半天才应了一声："嗯。"

"她们为什么会死？"周烨垂着眼眸，"我们不是已经答应去豫州了吗？"

"因为洛子商并不希望你们去豫州。"顾九思低声道，"他只是找一个由头将豫州前线的士兵调到东都，方便刘行知攻打豫州。用周夫人和嫂子的死激怒你们，就能让你们攻打东都。这样一来，曾守卫南北边境的军队两败俱伤，大夏便是洛子商的囊中之物了。"

"那么，"周烨的睫毛颤了颤，"你做了什么呢？"

顾九思听出他的不甘，抿了抿唇，道："我试过救嫂子。"

"可你没有救成。"周烨抬眼看他，"我能怪你吗？"

顾九思捏紧了衣衫，声音低哑地道："大哥，他们要做的，我拦不住……"

"你让沈明带走的三万人马，其实不是去扬州的。"风吹进来，周烨转过头去，抬手护住一盏在风中摇晃着的七星灯。他低着头，接着道："你是猜到了，如果婉之真的死了，我与父亲便一定会攻打东都。因此你提前调走人马，让沈明去前线挡住刘行知。"

顾九思深吸一口气："大哥……"

"为什么你无动于衷?"周烨看向他,"为什么你明知婉之要死了,明知我将走投无路,还能如此冷静地盘算稳住大局的法子?"

"因为我知道,"顾九思艰难地开口,"嫂子是为了让众人好好活着而死的,我不能让她白死。"

这话让周烨安静了。周烨低垂着眼眸,看着手下护着的、跃动着的灯火,好半天,终于开口道:"你出去吧。我想一个人和婉之待一会儿。"

秦婉之的灵堂设立后的第三日,沈明便领着三万军队赶到了扬州边境。他在路上就给柳玉茹送了消息,到了扬州边境,柳玉茹这边也已经准备好了。

她找到了杨龙思,借他联系上了诸多扬州旧日的贵族子弟;陈寻接近了姬夫人,已经在姬夫人心里铺垫好了柳玉茹与洛子商的"感情";王平章也已经买通了一大批人。

她接到沈明的消息后,将王平章和陈寻都叫了过来,对两个人道:"幽州已派来三万兵马,最迟后日扬州就会知晓此事。我们明日一早动手,拿了洛子商的印就立刻开城门,将幽州兵马迎进来。"

"三万?"王平章震惊,"为何会来这么多人?"

"只是路过扬州,"柳玉茹立刻解释道,"他们的主要目的地是东都。"

王平章冷静了许多,点头道:"明白了。"

萧鸣最得力的军队是东营的人,王平章买通了其中的几个将领,又在厨房的伙计中安排了人。王平章原想直接将这些士兵毒死,柳玉茹却道:"蒙汗药效果好些,他们晕了之后,把他们全都捆起来就是了。"

而后,他们按柳玉茹的话伪造了一把小扇和一块玉佩。这两样东西都是洛子商的贴身之物,柳玉茹早先见过。

东西被伪造出来后,柳玉茹抱着孩子,带着"信物"到了洛府,坦坦荡荡地往门口一站,大声道:"去通报萧鸣一声,说柳通商行柳玉茹前来求见。"

柳通商行在扬州也颇有分量,最重要的是,洛子商在柳通商行那条商道上投了不少钱,下人不敢怠慢,赶紧通报了萧鸣。萧鸣听闻,忙道:"快请。"

当初这位柳夫人在扬州收粮,搞得扬州粮价动荡,萧鸣记忆犹新。后来洛子商又与柳玉茹关系密切,萧鸣更是不敢怠慢。

萧鸣是洛子商的师弟，他们的关系比其他人更亲。他经常见到洛子商放在书房里的一把雨伞，那把伞只是扬州码头常见的伞，却被洛子商珍而重之地放好。萧鸣知道这把伞非同一般，特意去打听过——是柳玉茹给的。由此，他知道自己的师兄对这位夫人有不一般的感情。

他赶到了大堂，柳玉茹已经坐在大堂之中了。

她正低头逗弄着孩子，神色从容温和，全然不像是来谈事的。萧鸣在短暂踌躇后，恭敬地行了个礼，道："萧鸣见过柳夫人。"

"阿鸣来了，"柳玉茹笑着抬起头来，像一位温和的长辈，"可否借一步说话？"

萧鸣看着柳玉茹的样子，心里有些忐忑，柳玉茹这一系列的动作过于反常。下人都退下了，萧鸣小心翼翼地问："柳夫人今日前来，可是有要事？"

柳玉茹在外经商多年，许多人称她柳夫人，而不冠其夫姓，是尊敬她本人。而萧鸣这么叫，是有私心。萧鸣希望洛子商能有一个家，这样，洛子商或许能过得更幸福些，这是他作为师弟对师兄的祝愿。

柳玉茹虽然嫁给了顾九思，可在萧鸣心中，顾九思既然是洛子商的敌人，那就早晚会死。于是从一开始，萧鸣便将柳玉茹当寡妇看待了。

柳玉茹并不清楚这少年的种种心思，抱着顾锦，叹了口气，道："的确是有事，我也不知道怎么说这事……你师兄在东都的事，你也听说了吧？"

"听说了。"萧鸣点点头，道，"柳夫人今日来此，是因为那些事？"

"我……"柳玉茹抿了抿唇，像是有些尴尬，"我本不该说这些，可也是没法子了。我与你师兄在东都……"柳玉茹的脸羞红了。

萧鸣茫然地道："啊？"他猛地反应过来，随后不可思议地道，"你……你与我师兄……"

"这个孩子便是他的。"柳玉茹低着头小声道，"我原不想说，可他与我夫君闹成那个样子，我总得选个立场。再加上这事也被我夫君发现了，东都乱了，我逃出来，也回不去，只能到扬州来了。"柳玉茹的声音里带了几分哀切之意，"他当初同我说过，日后天下平定，便会娶我。我也不知道这当不当得真，可如今我已经走投无路，他就算不娶我，也得给孩子一条生路啊。"柳玉茹说得情真意切，一面说，一面红了眼眶，最后竟低声哭了起来。

美人哭得梨花带雨，萧鸣愣愣地盯了顾锦半天，猛地一拍掌："我说这孩子的眼睛怎么长得这么像师兄的！"

柳玉茹："……"

顾锦长得像顾九思，而顾九思又与江河长得相像。洛子商其他地方长得不像江河，唯有眼睛，跟江河就像一个模子印出来的一样。

萧鸣突然激动起来，道："师兄可知道这事？"

柳玉茹摇摇头："我……我没让他知道。我本想着就这么算了，可事到如今……顾九思又发现了……"柳玉茹叹了口气。

萧鸣点头道："我懂，我懂。"他往顾锦面前凑了凑，很是高兴，道，"我能抱抱她吗？是个女孩儿？"

柳玉茹点点头，高兴地道："这算您半个侄女儿，您抱抱她也是应当的。"

萧鸣赶紧伸出手去，抱起了顾锦。萧鸣生得俊朗，还是少年郎模样，顾锦素来喜欢好看的人，立刻咿咿呀呀地冲着萧鸣伸手。萧鸣被她逗笑，眉眼间都是笑意。

柳玉茹看着这样生动的人，心里有些不忍，可如今一切都已布置好，箭在弦上，也容不得她多想。

她不想与萧鸣有更多相处了，便道："连日赶路，您能否先安排个房间，让我和锦儿歇息一下？"

萧鸣忙道："是我的不是，我这就给嫂子安排。"

萧鸣让人打扫了洛子商的院子，然后领着柳玉茹过去，道："嫂子跟我来吧，师兄已经许久没回来了，我就先收拾了他院子里的客房给您。"他一面说，一面观察柳玉茹的神情，"等安置好您，我便派人到东都，告诉师兄您到扬州了。"

柳玉茹听出这话语中的试探意味。若她与洛子商并无关系，萧鸣与洛子商一通信，她便会暴露。但柳玉茹本就不打算给他们留送信的时间，于是笑着道："那你得同他说，让他早些回扬州来，我在这儿等他。"

她神色坦荡，毫无惧意，眼神中还带着几分思念情郎的温柔，萧鸣放心不少。他一面逗弄顾锦，一面同柳玉茹说话。

这一日春暖花开，柳玉茹走在扬州特有的园林之中，听着少年欢喜的声音，沐浴着阳光，一时竟有了几分恍惚。

"你似乎很喜欢阿锦。"

"是呀,"萧鸣回头,笑着道,"这是师兄的孩子呀。"

"你对你师兄,"柳玉茹有些疑惑,"为何这样维护?"

"因为我的命是师兄给的。"萧鸣像是想起什么,回头对柳玉茹道,"嫂子,你别觉得师兄太会算计,他对自己人都很好的。师兄他这个人哪,"萧鸣笑起来,"其实特别温柔。"

柳玉茹忍不住道:"我以为他……"她抿了抿唇,没有再说下去。

萧鸣温和地道:"你以为他阴狠毒辣是吗?其实不是的,"萧鸣苦笑,"他狠,也不过是因为这世间对他更狠罢了。若是可以,"萧鸣把柳玉茹送到了院子里,有些无奈地道,"谁不想干干净净地活着呢?"

萧鸣将顾锦交给柳玉茹,道:"师兄过得不容易,我是陪不了他一辈子的。您来了,给他一个家,我很高兴。"

见她诧异,萧鸣柔声道:"他是真的喜欢您,以后会对您好的。"

"谢……谢谢……"柳玉茹低下头,这话她接不下去。

萧鸣以为她是累了,便劝她去休息,自己就先告辞了。

柳玉茹一入洛府,陈寻便去了姬夫人那里。

有王平章打点,柳玉茹的人铺局,将他引荐给姬夫人,这几日他已经在姬夫人身边能说上几句话了。他知道诸多关于洛子商的消息,姬夫人已经从他这里听说了柳玉茹。

陈寻进了屋才告诉姬夫人:"柳玉茹今日来了扬州,带着个孩子进了洛府。"

"孩子?!"姬夫人震惊,"萧鸣怎么会让她进洛府?!"

"这……"陈寻硬着头皮开口,"在下听闻,这个孩子可能是……"

姬夫人的脸色顿时极为难看。

她曾经因貌美被王善泉捧到云端,又因新的姬妾的到来而跌入尘埃。她如今的一切都是洛子商给的,在她的心中,洛子商就如当日的王善泉一般,是她要争取的对象。柳玉茹突然来到这里,姬夫人又妒又怒。

陈寻提醒道:"柳玉茹是有夫君的,但这次过来,怕是打算长住。夫人,您不能放纵她。"

"那你要我怎么样?"姬夫人立刻回头,愤怒地道,"我还能杀了她不成?!"

"有何不可呢?"陈寻抬眼看着姬夫人。

姬夫人怔住了。

陈寻低声道:"夫人,不能让柳玉茹住在洛府。您现下过去,先让她搬出洛府,最好住到您这儿来,之后……"陈寻用手在脖子上做了一个割的姿势,"再杀不迟。"

"杀了她……"姬夫人有些害怕,"万一子商不喜……"

"夫人还有公子,洛大人不是分不清轻重的人。比起洛大人的不喜,让柳夫人成为洛夫人岂不是更……"

"不可能!"姬夫人打断陈寻的话。想起之前在王府的日子,她咬了咬牙,道:"按着你说的办。我这就过去,她如今还是顾夫人,在洛府里住着算怎么回事?"

姬夫人立刻领着人气势汹汹地赶到洛府。

她到了洛府门口,立刻道:"我听说顾夫人驾临洛府,特意上门求见。"

侍从想起萧鸣吩咐不允许任何人打扰柳玉茹,皱眉道:"府内并无顾夫人。"

"你还想骗我?!"姬夫人顿时怒火中烧,一把推开侍从,领着人就闯进了内院。

陈寻拉住了一个丫鬟,喝道:"柳夫人住在哪里?"

"大人……大人院中。"丫鬟颤颤巍巍地说。

陈寻同姬夫人道:"在洛大人屋中。"

"贱人!"这话激得姬夫人又慌又妒。

她进了洛子商的院子,怒喝:"柳玉茹,你给我出来!"

柳玉茹正在哄顾锦睡觉,听见了外面的动静,并不回应。她知道萧鸣会来处理这件事。

"搜!"姬夫人一声令下,侍卫们就要往里冲,这时萧鸣的声音从外院传来:"姬夫人!"

听到萧鸣的声音,姬夫人僵了僵。她还是有些怕萧鸣的,尽管萧鸣只有十九岁,却和洛子商一样的果断狠辣。她转过头去,萧鸣身着蓝袍,头戴金冠,将双手笼在衣袖之间,冷冷地看着姬夫人道:"领着这么多人闯入洛府,姬夫人有何贵干啊?"

姬夫人不敢说话,陈寻上前一步,恭敬地道:"夫人听闻顾少夫人今日来扬州做客,想着洛府没有适合女眷休息的地方,特来请顾少夫人到王府休息。"

"王府？"萧鸣的话中带着嘲讽之意。他将陈寻上下一打量，像是想起了陈寻是谁，嗤笑一声，道："吃女人饭的软骨头，掌嘴！"

话刚说完，萧鸣的侍卫便冲上来，一巴掌抽在了陈寻的脸上。

陈寻被打翻在地，姬夫人惊叫了一声，怒道："萧鸣你什么意思？！"

"我什么意思？"萧鸣上前一步，"还望姬夫人认清自己的身份，洛府的客人轮不到你来管。"

"萧鸣，"姬夫人咬着牙道，"柳玉茹算什么东西，你要为了她和我作对？！你可想好了，是小公子重要，还是柳玉茹重要？！"

萧鸣笑了："小公子固然重要，可柳夫人乃我洛家未来的大夫人，还望姬夫人清醒一点儿，不要自找麻烦才好。"

这话把姬夫人说蒙了，她惊叫道："洛子商疯了？！她是顾九思的夫人！"

"她来了扬州，"萧鸣放低了声音，"便不是顾九思的夫人了，还望姬夫人慎言。"

"你骗谁呢？"姬夫人喘着粗气，指着内院道，"谁不知道她现下还是顾九思的夫人，自己有男人还来外面找男……"

"姬夫人！"萧鸣提高了声音，打断了姬夫人的话。

姬夫人嘲讽地笑："怎么，做得出来还不让说了？我偏要说，这招蜂引蝶……"萧鸣一巴掌抽过去打断了姬夫人的话，姬夫人被他打得一个趔趄，侍女忙上前来扶住了姬夫人，道："夫人！"

萧鸣似是嫌弃般甩了甩手，冷冷地瞧着姬夫人，道："别当了两天夫人就忘了自个儿的身份，要是没有小公子，你以为你算个什么东西？舞姬出身的卑贱妓子，还敢觊觎我师兄？也不照照镜子看看自个儿的样子，我师兄的人也是你说得的？"

姬夫人被萧鸣打蒙了。

萧鸣转头看了陈寻一眼，嘲讽道："怎么，还不把夫人扶下去？非要闹得更难看吗？"

陈寻忙上前来，低声道："夫人，走吧。"

姬夫人捂着脸，眼里蓄了眼泪，陈寻露出心疼的神色，小声道："夫人，人家一心护着，咱们走吧。"

姬夫人不说话，一把推开侍女，低着头冲了出去。

陈寻赶忙跟上，刚入马车，便挨了一巴掌。

姬夫人又哭又闹，道："都是你！都是你让我来！如今众人都瞧见他打我了，我日后在这扬州还怎么待下去？他怎么敢打我？怎么能打我？他打我，便是打小公子，他们就不怕小公子日后报复吗？"

陈寻挨了一巴掌，心头火起，但还记得自己的目的，只能叹了口气，道："夫人觉得他们还愿意让小公子有日后吗？"

姬夫人僵住了，心里慌乱起来，抬头看着陈寻，道："你……你什么意思？"

"夫人认真想一想，"陈寻认真地道，"洛子商需要小公子，不过是因为扬州还有许多王大人的旧部，需要用小公子来安抚这些人。他日洛子商在东都站稳脚跟，权大势大，您觉得他还需要小公子吗？以往洛子商对您有几分情谊，夫人还可以念着与他成双成对，可如今柳玉茹来了，看萧鸣的态度您也能明白洛子商心里向着的人是谁。柳玉茹如今还是顾夫人，就已经有了个女儿，日后若是与洛子商成了亲，生一个儿子不是迟早的事吗？等洛子商有了子嗣，您认为他还甘心当小公子的幕僚吗？"

姬夫人越听越慌，一把抓住了陈寻，焦急地问："那我该怎么办？"她看着陈寻，"他如今身边有了其他女人，萧鸣这样护着那女人，我难道没有办法……我……我……"

"夫人，"陈寻将手放在姬夫人的手上，认真地道，"您不是只能依靠洛子商的。"

姬夫人愣了，呆呆地看着陈寻。

陈寻生得俊秀，用一双清澈的眼看着姬夫人，柔声道："如果夫人愿意，陈寻愿为夫人效犬马之劳。"

"你的意思是……"姬夫人有些不敢相信。

陈寻握紧她的手，坚定地道："柳玉茹到扬州的消息，萧鸣应该已经传给洛子商了，咱们得赶在洛子商回来之前接管扬州。"

"不行。"姬夫人害怕了，"萧鸣如今手上有兵有权，大家都听他的……"

"谁说大家都听他的？"陈寻笑起来，"之前只是洛子商隔绝了您和其他人的联系，夫人要知道，王家旧部都是不愿效忠于洛子商的。只要夫人一声令下，这些人立刻会倒戈。夫人可知道王平章？"

"这自然是知道的。"

王平章是萧鸣手下最得力的人，姬夫人就算不管事，也知道王平章。

陈寻压低了声音："王平章便是王家的旧部之一。"

姬夫人睁大眼，如果连王平章都是王家的旧部，那她在扬州还是有其他人可倚仗的！意识到这一点，姬夫人的心思便活络起来。

她想了想，转头看向陈寻："你……你为何对我这样好？"

这话出乎陈寻的意料，但他很快调整了状态，温柔地道："在下始终是夫人的人。"

陈寻意在表忠，姬夫人却露出了诧异的神色，有些愧疚地道："是我迟钝了，没能珍惜眼前人。"

听到姬夫人这自以为是的理解，陈寻额头上的青筋跳了跳，但他也没敢在这时候纠正她，克制住脾气，顺水推舟，道："夫人要动手的话，便得快些了。洛子商接到信，难保不会回到扬州来，那时我们再想动萧鸣就难了。如今我们可先除掉萧鸣，然后布下天罗地网，只要洛子商一回来，我们便立刻将他擒住。在下愿同夫人一起，好好将小公子抚养大，未来公子执掌扬州，在下也愿为公子赴汤蹈火，帮公子一统天下！"

"陈寻，"姬夫人握住陈寻的手，情真意切地道，"你放心，我不会辜负你的。"

"为夫人做事，"陈寻忍住挣脱她的手的冲动，努力扮演一个痴心的人，"陈寻百死而不悔！"

把姬夫人送回王府，陈寻便匆匆找到王平章，道："姬夫人这边成了，准备动手吧。"

王平章应了声，去做最后的准备。陈寻便借着姬夫人的名义，开始召集王家的旧部。

所有人在忙的时候，萧鸣刚给洛子商写了信，在院子里逗顾锦玩。

"她叫什么？"萧鸣摇动拨浪鼓，漫不经心地询问柳玉茹。

"锦儿。"

柳玉茹注视着夕阳下的少年，这个人和洛子商一样，做事都用的是让人胆寒的狠绝手段，人命在他们心里似乎一文不值，为了结果他们可以不择手段。然而当他们远离了那些没有硝烟的战场，又像极了普通人，会笑会闹，会想着有一个家，会拼尽所有力气保护自己想保护的人，在阳光下摇着拨浪鼓时还会有几分天真可爱。

萧鸣察觉到她的视线,转过头来,有些疑惑地道:"嫂子在看什么?"

"你……"柳玉茹抿了抿唇,小心地道,"你与我所想的,似乎有些,嗯……不大一样。"

"嗯?"萧鸣的注意力又回到顾锦的身上,他漫不经心地道,"有什么不一样呢?"

柳玉茹一时不知如何描述,想了想,终于道:"你和子商很像。"

"像在哪里?"萧鸣高兴了,抬起头来,有些激动地道,"快,同我说说。"

"你们都不像外面传闻的那样,也不像别人眼里的样子。"柳玉茹低下头去,一边转着小风车逗顾锦,一边道,"我初见子商的时候,以为他是个心里什么都没有,狠毒又残忍的人,但后来我发现他不是。"他会感念十几年前的一块糕点,甚至于危难之时也会努力报答这份恩情。

"我以为,"柳玉茹小心地道,"你们这些身居高位,能狠得下心做事的人,应当是……"

"薄情寡义?"萧鸣笑起来,并没有半分不悦,"你不是第一个这样说的人了。"他靠在柱子上,手里拿了个拨浪鼓,语气温和。

柳玉茹静静地听着。或许是因为年少,也可能是被洛子商护得太好,萧鸣没有半点儿让人不悦的邪气。他气质疏朗,令人难以产生恶感。

拨浪鼓在风的吹拂下和檐下风铃一起产生有节奏的声响,萧鸣看着天空,慢慢地道:"嫂子,其实只要是人便会有感情。人人都有在意的东西,有爱的人,有恨的人,只是我们对感情的处理方式有所区别。可为什么会有区别呢?那是因为我们打从睁眼看到这个世界,世界所给予我们的东西就不同。"

"嫂子不也是个狠得下心的人吗?当年幽州战事频仍,兵粮不足,你为之谋算,便到青州、沧州、扬州三地去收粮,哄抬粮价。青州、沧州距离幽州近,大部分流民赶往了幽州,自此幽州兵多粮足。可扬州不一样,从扬州到幽州路途遥远,在路上就能饿死许多人了。好在扬州富庶,师兄从富商手中强行征粮,救济百姓,才让千万百姓不至于无辜受难。那个时候嫂子心里没有数吗?"

"嫂子有,"萧鸣转过头看向柳玉茹,"所以收粮的时候您就是算着的,粮食之数都在各州可承受范围之内。收粮是你的恶,也是你的善。你的恶在于为了自己的立场,不惜惊扰百姓,又善在愿意给他们留一条生路,并不把人逼到绝境。可你为什么会这么做呢？因为你一开始认识这个世界的时候，有人对你好，有人对你不好，然后你在其间摸索出一条路来。你清醒又冷静，有自己的底线，却也不是全然干净。你不会随意给自己增加责任，亦不会妄造杀孽。"

"顾九思亦是如此，为什么他这一路走得如此干净顺畅？他年幼时，父母恩爱，舅舅身居高位，他不知疾苦。虽然后来落难，但他仍有你和其他家人相伴。这世上的肮脏，他都不曾触碰过，哪怕家道中落，他的心依旧是干净的。他永远像朝阳一样，是因为他所在之处永远明亮。但我们不一样，我和师兄从出生开始，就很少接触到这个世界的善意，又怎么能如顾九思一样怜悯众生？"

有一种酸涩在柳玉茹心里蔓延，她看着这么美好的少年，忍不住道："如果在你和子商小一点儿的时候，有人对你们很好，让你们学会和这个世界相处，你们是不是就不会……"

"不会活成今天这个样子。"萧鸣接过话，有些遗憾地道，"可是也没有如果啊。我和师兄都已经长大了，很难再改变对这个世界的看法，也习惯了猜忌和冷漠，改不了了。不过嫂子你别害怕，"萧鸣笑了笑，"我们对自己人很好的。"

"那你为什么不猜忌我呢？"柳玉茹疑惑。

萧鸣愣了愣，大笑起来："我师兄喜欢你，他这么好的人，你怎么会不喜欢呢？"他撑着下巴，"你不知道吧，你送给师兄的那把伞，他一直放在屋里。和我写信，他提起好几次你的名字。他不把你在放心上，怎么会这样做？虽然他没和我说过同你的事，可我知道。他这个人吧，本就闷得很。嫂子，"萧鸣笑眯眯地道，"你同我说说你和他的事吧。"

柳玉茹低下头去，像是有些不好意思，道："也……也没什么好说的。"

"看来他是用强了！"萧鸣问，"嫂子最开始是不是不愿意？"

"他……他也没有。"柳玉茹结结巴巴，仿佛窘迫极了。

萧鸣以为她害羞，摆了摆手，道："罢了，罢了，我不问了，问师兄去。他素来疼我，我多缠缠他，他便会说了。"

一个侍从匆匆走了进来，附在萧鸣耳边，低声说了几句什么。萧鸣嗤笑，颇为不屑地道："她的脑子终于清醒些了。"

"嫂子，"萧鸣转过头看她，"我还有些事，您先吃晚饭，明儿个我再陪您吃饭。"

柳玉茹点了点头,萧鸣抱了抱顾锦,高兴地道:"小锦儿,叔父去处理点儿事,回来再陪你玩。锦儿要想叔父,知不知道?"

顾锦咯咯笑,伸手去抓他,萧鸣高兴地亲了亲顾锦,这才告辞离开。

他买给顾锦的拨浪鼓就放在一旁,顾锦伸手去抓。柳玉茹看着,什么也没说,低下头去,给对面的杯子斟了一杯茶。

萧鸣出门没多久,一个下人给她送来一份糕点,柳玉茹拿起一块,便看见糕点下方压着的字条,那是陈寻的字迹:"开局"。

柳玉茹的手微微一颤,她一言不发地抱起顾锦,拿了拨浪鼓往院外走。陈寻已经安排好了接应的人,她该走了。

姬夫人借小公子之名约萧鸣赴宴,说是要对今日之事表达歉意。在开宴之前,姬夫人便在陈寻和王平章的协助下,一一接见了王家的旧人,而旧时的贵族子弟也以王家旧部的名头混进来,面见了姬夫人。

他们部署好了暗杀的计划。

萧鸣向来不太看得起姬夫人,去赴宴是看在王小公子的面子上。才踏入王府,他便觉得气氛不对,遭遇过各种暗杀的萧鸣顷刻间便知道发生了什么。

他大喝一声:"退!"

那一刻羽箭飞射而出,萧鸣一把抓过身前的人挡住羽箭,对手下吩咐:"从东营调两千兵过来!"

他且战且退,到了门边才意识到柳玉茹的不对劲。柳玉茹早上来,姬夫人晚上就使出了这种昏着儿,那柳玉茹也来得太巧了。

但顾锦与洛子商相像的眼睛、洛子商对柳玉茹的情意、今日柳玉茹知道他要送信时的小女儿情态、他过去得到的资料里柳玉茹对名节的看重,都在动摇他对柳玉茹的怀疑。

他咬了咬牙,冷静地道:"派人去洛府,看管好柳夫人!"

其实他早已无暇顾及那些。这是一场准备充足的刺杀,他所有的撤退路线都被堵死,密密麻麻的杀手将他围住,他放出信号弹后,援兵也久久不到。

萧鸣心知扬州城中出了内鬼,脑海中闪过一个个名字。可在他想清楚之前,身边的侍卫已经越来越少,他意识到这一次自己真的要折在这里了。

侍卫护着他一路冲往城外,而这时东营的士兵早已昏睡在地,王平章买通的将领立刻将他们都绑了起来。

萧鸣一路杀出去,知道自己是出不了扬州了,但是得给洛子商报个信。无论如何他得告诉洛子商,扬州出事了,让洛子商不要回扬州。城中还有他的暗桩,只要他能杀出去,消息就能传出去。

然而刺杀的人太多,他的侍卫都没了,他也负了伤。他一步一步艰难地往巷外走,这时候杀手似乎也怜悯他,终于散开,全都站在他身边,静静地看着他。

萧鸣用剑支撑着自己的身体,脑海里只有一个念头——再走几步,让暗桩看见,让暗桩告诉洛子商,不要回来了。

一步、两步、三步……身后骤然传来一声大喊:"萧鸣!"

萧鸣听见这一声喊,转过头来。陈寻立在长巷尽头,神色平静地看着他:"当年在扬州造下累累杀孽时,可曾想过有今日?"

"今日?"萧鸣看了前路一眼,用最后一点儿力气直起身躯,笑着道,"自是想过的。"

"可曾后悔?"陈寻握紧了剑,看着萧鸣,看着这个十九岁的青年,脑海中闪过杨文昌、自己的诸多好友和曾经繁盛的扬州。

陈寻希望从萧鸣眼里看到一丝歉意,萧鸣却大笑起来:"后悔?"萧鸣笑着低头,"这不就是我萧鸣的归宿吗?你不会以为,我会想着自己能安稳到老吧?"萧鸣抬起头来,看向陈寻,那一瞬间万箭齐发,贯穿了萧鸣的身躯。

少年满身是血,面上带笑:"我从来……也……没这么……想过啊……"

萧鸣慢慢地倒了下去。正值夕阳西下,他仰头去看,天边残阳如血,彩霞缓缓地移动着,一生他都未如此安宁过。

柳玉茹站在人群中,静静地看了许久。王府内院传来打斗声,柳玉茹看了王府的方向一眼,给陈寻使了个眼色。陈寻点了点头,匆匆往王府赶去。

陈寻一进王府内院,见四处都是士兵。卧室之中血迹斑斑,姬夫人倒在地上,几个侍卫护着王小公子。见陈寻进来,侍卫慌忙禀告:"陈先生,方才有人……"

"我知晓了。"陈寻抬手止住对方的话,语气沉重地道,"方才萧鸣的人杀入内院，幸而有各位在。虽然姬夫人不幸遇害，但小公子还在，"陈寻往前朝王小公子伸出手，悲痛地道："小公子，来。"

王念纯呆呆地看着眼前的一切。他本就不算聪明，时常木木的，陈寻过往也曾听说他的状况，但如今见着了，还是感到奇怪。陈寻往前走了几步，抱住王念纯，疑惑地道："小公子？"

王念纯仿若未闻，陈寻心里发沉，但也来不及多想，抱住小公子，对众人道："萧鸣今日杀姬夫人，犯上作乱，罪无可赦。洛、萧二人过去在扬州犯下累累罪行，今日我等当还扬州一片青天！"

陈寻抱着王念纯出去，找到了王平章，一起上了城楼。与此同时，允许沈明进入扬州的诏书颁布了。

萧鸣的尸体被悬挂在城楼上，萧鸣的人终于意识到发生了什么，有逃亡的，有抵抗的，这一夜扬州城厮杀声不断。

柳玉茹像扬州城每一个普通百姓一样，一直待在屋中。她抱着顾锦，低声唱着曲子。烛火燃尽时，天亮了。

陈寻和王平章终于控制住了局面。他们提着带血的剑来到柳玉茹屋中，陈寻恭敬地道："夫人，接下来怎么处理东营那些人？"

东营基本是萧鸣的人，算下来将近四千人，如今都被收押了。这四千人留着，若是反了，陈寻和王平章怕是没有招架之力，但若是杀了……

柳玉茹沉默了片刻，终于道："等明日幽州军队入城，再作决定。"

王平章和陈寻对视一眼，王平章道："这么多人，今夜若是反了……"

"若是你现在说要杀，"柳玉茹抬头看向王平章，"他们现在就会反。"

王平章和柳玉茹对视，柳玉茹态度强硬。

如今的钱都是柳玉茹拿出来的，王平章未来也还想和柳玉茹合作下去。柳玉茹不会一直待在扬州，日后扬州就是他和陈寻的天下。而陈寻，等柳玉茹走了，自己有的是办法收拾他。王平章想到这里，决定先顺着柳玉茹。

"打扫了城里各处，便开县衙，凡是过往有冤情的人均可上诉。"柳玉茹抱着顾锦，慢慢地道，"从此以后，扬州不能再毫无法纪了。"

陈寻眼眶一热，拱手道："是。"

王平章心中颇为感慨，却也道："是。"

两个人走后，柳玉茹想了想，抱着顾锦，带着侍卫一起去了城门口。

萧鸣高悬在城楼上，柳玉茹静静地看着这个少年。那一瞬间，她突然发现这人世间的事都太过复杂，立场不同，对错便有了不一样的说法。只是她希望顾锦所生活的世间，不要有萧鸣和洛子商这样的人。

柳玉茹吩咐了望莱："你同陈寻说一声吧，三日后把萧鸣好好下葬。"

"葬在哪里？"

柳玉茹想了想，道："我买一块地，他也好，洛子商也好，日后都葬在那里吧。"

望莱沉默了片刻，道："其实大人在扬州有一块地，他本打算自己用，多加两个人也无妨。"

柳玉茹听到这话，回头看向望莱，许久后，终于道："洛子商是舅舅的儿子？"

望莱抿抿唇，还是没有掩饰："是。"

柳玉茹苦涩地笑了笑，叹息道："舅舅啊……"她摇了摇头，转身离开。

第二日，沈明带着三万人马来到扬州。沈明和柳玉茹会合后，柳玉茹给沈明介绍了王平章和陈寻。

沈明点了点头，道："扬州的事要快些处理，我还要赶着去豫州。"

"豫州？"柳玉茹颇为震惊。

沈明沉声道："刘行知打过来了。"

听到这话，所有人互相对视了一眼。

沈明继续道："我要从扬州带走至少四万兵马，所以明天就要点兵，后日出发。"

"等等！"王平章有些按捺不住了，朝着柳玉茹急切地道，"柳夫人，你我商议好的并无此条。"

柳玉茹点了点头："的确。"

王平章见柳玉茹并不站在沈明那边，舒了口气，道："沈将军是过来协助扬州平乱的，还望沈将军牢牢记自己的身份。"

"可是……"沈明着急起来。

柳玉茹截住沈明的话，道："王先生说的有道理。"

王平章笑起来，对柳玉茹道："还是柳夫人明事理。"

柳玉茹点点头，道："此事也不必再商议了，沈将军做好自己的事就行。顾大人吩咐了什么，您就做什么，不要多做无谓的事。"

沈明有些发蒙，但也不是以前的毛头小子了，不会贸然质问柳玉茹，只憋了口气不说话。

柳玉茹抬头看向王平章，道："王先生，您先去准备明日的嘉赏宴吧，我开导开导沈将军。"

"那就劳烦柳夫人了。"王平章笑着躬身行礼，而后转身离开。在他转身的那一瞬间，柳玉茹给了陈寻一个眼神。沈明看在眼里，还没明白过来，陈寻已经一剑斩下了王平章的脑袋！王平章的侍卫同时出手，然而沈明的动作更快，抬手就扭断了那侍卫的脖子。

王平章倒地时，颈间的鲜血仍在喷洒，陈寻的手还在发颤。

陈寻提着王平章的脑袋，喘息着转身看向柳玉茹，牙齿都在打战，道："接下来怎么办？"

"就说这侍卫是萧鸣的人，趁机行刺，被你拿下了。沈明后日点兵。"柳玉茹抬眼看向陈寻，"即刻从各城抽调人马，备足五万之数。王平章的党羽以及东营的人全数充为冲锋队，送去前线。"

冲锋队是死伤率最大的队伍，一般由死囚或者被流放的人组成，能活着下战场的人就算立功。

沈明当初就是从冲锋队里活下来的，此时不由得侧目，柳玉茹便提醒了一句："一开始别说，到了豫州再说。"

沈明应了一声，柳玉茹朝陈寻挥了挥手："去准备吧，我同沈明聊一聊。"

陈寻知道柳玉茹和沈明要说些什么，扬州也的确有很多事需要陈寻处理。于是陈寻点了点头，抓起了地上的侍卫，几步便冲了出去，急道："大夫！叫大夫过来！"陈寻把人往地上一扔，对着守门的侍卫吩咐："去查他，将他祖宗十八代查出来！"

"大人，"守在门外的侍卫诧异，"这是怎么了？"

"王大人……"陈寻露出悲切的神色来，颤抖着声音道，"遇刺了！"

外面闹哄哄的，柳玉茹看了地上一眼，同沈明道："我们换个地方聊。"

沈明应了一声，跟着柳玉茹进了暗门。

他们进了密室后，周围顿时安静起来。柳玉茹点了灯，给沈明倒了杯茶，犹豫了许久后，才问："九思他……怎么样了？"

第十七章　君子道

秦婉之和周夫人的灵堂设了七日，周烨没说一句话，不眠不休地守着。顾九思不能劝他，只能帮忙处理其他事宜。周高朗是一定要反的了，那么顾九思就得给出一个更好的造反理由。

于是那几日，临汾各地都出现了一些异相。

有人在山中遇到了口吐人语的凤凰，凤凰道："天子无德，白虎代之。"周高朗属虎，军旗标志便是白虎，因此上天要求周高朗做天子的说法很快流传开来。又有人在午时看见了两个太阳，还有人开采出了写着"周氏伐范"的玉石……

这一切都是叶世安和顾九思的手笔，叶世安甚至还暗中准备了黄袍。

而周高朗和周烨对此似乎一无所知，沉浸于亲人逝去的悲痛之中，对外界的事不管不问。

每天傍晚，叶世安会到周高朗屋中，汇报一下当日发生的事情。这时候顾九思都在陪周平。顾九思白日要办事，只能用这个时间做这件事。

第七天，因为即将行军，秦婉之和周夫人只能暂时葬在临汾山上。周高朗和周烨都去抬棺，叶世安跟在周高朗身边，顾九思跟在周烨身边。

那天周烨没哭，就扛着承着棺材的木桩，一步一步往山上行去。这几日他吃得不多，也几乎没睡，走到半路时眼前一黑，便直直地跪了下去。他只觉肩头有千斤重，恍惚之中，有人帮他抬起了棺木。周烨回过头，看见顾九思在他身后单膝跪着,什么都没说,扛着原本该在他肩上的棺木。

周烨缓了片刻,摇摇头,撑起自己,道:"我得送她最后一程。"

"我替你。"顾九思没有退开。

周烨也的确没了力气,叶世安过来,扶起了周烨。顾九思单膝跪着,喝了一声,再次将棺木抬起来,叶世安扶着周烨跟在旁边。他们一起上了山。

下葬的时候,本该由周烨第一个铲黄土,他却久久不动。他看着棺木,颤抖着唇,握着铲子的手半点儿力气都没有。

顾九思伸出手去,拿过周烨的铲子,低声道:"我来吧。"

黄土遮掩棺木时,周烨的眼泪落了下来。黄土和眼泪交错而落,最后一铲黄土落下,周烨跪在地上痛哭。众人都低低地呜咽起来,周家侍从一个接一个地跪了下去,最后只有顾九思一个人站着。顾九思仿佛把所有的情绪都收了起来,也触碰不到其他情绪,与这里格格不入。

好久后,顾九思才慢慢跪下去,向秦婉之和周夫人深深一拜,然后就站起身来,朝周烨伸出手,道:"大哥,起身吧。还有许多事需要我们去做。"

叶世安也上前来,同顾九思一起扶起周烨,平静地道:"大公子,少夫人血仇未报,还望振作。"

周烨抬起头来,看着叶世安,叶世安还穿着成服,头上戴着孝布,周烨问他:"你为什么不哭呢?"

叶世安有力又沉稳地扶着周烨,语气平淡地道:"之前哭够了。"周烨和顾九思都看向叶世安,叶世安垂着头道:"走吧。"

活着的人还要继续往前走。

众人下山后,顾九思和叶世安叫来所有将领。

周烨和周高朗换了素衣,看上去脸色算不上好。

周高朗坐下来,有些疲惫,道:"诸位都想知道接下来做什么是吧?"

叶世安走上前来,恭敬地道:"大人,事已至此,天子无德昏庸,又受奸臣洛子商蒙蔽,于情于理,我等都不能坐以待毙。"

"那你觉得要如何?"周高朗抬眼看向叶世安。

"卑职以为,如今当再立天子,直取东都,以伐昏君。"

"混账!"周高朗举杯砸向叶世安,怒道,"天子是想立就立的吗?!先帝于我有恩,陛下乃他唯一血脉,天命所归,你要再立天子,就是谋逆犯上!"

"可先帝也曾有遗诏。"叶世安被砸得头破血流,面色却不变,"况且顾大人手握天子剑,本就有上打昏君下斩奸臣之责。天子丧德、废内阁、引动荡,难道不该废吗?"

"先帝……"周高朗叹息一声,道,"那诸位以为立谁合适呢?"

这个答案众人心知肚明,如今唯一能立的人,只有周高朗。

一个将士大着胆子上前,道:"大人,如今市井盛传,山中有凤凰口吐人语,曰'天子无德,白虎代之'。大人以白虎为旗,战功赫赫,人称白虎将军。百姓都说,凤凰此言便是预示这皇位非大人坐不可!"

"胡说八道!"周高朗瞪大了眼,"我明白了,你们这些人都想害我!我周高朗忠义一世,怎会这样犯上作乱?都退下吧!"说完,周高朗站起身来,气呼呼地走开了。

周烨也站起身,朝众人点了点头,面无表情地离开了。

众人急了,他们顶着谋逆的大罪跟着周高朗举事,周高朗却不肯称帝,那他们怎么办?

众人围住了叶世安和顾九思,着急地问:"顾大人,叶大人,如今周大人是什么意思?他若不想称帝,早先为什么要举事?"

"周大人说要向陛下求条生路,"顾九思幽幽地道,"有说过自己要做皇帝吗?"

这话将众人问住了。

顾九思低下头,慢慢地道:"如今这世道,皇帝三五年一换。周大人原本只是想保住家人,如今连家人都保不住了,还去抢那个位置做什么?不如向陛下投诚,乖乖地回东都去。东都那些被杀的大臣都是不听话的,周大人和陛下好歹叔侄一场,只要好好向陛下认错,听陛下的吩咐,陛下应当也不会把周大人怎么样。"顾九思伸了个懒腰,道,"诸位大人散了吧,回去休息一下,说不定明日就回幽州去了。"

周高朗要向范玉投诚,自然是要送上一些诚意的。之前范玉就让周高朗斩了他们回东都,如今周高朗若真有心要和范玉和好,那他们便是最好的礼物。这样一来,他们必死无疑。

见顾九思要走,一位将领忙叫住他:"顾大人!"

顾九思顿住步子,挑眉回头。那将领立刻道:"顾大人,您必然有办法。您给我们一个法子,日后我等便全听顾大人吩咐了。"

顾九思等的就是这一句，轻咳了一声，像是有些不好意思，道："说笑了，诸位想的，顾某明白。其实这事好办，周大人想和陛下和好，那让他们没法和好不就行了吗？"顾九思转过头去，看着叶世安道，"世安，我记得前些时日你收了件黄袍戏服？"

叶世安笑了笑，恭敬地道："是了，那些戏子竟为了唱戏伪造黄袍，我收走了，本要处理，但前些时日太过繁忙……"

"叶大人！"将领们激动起来，"可否借我等这黄袍一用？"

叶世安笑道："当然可以。"

"其实……我与叶大人都站在诸位这边。"顾九思踱回来，停在叶世安身边，笑着同众人道，"今夜趁着周大人睡下，我们就拥立新君，诸位以为如何？"

"就当如此！""就趁今夜。"同意的声音交错响起。

当天夜里，周高朗早早睡下，周烨一个人坐在书桌前静静地画着秦婉之。夜深时分，外面就闹了起来。侍卫急忙忙地冲进了周烨房中，焦急地道："大公子，顾九思和叶世安带着人冲进府中，往大人的房间去了，我们……"

"不必管。"周烨冷静地回复，"由他们去。"

周高朗近来很疲惫，模模糊糊中听见外面的喧嚣声。有人一脚踹开了房门，周高朗在惊慌中起身，迎头便看见一件黄色的衣服盖了过来。

顾九思道："大人，得罪了。"

众人一拥而上，架着周高朗就将衣服套了上去。

周高朗慌忙挣扎着道："你们做什么？这是做什么！"

没有人回应，一干人将衣服给周高朗随意一裹，便拉着他走出了房门。走到院子之后，顾九思立刻放开了周高朗，旋即跪在地上，朗声喊："陛下万岁万岁万万岁！"

院子里的众人也立刻放下兵器，跪了下去，大喊："陛下万岁万岁万万岁！"

周高朗愣愣地看着众人，声音都颤抖了："你们……你们……"

"陛下仁德敦厚，身负天恩。前些时日，双阳共列，石中又写'周氏伐范'，更有凤凰言白虎代天子。这些都是上天预示，降陛下于世是救苍生于水火啊！"顾九思的一番慷慨激昂之词让周高朗沉默了许久。

周高朗叹息道："你们是要置我于死地啊！"

"陛下,"顾九思见他语气软下来了,便继续道,"如今我等心心念念为夫人报仇,正所谓哀兵必胜。陛下此时便该顺应天命,为夫人、为百姓着想,南抵刘贼,西取东都,这才真正对得起先帝恩德。"

"南抵刘贼,西取东都?"周高朗重复了一遍,语气中像是有玩味之意。

顾九思心头一凛。顾九思十分明白,周高朗并不是不想当皇帝,只是事到如今,要让皇位坐得稳,便不能担乱臣贼子的名头。若今日周高朗自己说要当皇帝,日后难保这些跟随他举事的将领不会仗着从龙之功,提些过分的要求。所以他这个皇帝,必须是别人求着他当,逼着他当的。

周高朗既然想当皇帝,自然也有自己的一番谋算。顾九思就想趁着人多,将抵御刘行知一事说得冠冕堂皇些,以试探周高朗的口风。如今顾九思便知,周高朗心中已经放弃了豫州。

顾九思心里沉了沉。但沈明会去豫州,就算周高朗打算直取东都,只要能在一个月之内拿下东都,顾九思的计划就不会受太大影响。

顾九思舒了口气,正要开口,叶世安就道:"如今刘行知尚未出兵,当务之急还是拿下东都。正所谓哀兵必胜,我等如今都一心要为夫人报仇,大人发兵东都,必定攻无不克、战无不胜。"

周高朗还是不说话,似乎还在斟酌。顾九思皱起眉头。事情已经到了这一步,周高朗还在斟酌什么?顾九思细细揣摩着。

叶世安继续道:"如今粮草不济。为尽快平定战乱,收复东都,我建议陛下,"叶世安抬头,神色镇定,"许诺三军,东都破城之后,可劫掠三日,以作嘉奖。"

顾九思猛地睁大了眼,道:"陛……"

"好!"周高朗当场应下。

在场众人神色各异,但大多数人露出了欣喜之色。东都,那是云集了天下百年名门的富饶之地,若是许诺劫掠三日,许多人能得到劳苦一生都换不来的财富。气氛顿时高涨起来,有将士带头大喊:"谢陛下隆恩!"这一喊,院子里顿时群情亢奋,众人都陷入美梦中,仿佛东都的金银美女都在眼前,恨不得即刻出发。

周高朗站在高处,神色平静;叶世安跪在地上,对这个场面也毫不意外;顾九思愣愣地看着这一切,好久后,才将目光转到了叶世安的身上。叶世安察觉到了,挺直了腰背,神色冷静,仿佛已经抛下一切。顾九思恍然大悟，这一切都是周高朗算好的，而叶世安也早已与周高朗合谋。周高朗等着他们让他"黄袍加身"，也等着叶世安在这时候说出这一句话来。

劫掠三日，犒赏三军。

顾九思浑身都在颤抖，握紧了拳头，忍不住笑了出来。

周高朗淡淡地道："世安，顾大人不舒服，你扶顾大人下去。"

叶世安站起身来，握住顾九思的手臂。众人正在激动地说着进入东都之后的事，没有多少人注意到这边。叶世安用了很大的力气，语气却很平静，道："走吧。"

顾九思极力克制住自己的情绪，被叶世安拖着从人群中走到长廊后，猛地一把推开了他，怒道："你疯了！"

叶世安被推得撞在柱子上，低着头，一言不发。

顾九思急促地道："你们不能这样！你们这样做有什么意义？拿劫掠东都做奖赏，东都的百姓怎么办？你们想过史书会怎么写你们吗？！世安，你还有很长的路要走，"顾九思上前一步，抓住叶世安的肩，激动地道，"你不能这样毁了你的前程，知不知道？"

"我不需要前程。"叶世安抬眼看向顾九思，神色坚定又冷静，"我只要到东都去，只想要亲眼看着洛子商和范玉死。"

"那你也不能拿劫掠百姓当嘉赏！"顾九思怒喝，"你这样做，与洛子商又有什么区别？！"

"那又怎样？！"叶世安猛地提高了声音，"就算我与洛子商没有区别，那又怎样？！"叶世安一把推开顾九思，冷声道，"我已经说得很清楚了，现在不在意什么底线，也不想要什么道义，只知道一件事：周大人要称帝。但是当初他骗了这些将士，他是假传了圣旨让他们跟着一起举事的。若是到了东都，他们发现了事情的真相，就有了周大人的把柄，到时候谁也不知道他们会做出什么事来，所以如今我们必须要先拿捏住他们的把柄。劫掠了东都，他们就和周大人绑在一起了，再也分不开了。"

"他们都一起谋反了……"顾九思道。

"他们是被骗的。"叶世安纠正顾九思，又盯着顾九思看了好久，苦笑起来，"你知道为什么我们会走到这一步吗？"

顾九思呆呆地看着叶世安。

"为什么我会家破人亡，周烨和周大人会妻离子散？你，堂堂户部尚书，如今也犹如丧家之犬般狼狈逃窜？那都是因为，"叶世安抬起手指着顾九思的心口，"你和先帝都把人心想得太好、太善，做事不够狠辣果决，凡事都留一分余地。要是当年你或者先帝够狠，管他黄河不黄河，管他动乱不动乱，先把洛子商杀了，还会有今日的祸患？当初范玉宫变，你们配合周大人直接把范玉杀了，天下乱就乱，至少我们身边的人还好好地活着，不是吗？我们身边死的人，都是被我们的仁慈害死的。"叶世安定定地看着顾九思，"你记住，都是被我们害死的。"

叶世安收回手，冷漠地道："所以收起你那点儿可怜的慈悲，东都百姓关你什么事？豫州丢不丢关你什么事？你只要知道，周大人进入东都，就会杀了洛子商和范玉。周大人登基后，我们俩都有从龙之功，从此便是一人之下万人之上，到时候你的抱负都可以实现。九思，你得明白，成大事者不拘小节。"

"明白……"顾九思只觉得不可思议，"我该明白什么？我们身边的人是因为我们的仁慈而死？当年先帝不杀洛子商，是因为洛子商手握扬州，大夏初建，根本无力同时对抗扬州和刘行知。如果当时杀了洛子商，萧鸣与刘行知势必联合起来对抗大夏，那时洛子商还什么都没做，就因为他未来可能会挑起祸害而冒着灭国之险杀他，先帝是疯了吗？"

"我治理黄河时为什么不杀洛子商？我怎么杀？我有人，洛子商就没有人？就算我侥幸杀了洛子商，扬州肯定会为此而反，那时是陛下容得下我，还是扬州容得下我？况且我该是何等的神机妙算，才能预料到洛子商会有今日？我早就想杀了洛子商，不是我不杀洛子商，是我杀不了洛子商！"

"再说范玉，"顾九思沉声道，"当初周大人不想杀范玉？你以为我舅舅为什么站在先帝这边？是因为先帝早有谋划。若当初先帝发现日后没有可制衡周高朗的筹码，你以为他会留下周高朗吗？叶世安你要知道，"顾九思往前一步，冷声道，"先帝的确仁善，他的仁善是宫变时明明可以当场射杀周高朗却没有，不仅没有，还把周高朗送到了幽州来，给他兵、给他权、给他遗诏。先帝若是如你们一般，还有你们的今日？"

这些话说得叶世安脸色泛白，于是顾九思放缓了语速："世安，这朝堂上的事，或许有许多你还想不明白。可你得知道一件事，走到如今从不是因为你我的仁慈，而是你我无能。"

"无能就是因为仁慈！"叶世安大喝。

顾九思睁大了眼。

叶世安语速极快地道："洛子商与你我年岁相当，为什么他能成为扬州的土皇帝，有兵有权有钱？那是因为他狠得下心、下得去手。你走到如今，耗费了多少心血？你在幽州筹集军饷、安置流民、开垦荒田、抵御外敌，一点儿一点儿地把一个望都从贫瘠之地带到如今富庶有治的局面，你也不过是个户部侍郎。你修国库、治理黄河、审永州案、开科举、收门生，玉茹还耗费千金为你养人铺路，你也才当稳了一个户部尚书。而洛子商呢？搅动一个扬州，踩着累累白骨上去，便轻而易举地成了扬州之主。先帝也好，刘行知也好，都奈何他不得，更不必说你我。如今他挑拨两国关系，坐收渔翁之利，日后还可能问鼎天下。这两条路，哪一条更好走？若你我能有他三分狠毒，"叶世安红着眼道，"也不至于走到今日这个地步！"

"若你我能有他三分狠毒……"顾九思的笑容又苦涩又讽刺，"叶世安，你哪里是不仁慈？你简直是恶毒！"

"那你就当我恶毒。"叶世安道，"大丈夫当断则断。我辅佐陛下登基之后，会劝陛下减轻税负，休养生息。如今只是非常时期行非常之事，我们并不像范玉或者刘行知那样生性歹毒。"

"底线踩了就没了！"顾九思提高了声音，"你今日为报仇、为权势、为皇位把东都数十万百姓看作垫脚石，怎么敢说自己明日就能摇身一变，做个好人、好官？！"

叶世安微微一颤睫毛，低下了头。

顾九思握着拳头，死死地盯着他。

叶世安不敢再看顾九思，双手负在身后，故作镇定地转身开口："我还有许多事要处理。你有你想走的路，我不勉强；我走我的路，你也别阻拦。"

"世安。"顾九思突然觉得有些疲惫，像是争执不动了。

叶世安背对着他。风吹过，顾九思抬起头，看见叶世安白衣玉冠，头上的孝带在风中翻飞。

"当年你我同在学堂，你曾教过我一句话。你说，"顾九思声音沙哑，"君子可欺以其方，难罔以非其道。我年少时不喜你的古板，可一直记着这句话。你说君子有道，那你的道呢？"

叶世安只望着长廊尽头。

那是很多年前了。那时候顾九思喜欢玩闹，经常被夫子责骂。有一日顾九思和学堂里的一个学生起了冲突，那学生家中仅有母亲，势单力薄。顾九思带着陈寻和杨文昌，吓唬那学生说要揍他，那学生吓得发抖，却仍旧不肯退让。最后是叶世安站出来："顾大公子，君子可欺以其方，难罔以非其道。我相信大公子心中有道。"

那时候年少的顾九思看着叶世安，冷哼一声："听不懂。算了，和你们这些穷酸小子计较什么？"而后顾九思潇洒离去，叶世安以为他真的听不懂，却不承想，顾九思竟也记了这句话这么多年。

叶世安如鲠在喉，疼得难以出声。

那是他的年少时光，他最美好也最干净的年少时光。他也曾以为自己会一生都是个如玉君子，却终究在世事磋磨中走到了如今这地步。

叶世安深吸了一口气，闭上眼睛，问："你失去过亲人吗？"他顿了顿，继续道，"如果柳玉茹死了，你的父母死了，顾锦死了，你还能站在这里同我说这些话吗？九思，我也曾经以为，我能一辈子坚守自己的道义。"叶世安的声音有些哑，"我也曾经以为，我能一辈子坚守本心。可后来我才发现，那太难了。我没有我想的这么伟大，终究也只是个普通人而已。你同我说前程，说未来，说青史留名，说黎民百姓，那些我都顾不上了。我只知道一件事，"叶世安睁开眼睛，逐渐冷静下来，"我再不会让我的家人陷入如今的局面，而别人欠我叶家的，我也要一一讨回来。"

"我知道你的打算，你希望陛下先打退刘行知，再与扬州联手对抗东都。可是这样一来，在豫州时陛下便是三面受敌，你这个法子出不得任何差池，胜算也只有五成。明明有一条更好的路可走：先取东都，与刘行知议和，哪怕割让一州呢？这样一来，不是更稳妥？"

"那日后呢？"顾九思冷冷地看着面前已经让他感到全然陌生的青年。

叶世安轻笑："日后就看陛下怎么做了。我哪儿顾得了日后？"

"荒唐……"顾九思气得发抖，"你知道大夏有如今的局面，先帝费了多少心力？你们割让了豫州，日后失了豫州天险，再打刘行知，谈何容易？黄河通航、国库充裕、各地粮产恢复、官场上下肃清不正之风……本来我们南伐，只需三年，便可功成。若你们将豫州让给刘行知，不出百年，必遭灭国之祸。这样的罪责，你们担待得起吗？"

"有什么担不起？"叶世安平静地道，"洛子商能担的罪，我都担得起。"

"那你是下一个洛子商吗？"

叶世安不答。

"我舅舅、秦楠、傅宝元、先帝……"顾九思一一数着，"他们用命建立了大夏。他们希望迎来的，是一个没有洛子商那样玩弄权术、罔顾百姓的政客的时代。叶世安，如果今日你要做洛子商——"顾九思拔出剑来。

面对着直指自己的剑尖，叶世安很平静。

顾九思道："我便容不下你。"

叶世安轻轻地笑了："我想被葬在扬州。"他抬眼看向顾九思，顾九思的手微微颤抖。叶世安转过身去，平静地道："我等你来取我的性命。"说罢，叶世安转过身，沿着长廊走远了。

顾九思深吸了一口气，将剑插入剑鞘，转身朝周烨的屋子走去，才走出长廊，便看见布满了庭院的士兵。一个士兵走上前来，恭敬地道："顾大人，夜深露寒，陛下说夜里易被邪气侵体，特派卑职前来，送顾大人回屋。"

顾九思震惊地道："周大人想软禁我？"

"顾大人言重了。"对方既不承认，也不否认。

顾九思握紧了剑，深深地吸了口气，道："劳您通报陛下，顾某今夜有要事求见。"

"陛下说了，"侍卫恭敬地道，"您要说的，他都明白。他已经想好了，还望顾大人识时务。"

"那顾某想见大公子。"顾九思立刻转变了说法。

侍卫立刻道："陛下说了，您谁都不能见。"

"你……"顾九思上前一步，整个院子里的人都拔了剑。

顾九思看着满眼亮晃晃的兵刃，便明白了，周高朗已经做了决定，也不允许任何人忤逆。如果顾九思今夜胆敢违抗周高朗的意思，或许会被就地格杀。

侍卫紧张地看着顾九思，顾九思也看着侍卫。许久之后，侍卫开口道："顾大人，请卸剑。"

见他不动，侍卫提高了声音："顾大人，请卸剑！"

顾九思咬了咬牙，蹲下身，慢慢地将手中的长剑放了下来。侍卫一拥而上，将他用绳子绑住押回了他的房间关了起来。顾九思看见外面来了许多侍卫，心越来越沉，道："你们这是什么意思？是将我当犯人了吗？"

"顾大人不必恼怒，"外面的侍卫道，"大公子说这是为您好。"

"放狗屁！"顾九思扯着嗓子骂，"他要真为我好，就去劝他爹别干蠢事！"

外面的士兵不说话了。顾九思蹦下床去，跑到床边上，找了一个锐利的角，反过身来开始磨绳子，一面磨，一面骂周烨，骂叶世安。他骂了一会儿，骂累了，绳子被磨断了一半。

顾九思不知道该怎么办。他算好了该如何阻拦刘行知，算到了周高朗会称帝，算到了周家会攻打东都。可他没有算到的是，周高朗为了铺平称帝之路，居然让叶世安谏言劫掠东都。

他觉得每个人都与自己背道而驰，突然很希望有一个人在他身边，告诉他，他走的这条路是对的。

"舅舅……陛下……"他低喃着那些让他坚定的人的名字，"玉茹。"

"所以九哥让我从临汾过来。"沈明同柳玉茹说完之前的一切，抬头看向她，道："他不让我告诉你这些，说怕你担心。可我不放心，总觉得嫂子你得知道这些事。"

柳玉茹低着头，心绪纷乱。关于人心，她比沈明了解得多，沈明不够敏感，但她心里是清楚的。

顾九思刻意调走沈明，若秦婉之死了，周烨自然会猜到顾九思的心思，顾九思早已料到事情的发展却没有告诉周烨，周烨悲痛之下，难免迁怒于他。叶世安已经失去了家人，周烨和周高朗也痛失所爱，他们的心情自然是一致的，人被仇恨笼罩，做出什么事都不奇怪。可顾九思是个极有原则的人……

柳玉茹越发不安，深吸了一口气，道："明日你与叶韵点兵，我得回一趟临汾。"

"你回临汾？"沈明有些诧异，"那永州……"

"我会派人先过去。"柳玉茹立刻道，"扬州这边，陈寻和叶韵会帮着你。你带着人马奔赴前线，按九思说的做就是。"

沈明点了点头："我听九哥的。"

柳玉茹越想越不安，站起身来，便抱着顾锦走了出去。

顾朗华和江柔等人被她安置在离扬州不远的小院里，她决定今晚把顾锦送过去，自己马上去临汾。

沈明走出门后，便看见叶韵。叶韵还穿着那件淡青色绣花长裙，笼着双手，美艳的眉目间带了几许笑意。

沈明看见叶韵便愣了，叶韵等了一会儿，笑了，道："许久不见，竟连话都不同我说一句吗？"

"不……不是……我……"沈明慌慌张张的，一时连话都不知道怎么说了。

叶韵笑容更盛，走近了，温和地道："走吧，我同你商议一下后日点兵的流程。"

沈明的内心稍稍安定了些，叶韵走在他身侧，转头打量他："没想到一转眼，你都做将军了呢。"

沈明有些不好意思，轻咳了一声："还好，毕竟有能力的人走到哪儿都不会被埋没。"

叶韵嗤笑："给自个儿贴金。"

"你能不能相信一下我？"沈明立刻道，"你马上就要把命交给我了，知不知道啊？"

"哦？"叶韵挑眉，"我怎么就要把命交给你了？"

沈明僵了僵，这才发现自己竟然下意识地觉得叶韵会随自己去前线。他皱了皱眉，顿时察觉这个想法不甚妥当，轻咳了一声，点头道："的确，是我胡说了。"

"不过你说的也没错，"叶韵挺直了腰背，声音里带了几分散漫之意，道，"我想着你一个人去前线，后勤之事怕是没人操持。所以我随你一同过去，到时候我这小命就在你手里了。"叶韵转过头去，颇为矜持地一低头，行了个礼，道，"过些时日，便要劳烦沈将军了。"

沈明看了叶韵一会儿，低低地笑了起来。

叶韵抬眼瞪他："你笑什么？"

"没。"沈明摇了摇头，"我没笑什么。"

叶韵轻轻地踹了他一脚："说实话。"

沈明受了她这一脚，回头认认真真地打量她，道："你还能这样同我说话，我觉得很好。"

叶韵不解，沈明温和地道："我本以为东都的事……"

叶韵顿住了脚步，抬起眼来，定定地看着沈明。

沈明也停下脚步看她，叶韵打量着他的眉眼，笑起来，道："我这个人性子直得很。"

"巧了。"沈明笑起来,"我也是。"

叶韵抿唇不说话,静静地望着面前的人。沈明此时的耐心出奇的好,竟也不说一句话,静静地等着叶韵说话。

许久后,叶韵才道:"本来觉得难过,可是难过的时候我突然想到你。"她不自觉地歪过头去,放低了声音,"想到你,竟也觉得人生这些坎儿都走得过去了。"

沈明呆住了,看着面前叶韵美丽的侧脸,一句话都说不出来。

叶韵等了片刻,轻咳了一声,道:"走吧,还有许多事等着咱们做呢。"

沈明一把抓住叶韵的袖子,道:"我……我很高兴。"叶韵没有回头,沈明的话终于说顺畅了,"叶韵,你能为我开心一点点,我便高兴极了。"

叶韵抿唇背对着他:"傻。"她轻轻甩开沈明的手,道,"走吧,我不同你玩笑,要做的事真的多。"

当天夜里,叶韵和陈寻找到杨思龙,又联合了当年扬州的一些贵族子弟,开始筹备重新接管扬州之事。叶家在扬州颇有名望,有沈明的三万精兵镇守,杨思龙坐镇,加上叶韵和陈寻,他们很快便制定出一套新规,将扬州的人事重新洗牌。

点兵那天,扬州儿郎齐聚校场。陈寻持剑上前,面对着校场上的一个个青年,恍惚间看到了旧日好友。他们仿佛是来见证新的扬州的开始,又像在无声地告别。

陈寻闭上眼睛,在叶韵的催促下,终于拔出剑来,骤然提高了声音:"今日扬州归顺于周氏,重回大夏。扬州乃大夏之国土,扬州之民乃大夏之臣民。天下安稳,扬州方得安稳;天下昌盛,扬州方得昌盛。自此之后,扬州子弟愿以血肉之躯护大夏。"陈寻将剑倒立过来,用剑柄抵住眉心,做出了一个独属于扬州名门子弟的宣誓姿势,郑重地道,"盛世永昌!"

夜里柳玉茹将顾锦安排好,便带着人一路疾驰回了临汾。她没有孩子拖累,日夜兼程,两日便到了临汾。

才上了临汾官道,便见到出临汾的军队,柳玉茹加快了速度。到了官衙门口,她便给守门的人递交了令牌,急切地道:"妾身顾柳氏,前来寻我夫君顾九思,敢问顾大人如今可在官衙?"

对方看她的眼神立刻谨慎起来，柳玉茹立刻改口："我与周大公子和叶世安大人也十分熟稔，若顾大人不在，可否替我通报这二位？"

"您稍等。"那人的态度立刻就不一样了，忙吩咐人照顾柳玉茹。

没一会儿，那人便折了回来，对柳玉茹道："夫人请，殿下正在屋中等您。"

柳玉茹听到"殿下"这个称呼，还有几分茫然，然后很快反应过来，周高朗必定是称帝了，因此周烨才被称为"殿下"。柳玉茹的心沉了下来，秦婉之和周夫人怕是已经不在了。

踏入书房，柳玉茹便见到周烨和叶世安。他们似乎正在商量着什么，柳玉茹进去后，他们便不再作声。柳玉茹行了个礼，道："周大哥。"

周烨朝着柳玉茹点了点头，道："玉茹坐吧。"

柳玉茹顺着周烨指的方向坐下，心中记挂着顾九思，又不敢问得太急，只能笑着道："我方才从扬州赶回来，想要找九思，但侍卫都没告诉我九思在哪儿，我就只能来找你们了。我入城时看见军队出城了，九思是不是先出城了？"

"没有。"周烨摇了摇头，径直道，"他被关起来了。"

饶是已经知道出了事，可真听到了这句话，柳玉茹还是维持不住笑脸了，沉默片刻，道："出了什么事？"

"嫂子和周夫人死了。"叶世安平静地道，"周大人称帝，我们准备放弃豫州，直接攻打东都。周大人为鼓舞士气，许诺劫掠东都三日。"

柳玉茹猛地抬头，震惊地看着他们。面前的两个人面无表情。周烨不忍看到柳玉茹的目光，转过头去。叶世安上前一步，挡在两个人中间，给柳玉茹倒了茶，慢慢地道："玉茹，非常时刻，需用些非常手段。"

"劫掠东都，"柳玉茹艰难地开口，"算什么逼不得已的非常手段？"

"周大人身边那些将领之所以举事，是我们骗了他们，说范玉要杀他们。日后他们发现真相，便会以被骗之由洗清反叛的罪名，重立新帝。周大人若想安抚他们，只能受他们要挟，不断给予他们更多东西。"叶世安道，"陛下不愿意给自己的帝王之路留下这么多祸根，因此必须将这些将领一起拉下水，让他们没有回头路可走。劫掠了东都，哪怕日后他们要反，也已经是天下的罪人了。"

柳玉茹紧紧捏着椅子的扶手，控制着自己的情绪。她已经猜到顾九思被关的缘由了。

她深吸了一口气,道:"九思不会同意的。"

"他同不同意不重要,"叶世安平静地道,"陛下已经做了决定。大哥将他关起来,是为他好。若他此刻去向陛下谏言,陛下此时正需立威,九思必死无疑。"叶世安想了想,放缓了语速,继续道,"玉茹,我知道你是个会权衡利弊的人,你去劝劝他。他若不愿意,可以不参与此事。他有从龙之功,日后有我和周大哥,他依旧会平步青云。你带着他远离东都吧,"叶世安犹豫了片刻,终于道,"让他别管东都了。"

柳玉茹沉默不言,身躯微微颤动,叶世安知道她对他们失望极了。叶世安觉得喘不过气,背过身去,不敢看她,静静地等候着她的答案。

柳玉茹终于不再颤抖了,眼泪也落了下来。

"周大哥,叶大哥,"她的声音低哑,"其实我从不怕洛子商,也不怕刘行知,更不怕范玉。这么多年来,我从未害怕,也从未难过。"她吸了吸鼻子,抬起头来,含泪笑着道,"可如今我发现,我也是会害怕的。"柳玉茹看着他们,站起身,道,"你们放心,我会去劝九思。可是我得告诉你们一件事。我知道你们都在心中暗讽九思幼稚,都觉得他未曾经历过痛苦,不懂你们的抉择。可我告诉你们,哪怕是在当年九思以为自己家破人亡的时候,在沧州我们被百姓围攻,最黑暗最痛苦的时候,他都从未打破过底线,为了自己的恨、自己的权势而害过任何一个不该害的人。"

"你们有你们的立场,我明白。"柳玉茹深吸了一口气,"我自认不是什么好人,也从未给过自己期待,可你们呢?当年江河和先帝想求一个清明盛世,他们用了一辈子。处理永州案,傅宝元和秦楠也苦费了二十年。他们一代又一代的人,用尽一生的时光才创建了大夏。他们让你们走到了高位,让你们手握大权,让你们坐拥军队和财富,为什么?是因为如江河那样的、如我这样不堪的人都以为你们能守住自己的那一份底线,那一份风骨,那一份良心!"柳玉茹大喝。

她看着周烨,怒道:"你以为婉之姐姐因为什么而爱你?因为你爱她?因为你愿用千万百姓的性命为她报仇?我告诉你,婉之姐姐爱的是你周烨!是那个说要让众人好好活,有尊严地活的周烨!"

"而你,叶世安,"柳玉茹指着叶世安,咬着牙道,"你们叶家世代以君子闻名,你们叶家都以你为傲,你以为又是因为什么?是因为你手段了得,还是因为你能为叶家报仇?就算你今日为叶家报了仇,九泉之下,"柳玉茹盯着他,"你敢去见叶家的列祖列宗吗?"

叶世安微微一颤，抬眼看向柳玉茹，张了张口，却一句话都说不出来。

柳玉茹闭上眼睛，深吸了一口气，慢慢冷静下来："我曾以为你们是不同的，可今日看来，你们其实也和他们没什么不一样。这天下给范玉、给刘行知和给你们，又有什么区别？我唯一庆幸的是，"柳玉茹慢慢睁开眼睛，静静地看着他们，"这世上还有顾九思。"

然而也只剩下顾九思了。走过了漫漫长路，这世上唯一不变的，永如朝阳的，竟只剩下这么一个曾被人嘲笑的扬州纨绔。

柳玉茹躬身行礼，冷静地道："我去劝他，会带他走，你们放心吧。"她擦着眼泪走出房门。

侍从将她带到关押顾九思的房间，顾九思正靠在柱子上，思考着法子。

他要破局，就得打消周高朗的顾虑。可如何打消……顾九思正思索着，就听见外面传来一个熟悉的声音。

"开门。"

顾九思浑身一震，猛地回头，房门慢慢地打开。女子蓝衣玉簪，逆光立在门前。顾九思坐在地上，呆呆地看着来人。柳玉茹看他呆滞的模样，破涕为笑。

她缓步走到他身前，柔声道："起来吧。"她朝他伸出手，声音低哑，"我来接你了，九思。"

"你怎么来了？"顾九思慌忙站了起来。

柳玉茹见他还被绳子绑着，赶忙蹲下身来替他解开了，低声解释道："扬州那边的事情我处理完了。我担心你，便回来瞧瞧。"

"你不是该去永州的吗？"顾九思情绪复杂，道，"你现下过来……"

"我派人过去了。如果洛子商当初动了手脚，他下手的地方一定满足两个条件：第一，在守南关的上游；第二，工程建造时他是监工而你不在。"柳玉茹扶起顾九思，道，"我的人会先去荥阳找傅宝元帮忙。等确认过你安全后，我再过去，按这两个条件逐一排查。"

柳玉茹抬眼看着顾九思，顾九思静静地注视了她片刻，笑了起来，道："哭过了。"他轻轻触碰她脸上的泪痕，问，"怎么哭了？"

"方才去见了叶大人和殿下，"柳玉茹换了对周烨的称呼，抽了抽鼻子，道，"同他们争执了一下。"

顾九思知道柳玉茹同他们争执什么，低垂着头，过了好半天，终于道："他们让你来找我？"

"嗯。"柳玉茹点点头，"他们让我来劝你，让你别管这事了。"

顾九思低头不语，柳玉茹替他拍了拍衣袖上的尘土，吩咐人弄两碗面来，道："不说其他的，先吃点儿东西吧。"

顾九思被柳玉茹拉着坐在桌边，柳玉茹握着他的手，静静地端详着他，顾九思瘦了许多。注意到她的目光，顾九思抬起头来，看着她笑："看着我干什么？是不是觉得我长得太好看了？"

听了这样的俏皮话，柳玉茹再也忍不住了，猛地扑到了顾九思的怀里，死死地抱住了他。其实她知道，知道此刻他有多难过，有多茫然。

他走在一条无人相伴的路上，每个人都告诉他，他是错的。人人都觉得他天真，他幼稚，他不知世事。他内心的道义被践踏，他的坚守一文不值。同道渐行渐远，只剩他一个人还坚持着。对于一个心怀信仰的人，最残忍的做法便是毁掉他的信仰。然而他没同她哭诉半句，还想要像往日那般逗她笑。

顾九思被这么一抱，便笑不出来了。察觉到怀中的姑娘正微微颤抖，他垂下眼眸，无力地将手搭在她的肩膀上。

"本不想让你担心，"他喃喃地道，"可你这个样子，我也装不出高兴来了。"

柳玉茹没说话，顾九思抱紧了她，深吸了一口气："我知道你向来是个会过日子的人。如今咱们有锦儿，要顾着家里人，就算是为了你们，我也不该管这事。我不仅是这大夏的官员，还是你的丈夫，锦儿的父亲，爹娘的儿子。我身上还有许多其他责任……"顾九思哽咽着抱紧了柳玉茹，用头抵着她的头，像是极为痛苦，道，"我应当同你回去的。"

"既然是应当的，"柳玉茹声音低哑，"那为什么你还这么难过呢？"

顾九思垂着眼眸，好久后才道："东都还有近百万人。"

劫掠三日，生灵涂炭。

"玉茹……"顾九思喉头干涩。

柳玉茹抬起手，止住他的话："你别说话。"柳玉茹用清明的眼看着他，温柔地道，"这个决定，我来替你做，好不好？"

顾九思静静地看着她，这大概是她一生中最美丽的年华。他们初见时，她还年少，太过青涩，目所能及，不过后院那被高墙所围的一方天地。而如今她眉目舒展，身形高挑，早已是一等一的美人。更难得的是，她还有一双如宝石、如天空一般的眼。那双眼里映着青山秀水、芸芸众生，光彩非凡，熠熠生辉。她如神佛般能看透人心，又似烛火一样照亮前路。这是他一生所见过的最美丽的女子。

顾九思轻转眼珠，柳玉茹笑起来，柔声道："无论我做什么决定，你都要听我的，好不好？"

"好。"他愿意无条件地信任她，她让他生，他便苟且偷生；她要他死，他便慨然赴死。

柳玉茹抬起手，静静地描摹起他的眉眼。她珍重地看着他，指尖冰凉，动作温柔。"九思，"她认真地看着他，"你要知道，我爱你。"

"我知道。"

"我爱你的风骨，爱你的赤诚。我知道，我爱着的这个人不可能眼睁睁地看着生灵涂炭而什么都不做，也不可能心安理得地与我偏安一隅，过自己的安宁日子。"

柳玉茹一开口，顾九思的眼泪便落了下来。他看着柳玉茹，不敢移开视线，像个孩子一般哭得满脸是泪。

柳玉茹撩开他脸上粘连的发丝，含泪微笑看着他，柔声道："你去吧。"

顾九思不敢动，颤抖着。

她平和地道："你想做什么就去做。我从不觉得你选错了路，只是你走的这条路太难了，其他人走不下去。可是你能走，你便是我心里的英雄。你要是缺钱，我愿散尽千金，竭尽所能帮你。当然，若你要我赴汤蹈火，"柳玉茹勉强笑起来，"那我就不陪你了。我自私得很，还要保护好锦儿呢。所以黄河的工程啊，我能修就修，修不了就不修了，好不好？"

"好。"顾九思哭着说。他知道她在骗他，却不能拆穿，只能抓紧她的衣袖，死死地盯着她，声音沙哑地道："你一定要说到做到。"

"我会的。"柳玉茹轻笑。

"你一定要好好生活，一定要过得比谁都好。"

"我知道。"

"不管我做了什么，发生了什么，你和锦儿都一定要好好的。要是我让你过得不好了，你就不要喜欢我了，去喜欢另一个人，"顾九思哭着低下头，"去喜欢一个顾家一点儿、对你好一点儿的人，不要……不要再喜欢我这种人了。"顾九思再也支撑不住，佝偻着身躯，哭着瘫在了地上。

柳玉茹静静地看着他。哪怕在这种时候，她流泪的样子也是矜持的、克制的、优雅的。她看着面前泣不成声的人，吸了吸鼻子，低声道："家里还剩的财物，我等一会儿给你列个单子，你若要用，全用了也无妨。我这边已经留了足够一家老小用的钱，家里人不会受影响的。我在扬州遇到了陈寻，暂时把家里人托付给他了。等我解决了黄河的事，我会带着家里人躲起来。等你没事了，我再带着他们来找你。若你出了事，我便带着他们离开。"

顾九思说不出话，只是抱紧了她。

他已经对她说过无数次对不起，也许诺过无数次要让她过好日子。可他最终发现，他做不到，无法让她安安稳稳地过一辈子，从她遇到他开始，他给她带来的只有颠沛流离的生活。他护得住苍生，拦得住黄河，却给不了她一世安稳。他配不上她，对不起她，可她如此美好，他始终舍不得放手。

他跪在她身前，哭得撕心裂肺，像是要一下将所有的痛苦宣泄殆尽，仿佛此刻便是诀别。柳玉茹从这个拥抱里察觉到他的痛苦和无力，抬手梳过他的头发："顾九思，"她叫着他的名字，温柔又郑重，"谢谢你。"

顾九思呜咽着，拼命摇头。

柳玉茹抬起眼，看向院外飘动着的白云和一望无际的蓝天，慢慢地道："我小时候很想嫁给一个好男人。好男人应当是什么模样，我想过许多遍。我以为他会保护我，让我从此锦衣玉食，无忧无虑；我陪伴他，依附他，为他而活，也为他而死。直到后来我嫁给了你，"柳玉茹低下头看着他，忍不住笑起来，"我才知道，人应当为自己而活。"她也抱紧了他，闭上眼睛，"我不觉得你对不起我，你也不必对我愧疚。我虽然是你的妻子，可我更是柳玉茹。"

她不依附他，也不属于他。她想要什么样的生活会自己争取，而不是等着他给，那些颠沛流离的日子，也是当年她下船折返扬州的那一刻自己选的。他愿一生护佑万民，在她成了诰命，陪他一起站在高处俯瞰百姓时，她也担起了这份责任。她并不怪他，他也无须愧疚。

他们紧紧相拥，顾九思终于不再惶恐，不再茫然。

没有太多时间让他们温存，顾九思情绪稳定后，送饭的人也来了。用过饭后，柳玉茹将单子交给了顾九思，又将扬州的情况细细告知。她说完之后，已是午时。

柳玉茹同顾九思道："我等会儿去同周大哥、叶大哥说，你已经被我说服，但是不愿意参与，会和我一起留在临汾。先让他们放松警惕，今天晚上我们再偷偷离开。"

梳洗之后，柳玉茹便领着顾九思去见周烨和叶世安。

周烨摆了一桌酒。见他们三个人都一言不发，柳玉茹笑了笑，道："都过去了，你们也别拘着。等你们的事都做完了，我和九思就回扬州。"

"回扬州……"叶世安踌躇了片刻，道，"回去打算做什么？"

"继续经商。"柳玉茹举起杯子，看了周烨和叶世安一眼，道，"九思以后不在朝中，我们的生意上若出了事，还得劳烦你们。"

听到这话，周烨和叶世安放下心来。周烨立刻道："此事好说。"他拿着杯子，看向顾九思，犹豫片刻后，抬手道，"九思，喝一杯吧。"

顾九思应了声，同他碰杯，抬眼看着他，平静地道："大哥。"

周烨听到这一声"大哥"，心中酸涩，正要说话，就听见顾九思道："嫂子的事，我的确尽力了。"

"我明白。"周烨苦笑，叹了口气，"我也不过是心里太难受，找个理由让自己心里舒服些罢了。望你见谅。"

顾九思点点头，将杯中的酒一饮而尽，又斟了一杯酒，举杯看向叶世安。两个人对视了一会儿后，叶世安举起杯子，点了点头，将酒喝了下去。

一顿饭吃得闷闷沉沉，周烨喝了不少酒，散席时叶世安扶着周烨。走到一半，周烨突然回过头，朝着顾九思喊了一声："九思！"

顾九思回过头来，周烨盯着他，好久后才道："对不住。"

顾九思沉默片刻，笑了起来："冲你这声对不住，"他轻轻叹息，"我且还将你当兄弟吧！"他拱手笑着道，"后会有期。"

见周烨晕晕乎乎的，柳玉茹忙同叶世安道："叶大哥，你快扶周大哥回去吧。"

送走他们，柳玉茹和顾九思手拉手一起回房。两个人关上房门，顾九思转过头来，同柳玉茹道："等一下我们……"他的话没说完，柳玉茹突然上前一步猛地拉住他，吻了上去。

黑夜里只有他们的呼吸声，两个人紧紧拥抱在一起。一吻完毕，顾九思和她抵着额头，她问："喜欢吗？"

顾九思声音低哑:"喜欢。"

"记着你想要的,活着回来。"

"好。"顾九思没有放开她,颤抖着道,"玉茹,我要是不想放开你,你会不会怨我?"

"不会。"柳玉茹抬眼看他,一双眼明亮如星,"我高兴得很。"

两个人正在说着话,外面传来一声轻咳,望莱打开了窗户,道:"行了,快走。"

顾九思翻了出去,然后将柳玉茹一把抱了过去。

柳玉茹的人早已布置停当,三个人很快就出了官衙,和柳玉茹的人碰头之后,一行人驾马冲到城门口。柳玉茹亮出了周烨以前给她的令牌,扬声道:"奉殿下之令出城,有急事,让开!"守城门的人看见令牌,又听见柳玉茹这样的语气,赶忙开了门。

到了官道上,柳玉茹看着顾九思,笑了笑,道:"我得去永州了。"

"我知道。"

"那你打算去哪儿呢?"

"我?"顾九思想了想,抿了抿唇,道,"东都吧。"

"好。"柳玉茹点了点头,转头看了望莱一眼,同顾九思道,"让望莱跟着你吧。你去东都,必然要去寻舅舅的,有他在也方便。"

"那让木南跟你走吧。"顾九思笑起来,抬手理了理柳玉茹的披风,道,"诸事小心。"

"你也是。"

说完之后,两个人沉默了,都不忍先说再见。最后柳玉茹低头笑了笑,摆摆手,道:"我走了。"

柳玉茹没敢回头,顾九思目送她离开。

柳玉茹和顾九思两个人先后到了永州和东都,而这个时候,周高朗自立为帝的消息已经传遍天下。

周高朗攻下第一个城池时,沈明正在边境。沈明和叶韵在秦城城楼上下五子棋,他才落子,便察觉地面微微震动。

叶韵捏着棋子,感到有些奇怪,问:"这是怎么了?"

沈明脸色大变,慌忙站起身来,急急地走到城墙上。远处黄沙滚滚,沈明睁大了双眼,大喝:"外敌来袭,整军迎敌!"

这一日是康平元年八月十三日。

东都宫中充斥着乐声,范玉正蒙着眼睛同美人玩得开怀。一个太监急急走进内殿,在洛子商耳边说了几句什么,洛子商神色微变,站起身来,同范玉道:"陛下,臣……"

"去吧,去吧。"范玉挥了挥手,很是不耐烦地道,"整天这么多事。你也不必同朕请示了,要滚赶紧滚。"

洛子商笑了笑,恭敬地告退。

大殿外,鸣一的脸色十分难看,鸣一身后的人红着眼眶。洛子商心中暗叫不好,但面上还笑着问:"怎么去趟扬州回来就哭了?"

"大人,"对方当场就跪了下来,声音沙哑地道,"萧大人去了!"

听到这话,洛子商猛地睁大了眼,一把抓起那人的领子,怒道:"你说什么?!"许久联系不上扬州的人,洛子商已经察觉到扬州出事了,只是没想到萧鸣会死。

那侍卫被吓到,但还是重复了一遍:"萧大人去了!"

洛子商怔怔的。鸣一有些担心,扶住他,皱着眉道:"大人,您冷静些。"

洛子商感觉自己的魂魄都飘出了体外,脑海中一片空白,用尽所有力气才问出两个字:"是谁……"

"是陈寻。"那侍卫立刻道,"如今扬州已是陈寻主事。"

洛子商在脑海中迅速搜索了一圈,觉得这个名字有几分熟悉,却又想不起这个人,于是皱起眉头道:"陈寻是谁?"

"他原是姬夫人的客卿。"那侍卫道,"他与王平章搭上线后,不知道怎么的就和姬夫人热络起来了。后来柳玉茹到了扬州,入住洛府,姬夫人与柳玉茹起了冲突,萧大人为此对姬夫人动了手。姬夫人一怒之下与王平章联手,召集王氏旧部,刺杀萧大人。"

"那东营的人呢?"洛子商握起了拳头。

侍卫低声道:"王平章重金收买了军队里的人,给东营士兵下了药,陈寻又假借萧大人的令放沈明三万大军入扬州。之后,我们的人几乎都被陈寻与王平章抓了。最后陈寻杀了王平章,不服的人都被编进军队,被沈明带去豫州了。"

"豫州?"洛子商感到不可思议,"你说沈明去了豫州?"

"是。"侍卫道,"带了扬州的军队,一共八万人。"

洛子商觉得有些荒唐，退了一步，想说什么，却说不出，手上无意识地比画些什么，最后只红着眼说了句："阿鸣怎么会死呢？"

没有人说话。

洛子商大骂："一个柳玉茹，他怎么会被区区一个柳玉茹算计了？！"

自己的师弟，洛子商比谁都了解。萧鸣自幼聪慧稳重，做事从来都比别人多几个心眼儿，是洛子商一手培养出来的，怎么会被一个柳玉茹算计了呢？

侍卫低着头，压低了声音，道："柳玉茹说，顾锦是您的孩子。"

"她说他就信？！"洛子商怒骂，"萧鸣有那么傻吗？！"

"听萧大人身边的人说，"那侍卫小心翼翼地道，"那孩子的眼睛长得像您。而且萧大人一直以为您喜欢柳夫人，就不管是真是假，帮您先把人留下来了。"

洛子商整个人都蒙了。

侍卫继续道："萧大人说，您好不容易喜欢上一个人，无论是用什么手段，他都希望您有一个家。"

然而这样一个小小的愿望，这唯一一次柔软就让萧鸣送了命。洛子商茫然地站着，艰难地转过头，看向扬州的方向。

那一瞬间，他仿佛看到很多年前的景象。那日他还在去章家的路上，一个孩子追着马车跑，艰难地叫他："公子，洛公子，给点儿吃的吧？"

年少的洛子商撩起车帘，看到努力奔跑着的小孩面黄肌瘦。洛子商一眼就看出来，过不了多久，这个孩子就要死了。洛子商叫停了马车，然后走下去，半蹲在萧鸣面前，笑着道："我可以给你一个馒头，你给我什么呢？"

"命。"萧鸣抬起头，认真地道，"你救我，我把命给你。"

洛子商一直以为这是玩笑话，一个人走过这么多年，身边没有人真心对他，若非有利可图，谁又会真的把命给他？但此刻他才发现，竟有人真的这么傻。

萧鸣不是死于自己的愚蠢，也不是死于柳玉茹的计谋，而是死于对洛子商的担忧。事关师兄，萧鸣便不知防备。

洛子商的眼泪流了下来，旁人都感到诧异，洛子商却浑然不觉，直到眼泪落在手背上，才猛然反应过来。那眼泪仿佛是岩浆，灼痛从手背蔓延到全身，疼得洛子商几乎要抽搐。

鸣一担忧地看着他，忍不住道："大人……"

这一声"大人"让洛子商骤然清醒过来，他从未想过自己还会有这样的情绪。

鸣一斟酌着，安慰他："我等走上这条路那日，就已经做好了准备，大人不必太过伤感。萧大人在天有灵，必然也不愿见大人为他乱了方寸。"

"放心吧……"洛子商声音低哑地道，"我不会乱了方寸的。不要让扬州的事传到陛下那边去。给阿鸣设一个灵堂放在府邸里，也别让外人扰了。"

鸣一吩咐人去办，自己扶着洛子商，道："大人，如今扬州被夺了，我们怎么办？"

扬州没了，刘行知和大夏是否相斗，于他们而言也没有意义了。

"怎么办？"洛子商嘲讽地笑了，"陈寻背后的人是顾九思。这一次沈明和刘行知正面对抗，只要顾九思这边支援得不够及时，沈明那八万人马连渣都不会剩。我们只需拖住东都，让周高朗和范玉死斗，等刘行知杀了沈明，过来即可取东都。刘行知杀了周高朗、顾九思这批人，我们便是重臣。依照我和刘行知的约定，只要我替他拿下大夏，他就与我结为异姓兄弟。到时我先归顺，他再将扬州赠我，封我为异姓王。既然今天走到这个境地了，先帮刘行知占领大夏就是了，到时陈寻无兵无钱，我可从刘行知处借兵，回头取回扬州，易如反掌。虽然不像我们一开始所想的那样，能一举夺得天下，"洛子商抬手拂过玉栏，慢慢地道，"但也并非走投无路。"

"大人英明。"鸣一放心许多。

然而洛子商脸上不见半点儿喜色，继续吩咐道："你带一拨杀手到永州去，只要刘行知打到守南关，"他冷下眼神，"便点燃之前放好的火药。"

"是。"

洛子商抬眼看向远方："人死不能复生，"他喃喃地道，"我只能让顾九思和柳玉茹去黄泉给阿鸣赔不是了。"

当天夜里，洛子商便得到了刘行知进攻豫州、周高朗进攻东都的消息。洛子商将消息报给了范玉，范玉笑了一声，道："怎么办？"范玉拿起了折子，抬眼看向洛子商，"周高朗打过来了，刘行知也打过来了，周高朗又不愿意去豫州，你说怎么办？"

洛子商不说话。

范玉抬手就将折子砸了过去，怒道："说话啊！"范玉的身上带着酒气,如今他已经很少有不喝酒的时候了。

洛子商跪了下去,恭敬地道:"陛下,当下只有一个办法了。"

"什么办法?"范玉砸完了折子,觉得有些疲惫。他抱着一个姑娘,冷冷地看着洛子商。

洛子商恭敬地道:"割让豫州。"

"割让了豫州,刘行知就不打了?"

"臣可以派人去议和。"洛子商立刻说。

范玉想了想,点头道:"行,朕给你一道圣旨,豫州割了就割了吧。"说着,他又有些担忧,"周高朗那边……"

"他要到东都来,至少还要破十城。如今东都驻军有二十万,周高朗一路打过来,军队必定疲惫不堪,到时候我们重兵埋伏,便可将他们一举拿下!"

"好!"范玉高兴地拍掌,道,"就这么办。近日你好吃好喝地招待着三位将军,千万别怠慢了。"

"是。"洛子商笑着应了。

范玉想了想:"朕是不是也该接见一下他们?"

"那自然是再好不过了。"洛子商赶忙说。

范玉点点头,打了个哈欠,道:"那就这样吧。"

此时华灯初上,顾九思化装成商人,和望莱走在东都熙熙攘攘的人群中。

"城中最大的青楼西风楼便是江大人的产业,"望莱领着顾九思,朝着西风楼走去,一面走,一面道,"江大人在东都设的暗桩、置的私产不计其数,如今想找到他,便得去西风楼。"

顾九思跟着望莱一起走进了西风楼,望莱同龟公打了招呼:"东篱把酒黄昏后。"

龟公看了望莱一眼,随后便道:"公子请随我来。"

两个人跟着龟公到了后院,后院比起前院要安静得多,顾九思和望莱一起走进了一个房间。

房间里香烟袅袅,香味弥漫在空气中,浓郁得让人有些难受。隔着珠帘,顾九思隐约看见内室里的女人。她斜卧在榻上,手中拿着一根烟杆,衣衫滑落在肩头,露出白皙的大腿。

"东篱把酒黄昏后。"一个略显低哑的女声响了起来。顾九思听见敲烟杆的声音,那女人慢慢地道:"我还以为是谁呢,原来是望莱。"

"西凤,"望莱开口道,"主子呢?"

"你带着谁?"

顾九思隐在暗处,还穿着斗篷,听了西凤的话,将帽子拉下来,平静地道:"顾九思。"

内室里的人像是在打量顾九思,之后珠帘一阵脆响,一个红衣女子从内室走了出来。她绾着松松垮垮的发髻,一双眼像是带着钩子,眼尾轻轻上挑,目光不经意地扫过,便能让人骨头都酥了。

西凤轻轻一笑,转过身,道:"随我来吧。"

她领着他们往院子深处走,最后停在一间门口种了两棵桂花的房间前。她在门上轻敲了三下,不疾不徐。片刻后,房门开了,西凤站在门口,恭敬地道:"主子,望莱领着大公子回来了。"

"进来吧,刚好聊到他们。"听起来,江河对顾九思的到来毫不意外。

西凤应了一声,便领着顾九思和望莱走了进去。

一进门,顾九思便发现屋中坐满了人。江河穿着一身白衫,随意地用玉色的发带束着头发,坐在主位上。

顾九思行了个礼,道:"舅舅。"

"吃了不少苦吧。"江河笑起来,"你不是跟着周高朗吗?怎么来东都了?"

"我有事要和您商量。"顾九思看了一眼四周的人。

江河点点头,道:"你们先下去吧。"

房间里只剩下顾九思和江河,江河用帕子擦着手道:"我听闻周夫人和少夫人都死了。"

"是。"

"她们离开东都的时候,我派人去营救,"江河笑了笑,"可惜没成。"

"我也试过。"

"周家父子迁怒于你?"江河撑着下巴打量顾九思,"然后把你赶出来了?"

"不,"顾九思摇摇头,抬眼看向江河,认真地道,"周高朗许诺三军,入东都之后可劫掠三日。"

听到这话,江河霍然抬头,震惊地问:"谁提的?"

"叶世安。"

江河更加诧异,然而在短暂惊愕后,似是觉得荒唐,笑了一声,道:"叶清湛孤傲一世,常同我说,他家小辈之中,叶世安最为出众。要是清湛在九泉之下知道这孩子做出了这事,怕是要爬上来劈了他。"

顾九思静默不言。江河稍稍一想,便明白了事情的来龙去脉。

江河抬眼看向顾九思:"他们都决定劫掠东都了,你还来东都做什么?"

"正因他们要劫掠东都,我才必须过来。"

江河挑挑眉:"周高朗是你旧主,你帮他当了皇帝,如今又要来挡他的路?"

顾九思没有理会他的问题,而是道:"我从周家骗来了三万兵马,玉茹协助我的好友陈寻控制了扬州,沈明又从扬州调兵五万,带着八万人奔赴豫州。我答应沈明,一个月内必定增援。故而如今我只有两条路:第一条,我们投靠刘行知,让刘行知一路打到东都来,阻止周高朗。"

"不行。"江河果断否决,"我过去接触过刘行知这个人,他贪图享乐,视天下为私产。他执掌的天下,即第二个大荣。"

"那周高朗呢?"顾九思抬眼看江河。

江河想了想,犹豫着道:"周高朗是个政客。但是,"他看着顾九思,"他也并不是一个完全没有底线的政客。他理智,也有自己的梦想,可能手段为人所不齿,但比起刘行知要好太多。他们如今这样不理智,是因为刚刚遭受丧亲之痛。如今的局面,只要还有回旋的余地,周高朗便是最好的人选。"

"会有余地。"顾九思果断开口,"我们只要给出让他不劫掠东都的理由,便有余地。"

"你这么信他?"江河有些意外。

顾九思走到沙盘前,认真地道:"我不是信他,我是信我的兄弟。人难免有走错路的时候,周大哥也好,世安也好,我身为朋友,不能看着他们就这么错下去。我得在他们犯下大错前,让他们清醒过来。我不知道周高朗是不是明君,但周大哥会是明君,这我知道。"

"那你打算怎么办?"江河站在顾九思身后,笑着看他,眼神里有了几分欣慰。

顾九思想了想,慢慢地道:"第一步,我们要让周高朗对军队有更好的把控权,不能让东都乱起来,一旦东都沦陷,周高朗再想管住他的将领就太难了。而且周高朗的人和范轩的人开战,战后恐怕再无余力支援沈明。"

"所以你要从内部瓦解东都,让东都不战而降?"

"是。"顾九思点头,将一个士兵模型放在沙盘上的宫城中,接着道,"第二步,我们要解决周高朗的后顾之忧,让他的皇位不受将领威胁,从而使他放下戒心。"

"这你要如何做到?"江河有些疑惑。

顾九思平静地道:"周高朗之所以担心,是因为当初他是假传圣旨。我们得把杀将领的假圣旨变成真的,也就是要拿到一道真的诛杀圣旨。"

江河点点头。

顾九思接着道:"其次,周大人的皇位应该名正言顺,得让范玉主动禅让。"

圣旨能够伪造,但范玉怎么可能主动禅让?江河的心沉了下来,但他还是抬了抬手,示意顾九思继续说。只要有了这个目标,想办法就是了。

顾九思又在沙盘上的东都的大街上放了一个士兵模型:"第三步,我们要增加攻打东都的难度,让周高朗知道攻打东都是得不偿失的。如此,才可能让周高朗彻底放弃攻打东都的计划。但为保险起见,在此之前,还是得尽量疏散东都的百姓,让他们有序地离开,外出避祸。"

顾九思说的都没错,但这些都是最终要达到的目的,江河看向他:"那你打算怎么做?"

"我们一步一步来,"顾九思思索着,慢慢地道,"首先要做的,自然是离间杨辉、韦达诚、司马南与范玉的关系,将三位将军拉到我们这边来。这三位将军我都有所耳闻,杨辉好色,韦达诚贪财,司马南多疑,我们逐个下手,慢慢来。"

"你说的倒也不错,"江河点点头,道,"可大家都知道他们三个人的弱点,你要送钱送人怕是没有多大用处,洛子商怕是早已把这些事都做了。"

"那么我们为什么要送呢?"顾九思笑起来,"舅舅,你这里可有极善与男子周旋的美貌女子?"

"这自然是有的。"江河笑了,"西凤便是。"

顾九思点点头,道:"她可曾与杨辉见过?"

"尚未。"

"我在宫中乐坊有几个人，"顾九思淡淡地道，"安排一下，先送过去吧。"

"好。"江河并没多问，想了想，又笑起来，道，"说起来，如今所有人都是咱们的敌人了。刘行知、洛子商、周高朗……这些人有钱有权，有兵有将，我年纪大了，负隅顽抗也就罢了，你好端端的来凑什么热闹？"

"我若不来，"顾九思抬眼看他，"你、先帝、秦楠、傅宝元等，你们这么多人的心血又换来了什么呢？"

江河愣住了。

顾九思转过头去，看着外面的星空："舅舅，其实我相信人是不会死的。人们为之付出一生的事，只要还有一个人在坚持，还有一个人在走他们的路，信他们的信仰，那他们就还活着，永远活着。我们的想法，我不知道这世界上还有多少人有过；我们付出的努力，也许还有别人付出过。我不知道他们的名字，也不知道他们具体做过什么，可是我知道，我活一日，他们便活一日。而日后，我也会一直活在这份传承里。故而，"顾九思转头看着江河，"我心中无惧。"

江河苦笑起来："玉茹同意吗？"

顾九思轻笑："虽然她总说自己自私，说没有我这份豪情，可我知道，"顾九思的眼神温柔起来，"她与我一样。此刻她应当在永州，"他转头看向永州的方向，呢喃道，"同我一样，用尽全力在保护着能保护的人吧。"

第十八章　孤注掷

顾九思到达东都时,柳玉茹已经见到了傅宝元。

傅宝元接到柳玉茹的来信,立刻将当时的工程日志调了出来。每天的进度,具体位置,负责人是谁都有明确的记录,傅宝元将当时洛子商负责的部分整理出来。

柳玉茹一到,就拿到了完备的资料,又将守南关上游的位置清理出来,要同傅宝元分头带人一一去检查。

傅宝元点点头,但看了一眼柳玉茹给出来的范围,有些为难地道:"这个范围太大了,查一遍至少要一个月。若他们只是为了取下守南关,秦城一破,他们便会动手,那时我们可能还什么都没查出来。"

柳玉茹顿了一下,想了片刻后,慢慢地道:"你觉得他最有可能做的事是什么?"

"最方便的做法自然是在关键的位置上安置炸药。"

柳玉茹有些不解,接着道:"那这些炸药岂不是埋得很深?"

"对。"傅宝元点点头,道,"而且如果洛子商早已有这个想法,那么那个位置的结构必然会比其他地方的薄弱,甚至是中空的,一来方便安放炸药,不让人发现;二来,引爆炸药之后堤坝更容易被炸崩。"

"那如何点燃?"柳玉茹皱起眉头。

傅宝元笑了笑:"堤坝外面是普通的砖瓦,若把引线藏在砖瓦后,取下砖瓦便能看到。"

柳玉茹敲打着桌面，抿了抿唇，道："那是不是只要敲击墙面，就能察觉到异常？"

"可以这么说。"傅宝元点头。

柳玉茹不由得道："即使这样做，我们也需要一个月？"

傅宝元无奈地道："人手不够。"说着，他有些忐忑，"永州的兵马都被调到东都去了，我能用的人……也不多。"

"无妨，"听到这个原因，柳玉茹立刻道，"你先把能用的人叫上，再另外征集人手，一人一日二十文……"说到这里，柳玉茹顿住了。

傅宝元不由得问："怎么了？"

柳玉茹摇头道："不行，不能这样。"

"为何？"傅宝元有些发愣。

柳玉茹立刻道："如果我们这样做，洛子商的人会混进来。他们装作没发现炸药，我们便找不到炸药的位置了。更重要的是，如此一来，他们会更容易接近堤坝，到时候点燃引线也就越发容易。"

"你说得是。"傅宝元神色沉重起来，想了想，道，"这样吧，我先下令，不允许任何人接近堤坝。"

"对，"柳玉茹点头道，"然后从你那边挑选出可靠的人来，我也会从我的商铺中调人，接着我们两边的人抽签组队，把他们打乱。同一个地方，要由不同的人至少检查两次，这样才能不遗漏。"

"好。"傅宝元立刻道，"官府的人，加上我自己的家仆、亲戚、朋友，还有你这边的人，兵分多路，应当能在十日之内有结果。"

柳玉茹和傅宝元立刻着手去办，花了一天时间抽调人手，接着就将人分成十几组，奔赴可疑的地方去检查。

而这时候，顾九思将西凤送入了宫中乐坊。

将西凤送入乐坊之后，顾九思又开始四处打听。听闻韦达诚常同司马南去吃一家铜锅牛肉，顾九思想了想，找来了虎子。

顾九思道："你找几个人天天去砸这老板的店。"

虎子疑惑："砸他的店做什么？"

"你认识他店里的伙计吗？"

"那自然是认识的，"虎子笑起来，"这东都哪儿没有我认识的人啊？"

"那就行。"顾九思点点头，"你砸完店，老板肯定会想办法。你就让伙计怂恿那老板,让那老板给韦达诚和司马南送礼,而且要在礼物里加上两盒花容的胭脂。"

"加胭脂做什么?"虎子不解。

顾九思推了他一把:"问这么多做什么?去就是了。"

虎子抓了抓脑袋,也没多想。

当天虎子让他的人去砸了店,正巧下午韦达诚和司马南去吃牛肉,店老板给两个人又下跪又磕头,求他们主持公道。司马南还算谨慎,但韦达诚是个暴脾气,当下便领着人将虎子的人抓出来揍了一顿。

店老板感恩,不仅承诺他们日后去店里吃饭免单,还给他们各送了一份礼物。

司马南清点了一番,见没有什么贵重的礼物就收了,韦达诚也一起离开。

他们走后,店老板沉着脸问伙计:"我让你给大人备礼,你怎么还擅自加一盒花容的胭脂?"

"我听说两位大人都和家中的夫人很恩爱,"伙计战战兢兢地道,"便觉得这能帮上东家的忙。"

店老板心情放松了些,毕竟钱也不是他出的,不由得道:"罢了,算你有心了。"

消息传到顾九思那里,顾九思正和江河坐在酒馆里聊天。

"你绕的弯子不少啊,"江河慢慢地道,"到底是做些什么?"

"先帝的日志可伪造好了?"顾九思看着街上来来往往的行人,并不解释。

江河也不纠结于此,给自己加了酒,道:"还在造。我找了一位大师,他擅长仿人笔迹,正按照你的稿子写。"

顾九思点点头,道:"尽快。"

江河想了想,轻笑一声。

顾九思抬眼看他,有些疑惑地道:"你笑什么?"

"我素来知道你是个机灵人,"江河往栏杆上一靠,转着扇子道,"却未曾想过,有一日我会连你要做什么都看不懂。"

"不必看懂,"顾九思抿了一口酒,"到时候你便明白了。"

深夜,内宫中。

范玉坐在龙床上看着侍卫送来的消息,身后的美人替他揉着肩。

范玉扭过头去,低喝一声:"滚!"

美人连忙跪到地上,然后急急退开。

范玉是个喜怒无常的君主,一个不开心就将人赐死。近身服侍的人个个战战兢兢,只有从他做太子起就跟着他的刘善熟知他的性子。

范玉捏着字条道:"司马南和韦达诚居然敢接顾九思的东西,他们是不是有反心?"

"竟有这种事?"刘善忙上前去,"陛下,可否让我一观?"

范玉的暗线几乎都是刘善铺的,所以范玉并不介意,径直将字条交给了刘善。

刘善匆匆扫了一眼,笑起来,道:"陛下,只是一个老板送了两盒胭脂而已……"

"那是花容的胭脂!"范玉怒喝。

刘善想了想,接着道:"陛下说的也对,这天下谁不知道花容的老板是柳玉茹,是顾九思的妻子。收花容的胭脂,若说是暗号,也说得通。不过这事也无须咱们插手,"刘善笑着道,"有洛大人呢。"

"洛子商?"范玉嗤笑,"你以为他会告诉朕吗?朕知道他们的心思。周高朗想废了朕,洛子商想把朕当傀儡,谁比谁好?"

刘善站在旁边不说话,范玉像是有些疲惫了:"消息都确认了?"

"确认了。"刘善应声道,"扬州的确落在柳玉茹的人手里了。"

"扬州都丢了,"范玉嗤笑,"洛子商还拿什么支持朕?他瞒着这消息,你说他想干吗?"

"陛下的意思是……?"

"要是顾九思和韦达诚、司马南这些人当真有瓜葛,朕就没有活路了。你以为洛子商还会站在我们这边?这个消息,他不会告诉朕的。"范玉目光幽深,"他们一个个都巴不得朕死。"

"陛下,"刘善叹了口气,"您别这样想,洛大人是您的太傅,他能保您,自然会保的。"

"保朕?"范玉嗤笑,"等着吧,看看明日他会怎么同朕说。"

司马南和韦达诚收了花容的胭脂,洛子商自然也知晓。

鸣一问:"这消息要告诉陛下吗?"

"小事而已,花容的胭脂本就是常见的礼物,"洛子商淡淡地道,"不必了,免得他发疯。"

鸣一点了点头。

如今范玉酗酒,在内宫待久了,越发多疑,有时发作起来,洛子商也难以应对。

洛子商想了想,道:"你去查一查那老板身后的人。"

鸣一应了声。

第二日,范玉睡到正午才起,昏昏沉沉地让人拿坛酒来给自己醒酒。洛子商走进内宫时便闻到了酒味,脚下全是酒坛子。

洛子商蹲下身,扶住了酒坛,低声道:"陛下的酒量见长。"

"是啊。"范玉笑起来,撑着下巴看着洛子商,道,"前线如何了?"

"并无大事,"洛子商走到范玉面前,温和地笑道,"陛下放宽心,一切有臣在。"

范玉笑了笑:"有太傅在,朕自然放心。"他举起酒坛,"太傅,可要喝点儿?"

"陛下有雅兴,臣愿陪陛下畅饮一番。"

范玉见他当真要喝,摆了摆手,道:"罢了,太傅每天还有许多事要忙,不能在朕这儿耽搁了。"

"陛下的事便是最重要的事。"洛子商恭敬地回答。

范玉顿了顿,又笑:"太傅,我最喜欢的就是,你明明有权有势,还始终记得自己的身份,把朕放在第一位的样子。"

"陛下是天下之主,本就是第一位的。"

范玉大笑起来,站起身,提着酒坛子从洛子商身边走过,拍了拍他的肩膀,道:"你酒量不行,找时间叫三位叔叔来宫里喝一杯吧。"

"谨听陛下吩咐。"

范玉走出去后,洛子商直起身,眼中闪过了一丝冷意。

洛子商出了宫就吩咐鸣一:"查陛下身边的人员往来。"

"大人?"鸣一有些疑惑。

洛子商心中发紧:"陛下有异。"

洛子商一贯相信自己的直觉,宁可错杀不可错放。如今最是关键,范玉这边不可以出任何岔子。

洛子商往前走了几步,又道:"陛下要在宫中设宴款待三位将军,你让人准备一下。"

"如今让陛下接见三位将军，怕是不妥吧？"鸣一有些担心，总觉得范玉太不可控。

洛子商摇头道："陛下已对我起疑，他吩咐的事，若我显示出不放在心上的样子，他会不满。"

宫中准备设宴，乐坊便忙起来了。

西凤坐在镜子面前，乐坊的管事在外面催道："你们这些浪蹄子动作快些，后日陛下要在宫中设宴，近来排舞不可懈怠，一点儿错处都不能有，否则，当心皮都被扒了。真到那时，我也保不住你们！"

西凤悠然地在额头上贴上花钿，同别的姑娘一同走了出去。

她身形高挑，容貌艳丽，举手投足之间说不出的妩媚。这妩媚并不艳俗，仿佛是天生的，刻在了骨子里，抬眼扬眉之间便能勾得人神魂颠倒，但她本人又如同水上莲花般清雅动人。

乐坊管事月娘看着她，态度都软了几分。月娘对西凤道："西凤，这是你第一次登台领舞，你可得好好表现，要是让陛下看上了，便是你的福分。"

西凤高兴地笑起来："西凤不会忘了月嬷嬷栽培。"说着，她又有些犹豫，"不过，第一次登台便是宫宴，我心中害怕，嬷嬷能否给我个机会，让我先练练胆子？"

月娘听着这话，觉得西凤说的颇有道理，想了想，道："我找个机会，让你见见贵人吧。"

西凤连忙高兴地应了下来，月娘便去找了些熟人，询问这些时日，可有哪些贵人家中设宴，让西凤去练练胆。

最后月娘将近日设宴的贵人名册一翻，选了一家官位最高的，当夜便送了西凤过去。

杨辉好歌舞，夜夜在家中设宴，月娘让人同杨辉家的管事说了一声，管事得知是宫中乐坊的人，自是欣然允许。西凤去之前，月娘特意同管事道："这是宫中的舞姬，若大人有心，还需同陛下商议。"

管事笑了笑，应声道："我们家大人有分寸，您放心。"

月娘得了这话，方才放下心来一般，同管事道："谢大人照拂。"

杨辉的府邸并不算大，西凤当天夜里早早入府，被安置在后院，独占一间梳妆房，其他舞姬都在另一个房间。过了一会儿，一个侍女送了一盘点心进来，同时小声道："杨辉在后院，顺着长廊走出去，左转便是。"

西凤点点头。侍女走出去，西凤拿着帕子擦了眼线，取下了发簪，瞧了瞧镜子里的自己。镜子里的美人清纯又美丽，看上去像是十八九岁的少女。

西凤笑了笑，站起身来，进了院子，老远便看到了另一边的杨辉。她假装没看见人，走到开得正好的秋菊旁边，蹲下身，像是在说话。

若是普通人，这只是寻常赏花，可西凤在花丛里的模样便如同画中人，杨辉一时看痴了。他向来好美色，往前走了几步，停在了西凤身后，见她怜爱地拂过秋菊，便道："你若是喜欢，这花便送你吧。"

西凤像是被这声音惊到，猛地起身，便见到一个中年男子站在她身后，似笑非笑地瞧着她。杨辉看上去四五十岁，身材魁梧。西凤慌忙道："抱歉，妾身误入此处，这就回房去，还望先生见谅。"

"你是谁？"杨辉笑着开口。

西凤呆呆地看着他，像是看痴了，又迅速红着脸垂下眼，低声道："西凤。"她像是觉得自己太拘谨了，抬起头来，用一双明亮的眼定定地看着杨辉，道，"我叫西凤。"

杨府一片欢声笑语时，消息便送到了顾九思手中，顾九思正低着头在写着什么，望莱匆忙进来，道："西凤和杨辉见面了。"

"嗯。"顾九思停笔抬眼，"如何？"

"杨辉上钩了。"望莱立刻道，"西凤与他约好改日再见，这几日杨辉应当会经常来见西凤。"

顾九思点点头："同西凤说，按计划行事。"

杨辉见了西凤一次便忘不掉了，第二天就去了乐坊。

他怕惊扰了美人，也不敢直接说是来找西凤的，借着看舞的名头在乐坊坐了一下午，临走了也没同西凤搭上一句话。

杨辉心有不甘，却又无可奈何。他盯着西凤瞧了许久，西凤在一边同其他舞姬说话，像是没看到他。杨辉心中怅然，又怕唐突美人，叹了口气，便走了出去。他刚上马车，便听到一声脆生生的"杨大人"。

杨辉挂念这声音一整天了，忙卷起车帘，便看见西凤站在马车不远处。他惊喜地看着西凤，西凤笑意盈盈地走到杨辉面前，道："大人要回府了？"

"我还有公务，"杨辉也不知道自己是怎么了，突然像少年怀春一般，在一个女人面前忐忑不安起来，小心翼翼地道，"不过若是西凤小姐有事，自然是以西凤小姐的事为先。"

"也没什么，"西凤笑了笑，"见杨大人坐了一下午，想着大人应当渴了，西凤来给大人送一碗糖水。"说着，她给杨辉递了一个灌满糖水的竹筒。

杨辉愣愣地接了，西凤正要抽回手，她的手被杨辉一把握住了。西凤红了脸，小声道："你做什么？快放手。"

"我明日可以再来见你吗？"杨辉急切地说。西凤的手又软又嫩，让他心中顿时荡漾起来。

西凤扭过头去，低声道："你是将军，若是想来，我还拦得住你？"

"你自然拦得住，"杨辉立刻道，"我不会违背你的意愿。"

"那我不让你来，你就不来了？"西凤像是不信。

杨辉叹了口气，道："你若不让，我便守在乐坊门口，一直守到你愿意让我来为止。"

"你不要脸。"西凤啐了一口，抽回手，转身道，"明日我就要入宫了，你自个儿看着办吧。"西凤转过身去，袅袅婷婷地走了。

杨辉痴痴地看着西凤的背影，看不见那清澈如水的眼，这女子便成了妖精，光是背影都让人难以自持。

侍从看着杨辉的模样，不由得笑了："大人，一个舞姬而已，向陛下要过来就是了，何必费这么多功夫？"

"你懂什么？"杨辉转过头去，笑着道，"美色，光有色不算什么，男女之间，只有这似有还无的时候最为动人。"

"明日宫宴，大人去吗？"侍卫问。

杨辉脸上的笑意消失了，他想了想，道："陛下召见，没有不去之理。"

"大人……"

侍卫迟疑着，似是要说什么，然而最后也只是轻叹了一声，没有多说。

杨辉看他一眼，似乎明白他的意思，淡淡地道："不该说的话不要说，先帝对我有知遇之恩，陛下乃先帝唯一的血脉。"

"是，"侍卫立刻道，"卑职明白。"

杨辉挂念着西凤，第二日早早进了宫。

范玉难得清醒，听闻杨辉来了，特意接见了他。杨辉来东都也有些时日了,虽然与范玉接触得不多,但也听闻范玉是个好酒好色的皇帝。杨辉心中想着西凤,聊了一会儿,便同范玉道:"陛下,其实今日臣有一事相求。"

"杨将军请说。"

见范玉十分热情,杨辉也放下心来,笑着道:"乐坊的一位舞姬,名为西凤,希望陛下能够割爱,将她赐予微臣。"

"好说。"范玉转头吩咐刘善:"刘善,记下来,回头把人给杨将军送过去。"

"不必,"杨辉赶忙道,"我与这舞姬尚未到那一步,强行将人带进府,怕是不美。"

范玉虽然年纪不大,但早已是风月老手,熟知与女人相处的那一套,高兴起来,道:"明白,还是要她心里也乐意才更有滋味。"范玉转着手中的酒杯,试探着道,"杨将军,周高朗如今已经逼近东都,这您知道吧?"

杨辉顿了顿,道:"自是知道的。"他放下手中的酒杯,郑重地看着范玉道,"陛下不必担忧,我等在东都有精兵二十万,周高朗一路劳顿,军队疲敝,必不是我等的对手。我与司马将军、韦将军蒙先帝圣恩,必将以死护卫陛下,陛下大可放心!"

"好!"范玉激动地一拍掌,道,"得将军此话,朕心甚慰,朕敬将军一杯。"

杨辉见范玉亲自为他斟酒,顿时高兴起来。他与范玉喝了几杯,又道:"陛下,豫州如今还好吧?"

范玉迟疑了一下后,笑起来,道:"将军放心,"他拍了拍杨辉的肩膀,"前线有什么消息,朕都会立刻告知于你。"

杨辉点点头。他走时留了自己的人,吩咐了但凡有事就给他送信,没有收到消息,大约是没事。

即将开宴,杨辉先去了前殿。

范玉扭头看向刘善,道:"来报信的人都杀了?"

"杀了。"刘善平静地道,"除了洛大人与陛下,没有人会知道豫州的消息。"

"议和的人派出去了?"

"洛大人已经派出去了。"

范玉点点头,慢慢地道:"杨辉这个人就是太挂念豫州了,好在还算赤诚，但司马南和韦达诚……"范玉摩挲着酒杯，想了想，转头看向刘善，道，"你觉得怎么处理？"

"司马大人和韦大人还是向着您的。"刘善道，"否则也不会来东都了。"

"可他们收了花容的胭脂。"范玉的声音颇为低沉。

"陛下与其猜忌，不妨问问？"刘善犹豫着道，"若他们当真与顾九思勾结，可作震慑；若没什么，问清楚了，也可避免误会。"

"你说的是。"范玉点点头，道，"朕得问问。"

范玉打定了主意，当天夜里，席上众人喝到酣畅时，他亲自走下高台，来到司马南和韦达诚面前，高兴地道："二位，过去父皇便常说二位是能臣，是将才，是范家的功臣。"范玉拍打着胸口道，"朕心中敬重你们，把你们当成亲叔叔。来，朕敬叔叔们一杯。"

司马南和韦达诚心中惶恐，连连说不敢。

范玉喝了这一杯后，抬眼看他们，道："不过朕有一件事不明白。"

司马南和韦达诚对视了一眼，司马南小心翼翼地道："我等愿为陛下分忧，只是不知陛下心中有何事？"

"你们为何要收胭脂？"

这话让司马南和韦达诚有些茫然，韦达诚忙问："陛下说的胭脂是……？"

"陛下，"洛子商终于察觉到不对，举着杯子站起来，道，"您醉了。"

"你闭嘴！"一个杯子砸了过去，正正砸在洛子商的头上，洛子商当场被砸得头破血流，范玉大喝道，"你算什么东西，敢打断朕说话？！"

这一番变故让众人惊住，司马南和韦达诚心中惶惶不安，范玉继续追问道："那个卖牛肉的老板，他送你们的胭脂，你们为什么要收？"

听到这话，所有人的脸色都变了。

在场的臣子都感到愤怒，尤其是司马南、韦达诚、杨辉三个人。他们三个人之前不在东都，回来后也一直颇受敬重，此时却发现自己时时刻刻被范玉监视着，如何能不恼怒？

洛子商被鸣一扶着，盯着范玉，心中了然——范玉在防着他。

范玉有自己的消息渠道，根本不像他表现出来的那样愚蠢。洛子商瞬间在心中把范玉身边的人过了一遍，范玉身边几乎都是洛子商安排的人，除了刘善。可洛子商的人一直盯着刘善和范玉，刘善只是一个普通的太监，怎么能建起一个消息网？一个消息网的建立需要极大的人力和财力，普通人根本没有这个能力，刘善也不可能在不惊动洛子商的情况下铺一个消息网出来。那到底是谁在给范玉递消息？

在场的人各怀心思。高台上，穿着一袭红裙的西凤猛地将广袖展开，似笑非笑的眼扫视着大殿之内的每一个人。

司马南最先反应过来，忙跪在地上道："陛下息怒，那老板只是想报答我们帮他赶走恶徒，当日他所赠之物都不贵重，我等也只当是一番心意……"

"朕说的是钱的问题吗？！"范玉见司马南顾左右而言他，怒气更胜，"朕说的是胭脂！是顾九思的夫人卖的胭脂！"

听到这话，司马南和韦达诚顿时反应过来了，连连求饶道："陛下息怒，我等当真不知晓这些。我等久在边疆，本也是粗人，着实分不清什么胭脂。我等这就回去毁了那些胭脂，陛下息怒！"

听了两个人这一番解释，范玉慢慢冷静下来，亲自扶起他们，道："两位叔叔不必如此，方才是朕太激动了。朕实在是怕……"范玉露出哀切的神情来，道，"父皇离开后，朕孤立无援。周高朗苦苦相逼，朕如今只有三位叔叔了……"

"陛下不必担心。"司马南见范玉像要哭出来了，忙安慰道，"我等都对先帝发过誓，一定会拼死护卫陛下。"

范玉舒了口气，转过身来，高兴地道："来来来，这些误会都过去了，大家继续喝酒！"没有人回应，范玉有些紧张，声音越发大了，"怎么？大家不高兴吗？喝啊！奏些欢快的曲子，舞姬继续跳啊！"

场面顿时又热闹起来。

撑到了宴席结束，司马南、韦达诚和杨辉一起走了出来。

韦达诚道："陛下……太过不安了。"

几个人心中都有同感，杨辉呼了口气，道："不管了，等平乱之后，我们便回豫州了。"

"若这乱平不了呢？"司马南骤然道。

杨辉的面上很平静："尽了全力，黄泉路上也有脸见先帝了。"

司马南和韦达诚对视了一眼。此次是他们两个人收了胭脂，被范玉怀疑的也是他们，他们心中所想必然比杨辉想的事情要复杂许多。

西凤当天夜里便去寻顾九思和江河，将大殿上的情况说了。

江河笑起来，道："各打各的小算盘啊，范玉这一番动作，足够让司马南、韦达诚和他生出嫌隙了。"

"还不够。"顾九思道,"明日西凤会入宫侍奉范玉。"顾九思抬眼看向西凤:"西凤姑娘可有意见?"

西凤掩着嘴笑起来:"今日我见着那小皇帝了,生得倒是不错。"

"若姑娘有什么想要的……"

"不必多说了,"西凤摇摇头,"我没什么不愿意的。妾身虽落入风尘,但并非不懂大义之人,顾大人本不必参与此事,今日在此操劳,也是为了我们。西凤楼还有这么多姑娘,我就算是为了她们,也得入宫。"

顾九思抿了抿唇,退了一步,对着西凤作揖,道:"谢过姑娘。"

"可有一点,"西凤皱起眉头,"杨辉既然对我上了心,应当已经同那小皇帝打过招呼了,你如何送我入宫?"

"换个名字,"顾九思平静地道,"便叫西风吧,我在宫中有人,会安排好的。入宫后,你也不要避开杨辉。虽然他对你没有多深的感情,不会为了你和皇帝闹翻,但经历昨夜之事,他会觉得你被召入宫是范玉对他的打压和警告。这口气他只能往肚子里咽,你就让这口气更难咽一些。"

"明白。"西凤点点头。

顾九思接着道:"至于韦达诚和司马南……"他犹豫了片刻,终于道,"等西凤入宫之后,你们安排一下,我得见他们一面。"

"不行!"江河斩钉截铁地道,"你若现身,洛子商和范玉不会放过你。"

"只有我出现在东都,还见了三位将军,他们才会害怕。"顾九思抬眼看着江河,"我一露面,洛子商必然派人来追杀我,所以我们要早做准备,当着三位将军的面逃出去。而三位将军与我见面之事被洛子商的人撞个正着,才能让他们与我死死绑在一起。"

"只有三位将军站在我们这边的时候,柴火才算搭好了。在周高朗到达东都之前,这堆柴燃起来足够烧光东都。"顾九思看着闪动着的烛火,"让东都从内部瓦解,才是我们唯一的生路。"

顾九思抬眼看向江河,冷静地道:"舅舅,如今已是非常时期。"他们不拼了命,哪里能找到活路?他们手中无兵无将,却要同时与三股势力抗衡,哪里有喘息之机?

江河叹了口气,拍了拍顾九思的肩膀,道:"便听你的吧。"

江河虽然不掌握实权,但在东都底层多有建设,他们规划了一条顾九思到时候逃跑的路线,而后安排了下去。

第二日,西凤在乐坊排舞,杨辉早早便来了。西凤在暗处与他调情,被他搂在了怀里。她像是有些紧张,背对着杨辉,低低地喘息着道:"你会迎我入府吗?"

"只要你愿意。"杨辉笑起来,低声在她耳边道,"我已同陛下说了。"

"你同陛下说了?!"西凤高兴地回头,"陛下同意了?"

"一个舞姬而已,"杨辉见她欢喜,不由得也笑起来,"陛下不会为难。"

西凤听到这话,踮起脚来,亲了杨辉一下。杨辉笑呵呵的,很是享受。西凤正要说什么,突然又皱起了眉头。杨辉不由得问:"怎么了?"

西凤抬眼看他,小心翼翼地问:"昨日宫宴,我见陛下与另外两位将军起了冲突,陛下不会为难你吧?"

杨辉敛了神色,淡淡地道:"那事关系重大,怪不得陛下。陛下待我仁厚,你大可放心。"

"你这样说,我便放心了。"西凤放松下来,靠近了他,将双臂搭在他的肩上,欢喜地道:"那你何时来接我?"

杨辉想了想,道:"明日?"他揽住西凤的腰,低头在她的颈间深深吸了一口气,迷恋地道,"你可真香,今夜好好收拾,明日一早,我让人到乐坊来迎你。"

"那我等着。"西凤放低了声音,"以后我就是你的人了,你可要好好对我。"

"那是自然。"杨辉笑着说。

两个人依依不舍地分别时已近黄昏,西凤回了厢房,便开始梳妆。她重新画了一个艳丽的妆容,眼尾高挑,看上去美艳动人。

月娘进来,低声道:"宫里来人了,你快些。"

西凤盈盈起身,朝着月娘行了一礼,低声道:"多谢照顾。"

月娘回了她一礼:"应当是我们谢你。"

两个人对视,都笑了起来。

"快走吧。"月娘催促她。

西凤点了点头,走了出去。她被小轿抬入宫中,寝宫外同她一样站着的还有几个女孩子,西凤认出来,那些也是乐坊的舞姬。这几个舞姬生得远不如她,站在一旁瑟瑟发抖,寝宫里面传来范玉骂人的声音。片刻后,有女子的尖叫声响起,不一会儿,寝殿的门开了,一个女子的尸体被抬了出来。紧接着传出来的是范玉不耐烦的声音："进来吧。"

西凤走了进去,其他几位舞姬战战兢兢地跟在她身后。范玉转过头,西凤朝着他盈盈一福,恭敬地道:"陛下万岁万岁万万岁。"她和旁边颤抖着的女子们形成鲜明的对比。

范玉挑了挑眉,道:"你好像不怕朕。"

"陛下乃天子,"西凤恭敬地道,"奴婢为陛下赴死也甘愿,有什么好怕的?"

"当真?"范玉挑眉,抓了一把剑扔了过去,"自己抹脖子上路吧。"

刘善正要开口,西凤毫不犹豫地拔了剑就要朝着自己的脖子上抹,范玉立刻道:"慢着!"范玉直起身来,看着西凤,抬手道,"你,今夜留下来。"

西凤放下剑,朝着范玉盈盈一拜:"谢陛下恩宠。"

"剩下的人,"范玉毫不在意地道,"都拖下去喂狗。"

"陛下!"女子们顿时哭成了一片。

范玉转头看向刘善,刘善忙挥手道:"下去,都带下去!"刘善自己也跟了出去。

房间里只剩下范玉和西凤,范玉看着西凤,玩味着她的话:"你的命是朕的?"

"是。"西凤答得果断。

范玉靠在床上看了西凤一会儿,笑了一声:"你喜欢朕吗?"

西凤注视着年少的帝王。他生得也算俊美,衣领敞开,发丝散乱,让他看上去有几分颓靡。西凤温柔又平静地注视着范玉,将手覆在了他的脸颊上。

"我心疼陛下。"

"心疼朕?"范玉嘲讽,"朕有什么好心疼的?朕问你喜不喜欢朕,你说心疼,是不喜欢?"

"陛下,"西凤叹息,"只有喜欢一个人,才会心疼。"

西凤凝视着他,范玉愣了,觉得这个女人的双眼仿佛能看透人心。

"若陛下身边有诸多喜欢陛下的人,"西凤慢慢地道,"陛下怎会问奴婢这样的话?奴婢只是一介舞姬,陛下是天子之尊,"她低喃着,靠在范玉的胸口上,柔声道,"奴婢的喜欢算不得什么,可若陛下问起来,奴婢得说句实话。奴婢能走到今日,便是因为喜欢。当年驾马入东都,您还是太子，陛下可还记得？"

范玉有些恍惚，慢慢想起当初他随着范轩一起入东都时的场景。那时他以为，天下是他们父子的了，所有人都应当臣服于他，打心底里尊敬他、喜爱他。那时他意气风发，张狂无忌。那天，百姓夹道欢呼，虽然没跪，但也让他高兴极了。

西凤用手指在他胸口上画圈，柔声道："那时候，见了陛下，奴婢喜欢极了。"

范玉一言不发，一把将西凤推到床上，拉上了床帘。

第二日清晨，顾九思刚刚醒来，便得到了宫里的消息——西凤被册封为贵妃。

这是范玉登基以来第一个正式册封的妃子。事情会发展成这样，连顾九思都没有料到，但这至少证明范玉是喜欢西凤的。

顾九思想了想，问望莱："周高朗到哪里了？"

"至多五日，"望莱有些紧张地道，"周高朗就会抵达东都。"

"沈明呢？"

"今早的消息，"望莱压低了声音，"秦城快要守不住了，五日内，他们必须退回守南关内。"

守南关是豫州乃至整个大夏最险要的天险，如果退守到守南关，这一仗对于沈明来说会好打很多，但沈明是绝对不能退的。

"玉茹那边有消息吗？"顾九思急促地道，"玉茹那边若是没解决问题，沈明决不能退。"

洛子商之所以一直还没动手，就是等着沈明退回关内。一旦黄河决堤，八万人马和城中的百姓就都没了。

"夫人还在找埋炸药的位置。"望莱道，"昨日来信说，夫人每日只睡两个时辰，身体怕是要熬不住了。"

顾九思垂下眼眸，手搭在沙盘上，好久后才慢慢道："你让人同她说……"话没说完，他又止住了，最后道，"算了，不说了。"

有什么好说的呢？他又能怎样呢？劝慰也只能安慰一下自己，实际上他什么都帮不了她，甚至不能为她端一杯水。他空说这些没有意义的话，除了让自己心里好过一点儿，又有什么价值？

顾九思深吸一口气，扭过头去，同望莱道："安排一下，杨辉见了西凤以后，我同三位大人见个面吧。"

杨辉派人去接西凤，轿子抬出去，又空荡荡地抬了回来，下人战战兢兢地道："乐坊的管事说，昨夜宫里来了人，召了一批舞姬进宫，西凤在里面，之后就留在了宫里。"

"胡说八道！"杨辉听了这话便怒了，"陛下都答应将人留给我了，乐坊的人不知晓吗？还将人送进宫去？！"

"管事的……管事的……"

杨辉察觉其中有隐情，皱着眉道："说！"

"管事的偷偷同奴才说，是宫里的人点名要的。"

听到这话，杨辉愣住了。他特意向范玉要了西凤，范玉答应了，而后与另外两位将军起了冲突，之后就把西凤召入了宫中……范玉与司马南、韦达诚的冲突，其实更多的是警示。杨辉看得出来，范玉是在警告他们。那西凤……

杨辉想得多了之后，旋即恼怒起来。他对范玉忠心耿耿，范玉却为了试探他而抢他的人？

杨辉正打算入宫找范玉说道说道，结果才到门口，就听说了西凤被封为贵妃的消息。

杨辉在门口呆住了。

侍卫小声道："大人，天涯何处无芳草，算了吧？"

这话让杨辉心口发闷，可他也没什么办法，深吸了一口气，终于还是转过身去回了府邸。

顾九思这边一切都进行得有条不紊，柳玉茹则已经把能埋炸药的位置检查了大半。

最难进入的一个河道从山中穿过，掩于荒野，人们入山就需要一日。如果可以，她想将此地放到最后再检查，但这样一来，检查的时间就会增长，于是她让其他人去查看其他地方，这里她亲自领人来检查。

日出之时，柳玉茹便领着人进了山中。

她早已放弃了丝绸长裙、金钗玉簪，穿了一身深色粗布麻衣，脚踩着便于行路的草鞋，用发带高束长发，头上戴着一顶泛黄的箬帽，手上拿着青竹杖。

木南在前面砍草开路，行至途中，突然道："这路有人走过了呀。"

柳玉茹抬起头来，道："这样的荒山也有人出入吗？"

木南俯下身来，看了看那些被压扁了的树枝，继续道："应当刚过去不久，还挺有钱，"他扒开草丛，探过去，取下了一块被荆棘钩下来的布条，道，"您瞧，这布料还不错。"

柳玉茹有些不安，走上前来，从木南手中拿过布条在手里摸了摸，又低头嗅了嗅，猛地变了脸色，道："快！去追人！"

"夫人？"

柳玉茹立刻吩咐后面的人："赶紧下山求援，洛子商的人来点燃引线了，让傅大人立刻带人过来，其他人跟着木南去追。"

"夫人，怎么回事？"印红还有些茫然。

柳玉茹捏紧了手中的布条，沉声道："这是扬州的云锦！"

一听扬州，所有人顿时紧张起来。秦城很快就要撑不住了，沈明即将被逼入守南关，一旦黄河决堤，后果不堪设想。

众人分头行动，最后就剩下柳玉茹、印红以及一位负责修建堤坝的先生。

那先生姓李，三十多岁的秀才，因善于修筑水利工程，一直在傅宝元手下当差。李先生问："夫人，接下来我们去哪儿？"

柳玉茹想了想，道："我们也去河边。不管怎样，先到河边去看看情况。"

柳玉茹和印红、李先生小心翼翼地往前走，快到河边时就听见了打斗声。三个人赶紧蹲下来，躲在草丛中看着。木南领着人围攻三个男人，木南这边人多势众，但对方武艺不错，双方周旋许久。一个男子咬了咬牙，往河中一跃，便被河水卷走了。同时，木南的人已经按住了另外两个人。

柳玉茹冲出来，急急地道："留活……"她的话没说完，那两个人就已口吐鲜血，竟是咬破了毒囊自裁了。

这一番变故发生得太快，木南反应过来时，急忙跪下来告罪道："是属下思虑不周。"

柳玉茹定了定神，转头看了旁边的堤坝一眼，随后道："你也不必多说了，先检查吧。"她转过头来，对李先生道："李先生，一同来看看吧。"

此地在山谷中，再往前十几米便是出口。柳玉茹看了地图一眼，发现图志上所描述的情景与眼前的不太一样，图上的河段更长，山势更平缓，不像眼前这样陡峭。

柳玉茹紧皱着眉头，将图志递给李先生。李先生皱了皱眉头，又抬头看了四周一眼,道:"他们应当不会把决堤口设置在两山中间。"

"我也这样想。"柳玉茹点点头。两个人合计一番,领着所有人一起往下走。

他们走出山谷,天地广阔,前方是一个下坡,河道的坡度在此处骤然变大。他们能看出,为了减小河道坡度,有人已经填了不少土,饶是如此,河水依旧湍急。

这里已经能遥遥望见守南关。柳玉茹看了堤坝的修建志,这里设了三个水位。如今是八月,正逢雨季,河水早已漫过中位线,他们能够查看的只有目前露出水面的部分。

或许是因为这里太过险峻,堤坝的修建比其他地方也要精细许多。与河水接触的一侧堆砌了大石,中间填满泥土,外面又用石头和砖瓦砌了一层,看上去十分厚实,并没有什么异常。

木南带着人检查,傅宝元也带着人到了。

傅宝元问:"可有什么收获?"

柳玉茹转头看了一眼,木南道:"还在查。"

"我们一起干。"傅宝元忙让手下的人也开始干活儿。

他们的速度快了许多,半个时辰后,木南来汇报:"没有异样。"

"怎么会?!"柳玉茹感到错愕。

之前遇到的死士加上图志的错误,其他堤坝又都已被排除,所以他们怎么看这个堤坝都应当是埋炸药的位置。

木南摇了摇头:"都是实心的。"

柳玉茹想了片刻,道:"下面呢?"

听见这话,众人都愣了。李先生走上前来,道:"我看了时间,他们修建这里时正是黄河旱季,当时水位应该很低。"

"如果是在下面,"傅宝元不解,"此刻已经被河水淹没了,他们如何点燃?我觉得洛子商应该不至于这样做。"

这让李先生犯难了,柳玉茹看了堤坝一眼,道:"以洛子商的才智,他不会想不到汛期的问题,先下去找。"

众人面面相觑,一个人大着胆子道:"夫人,此处水流湍急,又没有什么借力的东西……"

周边都是光秃秃的黄土,堤坝上就算有树,那也都是些新种的小树,根本不足以承载一个人的重量,无法作为固定点。

柳玉茹想了想，道："二十个人为一组，拉住一根绳子，让水性好的人下去。下去一次，赏银十两。"

听到这话，顿时有几个人主动站了出来。他们下水的时候，李先生皱着眉在堤坝旁来回走。

柳玉茹疑惑地道："先生这是在做什么？"

"我总觉得奇怪。"李先生看了看两边，"你有没有觉得两边的水位好像不一样高？"

柳玉茹看了一下，确实，靠着守南关这一面的水位更低一点儿。这也就意味着，这一面的堤坝一直承受着更大的压力。

"而且，"李先生指着下游道，"这里明明是个坡，河道却是平的，再往前三十丈又突然落下去，这样的设计很不合理。"

是的，这样会让三十丈外的堤坝承受更大的冲击，而这三十丈内的河道修筑工作量又因为需要填更多的泥土而大增。

柳玉茹颇为不安，这时候下水的人也上来了。

木南是最先下去的人，也最先回来了。他喘着粗气跑过来，摇了摇头，道："不是空心的。"

柳玉茹抿了抿唇，傅宝元傻眼了："总不能掘了堤坝来找吧。"

一个堤坝分为四层，内侧堆砌大石，这是最厚的一层；然后再填实土；次外侧铺上用藤条装起来的小碎石；最外侧砌上砖瓦。

柳玉茹本以为炸药会被放在次外侧，可如今所有可能藏炸药的位置都是实心的，如果他们还要继续找下去，就只能掘堤了。

柳玉茹拿不定主意。

木南想了想，突然道："不过，李先生，下面不是石头，是砖块；这正常吗？"

李先生猛地抬头："你说什么？！"

木南被吓到了，咽了咽口水："就是，我摸到的墙壁不是石头，是砖。"

"砖？"李先生冲到了河边，蹲下身伸手去掏河床。他掏了一下，皱了皱眉头，这触感应该是石头。

木南赶紧道："李先生，不是那儿，是这儿。"木南走上前去，给李先生指了地方。

李先生把手伸下去，片刻后，抓到了一条麻绳。这绳子极粗，李先生顺着绳子摸下去，发现绳子被掩埋在了泥土里。李先生的脸色很难看，自己下了水，终于摸到了砖头，不止一块，而是许多。这些砖头被麻绳死死捆着，固定在了最内侧的地方。

李先生深吸一口气，让所有人一起找，最后发现这样用麻绳捆着的砖头一共有十处，最后一处刚好在三十丈外，这段平整的河段的终点。这些砖头被麻绳捆成了一块块板子，旁边则是大石头，堤坝的最内层就这样由一块砖板、一块石头相间着砌成。

李先生的面色沉重，柳玉茹心知不好。李先生又让人用长竹竿测量了水位。

他蹲在河边沉思片刻，站起身来，同柳玉茹道："夫人，我想洛子商并没有埋炸药。"

"那他……？"傅宝元想不明白。

李先生继续道："我猜，他在修建时就已经设计好了。你们看，对面的水位明显比我们这边高很多，这里已经受到水流冲击很久。而这些位置本该是石头，他却用砖块替代。此刻有麻绳绑着，它们还能像一大块石头、一堵墙，承担水流的冲击，但如果它们散了呢？"

这话让所有人心里发沉。

柳玉茹道："它们散了，堤坝能撑住吗？"

李先生摇了摇头："刚才我看过了，这个堤坝的外层比一般的堤坝都要薄，土也不是完全的实土，且南北高低不平，本来就更容易决堤。如果麻绳松开，这里基本就撑不住了，再来一场暴雨就会决堤。"

柳玉茹咬了咬牙，道："他们若是要弄开这个堤坝，就一定得斩了那根麻绳。我们若是用铁链将那些砖块绑死，他们就没办法了对不对？"

"要打桩。"李先生有些为难地道，"如今正是汛期，要探到河底去打桩将铁链子固定住，也不是易事。"

"那也得做。"柳玉茹立刻抬头看向傅宝元，道："傅大人以为呢？"

傅宝元沉默片刻，转头看向众人。所有人都看着他，傅宝元深吸一口气，道："诸位，你们也听明白了，我们今日若是不管，黄河就会决堤，那时受灾的就是千万百姓了。我问诸位一句，管还是不管？"

大家都沉默着。许久之后，一个大汉走上前来，用地道的永州话道："夫人，若是我管了这事，夫人能再加五两银子吗？"

听到这话，柳玉茹笑起来，道："加十两！"

大伙儿一阵欢呼，柳玉茹无奈地道："你们莫要高兴得太早了，这可是容易死人的事。"

"夫人，"一个人叹了口气，"不瞒您说，这几年来，我们哪天不是提心吊胆的？这黄河发大水了，被淹的还不是咱们永州、豫州，您不给钱，我们也得干啊。"

柳玉茹不由得笑了，忙道："行了，不会亏待你们，赶紧动手吧。"

傅宝元让人去找铁匠，李先生就在一旁测量打桩的位置和需要的铁链子的长度。

这时已经入夜了，柳玉茹也很疲惫，见大家都在忙，就同木南道："你将其他人都调过来吧，洛子商肯定会派人过来的，要严加防守。"

木南点点头。

柳玉茹看了看天色，道："我睡一会儿，开始打桩了你再叫我。"

过去睡惯了高床软枕，除了跟着顾九思逃难的那段时光，她一直过得不错，这一年来更是没吃过什么苦，独独这几天把苦都吃尽了。她身上都是被树枝划破的伤口，脚上长着水泡，这几天几乎都没睡好，随便找棵树一靠就能睡过去。

但她睡过去后就是一个又一个梦，梦里是熊熊大火中的东都，顾九思一袭白衣，披着长发，盘腿坐在火里，笑得悲悯，恍如神佛。她抱着顾锦，拼命想往火里冲，他却道："别来。我给你银票，好多银票，"他的眼神里满是怜爱，"抱着银票，你别哭了。"然而梦里的她哭得更厉害了："顾九思……"她哭得声嘶力竭，拼命地喊着他的名字，"顾九思！"

那声音仿佛从一个梦里传递到了另一个梦里。

顾九思睁开眼睛，天已经亮了。

江河敲了他的门，走进来，道："昨天西凤和杨辉见面了。"

顾九思坐在床上，蜷着腿，一只手抵着自己的额头，像是还没睡醒。

江河坐下来，给自己倒了杯茶，道："杨辉差点儿就当着范玉的面揭穿西凤的身份。不过西凤把场面控制住了，又私下去找杨辉哭诉了一番，求杨辉别说，以免范玉因嫉妒杀了她。杨辉于心不忍，答应了。据说出宫的时候，"江河轻笑一声，"杨辉打了一个冒犯他的太监。"

顾九思在江河的声音中慢慢缓过神来，点点头，下床去给自己倒了杯茶，道："他心中已是愤怒至极了。"

江河转动着手中的扇子，撑着下巴瞧着他，漫不经心地道："没睡好？"

顾九思一顿，点点头，道："梦见玉茹了，还有阿锦。"

"快了。"江河轻叹一声，"周高朗后日就会到东都，咱们没多少时间了。今日你就见杨辉三人？"

"今日见吧。"顾九思点了点头。

江河联系上了自己过去的一位门生，找了个理由约了司马南、韦达诚、杨辉三个人，把地点定在了一家青楼。司马南、韦达诚、杨辉都以为是普通的官场酒宴，欣然赴约，到了才发现三个人都来了。

韦达诚诧异地道："你们怎么都来了？"

"李大人说有关于豫州的事要同我说。"杨辉皱起眉头。

司马南也道："他也是同我这么说的。"

"巧了，"韦达诚笑起来，"他也是这么同我说的。"

"那他人呢？"杨辉很是不耐烦，因为西凤的事，还在气头上，什么事都令他烦躁。

杨辉刚说完，房门就被打开了，三个人望过去，一个穿着斗篷的人走了进来。

韦达诚笑起来："李大人，你……"

韦达诚的话没说完，房门便被关上了，与此同时，顾九思将自己的帽子放了下来。

三个人愣了一下，司马南当即将手放在剑柄上，冷声道："顾九思？"

他们当年在幽州都曾见过顾九思，虽然不熟，但也认得他的相貌。

顾九思见三个人这么紧张，笑着拱手道："三位大人，别来无恙？"

三个人不说话，飞快地思索着此刻应当做什么，是应当立刻叫人来抓走顾九思，还是……听听他要说什么？

顾九思没有给他们时间决策，径直走进房来，悠然地坐在小桌边，给自己倒了杯酒，道："陛下斩杀张大人与叶大人、推翻内阁之事，三位都听说了吧？"

三个人盯着顾九思，顾九思举起酒杯，闻了闻酒香，抬眼看着他们道："三位大人难道一点儿都不怕吗？"

"我们有什么好怕的？"杨辉冷声道，"我们又不是犯上作乱的乱臣贼子，你休要在此挑拨离间。"

"呵……"顾九思低头轻笑,抿了一口酒,慢慢地道,"杨大人,我离开东都之前,先帝曾专门嘱咐我,要我日后好好辅佐陛下。他特意赐我天子剑,希望我能好好督促陛下当一个好皇帝。"说着,顾九思抬眼,嘲讽地道,"我也好、张大人也好、叶大人也好,还有周大人、江大人,都是先帝选出来的辅政大臣。陛下的皇位也是我舅舅江河一手保住的,若不是我们对陛下忠心耿耿,先帝又怎会建立内阁,让我们辅政?你说我们犯上作乱,那你倒是说说,陛下动手前,我们怎么犯上,怎么作乱了?"

这些话让三个人沉默了。他们对当时之事其实并不清楚,单听了范玉的一面之词,如今才在顾九思这里听到了另一个版本。

顾九思看着他们,继续道:"陛下生性多疑,又受了洛子商等奸臣的蛊惑,对我等一直多有猜忌,为了打压我等,时常找我们的麻烦。他见臣子的妻子貌美,便想夺人发妻;见张大人与叶大人关系颇近,就怀疑他们结党营私。三位来东都这些时日,难道还不知晓吗?"

三个人低着头,思索着顾九思的话。这些话都说到了三个人的心里,夺人发妻、怀疑打压,正是最近他们所遭遇的事情。

顾九思接着道:"我的时间不多,便直说了吧。三位大人,范玉并非一个好君主,为了消耗周大人的兵力,范玉在刘行知攻打豫州时特意将你们调到东都,逼迫周大人去豫州。"

"刘行知打过来了?!"杨辉震惊地问。

顾九思挑眉:"哦,你们还不知道?我还以为三位大人是做好了割让国土,卖国求荣的准备了。"

"你放屁!"韦达诚怒喝,"你才卖国求荣。"

"既然不想卖国求荣,"顾九思将酒杯重重地往桌上一磕,"三位将军不守好前线,来东都做什么?就算换了周大人来做天子,大夏还是大夏,难道还会亏待你们?"

"陛下是先帝唯一的血脉,"司马南冷声道,"先帝对我等有知遇之恩,我们不能坐视不理。"

"懂,"顾九思嘲讽地开口,"卖国卫君,忠义!"

"你……!"韦达诚一拍桌子,想要动手,司马南和杨辉立刻拦住了他,道:"不要冲动。"

"对,"顾九思笑道,"不要冲动,监视你们的人还在外面听着呢。"

"监视?"韦达诚的脸色冷下来。

顾九思将杯中的酒一口饮尽，玩弄着酒杯，道："是呀，难道三位不知道？三位身边都是洛子商和范玉的探子，从你们进这个店开始，他们便盯着你们，相信他们也看到我进店了。同我在这屋中'密谋'这么久，你们觉得陛下会怎么想？"

"我杀了你！"这次韦达诚真忍不住了。他们本就被范玉猜忌，出了这事，当真是跳进黄河也洗不清了。韦达诚一把拔了剑，指向顾九思。顾九思霍然起身，迎着剑锋上前："来！"

他这一番动作倒将三个人吓到了，顾九思死死地盯着韦达诚，又向前迈了一步："朝着我的胸口刺。知道杀了我会发生什么吗？最迟后日，周高朗便会和你们在东都大战，而我的兄弟沈明带着不到八万人在前线抗敌。你们这些人为了权势争个你死我活，只有我的兄弟为了保全豫州不顾生死！

"等前线守不住了，他们就只能退守守南关。但洛子商已在守南关上游埋了炸药，只要大夏士兵退回关内，黄河会马上决堤，大夏百万子民受灾，前线军队也会全线溃败。

"从守南关到东都就是一马平川，我们丢了守南关，刘行知就可以带着大军奔袭，三日便可抵达东都。那时候，我们大夏的两支精锐部队两败俱伤，刘行知可以不费吹灰之力便夺下东都。你们在黄泉路上见到先帝的时候，记得同先帝说一句，你们没有辜负陛下。为了保护陛下，国，你们卖了；大夏，你们灭了；百姓，你们害了。你们看看，到时候先帝会不会觉得你们做得对！"

这些话让三个人脸色苍白，顾九思接着道："要是陛下觉得这样做是对的，便不会把天子剑留给我，更不会留下一份'若陛下失德可废'的遗诏了。"

"那你的意思，"司马南找回了几分理智，道，"洛子商是刘行知的奸细？"

"你以为呢？"顾九思嗤笑，"不是奸细，会在黄河的堤坝上动手脚？"

这时外面传来急促的脚步声，顾九思听见三声敲门声，于是站起身道："你们可以好好想想，反正今日之后，你们也没多少时间可活了。"

杨辉见他要走，急忙开口："你什么意思？！"

顾九思起身走到窗边，推开窗，看了看外面瞄准了他的弓箭手们。他脱下了袍子，转头朝着三个人笑了笑："你们以为，在这种关键时刻与我密谈这么久，范玉还容得下你们？好好想想，想清楚了找我！"话音未落，顾九思一步踏出窗户，箭矢如雨而来，顾九思将长袍一甩，挡下了第一拨箭矢。惨叫声此起彼伏，那些站在高处的弓箭手们被暗处的箭矢所伤。

"抓人！他不是一个人！"有人大喊起来。

顾九思落到了地上，回头看了追来的人一眼，嗤笑一声，提剑狂奔。

虽然到处都是追他的人，但他所到之处都是暗箭，一路都有机关，追他的人很快就少了一大半。顾九思冲进一条巷子，掀开竹筐，打开了通往地道的门，跳了进去。

片刻后，追兵到了另一条街。顾九思从密道里爬出来，已经换了身衣服。他大摇大摆地回到西风楼。

江河正坐在书桌边，面色凝重。

顾九思挑了挑眉："怎么愁眉苦脸的？"

江河抬眼："秦城被破了。"

"你说什么？！"顾九思震惊了。

江河抿了抿唇，重复道："秦城被破了，沈明即将退守守南关。"

此番刘行知带了三十万大军，沈明手下只有八万人，在毫无地理优势的地方能坚守这么久已经很不容易。

"今日清晨还说还能撑五日，怎么晚上就……"

江河叹了口气，道："再继续待在秦城，八万大军怕是会覆灭。刘行知之前已经放过话，凡他所至，若不投降，他便屠尽全城。沈明抵抗了这么些时日，刘行知破城后必然不会手软。昨日清晨，玉茹已经找到了洛子商做手脚的位置，沈明收到消息便立刻组织百姓退入了关内。城门已经有了破损，至多一日，秦城必被破，若到时候再撤退，秦城的百姓就保不住了。"

顾九思听说柳玉茹找到了地方，放心了不少，立刻道："那如今是什么情况？玉茹把炸药都拆了吗？"

江河摇了摇头。

如今他们通信主要靠飞鸽传书，三州距离不远，消息从豫州、永州传到东都都只要一天一夜，从永州到豫州更是一个白天即可送到。

江河将信交给顾九思，解释道："不是炸药，具体情况你自己看吧。"

顾九思把信接过来，细细看了一遍，又算了算时间。沈明退守守南关应当是昨日清晨的事，算上安置百姓的时间，今日应该能完成整个撤退行动。而柳玉茹那边的进程如果顺利，明日清晨之前她那边的问题便能解决。周高朗明日进东都……

顾九思立刻道："通知西凤，让陛下今夜在宫中宴请三位将军！"

"你要动手了？"江河立刻明白顾九思的意思。

顾九思点头道："来不及了，我们再不动手，其他人就会抢先动手了。"江河应了一声。顾九思接着道："将你的人叫上，把我的人也叫上，今天晚上只要宫中动了武，立刻将百姓疏散。"

江河皱起眉头："一夜之间？东都有近百万人。"

"我知道。"顾九思点头道，"所以要打开所有城门，可以十户为一组，分组有序疏散。"

"那之后安置在哪里？"

"城郊青桐山。我已让人备好帐篷粮食，那里离河不远，也不用担心水源。"

"一晚上疏散不完。"江河果断地道。

顾九思冷静地道："我会尽量争取时间。"他抬眼看向江河，"疏散百姓只是以防万一，我一定会让周家人下马东都的。"

江河沉默片刻，点了点头。

江河安排安插在宫里的人把消息传给了西凤。此时西凤正在庭院中，范玉去同洛子商议事了。

她自从入宫以来，与范玉几乎是形影不离。洛子商此番前来，面色沉重，而且谈话时不准任何人靠近，所以范玉才让西凤留在庭院中。

西凤摘了片叶子，捏在手中把玩着。

内殿中，范玉撑着下巴看着洛子商，道："人都出现在东都了，你却抓不到？"

洛子商心中不安，只能道："顾九思不是一个人，必定有诸多党羽……"

"朕听你说废话？！"范玉叱喝，"朕要的是人！顾九思来东都了，都见着韦达诚了，你还抓不到人，朕要你又有什么用？！"范玉站起身来，将双手背在身后，急促地道，"既然他们见着顾九思了，必然也知道了豫州的消息。你说他们还会不会向着朕？"

洛子商静静地站在一边，范玉见他不说话，嘲讽地道："不说话了？

不说你会保护朕了？当初你口口声声说你会倾扬州之力支持朕，朕才听了你的话废了内阁，如今呢？！"范玉大吼，随手抓到什么东西都往洛子商身上砸，一面砸，一面怒喝，"你连一个扬州都守不住！扬州没了，我们就只能靠这三位将领，如今你连区区三个人都看不好，还让顾九思抓住了机会。要是他们联合周高朗造反怎么办？怎么办？！"

"陛下！"洛子商被砸得受不了了，猛地喝了一声。

范玉被震住了。

洛子商冷冷地看着他，那双眼里带着血色，让范玉心中一阵哆嗦。

洛子商俯下身去，捡了东西，平静地道："陛下，如今三位大将什么都没说，什么都没做。豫州的消息他们早晚会知道，但这也不足以让他们为此辜负先帝。周高朗马上就要到了，三位将军就算要去救豫州，也会先保护好陛下。"

"那万一……"

"陛下有得选吗？"洛子商看着范玉，把范玉问愣了。

范玉颓然地坐在宝座上，捂住自己的脸，像是疲惫不堪。

洛子商走上前去，将捡起来的东西一一放回范玉身旁，淡淡地道："陛下，如今您除了信任三位将军，已经没有其他能做的了。"

"洛子商……"范玉颤抖着道，"你害朕……"

洛子商弯起嘴角，转头看着范玉，温和地道："陛下，不是臣害您，臣请陛下做的，哪一件不是陛下心中所想？您不想被内阁管束，不想被他们控制，也不想像先帝所期望的那样励精图治，好好守护他打下的江山。"洛子商慢慢地道，"走到这一步，不是臣害您，是您不认命，可不认命要有本事呀。"

范玉颤抖着身子，抬起头来，冷冷地看着洛子商："你说朕无能。"

洛子商面上毫无畏惧之色，温和地道："臣不敢。"

范玉猛地抬手，一巴掌抽在了洛子商的脸上，怒道："朕告诉你，"他指着洛子商，喘着粗气道，"朕死了，便要你第一个陪葬！"

洛子商抬手捂住自己被扇过的脸，看着范玉道："陛下息怒，是臣失言。还望陛下以大局为重，稳住三位将军才是。"

"滚！"范玉指着门口道，"你给朕滚！"

洛子商朝着范玉行了一礼，便转身退开。

洛子商走了，西风就进了大殿。范玉正坐在宝座上，低着头，瑟瑟发抖,西凤立刻挥退了所有下人。

西凤什么话都没说,走上前去,将范玉揽在怀中,用手轻轻地梳他的发丝。范玉的眼泪滑落在她的皮肤上,他的颤抖在她的安抚下止住了。他靠着西凤,感觉到了一种从未有过的安宁。

"他们都想要朕死。"他带着哭腔低喃,"谁都恨不得朕死。"

"陛下莫怕,"西凤温柔地道,"臣妾在这里陪着您。"

范玉慢慢缓过来,突然道:"朕该怎么办?"

西凤想了想,道:"其实陛下如今也没什么选择,只能全赌在三位将军身上了。不如宴请三位将军,好好聊一聊,让三位将军知道陛下对他们的爱惜之心。"

范玉不说话,似乎是在思索。过了一会儿,他叹息一声:"也只能如此了。"

今夜宫中宴请三位将军的消息马上传到了洛子商和顾九思的耳朵里。顾九思召集了他所有能召集的人。虎子在东都混得不错,结交了许多兄弟;而柳玉茹早先建立的线人网也有不少人;江河自己养了一批人;顾九思在朝中也有一些可靠的门生,这些加起来竟然也有近千人了。

宫中为宴会做准备时,顾九思将这些人全都召集到了城外的别庄里。

他见过这些人里的大多数面孔,有身着华服的商人,也有穿草鞋的乞丐;有头顶玉冠的朝中新秀,也有身披轻纱的青楼女子;还有平日里看上去温婉清秀的闺秀和白发苍苍的老妪。他们从内院站到了外院,把别庄的院子塞得满满当当的。

顾九思在内院的高台上放了一张祭桌,设了香炉,供着天子剑,还摆了两碗水酒。江河站在他身侧,脸上的表情也是少有的郑重。

高台下,侍从给每一个人倒一碗酒,高台上,顾九思朗声道:"诸位,此时我等立于院中。诸位可知,刘行知正带着三十万人马攻打豫州?"

"知!"所有人齐声回答。如今的局势,在场众人都明白。

顾九思接着道:"那诸位可知,刘行知曾说过,所到之地,凡不投降者,他便要屠尽满城人?"

这话让很多人震惊了,然而人群中还是有一个青年的声音传出来了:"知道。"

顾九思看过去,那是他的门生,如今在兵部任职。顾九思朝他轻轻点了点头,接着道:"那大家知不知道,周高朗已许诺三军,若攻破东都,可劫掠三日？"

众人不说话，他们早已知道这个消息。他们目光灼灼地看着顾九思，顾九思继续道："周高朗明日便会入东都。若让他破城而入，东都必将生灵涂炭；若以武力抵抗，我大夏的两支精锐部队便会折损于内战，不出两月，东都必会落于刘行知之手。刘行知待子民如猪狗，我等怎可让大夏江山落于他手上？先帝的心血不可废于大夏的内耗之中！

"今夜宫宴中，我将与江大人、宫中义士配合，取得东都的控制权。劳烦诸位见到信号弹后，迅速疏散百姓。"

"明日清晨，我将于城外阻拦周家军。若成，我回来再见诸位兄弟姐妹，若不成，"顾九思扫视众人，道，"来年清明，还望诸位莫要吝惜薄酒。"

所有人握紧了手中的酒杯，将目光汇聚在顾九思身上，带着不惜玉石俱焚的刚毅。

顾九思举起杯来，抬头看向远方，扬声道："皇天在上，后土在下，我等今日在此立誓，为大夏兴亡，百姓安危，无论男女、老幼、贫富、尊卑，人尽其能，不论生死，"顾九思用目光扫过众人坚毅的面容，沉声道，"今夜我等，以血护东都！"

顾九思将酒一饮而尽，将碗掷于脚下，随后脆响在庭院中一一响起，那是人们的决心。

顾九思朝他们作揖，他们也郑重地回礼。人们彼此告别，分头行动。

顾九思目送他们离开。夕阳西下，顾九思看向江河，江河的目光也落在顾九思的身上。

江河笑了笑："走吧。"

顾九思这边已经开始行动了。

洛府之中，洛子商坐在主位上，用目光一一扫过大堂中的人。

"诸位跟了我也有不少年头了。我等从泥沼到高位，已历经无数生死，但这是最关键的一战。今夜顾九思和江河必将入宫，若是事成，东都大战在所难免，南帝与我的约定也能继续，虽一时得不到这江山，但也算东山再起。最重要的是，能为阿鸣，"洛子商顿了顿，一字一顿说得无比清晰，"报仇雪恨。"

"若不成，"洛子商轻笑，"今夜你我难逃一死，诸位可惧？"

"我等命如草芥，"鸣一的语气平淡，他低头看着手中的水酒，无奈地道，"生死又有何惧？况且有诸位兄弟陪着，"鸣一用目光扫过众人，笑起来，"黄泉路上也不孤单了。"

众人都笑了，洛子商眼中也带了一丝暖意。

洛子商举杯，朗声道："来，今夜若是共赴黄泉，这就当送行酒了；若是春风得意，这便算一杯庆功酒。"洛子商笑起来，"无问生平多少事，不过坟头酒一杯。诸位兄弟，来！"

太阳慢慢落下，东都正如月光下的长河，表面上风平浪静，内里波涛汹涌。

永州夜空沉沉，不见星月。

河堤上人来人往，柳玉茹站在一旁盯着。

他们一时找不到合适长度的铁链，只能东拼西凑地接了一条，今天下午才做好送来。

在材料送齐之前，他们一面用已有的材料绑住那些砖板，一面让其余的人加固堤坝。

李先生看起来颇为忧虑，柳玉茹不由得问："李先生，你似乎面色不佳，可是有心事？"

李先生捻着胡子，叹了口气，道："夫人，我怕今夜是不能完工了。"

"为何？"柳玉茹疑惑。

李先生指了指天，道："怕有风雨啊。"

八月本就是汛期，若有大雨，水怕是能没过高水位线。

柳玉茹抿了抿唇，颇为忧虑，道："我方才收到了沈将军的消息，他们已经进入了守南关，我们这边是半点儿差池都不能有了。"柳玉茹叹了口气，"若当真不行，便改日吧，等水下去了再继续。"

两个人正说着话，木南跑过来，道："夫人，桩已经都打好了。"

柳玉茹和李先生立刻赶了过去。

他们要固定砖板，最重要的就是固定好堤坝的地基。他们也是在打桩的时候才发现，原来之所以这三十丈内是平的，是因为每一块砖板的高度都不一样。每一块砖板下面都有一根铁棍，这些铁棍高低不一，又极其锋利。一旦有一块砖板的绳子断了，砖板散开，铁棍上方所受的力就会改变，铁棍便会移动，然后用自己锋利的边割断第二块砖板的绳子。

这样的设置让十块砖板连成一体，只要有一根绳子断掉，所有绳子都会逐一断掉。这个设置十分精妙，柳玉茹不能拆，只能让人用棉布包裹住锋利的地方。但这些锋利的地方所对应的绳子的部分都是极易被割断的，哪怕她这样做，也只能拖延一下时间，改变不了结果。

　　所以，最后解决问题的关键还是回到了保证砖板的稳定上。

　　打桩是最难的，如今他们把桩打好了，就只剩用铁链绑砖板这一项工作了。

　　柳玉茹高兴地看向李先生，道："这样一来，若是动作快些，是不是就能在下雨之前弄好了？"

　　"的确。"李先生笑起来，"大家辛苦了，赶紧做完，也好安心。"

　　他们按原来的法子，二十个人为一组，一组下去一个人。下水之后只能靠摸索，两个人配合着绑一块砖板，因为砖板体积大，又看不见，要绑上便格外艰难。他们只能先绑一部分，出水换气，再入水绑，再出水换气，如此往复。

　　柳玉茹一次绑五块砖板。光这一件事，就要两百多人完成，剩下的人便在一旁接着固堤。

　　柳玉茹、李先生、傅宝元都紧张地看着下河的人。在他们下水的瞬间，四周突然射出无数利箭，在岸上拉着人的人顿时死伤不少。柳玉茹的反应最快，她冲上前去一把抓住了一条正在往下滑的绳子，大喝道："抓绳子，抓人！"

　　场面一时混乱起来，离绳子近的河工立刻抓住了绳子，木南则带着侍卫朝密林里奔。

　　箭矢四处飞，不知道哪里来的杀手拼命往河堤上跑，李先生大喊："他们要砍绳子！"

　　事实上，不用李先生提醒，众人也意识到了他们的目的。木南带着侍卫拼死阻拦，对方的目标十分明确，柳玉茹大喊："不要慌，继续！"今夜这个阵地他们决不能丢。

　　柳玉茹死死地抓着麻绳，手上磨出了血。她咬着牙，在一群河工之中，和众人一起用力。

　　河工们早就慌了神，机械地按她的吩咐做事。他们围在一起，二十个人中一旦有人倒下，外层的河工立刻补上，河堤旁更是有一层层和杀手殊死搏斗的守卫。

黄河咆哮着，柳玉茹前方的人被箭射中，鲜血喷了她一脸，她的手微微发抖。她却竭力保持冷静，大喝："补上！"

四周都是打斗声，不断有人死去，血水流入泥土中，在夜色中根本看不见痕迹。柳玉茹死死地盯着前方，不知道过了多久，终于传来第一声："好了！"

第一块砖板终于被绑好了！他们绑好了第一块，很快就有第二块、第三块。

这些声音刺激了那些杀手，他们竟不管不顾地朝河面发起了进攻。守卫们冲上去想拦住他们，可这些杀手迎着刀刃都没有后退，最终冲开了一个口子。只见一个杀手冲到了还未加固的一块砖板前，抬手便砍了下去！

柳玉茹目眦欲裂："不——"

那一瞬间，十几把刀剑贯穿了那杀手，杀手一脚踹向木南，自己落入滚滚长河之中。

片刻后，所有人都感觉到地面开始颤动，李先生立刻大喊："跑！快跑！很快要下雨了，堤坝扛不住的！"

众人都逃命去了，柳玉茹在一片混乱之间，呆呆地看着奔腾的黄河。

她没保住……堤坝，最后还是要塌了，怎么办？决堤后，黄河会一路往南流，没有河道，它会成为最凶猛的恶兽。首当其冲的守南关，还驻扎着沈明的五万人，那里还有十万百姓。最后的受灾总人数恐有百万之众，洪灾之后又遇战乱，百姓吃什么？

柳玉茹愣愣地看着被冲击的堤坝，砖板散开的地方，陆地逐渐被河水所侵吞。

雨滴开始落下，木南冲到柳玉茹面前，着急地道："夫人，走吧，要决堤了！"

"不能走……"柳玉茹说。

木南愣了愣。

柳玉茹下定了决心，猛地回头，大喊："不能走！"

众人看向柳玉茹，柳玉茹看向傅宝元，质问道："决堤了，我们若是走，永州怎么办？豫州怎么办？下游的百万百姓怎么办？！"

"夫人，"李先生焦急地道，"现在还没决堤，一是因为我们之前的加固，二是因为此刻还没有下雨。若是下雨了，此处必然决堤啊。"

"那之后呢？"柳玉茹盯着李先生，"不管了吗？"

这话把李先生问愣了，柳玉茹继续道："跑，我们又能跑到哪里去？现在跑了，日后诸位想起来，能睡得安稳吗？！"

柳玉茹立刻道："重新组织，立刻加防，让周边所有的村民全部过来。分成三组，第一组找石头，在砖板的位置重新投石，我们已经固定好了五块砖板，剩下的五块还没有全部散开，我们还有加防的时间。第二组人拦截外围的河水，多加沙袋，填实土。第三组人帮忙运送沙袋和实土，同时注意，一旦哪个地方被冲毁，手拉手站过去，减缓水流速度，给其他人争取封堵的时间。"

众人不说话，柳玉茹怒了："快动手啊！等着做什么？看堤坝怎么垮吗？！"

"夫人……"终于有一个人开口，他颤颤巍巍地道，"我……我儿子才三岁，家里还有老人……"

"你可以回去，"柳玉茹平静地看着他，"我不拦你，可你自己要想清楚。今夜堤坝塌了，豫州就会被攻陷，自此战乱无休。你要知道，如今的国库存粮是应对不了连续两年的灾荒的，你今日能带着家里人躲过洪灾，你能躲得过之后的战乱和饥荒吗？"

众人又安静了，柳玉茹扫视一圈："如今堤坝还没垮，哪怕垮了，我们也还有机会。今日护不住，你们记好了，日后大夏几百万百姓颠沛流离，都是因为你们。你们自此寝食难安，你们的家人也将一直受灾。"

"谁都有家人，"柳玉茹的眼睛红了，她握紧了拳头，道，"我女儿还没到一岁，家中还有三位老人，丈夫生死未卜，全家就靠我了。可我今日不会走！"

柳玉茹转过身去，奋力扛起了一筐石子，咬着牙走向堤坝："我今日便是死，也要死在这里。"

她很纤弱，不似北方女子的英姿飒爽，柔弱是这个女子给人的第一印象，此刻她艰难地搬运着石子的背影却让所有人感受到了她体内蕴含的巨大力量。这是一种敢于面对自然、面对命运、面对一切苦难的，沉默而坚定的力量。

她一个人搬着一筐石头，一步一步地走向那怒吼着的大河，意图用这小小一筐石头去对抗自然那令人臣服的力量。

"我留下。"傅宝元突然说。他也开始搬这些石头。

一个又一个人走回来了。

"我留下。"
"我留下。"
"我也留下。"
大家一个个走向堤坝,李先生轻叹一声,道:"既然都留下,我也留下吧。"

守南关。
叶韵伸出手接住了一滴雨,疲惫地道:"下雨了。"
"你去休息吧。"沈明给她加了一件披风,笨拙地替她系上带子,道,"你也赶了好久的路了,得去睡一觉。"
"百姓都入城了。"叶韵低着头,避开了这个话题,"守南关的军械存粮我也给你清点好了。"
"我知道,我知道。"沈明拿她没办法,"所以姑奶奶您赶紧去睡吧。"
"我睡不着。"叶韵摇了摇头。
沈明看着一直低着头的人,道:"你在害怕?"
"玉茹的消息一日不到,"叶韵抿抿唇,道,"我就一日睡不着。"
沈明沉默着,风吹过来,叶韵的披风在风里翻飞,发出猎猎的响声。
"你别担心,我水性很好,如果洪水真的来了,我会保护你的。"
沈明的话把叶韵逗笑了,她抬眼看他,她的眼在夜色里亮晶晶的。
沈明认识她的时候,她已是一个端庄的大家闺秀,眼里却总是弥漫着一股说不出的暮气。她像一个已经走过了万水千山的老人,眼中的一切都了无趣味,所以他总爱逗她。他觉得也只有她骂他的时候,她才有了几分小姑娘的样子。
然而如今只要站在他面前,哪怕烽火连天,她也时刻明媚耀眼,是柳玉茹曾经和他描述过的那个样子。
他忍不住上前了一步,道:"叶韵。"
叶韵挑眉:"嗯?"
"跟着我到前线来,你后不后悔?"
这话把叶韵问愣了,沈明接着道:"你吃不好,穿不暖,颠沛流离,连一个好觉都没有睡过……"
"那又怎样呢?"叶韵笑眯眯地望着他。
沈明有些踌躇地道:"你过得不好。"

"可是我有你啊。"

沈明愣在了原地。

城楼上风声猎猎,叶韵上前一步抱住了沈明:"我不后悔。沈明,和你一起奋战的时候,我什么都忘了。"她忘了曾经的屈辱,忘了恶心的回忆,忘了自己对前程的担忧,忘了对这阴暗的世界感到的绝望与怀疑,心里只剩下同他一样的单纯和直率。她挣脱了后院的禁锢,知道天高海阔。如果说柳玉茹教会她一个女人可以独立,那沈明则教会她一个女人该心怀天地。

"明日若是刘行知打过来,我们便不能退了。"

"我知道,"叶韵温柔地道,"同你死在一起,我是愿意的。"

沈明犹豫着,还是伸出双臂,抱住了叶韵柔软的肩头。她红色的披风被风吹着拍打到他的身上,将他包裹住。

沈明死死地抱住叶韵,嗓音低哑:"我想娶你。等回去了,我一定要娶你。"

叶韵不说话。靠在沈明胸口上的时候,她闭上眼,闻着他身上的血腥气,突然觉得她过去所经历的动荡以及那些痛苦与不安都散落了。你执着于回忆,过往便会成为牢笼;只有坦然面对,才能成长。

今日之叶韵生于烈火。如果有得选,她当然也想顺顺当当地走过这一生,但既然无法选择,也感激这一场修行,让她跋涉而过,终成圆满。

雨滴啪嗒啪嗒地落下来,叶韵闭上眼睛。

这是一个风雨交加的夜晚。

今夜今时,大夏国土,好儿郎以血护东都,以死守黄河,以魂护苍生!

第十九章　长风渡

东都。

韦达诚、杨辉、司马南都已经穿戴好，准备赴宴。

杨辉刚迈出大门，便看见一个一身黑袍的人从一顶不起眼的小轿上下来。她见了他，眼里全是惶恐。

杨辉看清了西凤的脸，愣了愣，道："西凤？！"

西凤一言不发，猛地扑进了杨辉怀里，杨辉毫不犹豫地将美人揽入府中。但刚让人关了大门，他便想推开西凤。西凤在他怀里瑟瑟发抖，他一时心软，竟不知道该怎么办了。

他叹了口气，道："娘娘，您这是……？"

"不要进宫……"西凤的声音颤抖着。

杨辉一听此话，顿时冷了脸，道："你说什么？"

"陛下……"西凤抬眼看他，眼里蓄满了眼泪，"陛下想杀你啊！"

杨辉愣住，一道闪电照亮了他们。

杨辉很快冷静下来，扫了站在旁边的管家一眼，揽着哭得梨花带雨的西凤进了屋："你先进来，慢慢说。"杨辉关上门，只留下西凤同他在屋中，急切地道，"你说陛下想杀我？"

西凤哭着点头，杨辉皱起眉头："他为何要杀我？"

"我……我也不明白。"西凤摇摇头，道，"我今日午时去给陛下送汤，就听见陛下在砸东西,说什么……他们也同张钰、叶青文一样找死,然后他就吩咐人去备毒酒,说你们是听不懂话的奴才……还说什么要嫁祸给顾九思!"西凤说着,皱起眉头,道,"顾大人那样的风流人物我倒是听过的,可是他不是早就逃到幽州去了吗?我实在不明白陛下的意思,可知道,"西凤急切地抓住了杨辉的袖子,焦急地道,"如今宫中已经到处是兵,你去不得啊!"

"既然到处是兵,"杨辉警惕起来,"你又是如何出宫的?"

西凤愣了愣,颤抖着站起来,难以置信地道:"你怀疑我?"

"不……我……"

杨辉的话没说完,西凤抓起一个杯子就往他身上砸,一面砸,一面哭道:"你怀疑我!你竟然怀疑我!我为了你连贵妃都不当了,扮成宫女出宫,光是一路的打点就已经耗尽了积蓄,你竟然还怀疑我!"

"西凤!"杨辉一把抓住西凤的手,急切地道,"我不是这个意思!事关重大,我得好好想想!"

"不要进宫!"西凤哭着道,"我只是想让你活着,有这么难吗?!"

杨辉微微一愣,西凤哭得上气不接下气的,慢慢滑坐到了地上,杨辉的脑海里一时闪过许多事。西凤听见却不明白的话,他却能明白。

"和张钰、叶青文一样找死……","嫁祸给顾九思……",皇帝这是对他们起了杀心啊。

一开始司马南和韦达诚收了顾九思的胭脂,后来范玉收了西凤,以范玉之多疑,打压完必定又会开始怕他们生出反心。周高朗入东都在即,顾九思又出现在东都,还和他们三个人见了面,范玉怕是想破釜沉舟,把他们的死嫁祸给顾九思,让他们的属下为报仇与周高朗拼个你死我活。

杨辉久久不言,感觉自己被逼到了绝路上。如今他们无论反不反,在范玉心中,他和韦达诚、司马南已经是逆贼了,哪怕范玉今夜不杀他们,也只会是因为范玉还用得着他们。

张钰和叶青文的死就是前车之鉴,而顾九思那一番话,更是说到了他们的心坎上。

他们保护范玉是为了报范轩的恩,范轩既然留下了废帝的遗诏,这足以说明,在范轩心中大夏比范氏的血脉更重要。一个愿意卖国的帝王,又怎么会是范轩想要的继承人呢?

最重要的是,豫州是他们三个人的根,范玉将豫州让给刘行知,哪怕他们三人现在打退了周高朗和刘行知，未来他们手里也只有老将残兵了。范玉现在就已经不相信他们了，到那时难道还会手软吗？

杨辉慢慢闭上眼睛，叹了口气，道："你莫哭了，我会想办法。"

"你不入宫了？"

"入。"

"那你……？"

"我不会死。"杨辉摇摇头，将西凤扶起来，替她拭去眼泪，"你跑出来便不要再回去了，我现下让人送你出城，若我还能有来日，再让人来接你。"

西凤呆呆地看着杨辉，杨辉笑了笑，抱了抱她，道："你还年轻，别死心眼儿，走吧。"说着，他领着西凤走出了屋子。他送她上马车时，她像是刚刚反应过来，猛地抓住了杨辉，紧张地道："会打仗吗？"

"会吧。"杨辉笑着看着她，又道，"你别怕，我是将军，征战是常事。"

"那么，"西凤少有地郑重地看着他，"你会保护百姓，还是天子？"

杨辉没想到西凤会问出这样的问题来，诧异过后又笑了："你希望我保护谁？"

西凤抿了抿唇，道："我是百姓，我的父母、亲人、朋友都是百姓。"

杨辉看出西凤眼里的祈求，心中微微一荡，不由得抬起手来，覆在她的面颊上，温柔地道："那我这次就为了你拔剑。以前我都护着天子，这一次我守百姓。"

西凤静静地看着杨辉。其实杨辉生得不错，西凤素来觉得他轻浮，如今却发现，说起百姓时他也很可敬。

她没再同他调笑，垂下眼，转过身去，声音低哑地道："珍重。"

"走吧。"杨辉轻叹。

杨辉站在门口目送她离去，管家走到他边上来，小声道："韦大人和司马大人都在半路被拦回来了，方大人也正候着您。"

杨辉点点头。

方大人就是之前帮顾九思请他们赴宴的那位官员，名为方琴。如今他们要联系顾九思，就得找这位方大人。

杨辉走进大堂，方琴正在喝茶，站起身来，朝杨辉行了个礼。

杨辉直接道："顾九思在哪里？我要见他。"

"大人想好了？"方琴笑眯眯地问。

杨辉果断地道："想好了。"

"那另外两位大人呢？"

"我会说服他们。"

"那么，"方琴笑道，"敢问大人，若要拿下宫城，需要多长时间？"

杨辉睁大眼："他是要我们直接造反？！"

"难道，"方琴露出疑惑的神色，"杨大人还打算入宫送死吗？"

杨辉沉默了片刻，道："我等共有近二十万兵马，城内约有一万，宫中禁军有五千是我们的人。今夜若要所有兵马入城，至多两个时辰。"

方琴点了点头，恭敬地道："那就烦请杨大人先调兵围宫城，并抓捕所有从宫中逃脱的人，尤其是洛子商的人；同时控制城防，打开所有城门，组织百姓出城。顾大人会入内宫说服陛下，能避免战火当然最好，但若是到了卯时他仍未出宫，杨大人可直接攻下宫城。"

"为何要组织百姓出城？"杨辉皱起眉头。

方琴道："我们得到消息，周高朗已经拿下了望东关，若连夜行军，最迟明日清晨周家军便会到达东都。明日清晨，顾大人会先和周大人谈判，尽量让周大人放弃攻打东都，和平入城。若顾大人做不到，届时无论三位将军是和周大人开战，还是与周大人结盟，百姓都还有生路。"

杨辉沉默了。

方琴抬眼看向杨辉："杨大人，不管你们是保东都还是保豫州，顾大人都不会阻拦。但我们希望你们能给百姓一条生路。"

"我明白了。"杨辉深吸一口气，"顾大人如此胸襟，杨某佩服。等司马将军和韦将军到了，我会同他们说明的。"

方琴朝杨辉作揖，道："如此，方某先替东都百姓谢过三位将军了。"

司马南和韦达诚匆匆走进来，韦达诚急急地问："你说宫里有埋伏，可是真的？"

"八九不离十。"杨辉点头道，"你可派人入宫一探。"

"不必了。"司马南说。

另外两个人看向司马南，司马南神色平静："我今日想了一日，顾九思说的没错，我们效忠先帝，可在先帝心中大夏江山比范氏血脉重要。范玉割让豫州，不配为君。"司马南扫了他们一眼，"况且他今日不杀我们，来日我们无处可归，又无兵马，他还会留着我们吗？"

范玉能杀了从小看着他长大的张钰，对将他视如子侄的周高朗都如此仇视，他们这些人又算得了什么？

三个人沉默片刻，杨辉终于道："我已同顾九思联系过了。"

杨辉将顾九思的意思复述了一遍，司马南斟酌片刻，点头道："就这样吧。今夜将百姓送出去，明日顾九思若拦不住周高朗，我们便与周高朗合作，东都……"司马南抿了抿唇，道，"终究不及大夏重要。"

方琴静静地听着他们商议，提醒了一句："但是布防还是必要的，"他笑了笑，"顾大人说了，以防不测。"

司马南想了想，应声道："可。"

送信的人从杨府出发，去了不同的地方。

城中驻兵地，侍卫拿出令牌，高声道："三位将军有令，即刻调兵至宫门前，不得违令！"

城郊，侍卫立于马上，举起令牌，扬声道："三位将军有令，今夜有变，众将士入东都待命！"

兵马迅速集结，而宫城之中，范玉正兴致勃勃地指挥人布置宫宴。

他今夜打算好好同司马南、韦达诚、杨辉三个人说一说，为了彰显心意，特意亲自来安排今晚的酒宴。

宫人来来往往，范玉问刘善："贵妃呢？怎么不见她？"

"娘娘正在来的路上。"刘善笑着，恭敬地道，"娘娘说今夜宫宴，得好好打扮。"

"对对对，"范玉高兴地道，"今夜要郑重些，让她不要急。"

洛子商正慢慢地往大殿走，一面走，一面询问鸣一："你说杨辉他们反了？"

"是。"鸣一恭敬地开口，"已经在调兵了，大人，您看……"

洛子商闭上眼睛，片刻后，他平静道："大殿的火药放好了？"

"放好了。"鸣一立刻说，"按您的意思，用引线连好了。"

洛子商低笑了一声。

鸣一不明白："您笑什么？"

"我没想到顾九思竟然真的能策反那三个人。"洛子商慢慢地睁开眼睛，"他大约也没想到，我的火药从一开始就不在永州。"洛子商转过身去，平静地道，"走吧。"

"大人……"鸣一低声说。

洛子商看着他："嗯？"

"要不,"鸣一抿了抿唇,"我们走吧。"

洛子商静静地注视着鸣一,鸣一握紧了剑柄,抬头看着洛子商道:"如今三位将军已经反了,刘行知的大军还在豫州,我们无论如何都不能再在东都待下去了!"

"你以为,"洛子商平静地道,"我们如今还能走吗?"他转过身,无奈地道,"我们还能去哪里呢?"

刘行知若是不能拿下大夏,哪里还会有他们的容身之所?扬州已经没了,刘行知若是失败,必定会拿他们出这口恶气,而东都……今夜之后,也不会再有他们的落脚之处。

洛子商除了往前走,别无选择。若如今离开东都,他余生都只能流窜各地,逃避追杀。

鸣一无法反驳,洛子商顿住脚步,回过头去。看着鸣一茫然的模样,洛子商突然想起了萧鸣。萧鸣,问一,洛子商身边的人已经一个个地远去了。

洛子商静静注视着鸣一,好久后,突然道:"你带着兄弟们走吧。"

"大人?"

"我逃不了了,"洛子商很平静,道,"但你们还可以。你们走吧,回府里拿点儿钱,赶紧出城,以后隐姓埋名,重新开始生活。若黄河如期决堤,你就拿着我的信物、带着兄弟去投靠刘行知;若没有决堤,你们就散了吧,拿着钱远走高飞,不要再入大夏。"

"不行,"鸣一皱起眉头,"我若走了,谁护卫大人?"

"你不走,"洛子商静静地看着他,"是想看我死在你面前,还是想让我看着你死?"洛子商转过身去,不再看鸣一,"走吧,我终究是你的主子,你要听我的命令。"

这话说得重了,鸣一呆呆地看着洛子商走远。洛子商走得很平稳、很快,始终没有回头。

洛子商突然发现,他终究是孤孤单单的一个人。他低笑起来。

洛子商走到门口,扬声道:"陛下!"

所有人同时看过来,刘善眼中闪过一丝冷光,洛子商恭敬地行礼:"陛下万岁万万岁!"

"洛大人来了。"范玉很冷淡,"先入座吧,等着三位将军来了再开席。"

洛子商笑了笑,没有表现出被怠慢的不满。

范玉给自己斟酒，无奈地看向刘善，道："三位大人为何还不来？"

"或许是路上堵住了，"刘善解释道，"东都夜市繁华，三位大人的马车可能被堵在半路上了，奴才让人去催催。"

"不，"范玉抬手，"不用，慢慢等吧。惹三位大人厌烦便不好了。"

刘善笑着应了声。

听到刘善和范玉的对话，洛子商笑着低下头，也不说什么。刘善看了洛子商一眼，心中颇为不安。

范玉百无聊赖地敲打着桌面，又等了一会儿，不满地道："三位将军来迟也就罢了，贵妃呢？她也堵在路上了？"

"奴才让人去催催。"刘善赶紧下去了。

这时候西凤专属的贵妃马车正慢慢地往前挪动，顾九思身着暗红色外衫，用布带束了一半发丝在脑后。他挺直了腰背，双膝上平平地放着一本册子，没有标书名，但极为厚实，其上平放着一把剑，镶金边的黑色剑鞘古朴典雅。江河和望莱坐在两边。

江河着金袍，戴玉冠，摇着扇子道："你让我伪造那本册子，到底是要做什么？"

"我想试一试。"

"试一试？"江河有些不理解。

顾九思低下头，轻拂册子，慢慢地道："舅舅，如果没有遇到玉茹，没有发生这一切，我或许也会一直是个纨绔子弟。我会不知道言语能有多伤人，不知道自己无意中的一个玩笑会毁掉一个人的一生。我会用大半辈子和我父亲斗争，费尽心机向他证明自己。"

江河静静地听着，顾九思抬起头来，看着晃动的车帘，接着道："我听刘善说，陛下最后问先帝的是，天下与他，谁更重要？你们或许不明白，可我懂，陛下其实非常在意先帝。"

"儿子不是都会很在意父亲吗？"江河垂着眼眸，张合着手中的小扇。

顾九思摇摇头："并不是每一个人都会在意自己的父亲，可是许多人会在意自己的人生。"

江河抬眼看向顾九思。

顾九思看着江河，话里若有所指："父母是一个人的起点。"

江河没说话，许久后，骤然笑了："你说的不错。"

"一件事成了执念，"顾九思收回眼神，慢慢地道，"执念都需要被结束。"

江河转过头去,看着窗帘外忽隐忽现的宫墙:"你说的没错,"他低喃,"所有的事都需要一个结果。"

到了大殿门口,他们走下马车,周边有人露出了诧异的目光。没有人敢问话,顾九思、江河、望莱三个人都走得坦坦荡荡。

宫人认出他们,惊疑交加。殿中舞姬广袖翻飞,范玉坐在高座上,震惊地看着门口出现的人。

顾九思提着剑,身后跟着江河、望莱,从舞姬中穿行。他们停在大殿中央,三个人单膝跪下,朗声开口。

"臣顾九思!""臣江河!""臣望莱!""见过陛下!"

如今已是戌时,宫城之外,士兵开始聚集在一起。

守城士兵紧闭宫门,急声道:"快,去禀报陛下,三位将军谋反,已将宫城围住了!"

顾九思的人领着杨辉的士兵冲上东都外城城楼,大声道:"奉令入城!阻拦者,格杀勿论!"

黄河大堤,抗洪工作正有条不紊地进行,周边的村民都已经赶了过来,帮忙运送沙袋,帮忙投石填土……雨还在下,大堤裂开一个口子,便拦上了一队人,他们手拉着手,填沙石的人迅速跟上。

柳玉茹跟其他人一起搬运沙袋,她的体力并不算好,行动艰难。

傅宝元看着她的模样,苦笑着道:"你要不先回去吧?"

柳玉茹抬眼看他,傅宝元同她一起抬着沙袋,小声道:"锦儿才一岁,万一九思出了事,家里还得靠你。这里多你一个不多,少你一个不少。"他低着头道,"雨越来越大了。"

雨越来越大,决口也越来越多,真正的大浪袭来的时候,全线崩溃是迟早的事情。

柳玉茹明白他的意思,摇了摇头:"我让大家留下,我怎么能走?"

他们将沙袋放在固定的位置,又折回去继续搬沙袋。这时候,有人惊呼起来。

"大浪!大浪来了!"

柳玉茹回过头去,远处的河面上像是奔来了一群猛兽一样,雨水也随之变得凶猛起来。

她大喝:"拉好!所有人拉好!"

守南关上,风声猎猎。

远处成群的战马踏出隆隆的响声,军鼓响着,嘶喊声冲天。沈明立在城头,眺望着冒雨而来的大军,头盔上的红缨在风中飘舞。旁边的叶韵冷静地道:"所有的药材、担架都已经准备好,火油也准备好了,你放心。"叶韵抬眼,看着远处的敌军,"你受伤,我救你。你死了,我收尸。若他们攻破守南关,我一颗粮食都不会留给他们。"

沈明转头看她一眼,忍不住笑起来:"你还是这么果敢。"

叶韵正想再说些什么,沈明骤然大喝:"放箭!"

千万带火的羽箭照亮夜空,大夏开国以来最艰难的一场守城战拉开序幕。

东都的大殿内一片死寂。

范玉愣愣地看了顾九思好久,才站起来,颤抖着声音道:"你……你怎么会出现在这里?!"

"来人!"他环顾左右,大声道,"来人,来人!拿下这个逆贼!"

话刚说完,外面就传来一阵急促的脚步声,一个侍卫冲进来,道:"陛下,不……不好了,他们把宫城围了!"

"你说什么?"范玉很震惊,"谁把宫城围了?!"

侍卫跪在地上,喘息着道:"韦达诚、司马南、杨辉。他们如今陈兵在宫外,把整个宫城都围住了。"

范玉整个人都蒙了,下意识地看向了洛子商。洛子商站起身来,将双手交叠在身前,平静地看着顾九思,道:"顾九思,有什么话都可以谈,不妨请三位将军入宫一叙。"

"你还在这里?"顾九思静静地审视洛子商,"我以为你已经跑了。"

"你在外面布下了天罗地网,"洛子商笑起来,"我若出去,不是自投罗网吗?"

"洛大人料事如神。"

"不比顾大人。"

两个人看着对方,范玉紧张地看看他们两个人,大声冲侍卫道:"愣着做什么?还不把他们抓起来!都给朕抓起来啊!"

"陛下，"洛子商从高台上走下来，提醒范玉，"只要我们动手，他们便会攻城。"

洛子商走到顾九思面前，他们身形相仿，连眉目都有几分相似。洛子商低笑了一声："同你认识这么久，似乎还未曾对弈过。"

"的确。"

"手谈一局？"

"可。"顾九思看向刘善，将手中的册子递过去，平静地道："呈交陛下。"

刘善捧着册子，交给了范玉。范玉惊慌又害怕，不敢触碰那册子。

宫人端来了棋桌，开始摆放棋盘。

顾九思请洛子商入座，又低声同范玉道："这是我在幽州时，从先帝故居里找到的东西。我想陛下应当想要，便带了过来。"

听到是范轩的东西，范玉定定地看着那册子，摇了摇头，像是想拒绝。

顾九思捻起棋来，平静地道："陛下还是看看吧，或许陛下一直想要的答案，今日便能得到了呢？"

范玉看了那册子许久，终于伸出手接过，打开了它。那是范轩的日志，像是在很多年前写的。

"今日吾儿临世，抱之，啼哭不止，怕是不得其法，需专门请教抱孩之术。"

"为吾儿取名，思虑已有数月，再不得名，恐将以'娃娃'称之，只得抽签，得名'玉'。天定为玉，我儿必为如玉君子。"

范玉一句一句地读这本从他出生开始写的日志，一时竟是看痴了。

而顾九思见范玉开始看册子，便转过身，抬手，对着洛子商做了个请的姿势。洛子商看了他一眼，点了点头，落下第一颗棋子。

"我本以为我会赢。"洛子商的声音随着落子的声音响起，"当年我就怂恿刘行知打大夏，但刘行知不敢，我只能答应他做他的内应。我一早便知道大夏会兴盛，但那时大夏的根基还太弱，所以我还有机会。我本想等到你们鹬蚌相争，我这渔翁便可得利。"

洛子商棋风凌厉，步步紧逼。顾九思不紧不慢，抵御着洛子商的进攻，声音平淡地道："可你这一等，便给了大夏机会。我和玉茹在幽州鼓励耕种，发展商贸。黄河通航之后，大夏商贸发达。在玉茹的组织下，永州、幽州产粮大增。而黄河的通航不仅使大夏快速从内乱中恢复元气，还解决了幽州至永州段的粮草运输问题，使得你们攻打大夏的难度倍增。"

"可我也不是什么都没做，"洛子商把顾九思的棋子困住了，继续道，"黄河决堤，你在豫州前线便会全军覆没。"

顾九思在远处的角落落下一子。

"我以范玉的名义将前线驻军全部调离，屯兵东都，又设计杀周夫人，让周高朗在激愤之下攻入东都。大夏的两支精锐部队决战于此，最终只会留下一队残兵。"洛子商再落一子，又围起了顾九思的一片棋子。

顾九思神色不变，又在远处落下了一颗棋子。

"不过大夏的军队经历了这么多战役，哪怕剩下一支残军，也是能和刘行知打上一打的。刘行知的战线拉得那么长，必然有兵力疲惫之时，到时我就可以打着光复大夏的名号，乘虚而入，一统江山。"说着，洛子商将棋子放在边角，一颗一颗地收走顾九思右下角的一片棋子，"你本该死在这个时候。"洛子商的语气里满是遗憾之意。

顾九思漫不经心地落子，温和地道："可惜，我没有。洛子商，其实你会输是一早就注定了的。"

洛子商皱起眉头："你什么意思？"

"你以为先帝不知道你的打算，以为先帝是为了讨好扬州才让你当太傅，但其实先帝是在争取时间。你与刘行知身为一国之君，却不想如何让国力强盛，只知道钻营权术。先帝知道你们的打算，也知道如果当时拒绝了你，你便会回到扬州再想其他办法，还有可能因感受到大夏的威胁而说服刘行知一起进攻大夏。一旦你们合作，当时的大夏根本无法抵御，所以先帝才会答应你，让你入东都，不是给你机会，而是为大夏争取时间。"

听到这话，洛子商骤然睁大了眼睛。顾九思开始收棋，洛子商这才注意到，顾九思的白棋早已连成一片。

顾九思继续道："你以为让黄河决堤消灭了豫州守军就可为刘行知开道，却不知道周高朗就等着你们这么做。"

"为何？"洛子商握着棋的手心出了汗。

顾九思平静地道："黄河水患，数百万百姓受灾，始作俑者是你和刘行知，这消息一旦传出去，民心向谁？"

"民心？"洛子商嘲讽道，"民心算得上什么？"

"若放在平日，自然算不了什么，"顾九思接着道，"但你们毁了黄河大坝，周高朗劫掠东都的财富修大坝，你说永州是周大人的，还是刘行知的？"

洛子商的脸色变了，顾九思落子，再一次收棋："黄河决堤，你们歼灭了豫州守军，也培养出无数的仇人。只要能被养活，他们就会成为周大人最得力的将士，永州更会不战而称臣。再说就算拿下了永州，刘行知攻打扬州时得有多难？"

棋盘上，顾九思转守为攻，洛子商艰难地防御，额头上开始冒汗。

顾九思接着道："你以为将三位将军放在东都，周高朗与他们在东都决战，然后周高朗就只能以残兵死守东都和刘行知再战了吗？不，周高朗从一开始就做好了打算。他不要东都，只要东都的钱。靠这些钱，他可以拿下永州，整兵再战。那时候，刘行知将会对上百万大军。你还觉得，黄河决堤，是一条妙计吗？"

洛子商顿了顿，继续道："若扬州还在我手里呢？周高朗难道不怕我与刘行知一起攻打永州吗？"

"你以为先帝为什么让你在东都待这么久？"顾九思平静地道，"你在扬州犯下的滔天罪行，扬州百姓都记着，只是一直在等待。萧鸣一个十九岁的少年，要彻底控制一个早就暗潮涌动的扬州是很难的。就算没有玉茹，也会有别人，你失去扬州是迟早的事。每一个选择都会有对应的后果。洛子商，你以为你聪明绝顶，但这世上比你聪明的人太多了，他们为什么不选这条路？"顾九思抬眼看他，"因为这是一条罪行累累的路，是绝路。天下不只有江山，还有百姓。你想要天下，胸中得装得下天下。专于玩弄权术，你怎么能看清全局呢？"

"如果你能像先帝那样，你就不会入东都，而会在扬州好好赎罪，让扬州百姓过上好日子，甚至根本不会以那样的方式成为扬州之主。哪怕你如周高朗那样为人臣子又想自立为王，看着先帝查国库、平旧党、治黄河、查永州案、减轻赋税、发展农耕商贸、提前科举，难道还意识不到这都是先帝为这一场天下之战做的准备吗？周高朗放弃东都难道就是输了吗？你自己看看，大夏最大的两个粮仓在哪里，在幽州和永州。大夏主要的航道在哪里，是幽州至永州航道。只要周高朗把控了这两块地方，卷土重来是迟早的事。"

最后一颗棋子落下，顾九思看着洛子商，道："所以从一开始你就输了。"

洛子商没说话，看着落败的棋局。好久后，他忍不住低笑："我输了……"他捂住脸，还在笑，"我输了……你又赢了吗？！"洛子商大喝，"你要的是一位明君，是一个清平盛世！周高朗这样一个拿一城百姓的性命换皇位、视人命如草芥的人与我又有什么区别？！他们不过出身比我好，起点比我高，你以为他们能高尚到哪里去？！"

"就算是你——"洛子商状似癫狂，站起身指着顾九思，"你以为你比我善良多少？你是踩在别人身上，所以才未沾染泥尘，你有什么资格说我？！"

"我没有。"顾九思站起身来，淡淡地道，"我只是让你死得明白些。"

洛子商觉得好笑："死得明白些？"

"你可以自尽，这样体面一些。"顾九思抬眼看他，"你不愿意也无妨，我可以亲自送你上路。"

"顾九思，"洛子商突然笑起来，"你是不是觉得你赢定了？"

顾九思见他这个笑，心道不好，猛地扑了过去，洛子商却是一把抓下旁边的蜡烛："你停下！"

"我在这宫中已放好了火药。"洛子商抓着蜡烛，退后了一步。

刘善脸色大变，宫人开始往外跑。刘善慌忙去扶范玉，着急地道："陛下，快走，快走啊！"范玉握着册子，被刘善拖着往外跑。

顾九思不敢动。他知道洛子商的目标是自己，一旦自己动了，洛子商会立刻点燃引线。顾九思为所有人争取着时间，下意识地攥紧了拳头。

"柳玉茹一直说我不是好人，"洛子商慢慢地道，"其实能不杀人的话，我也不会随便杀人。"

"你本该是个好人。"顾九思开口。

洛子商低笑一声："或许吧，可我如今已经是个坏人了。有句话我一直没说，可如今我得说——"洛子商看着顾九思，"你顾家，该给我、给我娘说声对不起。既然不能娶洛依水，为什么要招惹她？既然招惹了她，为什么不娶她？既然生了我，为什么不好好养育我，不好好教导我？为什么你过着锦衣玉食的生活，我却要见尽世间恶，受尽世间苦？我是有错，对不起天下人，可你顾家欠我一声对不起。"

顾九思愣了愣，下意识地看向江河。

江河看着洛子商，平静地开口："若顾家给你道歉，你能放下手中的蜡烛吗？"

洛子商听到这话，似是觉得好笑极了，大笑着道："我放不放下蜡烛，和顾家该给我道歉有关系吗？区区一声对不起，就想让我放下屠刀立地成佛，你不觉得你在做梦吗？！"他笑出了眼泪，"我确实输了，可是顾九思、江河，你们也没有赢。"洛子商低声道，"我们谁都没有赢。"

洛子商要去点引线，突然听到江河用极低的声音说了声对不起。洛子商的手微微一颤，然而也就是这一瞬间，江河的剑猛地贯穿了洛子商的身体。江河想把火扑灭，但洛子商在他扑过来时已经抽出了袖刀，把刀捅入了江河的身体。同时洛子商将烛火换了一个角度，送到了引线上。

引线被点燃了，顾九思朝殿外狂奔，江河争取来的时间只够顾九思跑到门口。身后一声巨响，一股热浪把顾九思冲了出去，他扑倒在地上。顾九思觉得自己的五脏六腑都被震碎了，噼里啪啦的坍塌声传来，他用尽所有力气回头，大殿已烧成了一片火海。

大殿中，被火焰围绕的两个人口流鲜血。

"你说的没错。"江河艰难地道，"招惹了她，没娶她，是我的错。"

洛子商听到这话，慢慢地睁大了眼。

江河喘息着，接着道："没好好教导你，也是我的错。如今我亲手了结了你，我这条命也赔给你。可是你得知道一件事，"江河抬起手，覆在洛子商的脸颊上，"你母亲很爱你。"

洛子商静静地注视着他。

江河开始觉得眼前发黑："而我很爱你母亲。"江河没有力气了，声音越发微弱，"如果……如果她父亲没有杀我哥，我会娶她，会……会知道你出生了……会……"

房梁终于支撑不住，在烈火的灼烧下轰然坍塌。江河将洛子商一推，房梁砸在江河身上，江河倒在洛子商的身上，艰难地说完了最后一句话："好好……陪你……长大……"

洛子商躺在地上，能感觉到鲜血的流淌，火舌吞噬了他的衣袖，舔舐他的皮肤。他在剧痛中，仿佛看见年少的自己。

他蹲在私塾门口，里面的学生在摇头晃脑地读书；柳家的马车从他面前缓缓驶过，小姑娘挑起车帘，好奇地看着他。那时候，天很蓝，云很白，扬州风光正好，他也正值韶华。

他慢慢地闭上了眼睛："爹。"

他曾经无数次地想，如果顾朗华肯在那时将他接回顾家，他或许也会和顾九思一样。直到今日,他才知道他的父亲不是顾朗华,而是在十二岁那年,亲手将他送上这条路的那个人。洛家灭门是这条白骨累累的路的起点,饶是如此,在江河说希望有机会好好陪他长大的时候,他依旧愿意叫江河一声爹。

顾九思倒在地上的时候,一直守在外面的望莱赶紧冲过来扶他:"大公子你没事吧?"

"舅舅……"顾九思喘息着,"舅舅……"

"大人还在里面。"望莱握着顾九思的手已经开始颤抖,声音低哑地道,"大公子,还有很多事等着我们去做。"

顾九思半跪在地上,说不出话。

望莱眼睛泛红,却还是道:"大人早已料到会有今日了,他说他欠洛子商、欠洛家一条命,早晚要还的。"

顾九思借着望莱的力站了起来,声音低哑地道:"先组织人救火,还有许多事等着我们。"

他一面说,一面跟跟跄跄地往外走,身后烈火熊熊。顾九思用了所有力气让自己理智一点儿,可不知道为什么,还是觉得眼前的景象越来越模糊。从内院到外院,顾九思走了很久。

走到范玉面前时,顾九思似乎已经冷静下来,恭敬地道:"陛下。"

范玉恍若未闻,只茫然地看着冲天的大火。

顾九思艰难地咽下涌上喉间的鲜血,声音沙哑地道:"下令吧。"

范玉转过头,茫然地看着顾九思:"下什么令?"

"传位于周大人。"顾九思道,"只有这样,您才能有一条生路。"

"生路?"范玉笑了,"周高朗哪里会给朕生路?"

"陛下,"顾九思低下头认真地道,"就算不为您自己,也为百姓想想。"

"蝼蚁之命,"范玉冷着脸,"与朕何干?"

"陛下,"顾九思叹息,"臣曾听先帝说过,陛下一直是先帝的骄傲。"

范玉握起拳头,梗着脖子不说话。

顾九思低着头,接着道:"如今先帝已经去了。"

这话让范玉有些恍惚。

顾九思叹了口气:"陛下,哪怕天下人都不认同您,先帝依旧把这个江山交给了您,您要证明先帝是对的,至少要为百姓考虑这么一次。将江山交给周高朗,救东都的百姓一回吧。"

范玉久久没有说话，似乎有些茫然，手里还拿着顾九思给的册子。顾九思就在一旁等着他。

许久之后，范玉转过头来，看着顾九思，终于道："西凤呢？"

"还活着。"

"朕若让了位，周高朗会放过朕吗？"

"会。"

"刘善呢？"

"能。"

"西凤也能吗？"

"能。"

"好。"范玉转过头去，垂下眼眸，像是疲惫极了，"拿纸笔来吧。"

刘善立刻拿来纸笔，范玉写下圣旨，又盖上玉玺。

顾九思核对内容后，舒了口气，道："请陛下先休息吧。"

刘善躬身应下，把范玉扶回了寝宫。范玉一直拿着那本册子，神色恍惚。

"刘善，"范玉幽幽地道，"时至今日，我才觉得，爹死了。"

刘善没说话。

范玉慢慢地道："我原本以为我是恨他的，可如今才觉着，西凤说得对啊！我其实也只是放不下罢了。"

刘善听着他念叨，送他回到寝殿，又侍奉他洗漱，最后送上了一杯温茶，温和地道："陛下，您也累了，好好休息吧。"

"刘善，"范玉睁着眼睛，神情也不知是恐惧还是茫然，"我能活下来吧？"

"顾大人答应了您，"刘善恭敬地道，"周大人会放过您的。"

"好……"范玉听到这话，终于放心了，缓缓地闭上眼睛，"刘善，朕对你这么好，你不要辜负朕。"

"陛下，"刘善突然开口，"您记得刘行吗？"

"这是谁？"范玉有些茫然。

刘善笑了笑："奴才的哥哥，以前侍奉过您。不过他是个不长眼的奴才，您大约也忘了。"

"这样啊……"范玉觉得困了，低声道，"等事情了了，让他到朕身边当值吧。"

刘善没有说话，范玉紧闭双眼。过了一会儿，刘善走了出去。

顾九思拿到圣旨，立刻接管了内宫禁军，将司马南、韦达诚、杨辉都请了进来。

大殿的火也差不多被扑灭了，太监从火堆里抬出了两具尸体。顾九思站在尸体边上，其实他也辨认不出谁是谁了，许久后才道："先让他们入棺吧。"

顾九思见了司马南、韦达诚、杨辉，先行了个礼。他受了伤，面色发白，杨辉不由得道："顾大人要不要先找御医看看？"

"看过了。"顾九思笑了笑，"诸位大人不必担心，还是先谈明日之事吧。百姓可都疏散出去了？"

"怕是要到明日才能疏散完。"杨辉皱着眉道，"人太多了。"

顾九思点点头，只道："尽量疏散吧。通知朝中大臣，照旧上朝。三位将军，"顾九思看上去很疲惫，"明日我会先去劝说周高朗，尽量和平入城，若是不成，顾某也管不了接下来的事了。三位大人接下来该如何做，还望慎重考虑。"

三个人应了，没有多说什么。

不多时，该上朝了，顾九思让人去请范玉。不一会儿，刘善便跟着传话的太监过来了。

"陛下呢？"

刘善神色平静，道："被宫人殴死了。"

顾九思睁大了眼："你说什么？！"

"陛下性情暴虐，"刘善的神色中没有半点儿怜悯，"宫中人不满陛下者众多。怕是昨夜陛下回寝宫后，太监宫女们听到了消息，趁我不在，偷偷将陛下殴死了。"

顾九思没说话。其实不用刘善说明，顾九思就已经知道发生了什么。

刘善的哥哥刘行是范玉最早的侍从，死于范玉的虐打，那时候范玉刚刚成为太子，刘善顶上了刘行的位置。顾九思最初是给刘善送金银，后来才与之相交。

刘善抬眼看着顾九思，提醒道："大人只说周大人会放过陛下，可是陛下欠的岂止周大人一人？"

"我明白。"顾九思点点头，"好好收殓，之后的事情听周大人的安排吧。"

范玉没了，但早朝还是要上的。朝臣们都接到了照旧上朝的消息，但也接到了兵变的消息，都参不透发生了什么，只能是忐忑地去上朝。其中有几位异常镇定，例如刑部尚书李玉昌和秦楠。他们站在人群中，似乎什么变化都没有感知到。

此时天还没亮，朝臣们还站在大殿外。一个臣子拉了拉李玉昌的衣袖，小声道："李大人，您看上去一点儿都不怕啊。"

"有何可怕的？"李玉昌微微侧身。

"昨晚兵变了。"那人接着道，"万一换了一个陛下……"

"那又如何呢？"李玉昌转回去，看着天上的乌云，平静地道，"换了个陛下，我也是百姓的尚书。"

东都的天慢慢亮起来，永州却是大雨倾盆，黄河的洪流最终还是冲垮了堤坝。但柳玉茹组织人们垒起来的沙袋再一次堵住了洪水的去路。

柳玉茹已经没力气搬运沙土了，和印红、傅宝元、李先生一起手挽着手站在洪流中，任凭水流拍打着身躯。柳玉茹面色发白，整个人都在颤抖，已经完全是靠毅力在坚持了。

"李……李先生！"印红的声音颤抖着，"还有多久？"

"等雨停……"李先生也快撑不住了，但仍旧扯着嗓子大喊，"等太阳升起来，雨就停了！"

太阳尚未升起，东都的大殿传出了太监嘹亮的声音，殿门被打开，官员鱼贯而入，看见顾九思站在高处。他一手捧着圣旨，一手拿着天子剑。

顾九思宣读了范玉的圣旨，宣读完毕后，道："请诸位与我一同去城门迎接陛下吧。"

朝臣面面相觑，顾九思继续道："陛下曾经下令，攻下东都后，劫掠三日。我等前去迎接，意在安抚陛下，以防动乱。"

朝臣们依旧不敢动，李玉昌冷声道："如今不去，是打算等着日后被清算吗？"

秦楠接着道："东都大难临头，诸位身为官员而不思救急，东都还能指望谁？"他踏出一步，道："顾大人，请。"

众人终于反应过来。

顾九思从高台上走下来，李玉昌和秦楠跟上，而后顾九思的门生也跟了上去。跟着顾九思走的人越来越多，原本还在动摇的人也咬了咬牙，跟上了队伍。最后满朝文武都跟着顾九思一起出了宫门，去城外迎接周高朗。

他们出城时，百姓也正在出城。由于离周高朗最近的西门已经被锁起来了，百姓只能从其他三个门出城。上百官员走在路上，浩浩荡荡。察觉到百姓的目光，这些官员不由自主地挺直了腰背。

到了西门，太阳也在远处探出了半个头，所有人远远地见到了飘扬的"周"字旗。周高朗来得比顾九思预料得还要早，可见周家军当真是日夜兼程地赶来。

顾九思让朝臣们停在城门内，自己一个人走了出去。晨光下，黄沙漫漫，泛着金色的光芒。顾九思只着一身红衣，佩一把剑，面朝着千万军马，没有停顿，也没有犹豫。走到百丈外，顾九思停下了。

周高朗驾马在前，叶世安和周烨驾马并列在后，远远看见了顾九思。风卷起顾九思的衣袖和发带，一片黄沙之中，他显得格外惹眼。他们没有减速，顾九思一动不动。

直到周高朗到了面前，顾九思突然单膝跪下，扬声大喊："吾皇万岁万岁万万岁！"

听到这一句话，周高朗骤然勒紧了缰绳，堪堪停在顾九思面前，军队也停下了。顾九思跪在周高朗面前，神色从容。

"顾九思，"周高朗皱起眉头，"你又要做什么？"

"陛下，"顾九思双手呈上圣旨，恭敬地道，"昨夜少帝已经下旨禅位于陛下，臣特领文武百官来迎陛下入城！"

众人一惊，周高朗也有短暂的错愕："我若入东都，司马将军、韦将军、杨将军将如何？"

"那敢问陛下要如何入东都？"顾九思抬眼看向周高朗。

周高朗挑眉："我如何入东都，干他们何事？"

"若陛下此刻下马，不动一兵一卒，东都的军民、朝臣将以君主之礼迎陛下入城。"

"若我不同意呢？"

"若陛下不同意，"顾九思抬手将剑插在身侧的黄沙之中，平静地道，"此为天子剑，乃高祖所赐，上打昏君、下斩奸臣，高祖望臣能守四方百姓。臣无能，若今日不能使东都幸免于难，请陛下从微臣的尸体上踏过去。"

周高朗抬头看了一眼，城墙上的守军已列阵，城门内，朝臣手持笏板，静静地看着他们两个人。

周高朗沉默了很久，终于道："九思，我没想到你会做到这样的程度。可我许诺过将士……"

"陛下许诺将士，是想犒赏三军。"顾九思立刻道，"我顾家愿散尽家财，以偿将士。"

众人都愣了，顾九思的眼中一片清明。

他看着周高朗，继续道："陛下，我知道您的担忧，您只怕军心不稳。可如今少帝已经禅位，您是名正言顺的大夏之主。"

如此，周高朗的皇位便来得坦坦荡荡，就算将士们来日发现了自己曾被骗，也没有周高朗的把柄和反叛的理由。若周高朗还不放心，接下来也可以慢慢收回他们手上的兵权。

顾九思接着道："三位将军也已经同微臣达成协议，迎陛下为天下之主，将会与陛下联手对抗刘行知。国库尽为陛下所用，陛下不必担心军饷。"

若按原来的计划，在与韦达诚等人一战之后，周高朗根本没有守住东都的力量，唯有劫掠东都才能使军饷充足。而后周高朗会撤出东都，拉长战线，拖死刘行知。而如今韦达诚等人决定合作，周高朗也已是名正言顺的皇帝了，自然不用再通过劫掠来解决军饷问题。此时周高朗劫掠东都，只会留下恶名。

"最后，陛下许诺的犒赏，也由我顾家一力承担。我夫人柳氏为举国皆知的富商，如今我顾家愿散尽家财，以补将士。只求诸位将士今日，卸甲入东都！"

周高朗静静地看着顾九思，顾九思迎着他的目光，道："陛下，您担忧的事情，我已经帮您解决了。我听说永州今日大雨，黄河边想必是洪水滔天，内子正在那里抗洪。"顾九思说着，脑海中浮现出柳玉茹的模样。

黄河边，柳玉茹和人们拉着手站在一起，早已失去了知觉，只是不断地在心里低喃着顾九思的名字。那是她的信仰，也是她的坚持。

"豫州边境，我的兄弟沈明正带着八万军队与刘行知的三十万大军对抗，叶大人的妹妹叶韵也在前线。"

豫州边境，敌人密密麻麻地顺着云梯爬上来。所有人的身上都是血，军鼓声震天，喊杀声响彻云霄。沈明一剑挑开一个敌军的士兵，大喝：

"不要放他们上来！杀！"

"我舅舅江河，昨夜已在宫中与洛子商同归于尽。"顾九思的声音有些不稳，"先帝的坚持，我们坚持了。年少时的承诺，我们也做到了。陛下也曾是大夏的好儿郎，还望陛下，"顾九思叩首，哽咽着道，"不忘初心，不负我等一身热血。"

周高朗依旧不语，像是仍在斟酌。

周烨捏紧了缰绳，看着跪在地上的顾九思，骤然想起当年扬州对饮之时的豪情壮志，耳边又响起了柳玉茹的骂声——"你以为婉之姐姐喜欢你什么？"周烨看着顾九思，肌肉紧绷。

漫长的行军路让叶世安和周烨都平静下来了，仇恨带给他们的冲击缓缓消退。叶世安看着跪在地上的顾九思，脑子里却都是年少时在学堂中听到的夏日扬州的蝉鸣。顾九思守住了自己的坚持，而他叶世安呢？叶世安仰头看向东都——不求为名臣，但总不能做乱贼啊。

城门内，李玉昌远远地看着他们。顾九思跪在地上久久不起，李玉昌突然在众人瞩目下走过去，沉默着弯腰扶起顾九思。顾九思抬眼看向李玉昌，李玉昌替他拍了拍衣裳上的黄沙，又扶顾九思坐下，之后自己一掀衣摆，就坐在了黄沙上。

李玉昌朗声道："陛下若不卸甲，要入东都，烦请从我等身上踏过去。"

李玉昌说罢，秦楠自城门内走了过来，一掀衣摆，坐在了李玉昌旁边。一个又一个官员从城门内走出来，坐在了他们后面。百丈的距离，被这上百官员一一填满。他们大都是文臣，却也无所畏惧一般，以血肉之躯挡在了东都的城门前。

周高朗知道，一旦他真的践踏了这些人，此后将再难得到读书人的支持。而城中百姓也会被这些人的血激起愤怒，周家军只要入城就会迎来一场恶战。

其实顾九思说的没错，路已经全被扫平了，周高朗没有拒绝的理由。可周高朗也不能直接答应，否则就是出尔反尔，会让原来的追随者寒心。这是一个太过重要的决定，周高朗不得不慎重。

在这只听得到风声的静默中，周烨看着那高耸的城墙。晨光落在城墙上，顾九思的身侧，天子剑的剑穗飘摇。周烨闭上眼睛，深深吸了一口气，仿佛又回到了秦婉之死去的那天。她说，好好活着。她也曾说，我愿郎君，一世如少年。

周烨慢慢地睁开眼睛，翻身下马，在所有人诧异的目光下坐到了顾九思身边。紧接着叶世安也下了马，坐到了顾九思身边。

"烨儿……"周高朗颇为震惊。

周烨平静地开口："父亲，百姓无辜。大仇已报，恨也该消了。我们也不是走投无路，如果还要继续，与范玉、洛子商又有何异？我明白您的顾虑，可今日若攻打东都，只会是两败俱伤，若是能和平入城，赏银每人五两，由国库支出。周家军是仁义之军，您也是圣明之主，我身为您的儿子，今日若不能劝阻您，便该为此赎罪。今日您若一定要入东都，请从儿子身上踏过去。"

周高朗抿了抿唇，看向叶世安，道："你也一样？"

"一样。"叶世安平静地道，"世安误入歧途，幸得好友点醒。我等读书、入仕，原是为造福百姓。我等憎恶洛子商、范玉之流，是因他们为了一己私欲挑起大乱。陛下，迷途知返，亦是赎罪。"

周高朗不说话了，好久后，人群中传来了士兵的声音。

"算啦，陛下，"周高朗身后有人大声道，"钱不重要啦，五两也很不错了，我还想留条命去养我老娘呢！"一个人开了口，许多声音便跟着响了起来。

周高朗静静地听着，抬眼看过去，盘腿坐在地上的臣子中有许多年轻的面孔，在晨光中如神像般流光溢彩。

许久后，周高朗抬起手，将铁盔取了下来。

"大军驻扎城郊，卸甲入城！"周高朗大声下令，"入城士兵，不得流窜，不得扰民！违者，斩立决！十日后分发军饷，每人五两，以作奖赏！"

城内骤然响起百姓的欢呼声，顾九思扬起笑容，看着远处升起的朝阳。

黄河边，云破日出，水流终于小了下来，人们开始修补堤坝。

李先生道："终于好了。"柳玉茹直直地倒了下去。

水珠从树叶上滴落，她看见阳光落在水珠上，折射出五彩斑斓的光来。

结束了，她想，一切都结束了。

康平元年八月三十一日,周高朗入东都。

他进入东都进入得很平静,不费一兵一卒,便入了宫城。

大战并没有发生,除了一座被火烧尽的大殿,东都没有任何损失。

入宫之后,周烨被周高朗安排去处理剩下的事务。周高朗留下了顾九思,两个人在御书房里一坐一站,周高朗道:"你想要的君主应该不是我这样的。"见顾九思不说话,周高朗接着道,"为什么帮我?"

"陛下,"顾九思低着头,平静地道,"玉茹当年嫁给我的时候,想嫁的人也不是我这样的。"他抬眼看向周高朗,"可她改变了我。"

"她让我明白,我不能总是逃避。我不能总指望着世上会有一位天生的明君,不能指望君主能在任何时候都做出正确的判断,人毕竟是人。我作为臣子,若不满这个国家,应当去改变他;若不满这个君王,亦当改变他。就像陛下本可能会成为一个暴君,可如今不也卸甲入城了?"

"如果你是这样想,"周高朗笑起来,"你可以不选我。"

"总有些路是死路。"顾九思答得恭敬。

周高朗不说话,许久后,叹息道:"其实我知道,你不是因为你说的这些选择我。这些固然是原因,但实际上,你真正选择的人是烨儿。"

听到这话,顾九思神色不变。他丝毫不意外周高朗知道他的心思,无论是江河、范轩、还是周高朗,他们这些早已是权术顶尖的人,又怎么会猜不透他的想法?

然而顾九思也无所畏惧,平静地道:"我辅佐的终究是周家。"

"其实你说的没错,"周高朗慢慢地道,"我并不适合做一位君主,更适合做一把刀。君主可以不够聪明,也可以不够果断,但有一点,"他抬眼看着顾九思,"他不能不仁义。"周高朗叹了口气,"我其实也从来没想过要当皇帝,只是被逼到了这一步。我心底,属于我的,还是沙场。"

顾九思不敢接话,周高朗端起茶杯抿了一口,从容地道:"我会御驾亲征。"

顾九思愣了愣,周高朗继续道:"我会把皇位禅让给烨儿,然后领着我那些兄弟回到沙场上去。我已经老了,如今唯一能做的事情就是替烨儿、平儿打下这天下。"周高朗抬眼看向顾九思,沉声道,"顾九思,我算不得一个好人,可也并没有你们所想得那样坏。我只是个普通人。"

顾九思疲惫地走出来,便看见门前的周烨和叶世安。他们静默了好久，最终是周烨先开了口："对不起。"

顾九思笑了："早在临汾时我便告诉过你，我还把你当兄弟。"顾九思走上前去，揽住两个人的肩，高兴地道："行了，行了，都过去了，你们别想这么多了成不成？"

叶世安被他带得一个踉跄，差点儿往前跌倒。

顾九思欢喜地道："今天该大喝一顿，不醉不归。"

"顾九思，"叶世安被他拉扯得跌跌撞撞的，终于皱起眉头，道，"你别这么扯着我脖子。"

顾九思大笑起来，换了个姿势，拉着两个人往内殿走。

当天晚上，他们一面喝酒，一面说着自己这一个月以来的生活。

"我真的打仗打怕了……"叶世安摇着头道，"我一闭眼睛就是血，到处都是血。我一直在想，我做的是对是错……我以为我回不了头了……"他拉着顾九思的袖子，哭了起来，"我以为我回不了头了。"

顾九思笑着帮他拍背，看向旁边的周烨，温和地道："怎么会回不了头？不还有我吗？是兄弟，哪儿能看着你们往错的路上走？"

周烨愣了愣，举起杯来，郑重地道："这一杯敬你，顾九思。"

顾九思喝到半夜才回家。看见两具棺木列在正堂，顾九思呆呆地看了片刻，道："设好灵堂，通知老爷、大夫人、少夫人，还有岳母……都回来吧。"

管家应声下去了，顾九思挥退了下人。

他一个人坐在大堂里，陪着棺材里已经没有了声息的两个人。到处是飘舞的白幡，顾九思想起小时候的事。

顾九思初次到东都来，江河背着江柔带他上街玩。虽然那时候的东都不如现在的繁华，但大街上也是熙熙攘攘的。顾九思瞧见有人在表演喷火，拖着江河就往人群里钻。小小的顾九思被挡住了，看见有的小朋友骑在父亲肩上，便拉着江河，指着一个骑在父亲肩上的孩子道："舅舅，我也要，我也要。"江河黑了脸，想拉他走，顾九思当场就坐在地上哇哇大哭。江河无奈，咬了咬牙，拖着他去买了个面具，然后又折回来，将他放到了自己肩上。

"顾九思我告诉你，"江河咬牙切齿地道，"我老了你要不好好孝顺我，我就打死你。"

顾九思恍惚间看见了江河那张气急败坏的脸，抬起手撑住了自己的额头,低低地呜咽起来。我如今可以孝顺你了……顾九思想,你为什么就这样走了?

第二日清晨,顾九思得到消息,周高朗已连夜点兵,派兵支援豫州。

登基大典在两日后举行,非常简陋,没有任何奢华隆重的仪式,这符合周高朗一贯的简朴。当日,周高朗便宣布储君人选。之后,太子周烨监国,皇帝亲征豫州。

周高朗出征后没有三日,顾家人陆陆续续回到东都。周高朗的大军到了豫州,沈明带自己的兵回东都休整,叶韵也随军回来。柳玉茹因为养病耽搁了几日,终于在江河出殡的前一天回到东都。

柳玉茹回到东都的时候,东都已经恢复了往日的繁华。顾九思到城门前来接她,柳玉茹远远就看见了。顾九思穿了一身暗红色的袍子,长发半绾,手持小扇站在门口,浑然一副翩翩佳公子的模样。

柳玉茹让马车停了一下,他便跳上马车来。马车接着走,柳玉茹歪在一边,手里抱着个暖炉。

顾九思忙凑上前去,道:"我听闻你病了,本来想去找你,但这边事太多,着实抽不开身。"

柳玉茹不说话。

顾九思接着道:"来的路上可吃东西了?"

柳玉茹还是不搭理顾九思,病恹恹的。

顾九思笑了:"病得话都说不了了?"

"你同我说,"柳玉茹终于开口了,"犒赏三军到底要花多少银子?"

顾九思愣了愣,随后便笑了:"原来你为这个生气?"

"钱不是你挣的,"柳玉茹推了他一把,不满地道,"你便当成纸来花。"

"我错了,"顾九思眨巴着眼,靠过去,道,"你原谅我吧。我保证,绝对没下次了。"

柳玉茹定定地看着他,过了一会儿,顾九思也不好意思了:"你这个,喀,这么盯着我看干什么?"

"顾九思,"柳玉茹叹了口气,抬手捏了捏他的脸,"你这张脸当真太贵了。"

"千金难买你喜欢。"顾九思高兴地凑过去,把柳玉茹抱进怀里,突然觉得心里也满满当当的,原本想好的许多俏皮话也不说了。

他靠着柳玉茹,柳玉茹抬手梳理着他的头发,温和地道:"沈明可还好？"

"受了点儿伤，"顾九思听着她的心跳，道，"叶韵陪着他，正在回来的路上。过两日你就能见到他们了。"

"没事就好。"柳玉茹叹息。

顾九思在她怀里靠了一会儿后，才道："钱的事，你别担心。周大哥和我商量好了，我们出的钱算朝廷借的，国库也会出一部分犒赏三军的钱。朝廷会在五年内还清借的那部分，以现银或者等价的物质来偿还。"

柳玉茹愣了一下后笑起来："我没想到你真把钱留下来了。"

"我总不能真把你辛苦经营的事业赔得一个子儿不剩，"顾九思抬起头来，看着她道，"不然我还不如在扬州好好赌钱呢。"

"瞎说，"柳玉茹抬手戳了戳他的脑袋，抱着他道，"我现在好歹也是个诰命夫人，你要是还在扬州，我还能当上诰命夫人吗？"

两个人一起回了顾府，家里其他人还在扬州，屋中就只有他们两个人。顾九思陪柳玉茹梳洗，又同她一起吃了饭。

夜里，顾九思抱着柳玉茹，柳玉茹颇为紧张。顾九思察觉出来，用额头抵着她的颈项，柔声道："你还病着，不闹。"

柳玉茹不由得笑了，放松下来："你同我说说东都的事吧。"她拉住顾九思的手，"我听说你可厉害了。"

"那你也同我说说你在永州的事吧。"顾九思温柔地道，"我也听说你很厉害。"

柳玉茹转过身来，搂着他的脖子，同他细细地说了，顾九思又同她说了东都的事。他们都说得很平静，那些千钧一发时的慌张都化作尘烟，只要对方在这里，一切似乎都不重要了。

说到最后，两个人都累了。

柳玉茹靠着顾九思，道："洛子商的手下呢？"

"宫乱那夜都跑了。我让人去抓，大多在被抓到的时候就自尽了，只带回来一个叫鸣一的人，他同我说，想见见你。"

"见我？"柳玉茹疑惑。

顾九思点头道："明日我们会给舅舅下葬，后日再私下给洛子商下葬，到时候我会放他出来，让他给洛子商送行。"

"你不恨他吗？"柳玉茹听到顾九思的安排，有些疑惑。

顾九思平静地道："洛子商说的有一句话是对的。他对不起天下人，可我顾家的确对不起他。若他活着，以他犯下的罪行，我自然要将他千刀万剐。可他如今死了，逝者已矣，愿他安息吧！"

两个人说着，慢慢睡了过去。

第二日，他们给江河送葬。

江家的祖坟在东都。尽管当年江河在扬州买了坟地，但江柔最终还是决定将江河和洛子商葬在东都。

"他买那坟地是为那姑娘，"江柔解释道，"姑娘已经是他人的妻子了，江河也该放下了。他若还活着，应当也会这样想。"

下葬前，许多人来给江河送行。江河性格张扬，但其实极会做人，在东都人缘很好。这日风和日丽，一如他本人就是走也走得明艳动人。他的人生没什么遗憾，该做的都做了，该了的心愿也了了，因而众人也没有过于悲痛，只有江柔一直低着头小声啜泣。顾朗华揽着她，一言不发。顾九思身穿孝服，亲手填土。

竖好墓碑之后，人们渐渐散去。叶韵在碑前站了一会儿，沈明静静地等着。人群散尽，沈明才终于道："走了。"

叶韵回过神，点了点头。下山的路上，两个人一言不发。沈明犹豫片刻，终于伸出手，握住了叶韵的手："我以后会对你好的。"他笨拙地表达着自己的感情。

叶韵愣了一下后笑起来："你别吃醋，那时我年少，只是迷了眼罢了。江大人这样的人，"叶韵看着远处，"太过明艳了。"

这样的风流人物，自然会被许多人仰慕的。他骄傲地来到这世间，又洒脱地离开。

江河下葬之后第二日，顾家悄悄给洛子商下葬。顾九思将鸣一从牢中带了出来，鸣一看着洛子商的棺椁时，神情恍惚。

顾九思平静地道："你若愿意，便送他最后一程吧。"

"你不怕我跑了吗？"鸣一轻轻地抚摸着洛子商的棺椁。

顾九思摇头道："你若跑了，我再抓回来便是了。"

鸣一顿了顿，声音沙哑："谢谢。"

鸣一为洛子商抬棺，和顾九思一起将他下葬。顾九思将墓碑立好，鸣一看着石碑上的"江氏知仁之墓"，很是茫然："江知仁……"

顾九思站在他旁边，解释道："母亲说，这是舅舅当年为他的孩子取的名字。君子有九思，君子知仁德。他不能到死都没有一个属于自己的名字。"

鸣一之前便从顾九思的口中听到了洛子商的生平际遇，此时静静地看着墓碑，不知在想什么。

顾九思问他："你说有事要告诉玉茹，什么事？"

"还一样东西。"鸣一回过神来，道，"你们同我来吧。"

鸣一领着他们下山，三个人一起到了洛府。洛府如今已被查封，顾九思按流程把这事报给了周烨。

昔日风光秀雅的洛府，如今一片荒芜，到处都落满了灰尘，庭中野草丛生。

鸣一领着顾九思和柳玉茹往里走，慢慢地道："大人一直将此物保存得很好，萧公子死后，大人便告诉我，若是见到了柳夫人，应当把此物还给她。"说着，三个人到了洛子商的卧室，鸣一打开了机关，带他们走进了暗室。

鸣一打开了一个柜子，从里面取出一把伞，交给了柳玉茹，平静地道："夫人，物归原主。"

柳玉茹愣愣地看着那把伞，终于认出来，那是她在扬州码头上随手抽出的一把伞。

鸣一捧着这把伞，柳玉茹看着上面绘着的兰花纹路，仿佛回到了当年的扬州，看见了洛子商在人群中骤然回头的模样。她伸出手去，脑海中闪过无数与洛子商有关的画面。

然而最终在她脑海中停留的却是萧鸣被吊在城门上的模样，那日夕阳如血。他们本也应当是好儿郎。柳玉茹接过伞的那一刻，眼泪骤然落下。

鸣一愣了愣，又笑了起来："能得夫人一滴泪，"他温和地道，"相信大人也觉得死而无憾了。"

当天晚上，柳玉茹和顾九思陪鸣一在鸣一最爱的一家东都饭馆吃晚饭。

鸣一说，他家本为贫农，他小时候，家里的土地被人强占了，父母无奈之下将他卖了，自此他就成了奴才。主子好虐待、玩弄孩童，他的人生一直十分灰暗，直到十一岁的时候，洛子商买下他。

那时候洛子商已经是章怀礼门下的弟子了，是世人敬重的洛公子。

"他说我有习武的天分，其实我那时候年纪已经不小了，"鸣一的声音平静，"可公子说可以，那便是可以。"

"你们……"柳玉茹喉头干涩,道,"都是这样的吗?"

"怎样?"鸣一有些不解。

柳玉茹声音沙哑地道:"萧鸣说,他也是洛子商捡回来的。"

"是,"鸣一笑起来,"萧公子也是。萧公子当年本该同我一起学武的,但后来公子发现他天资聪慧,就把他引荐给了章大师。"

"既然章大师给了他这么多,"顾九思皱起眉头,"他为何还要杀章大师?"

听到这话,鸣一沉默了很久,终于道:"不是公子要杀章大师,而是章大师要杀公子。公子本打算孝敬章大师一辈子的,可章大师知道了真相,知道了公子并非洛家遗孤,就想杀了公子。若非如此,公子不会杀他,或许也不会发生后来的事……"鸣一顿了顿,随后笑了笑,道,"罢了,都过去了。"

鸣一好好吃完了饭,顾九思和柳玉茹把他送回狱中。顾九思叮嘱了他几句后,又安抚他:"李大人会亲自审你的案子,他向来公正,你不必担心。你做过的事情,理当为之受罚;没做过的,也不会强行扣给你。"

"我明白。"鸣一笑了笑,"让您操心了。"

顾九思沉默地点了点头,从没想过自己和洛子商的人也有这样说话的一日。

鸣一看着顾九思和柳玉茹牵着手离开时的背影。顾九思与洛子商身形相似,鸣一看着他,仿佛看着另一个洛子商。

鸣一骤然叫住顾九思:"顾大人!"

顾九思停住脚步,同柳玉茹一起回过头去,鸣一有几分迟疑地道:"做一个好人是什么感觉?"

顾九思想了想:"会觉得这世间无一不好,无一不善,内心坦坦荡荡。生时欢喜,死亦无愧。"

听到这话,鸣一笑起来:"若有来世,"他温和地道,"愿能似顾大人。"

顾九思沉默许久后,终于道:"若有来世,愿君生在太平世,一世无忧。"

"谢谢。"鸣一笑着说。

顾九思和柳玉茹刚走出大狱,就听到里面传来骚乱声,顾九思回过头去,狱卒冲出来道:"大人,鸣一自尽了!"

顾九思并不感到奇怪,只点了点头,道:"好好安葬吧。"

天冷，走出门后，顾九思把手搭在柳玉茹的肩上，用衣袖盖着她，怕她被风吹着。

柳玉茹同他走在夜里，突然道："九思。"

"嗯？"

"我还想挣钱，挣好多钱。"

"好。"

"可这一次我不是为了你，"柳玉茹看向他，笑着道，"想建善堂、办书塾。我想过了，"柳玉茹的声音温柔，"我不在意洛子商、萧鸣、鸣一他们这些人做过什么好事，那些改变不了他们犯下的错，可是我希望世间不再有人有他们的遭遇了。萧鸣有才华，该有个能让他好好读书的地方。鸣一家中贫寒，也该有一条出路，不该让他在孩童时便受尽折磨还求生无门。洛子商就算被遗弃在寺庙，也不该养父被人打死还无处申冤……这世上不该有这么多像他们一样遭遇的人……"

"好。"顾九思揽着她，温和地道，"我陪着你。"

柳玉茹转头看着他，这么多年了，他历经世事，眼神却依旧如此清澈干净。

普通人于污泥中沉沦，在黑暗中绝望，顾九思却成了一道光。他会像一泓清泉，还泥塘一片洁净；会像一盏明灯，在黑暗中照亮前路。

他是众人身边的一根绳子，一道墙，他守着所有人的底线，永不退让。

正因为有这样的人，才会有更多的人于暗夜中睁开眼睛，见得天光破夜，止住人世间累累罪行。

顾九思和柳玉茹并肩而行，慢慢地走在回家的路上。

柳玉茹一抬眼，看见天上星光璀璨，闻见风中夹杂花香。

"顾九思。"她突然叫了他的名字。

顾九思抬眼看她，柳玉茹抿唇笑了笑："没什么，"她抓了他的手，笑着道，"我带你回家。"

康平元年，大夏哀帝废内阁，引天下动乱。顾九思谋定全局，夺扬州，救豫州，平黄河大灾，守东都百姓，救大夏于水火。

安建元年九月，哀帝禅位于太宗。豫州告急，太宗御驾亲征，太子烨监国，擢顾九思为左相，叶世安为右相，沈明为殿前都指挥使。太子烨监国期间，减税轻徭，广开商贸，补贴耕农。又有富商顾柳氏，内修善堂，外建商交，引各国之粮、各国精艺之术于大夏，使得物资繁盛，百姓安康。

安建四年三月，太宗攻下益州，一统山河。太宗不堪案牍之累，传位于太子，立次子周平为储君。

周烨登基那日是安建四年四月初八，春花正盛。各国来朝，使者和朝臣把祭坛挤得满满当当的。

周烨从宫中乘坐马车到达祭坛。他身着冕服，上玄下赤，绘章纹于衣上，再着蔽膝、佩绶、赤舄，顶十二旒冕冠。周烨有些紧张，挺直了腰背，目不斜视。

从他出宫起，他便能听到百姓的欢呼声。御驾所至，百姓都跪下参拜，周烨感觉内心慢慢安稳了。这是他的大夏，这是他、顾九思、沈明、叶世安、柳玉茹、叶韵、李玉昌……他们每个人用尽心血建立的、即将为之付出一生的国家。

祭坛中，红毯沿台阶铺到了高台上。这个国家最重要的大臣们站在台阶两侧，都穿着祭祀专用的华服，顾九思和叶世安头顶玉冠，腰悬古剑，其下是李玉昌、沈明、秦楠、傅宝元……他们都静静地看着他，面带笑容，像是朝阳，又似春光。

周烨在祝词中走上高台。

而这时，东都钟楼上。

叶韵领着芸芸和宋香一路小跑上来。

"玉茹！玉茹！"叶韵高兴地道，"到了，陛下到祭坛了！"

大钟旁立着一个紫衣女子，神色温和，气质端庄。这是有着周太宗钦赐的"柳夫人"称号的大夏第一富商，当朝左相之妻，柳玉茹。

按祖制，她们没有去祭坛参加登基大典的资格。但周烨为表彰柳玉茹的功劳，特意将她任命为登基大典的撞钟人。

当钟声响起，祭典便正式开始。

这是大夏史上第一个身为女子的撞钟人，更是整个大夏朝唯一一个身为商人的撞钟人。在这等殊荣面前，柳玉茹依旧同往日一般从容，叶韵反而比她激动得多。

叶韵不由得道："柳玉茹你是不是玉菩萨？能不能给点儿反应？你不觉得高兴吗？周大哥要登基了，我们的时代就要来临了。"

柳玉茹听到这话，抿唇笑起来："我们的时代不是早就开始了吗？"

叶韵愣了愣，宫人跑上来同柳玉茹道："柳夫人，可以敲钟了。"

柳玉茹点了点头，扶住木桩，朝古钟撞去，一下、两下、三下……天子为九，她一共撞了九下。

在她撞第一下钟时，城中鸟雀惊飞而起，彩带从天而降，烟花响震东都，各处设好的舞坛上，女子的水袖如花绽放，丝竹声和欢呼声遍布东都。

顾九思在阳光中仰起头，看向钟楼的方向。他的目光穿过了祭坛的围墙，穿过了屋顶的瓦檐，穿过塔楼的望台，直抵钟楼的最高处。他隐约看到那一袭在风中翻飞的紫衣，香风拂过大夏广阔的国土——

歌舞升平，光照人间。

番外合集

番外一

顾锦生于永福二年。

她听说,她出生的时候,她的父亲顾九思还在永州治理黄河。她出生后不久,皇帝驾崩,新君登基,内阁被废,天下动荡。她尚在襁褓之中,就随着母亲颠沛流离。她胆小的性子或许就是在那段时间里养成的。

她三岁了,还很少说话,哪怕说话也是结结巴巴的。柳玉茹担心是自己寡言影响了女儿,便让顾九思多带带女儿,因为顾九思话多又外向。柳玉茹想,顾锦跟着顾九思,或许胆子就学大了。

顾九思觉得柳玉茹的想法很有道理,况且一见到顾锦怯生生地看着人的样子,顾九思就觉得心疼。于是顾九思每天都把顾锦带在身边,除了早朝时不能入大殿,其他时候,小顾锦一直跟着父亲。顾九思见到同僚,还会抱着顾锦炫耀一番:"你看这姑娘多好看。对,这就是锦儿,我女儿。"

于是顾锦小小年纪就过上了成人的生活,要早早起床,由柳玉茹给她穿上好看的小裙子,梳上好看的发髻,再由顾九思抱着她出门。顾九思在大殿里议政,木南就陪着她在大殿外等着;顾九思下朝,她又跟着顾九思去集贤阁;下午,父女俩就一起回家,柳玉茹会再陪顾锦玩一会儿。

顾锦话还是不多，但一直很乖巧。等在殿外的时候，木南会给她一个小凳子，在小凳子旁边放一张小桌子，再给她一把小团扇。她就像个缩小版的大家闺秀，摇着团扇坐在大殿外面看天，看太阳升起，数路过的白云，一看就一上午。下朝了，顾九思一走出来，就能看见一个"小团子"颠颠地跑过来，张着双臂，用一双水汪汪的大眼看着他，用她所掌握的为数不多的词汇喊："抱，爹，抱抱！"

顾锦生得可爱，圆圆的脸红扑扑的，一双眼睛如琉璃一样，明亮又澄澈。每天下朝有这么一个"小团子"迎接，顾九思心都化了，而常年单身的叶世安和还没生孩子的沈明，眼睛都看红了。他们争着道："来，叔叔抱。""叔叔也可以抱！"

但顾九思哪里会让别人碰自己女儿？在沈明和叶世安抢着上前时，顾九思就会一个箭步上前就把顾锦捞起来。

把女儿抱在怀中，顾九思颇为得意地道："走咯，爹爹带你回家，我们不要理那些奇怪的叔叔。"

沈明冷哼了一声，道："不给抱就不给抱，等我和叶韵成了亲，我们回家自己生！"

叶世安立刻看向他，冷声道："原来你就是想让韵儿给你生孩子，你死了这条心吧！我叶家养她一辈子也不会让她随便嫁给你这种人！"

沈明："……"

叶世安一甩袖子，便转身走了。

沈明赶紧追上去讨好地道："舅哥，我说错了，我不是为了孩子，我是真的喜欢叶韵啊。舅哥你走慢点儿，舅哥！"

顾锦在大殿外看天看到五岁，朝中的人大多对她很熟悉了。她开始觉得看天无趣了。但五岁这年的春天里，一个寻常的早上，她百无聊赖地看着天空时，一个小哥哥走进了她的视线。

小哥哥看上去十二三岁，身着金绣龙纹白袍，头戴镶珠玉冠。早朝开始后，他来到了大殿门口，然后目光就落在了顾锦身上。

这是顾锦见过最好看的小哥哥。

她不是没见过好看的男人，她父亲顾九思便是大夏顶尖的美男子。她的叔叔叶世安、沈明、李玉昌、天子周烨，都没有生得不好的，可他们都太老了，在她心中都是不可以一起玩耍的对象。这个小哥哥是她见过的最年轻、最英俊的人。

小哥哥不仅英俊，还很温柔。顾锦第一眼看见他，便愣住了，因为愣神，手中的小团扇啪嗒就掉了。小哥哥抿唇轻笑，走上前来，弯下腰将小团扇捡了起来，半蹲着把扇子递给了顾锦，柔声道："拿好了，莫要再掉了。"

顾锦的心里雀跃极了。她很想同这个小哥哥多说几句话，想让他陪她玩。她接过了团扇，憋足了力气，磕磕巴巴地道："谢……谢……谢……谢……"她想说谢谢小哥哥，可说不出来，便觉得有些羞耻。

她扭过头去，奋力抓了一块她最爱的梅花糕，递给了小哥哥，继续道："谢……谢……谢……"这一次她几乎快哭了。

以前就是这样，她一说话就爱结巴，结巴了，其他人就喜欢笑她。他们不敢当着顾九思和柳玉茹的面笑，可也被顾锦撞见过一两次，所以她很少说话。她不说话，就不会闹笑话；不闹笑话，便不会被人嘲笑。

可今儿个她太想表现了，结果还是闹了笑话。这是她头一次遇见一个喜欢的玩伴，想到要被笑话了，她委屈极了。她的眼泪在眼眶里打转，抓着的梅花糕也被她捏变了形。小哥哥却抬手把梅花糕接了过去，温柔地道："怎么哭了呢？是不是我吓到你了？"

听到这话，顾锦呆呆地抬头，有些难以置信地看着小哥哥。

小哥哥吃了一口梅花糕，转头道："很好吃，谢谢你了。"

他正说着，有声音从大殿里传来："宣——太子殿下进殿。"

小哥哥听到这话，从容地站起身，轻轻拍了拍手上的碎屑，整理好仪态，朝顾锦笑了笑："我进去了，你玩吧。"

小哥哥走了，顾锦焦急地拉住了木南的袖子，指着小哥哥："太……太子……"

这是她第一次说一些不属于常用词的词语，木南赶紧蹲下来，高兴地道："对，那是太子殿下，"木南凑过去小声告诉她，"叫周平。"

周平，周烨同母异父的弟弟，大夏的储君，师从叶世安、顾九思、李玉昌。这一年他十三岁，成为储君第二年。

这是他第一次入殿参政，说不紧张那是假的。但他在殿外遇见了一个小姑娘，对方给了他一块梅花糕，这么一个分神，他反而镇定了下来。早朝上他仪态端庄，走出大殿时笑得极为开怀，一边走，一边同他的老师顾九思讨论政事。

这时候顾锦张开手，欢欢喜喜地朝着众人跑来了。所有人都习以为常，顾九思也弯了腰，带着笑容蹲下身，张开手等着顾锦扑过来。谁承想，顾锦突然转了个弯，转头冲向了周平，然后张着双手，一脸期待地看着周平，高兴地道："抱！殿下，抱抱！"

周平愣住了，只觉有一阵冷风吹过。他转过头去，看见顾九思冰冷而意味深长的眼神。

顾九思直起身，收回了手，淡淡地道："锦儿很喜欢殿下。"

"原来是老师的孩子，"周平赶紧道，"我说怎么如此可爱。"

顾锦见周平和顾九思说话，不搭理自己，眼泪顿时就涌了上来。她也固执，还是眼巴巴地看着周平，还跳了跳，道："抱，殿下，要抱！"

周平："……"顾锦这么可爱，他有点儿抵挡不住。

顾九思一看顾锦要哭了，顿时克制不住情绪，怒道："她都要哭了，你还不把她抱起来吗？！"

周平立刻弯下腰来，把顾锦抱在怀里，又尴尬地转头看向顾九思，道："老师，得罪了。"

顾九思："……"

周平被顾锦拖着，一路送顾九思回到了家。刚好也有许多问题要请教顾九思，周平便留下来吃了个饭。

饭桌上，顾锦努力地和周平搭话。她说话依旧结结巴巴的，周平不觉得有什么，一直笑意盈盈的，顾家人却集体沉默了。

夜里回房，柳玉茹高兴地同顾九思道："今日锦儿说了好多话！日后要让锦儿多和太子殿下接触。"

顾九思一听，脾气就上来了。他拉过被子往身上一盖，背对着柳玉茹，委屈地大喊："我不同意！"

可顾锦意志坚决，第二天早上，顾九思和柳玉茹还没起，顾锦就来敲门了。顾九思一开门，就看见站在卧室门口的顾锦。

小姑娘眼巴巴地看着他，道："要……要……要好看，见哥……哥……哥哥。"

她说得断断续续，可柳玉茹和顾九思都听明白了——她要打扮好看点儿，见周平。

这下好了，顾九思心更塞了，不想带顾锦去上朝了。顾锦一听他有这个想法，就坐在一边，眼泪不要钱一样啪嗒啪嗒地掉。女儿委屈了，柳玉茹心疼不已，立刻道："去，必须去！你若不带锦儿去，今儿个我亲自带锦儿去！"

顾九思："……"

没得办法，顾九思只能带着顾锦去了。

顾锦年纪小，但对认定的事很执着。打从那天开始，顾锦每天都积极地"偶遇"周平，然后憋足了劲儿同周平说几句话。

因着这番努力，不到一年时间，顾锦说的话却比前五年说的加起来都多。

孩子这样积极，柳玉茹和顾九思都想不明白，于是有一天晚上，柳玉茹哄着顾锦睡下，忍不住问："锦儿为什么这么喜欢太子哥哥啊？"

"他，"顾锦结结巴巴地道，"他不……不……不笑我。会……会像爹娘，听……听……听我说……说话……不会不……不耐烦。"

柳玉茹便明白了，顾锦喜欢周平，是因为周平不会笑话她说话结巴含糊，愿意陪她玩。

为人父母，儿女受半分委屈，都觉得心绪难平。柳玉茹素来有韧性、刚强，女儿这么一句话，却让她觉得心酸。

打那之后，柳玉茹便常常带着顾锦去见周平。有时候顾九思给周平上课，柳玉茹就借着去找顾九思的名义，带着顾锦过去。娘俩在长廊上看着两个人，顾九思上课，周平听学。这么看上一个半时辰，下课了，柳玉茹把顾锦带进去，顾锦再给周平送个礼物。这么几句话的工夫，顾锦就能高兴得不得了。而且周平脾气好，若是没什么事，还会主动陪顾锦玩一会儿。他会陪顾锦踢毽子、扔沙包，跳格子，这些简简单单的小游戏也让顾锦高兴得很。

周平想着顾锦和周思归年纪相仿，便主动同顾九思提出让顾锦进宫，这样他陪周思归的时候就能顺便带顾锦玩。顾九思很想拒绝，但想到拒绝以后顾锦会难过、柳玉茹会生气，只能勉强笑起来，恭敬地回一句："劳烦太子殿下了。"

之后顾锦就时常进宫，同周思归、周平一起玩耍。柳玉茹又有了一个孩子，于是顾锦有了个弟弟，叫顾长安。

周平每日都要抽一段时间陪周思归，陪伴周思归的时候，就顺带陪着顾锦。

周平陪伴周思归这件事是周高朗死前写在遗诏里的，就是希望周平和周思归感情深些，未来不要因储君之位起矛盾。

周烨做了皇帝,是一定要立储君的。这些年大家动荡惯了,短短几年皇帝换了好几任,大家早已做好了最坏的打算。有了范轩的前车之鉴,周思归还这么小,周烨又发过誓不会再娶,周高朗实在不放心让周思归做储君。周平的命是秦婉之救的,所以周平对周烨几乎是言听计从,人品又端正,是最好的储君人选。

周平陪周思归陪得多,很善于与孩子打交道。将顾锦带到宫里来后,他让顾锦和周思归成了好朋友。不过大约是因为最初认识的人是周平,顾锦还是更喜欢往周平面前凑。

她每天早早进宫,晚上才回家。周平觉得奇怪,道:"锦儿为什么不喜欢回家?"

顾锦的心里一紧。她是想和他待在一起,但又模模糊糊地觉得把这话直接说出来是一件不好的事。于是她只能道:"长……长安,在。"

周平了悟,看着低着头的小姑娘,不由得心疼起来,摸了摸顾锦的头,温柔地道:"没事,哥哥陪着你。"

顾锦把头低得更低,心里却欢喜极了。

顾锦在宫里过得极为愉快。她说话结巴,周平和周思归就认认真真地教她说话,陪着她玩耍,她七岁的时候就能利落地说话了。

顾锦学别的倒很快,尤其是算术上,更是天赋惊人,可说是完完整整遗传了柳玉茹,不仅心算极快,而且看账目近乎过目不忘。

然而年岁渐长,十岁时,顾锦不方便再待在宫里了,周思归的课业也开始了。周思归虽然遗憾,但也明白男女之防,只能同顾锦道:"顾锦,以后常进宫来玩。"

顾锦笑了笑,看向站在一旁的周平。周平十八岁了,看她的眼神是单纯看小孩子的眼神。顾锦心里难过,低下头去,眼眶发酸,低声道:"那以后,你和太子哥哥都多来看我。"

"放心吧。"周思归立刻道,"我们会常去看你的。"

"不要忘了我。"

"怎么会?"周思归笑起来,道,"忘了谁也不能忘了你,咱们是好朋友啊。"

顾锦低低地应了一声,没有多说。

后续时日,顾锦便一直待在家。

柳玉茹早早地让顾锦管账,顾锦就跟着柳玉茹出去做生意。柳玉茹和顾九思与别的父母不同，从不因她是女子就少教她什么，也不会说女孩子该嫁人、该绣花、该如何注重名节之类的话。他们只会教她：要好好挣钱，要有能力，要努力过得好一些。

别的姑娘相信嫁给贵人便是荣耀，顾锦不是这样，于顾锦而言，嫁给谁并不重要。母亲说了，顾锦喜欢谁便可以嫁给谁。对方没有钱，顾锦能养他；对方再有钱，她也配得上他。

顾锦一边经商，一边暗暗打听周平的消息。

她十二岁时，周平加冠，这一年他可以娶妻了。她听说时，只觉心口发疼。当天晚上，她站到顾九思和柳玉茹面前，声音沙哑地道："我想进宫。"

柳玉茹与顾九思对视一眼，颇为震惊。顾九思结结巴巴地道："你……你才十二岁……你周叔叔都和你爹一样大了……"

"我要进东宫。"顾锦认认真真地说。

顾九思舒了口气，又觉得不对："那你年龄也不够啊？"他语重心长地道，"你还小，不要这么早考虑这种问题……"

"娘八岁就开始考虑婚事了。"顾锦眼里含泪。

顾九思震惊了，柳玉茹轻咳一声，转头看向窗外，顾九思悲愤地道："你八岁就看上叶世安了？！"

"你别听她胡说，"柳玉茹赶紧道，"八岁的孩子懂什么喜欢不喜欢？"

"我懂。"顾锦打断柳玉茹，流着眼泪道，"我喜欢太子哥哥，要嫁给他，要一直同他在一起。如果这不是喜欢，什么是喜欢？"

柳玉茹："……"

顾九思盯着柳玉茹，神色颇为委屈："我喜欢你之前，还没喜欢过人呢！"

"呃……"柳玉茹一个头两个大，有些艰难地道，"咱们先想想锦儿的事吧。"

柳玉茹对顾锦晓之以理，动之以情，从各种角度分析顾锦不能和周平在一起的原因。

顾锦哽咽着，不肯松口。

最后柳玉茹叹了口气，道："你若真要嫁给他，有本事就自己去嫁。你若能自己去，我也不拦你。"

顾锦低着头，不再说话了。

柳玉茹以为顾锦终于面对现实了，然而没过几日，顾锦以看铺子为由出门后，夫妻俩就听说顾锦入宫面圣了。

顾锦是找了周思归，周思归带她去见的周烨。谁也不知道她同周烨说了什么，只知道她出来之后，周烨就将周平召入宫中了。

周烨看着周平，只觉得好笑，道："朕打算让你过几年再选妃，你觉得如何？"

周平的神色恭敬："都听陛下的。"

"阿平，"周烨看着周平，突然问，"你有没有想过，你未来的妻子会是怎样的？"

周平愣了愣，周烨便知道周平是没想过了。周烨无奈地笑了笑，挥了挥手，道："没事，你下去吧。婚姻大事，不能马虎。这太子妃啊，你要好好选，用心选。"

周平应了下来，但其实并不明白怎样才算好好选。在周平心中，太子妃只要家世合适，品行端正即可。作为一国储君，他的命是百姓的，他的妻子也应为百姓而生。

他从御书房走出来，在广场上远远地看见了顾锦。

柳玉茹和顾九思来接她，小姑娘低着头，挨了父母的训斥还面带笑容，没有半分悔过之意。

顾锦回过头来看周平。

她有柳玉茹的柔美与坚韧，但骨子里全是顾九思那样一往无前的奋勇，温柔又明媚。

周平愣了愣，这时候才意识到顾锦长大了。

顾锦请了宫中的嬷嬷来教自己礼仪，又跟着父亲读书，还学打扮，从发丝到指尖都仔细打理，甚至学了几门常用的外语。十五岁那年，她的美貌和才名便传遍了大夏。出身高贵，又有才华，还乐于做各种善事的她在民间颇有声望。

这一年，周平终于开始选妃。这一场选秀仿佛是专门为顾锦准备的，周平也没有任何迟疑地选择了她。

按祖制，周平该有一个正妃，一个侧妃，然而周烨和周平说："一个就够了，免得日后后悔。"周平虽然不能明白，但周烨说了，周平就会照做。

十五岁的顾锦和周平记忆里的小姑娘不一样了，这时的她端庄、温柔、美丽，没有半点儿瑕疵。成婚那天晚上，她颤颤巍巍地抱着他，叫他"太子哥哥"时，才有了几分小时候的影子。

婚后，他们相敬如宾。周平很温柔，但很少让自己的情绪外露，一心扑在政务上，很少关注顾锦。顾锦管理东宫，照顾他的生活，与他相伴，似乎过上了自己一直想要的生活。周平和小时候一样对她很好，可是一年又一年过去了，顾锦慢慢长大，也慢慢意识到他对她的好并不特别。

她想要更多，人心仿佛填不满的沟壑，离他越近，想要的就越多，但得不到。她越来越痛苦，可从不敢说。这是她自己选的路，柳玉茹在她十二岁时便劝过她，是她固执己见。现在除了坚持，她没有其他任何办法了。

渐渐地，她习惯了伪装，把痛苦都往心里藏。柳玉茹和顾九思来看她，她言笑晏晏；周思归来看她，也没有觉出半分异常。她仿佛过得很好、很幸福，直到有一日，她病了。

顾锦从昏迷中醒来，柳玉茹坐在她身边，拉着她的手，眼泪簌簌地落。

顾锦开口，声音沙哑："娘，我没事。"

柳玉茹哭得更厉害了，看着顾锦，艰涩地道："锦儿，我年少时同我娘说的最多的，也是这句话。"

我没事。

这是子女对于父母，最深沉的爱意。

面对当年的一切，苏婉无能为力，柳玉茹说了也只能平添伤心。如今顾锦不说，也是因为对于感情之事，柳玉茹和顾九思哪怕权势滔天也无能为力。柳玉茹和顾九思什么都知道，只是要顾忌顾锦的脸面，也怕顾锦伤心，才一直没说破。

顾锦看着柳玉茹，有些不知所措。

柳玉茹吸了吸鼻子，低声道："你别担心。你喜欢他，想要陪着他，便陪着；你不喜欢他了，也随时都可以走。我同你父亲早已同你周叔叔说好了，到时候便给你另外安排个身份。出了这东宫，天高海阔，你还是可以自在地过你的日子。"

顾锦愣愣地看着柳玉茹，好半天才笑起来："我以为你们不管我了。"

"我和你父亲操劳这么半辈子，不就是希望能给你们一片天地吗？"柳玉茹叹息，抬手拂过顾锦的头发，温柔地道，"你要往前走就走，走到头了，便回来。就算这世上谁都不要你了，"柳玉茹哽咽，"爹娘还在。"

有了柳玉茹这一番话，顾锦轻松不少。她的病一天天好起来，她也开始试着和周平亲近。但她一直不敢要孩子，于是一直偷偷喝药。

她想要让周平注意到她，又不太敢表达自己的情绪，就像年少时一样。她帮他选熏香，替他挑墨条，东宫之内从花草到瓷瓶都是她一手打理布置的，处处都是她的痕迹。只是春雨润物悄无声息，周平心里只有国家大事，一直没有发现。

他们成婚第三年，顾锦十八岁了，一直没有子嗣。终于有朝臣建议周平纳侧妃，这样的声音不大，毕竟顾锦的身份在那里，谁也不敢说得太过，但周平上心了。一天夜里，周平破天荒地同顾锦道："我们当有个孩子了。"他眼里满是担忧，"要不让大夫来看看，开些药，调理调理吧？"周平又像是怕她不悦，补了一句，"我也看看。"

这些话让顾锦辗转难眠。她清楚孩子意味着责任，有了孩子，哪怕有柳玉茹和顾九思的帮助，她也离不开东宫了。纵然舍得下周平，她也舍不下孩子。更重要的是，她希望她的孩子能生活在一个幸福的家庭，能像她一样无忧无虑地长大。

顾锦睁着眼，彻夜未眠。等第二日清晨，周平刚起来，她突然道："殿下，如果我一直没有孩子，殿下会怎么做？"

周平皱了皱眉，走上前来，轻抚着顾锦的脸颊，温和地说："你别担心，若没有孩子，我们再找大夫好好看看。"

"若找了大夫，还是看不好呢？"顾锦执着地看着他。

周平犹豫片刻，道："那便再纳个侧妃吧，"他说得轻而易举，仿佛在处理公事，"到时候再把孩子过继到你名下，你不必担忧。"

"是因为我父亲吗？"

她少有这样失礼的时候，周平茫然无措。

顾锦继续道："若我不是左相的女儿，又无子嗣，你当如何？"

"阿锦。"周平皱起眉头。

顾锦深吸了一口气，跪好行了个礼，恭敬地道："殿下，臣妾太过不安，失礼了。"

周平看着顾锦这个模样，突然觉得心尖发疼。他不明白这感觉代表着什么，缓了一会儿，走上前去，轻轻抱住顾锦，柔声道："阿锦，别担心，你会好的。"

顾锦应了一声，和平日的样子似乎没有任何区别。

周平出门以后，顾锦派人去找顾九思。下午，顾九思和柳玉茹来的时候，顾锦穿着一身红衣。相比入宫时，她消瘦了许多。她看着顾九思和柳玉茹并肩而来，本想笑，一弯嘴角却哭了。

"我……"她像小时候一样结巴着道，"我……我想回家。"

顾九思不忍多问，当场转身就要走，道："玉茹，你陪锦儿收拾一下，我入宫找陛下。"

顾九思入宫不久后，周烨宣顾锦进宫。顾锦和柳玉茹来到御书房，周烨坐在书桌后，顾九思和周思归站在两边，三个人似乎已经达成了协议。顾锦和柳玉茹行礼，周烨神色平静地让她们起身。

"我听九思说，你想回家了。"周烨很是惋惜，"就这么算了吗？"

顾锦勉强笑笑，道："陛下，其实你们说的都对，"她的声音很低，"我与殿下不合适，是我不该强求。"顾锦叩首，柔声道，"还望陛下恩准。"

周烨静了好久，才道："当年大家都说你们不合适，说你用情太深、太冲动，说平儿恰恰与你相反。你们这段感情，所有人都不看好，可朕还是应允了，让平儿等了你三年，你可知是为什么？"

顾锦看向周烨，周烨继续道："因为你同朕说，这世上没有改变不了的事。当年你父亲就是这样，我以为你也可以。"

顾锦落下泪来，声音微微发颤："臣妾辜负陛下厚爱。"

顾锦也是他看着长大的，周烨叹了口气，道："我将太子叫过来，只要他同意，这事便按你们说的办吧。他若同意和离，你们便和离。他若不同意和离，你便换一个身份。"

"谢陛下。"

周烨顿了顿："平儿对你不好吗？"

"好。"

"有这么无法忍受吗？"周烨叹了口气，"太子妃这样的位置，多少女人羡慕还来不及。阿锦，你既然爱他，又何必离开呢？"

"正是因为爱他，"顾锦平静地道，"才难以忍受。"

他的温柔永远那么平静，给她希望又让她绝望。多少次她以为他属于她，却又在下一刻，在某一个细节中，在某一个眼神里，坠入绝望的深渊。

他没做错什么，她的痛苦是自找的，但她不能让自己再这样痛苦下去。

她没有再站起来，跪姿让她平静。

周平匆匆赶来，很是茫然。他看向周思归，周思归拼命使眼色，示意周平看顾锦，周平没能意会到。

周平行了礼，扶起顾锦，看向周烨，道："皇兄，这是怎么了？"

几个人面面相觑，顾九思轻咳一声，道："要不让锦儿和殿下谈吧。"

周烨觉得这话很对，随后道："你们去偏殿聊一聊吧。"

周平领着顾锦去了偏殿，两个人默默无言。周平张了张口，隐约察觉到这不是什么好事，却没有勇气开口问。

顾锦终于道："我同陛下说了，"她抬眼看他，"我打算与你和离。"

周平猛地睁大了双眼，呆呆地看着她。他从未想过，和离这样的事会发生在自己的身上。

顾锦低下头，吸了吸鼻子，接着道："嫁给你这些年，我过得并不开心。于你而言，太子妃是不是我并不重要，只要合适就可以了。我并不算合适，作为太子妃，我心太野，不够端庄，也太善妒。若再同你在一起，我不仅苦了自己，怕还会害了你。"

"太子哥哥。"顾锦抬起头，认真地看着周平。

她有许多年没这么叫他了，听到这一声"太子哥哥"，周平才隐约想起当年的顾锦是什么模样。

顾锦道："这些年你很照顾我，我很感激，只是我们不合适。你要是愿意，我们便和离。你要是怕丢了颜面，我便换个身份，你只需对外宣称我生了恶疾死了。

"这事是我对不住你，我想一出是一出。想嫁给你的时候，是我求皇帝叔叔把选太子妃这事推迟三年。如今我不想和你在一起了，又要和你和离。是我耽误了你，是我对不住你，你就是讨厌我，我也认了。可我会补偿你的，以后跟着母亲经商，我名下所有商铺的利润都分三成给你。东宫的运转需要钱，日后你当了皇帝也需要用钱。你若愿意收这些钱，我就永远是你的妹妹。你若不愿意……我也希望你不要记恨我的父母。一切都是因为我任性，与他们无关。"

周平低着头，脑子木木的，只觉得心被人剜了一块，抽搐着疼。

他知道顾锦说的有道理。她能成为太子妃，是因为她适合。当年周烨把选太子妃的时间推迟三年，也是因为周烨觉得左相的女儿能成为太子妃对周平来说有好处。如今她不乐意继续做他的太子妃了，只要顾家还愿意支持他这个太子，太子妃换个人做其实也没什么关系，更何况顾锦还愿意给他金钱上的支持。换个身份，她出去了，他也不失颜面。这样总比他们一起耗尽青春，最后变成怨偶要好。

顾锦比他小得多，他也不愿意蹉跎了她的年华。可他几次张口，都说不出话。

顾锦见他不说话，怕他恼怒，跪了下去，坚定地道："若殿下还是不满意，我愿以死谢罪，只求殿下放我回去认祖归宗。"

周平微微一颤，几乎站不稳了，看着跪在地上的人，道："我对你不好吗？"

顾锦垂下眼："好。"

"那为什么，"周平艰难地问，"你宁愿死，也不愿意同我继续过下去？"

顾锦不答，周平盯着她："决定好了？"

"好了。"

周平死死地捏住了桌边，一字一顿，说得无比艰辛："好吧，你不后悔便好。"

"能在一起，是缘分；不能在一起，也没什么。你是我看着长大的，我自然希望你能过得好，你在我身边过得不高兴，是我做得不够好。你觉得我哪里不好，你告诉我……"周平说着，又觉得这话像是在劝她留下来，怕冒犯了她，又忙道，"若你决定好了，和离也无妨。不要再说什么以死谢罪了，你要好好的。和离后，你回去还是顾大小姐，我也还会照顾你，你别担心。"

顾锦的眼泪大颗大颗地落下来。他素来这样，对谁都好，对谁都温柔体贴。

周平的手在颤抖，他隔着袖子把顾锦扶起来："走吧，"他勉强笑笑，"我去同皇兄说。"

顾锦跟在周平后面，看着他的背影，咬紧了牙关，眼泪还是掉个不停。周平不敢回头。

进了御书房，周平看着周烨，道："皇兄，事情锦儿都同我说了，既然锦儿已经做好了决定，我也没什么不同意的。她同我和离，也不必偷偷摸摸的。日后她依旧是顾家的大小姐，我愿认她做义妹，这辈子虽无缘做夫妻，但我还是能好好照顾她。"

众人面面相觑，周思归皱起眉头，周平笑着道："拿纸笔来吧。"

周平一直很从容，仿佛这件事对他没有半分影响。顾锦站在他身后，已全然不敢抬头，只是周平不敢看她，故而不知。

周平迅速写下和离书，签好了自己的名字，又顿了顿，才道："锦儿，过来签字吧。"说完，他放下笔，走到窗边。

顾锦走到书桌边，看着和离书上的名字，眼泪模糊了双眼。可他们该结束了，她想，她用了那么多时光，却还是得不到他的回应。她颤抖着签下自己的名字，最后一笔写完，周思归忍不住道："阿锦……"

顾锦拜别周烨，顾九思和柳玉茹也匆匆告退。

周平站在窗口前，一直没有回头。

周烨叹了口气，道："早知今日，朕也就不帮着她了。"

周平的嗓音低哑："当年您又是为什么帮她呢？"

"六年前她来找朕，和朕说她喜欢你、适合你。"周烨看着青年的背影，"她打小就喜欢缠着你，天天都跟着你，后来还为了你学宫里的礼仪，凡事以太子妃的标准要求自己，这些，你都知道吧？"

周平感到震惊，回过头来呆呆地看着周烨。

"她不曾提过？"周烨诧异，又笑起来，"也是，她们这个年纪的姑娘，不会把这些话说出来的。阿平，你以为她嫁给你是为了什么？"

"为……什么？"周平从未想过这个问题，以为她和他一样，成婚不过是因为双方合适。她是顾九思的女儿，他是储君，她贤惠端庄，他也会给她无上的荣耀，让她成为这世上最尊贵的女子。他以为自己等她三年是为了这份合适，以为她三年后毫不犹豫地来参加选秀也是因为合适。

这时候周烨却告诉他，她做这些是因为喜欢他。

"当年她来找朕，九思和玉茹就不同意，他们太熟悉自己的女儿，她并不适合当太子妃，也不适合当皇后。未来你会有三宫六院，而你的心也不在情爱上，可阿锦不一样，她知道一份好的感情、一段好的姻缘是什么样子。你觉得皇后尊贵，可阿锦生在富贵之家，何须再用自己的感情去换那份尊贵呢？她愿意把自己关进深宫，只是因为她喜欢你。"

"那她如今……"周平艰难地开口，"又为什么……要走？"既然她喜欢他，那么为什么要离开他？

周烨想了想，无奈地道："或许是太久得不到回应，便不喜欢了吧？"

周烨顿了顿,"阿平,我固然是皇帝,可我也是你的兄长。我不希望你只是百姓的陛下,希望你也有一个家,有一个爱人。我希望你们像普通夫妻一样幸福。你会舍不得她,会珍惜她,喜欢她,陪伴她,守护她;而她也会一直陪着你,爱着你,用命护着你。"周烨说着,像是想起了谁,顿住了。

周平呆呆地看着周烨,周烨走上前拍了拍周平的肩,温和地道:"不过既然没有缘分,就算了吧。你不喜欢她,也就罢了。回去吧,好好休息一下,你也别怪她。"

说完,周烨便走了出去,吩咐人好好照顾周平。

周平在屋中站了很久,心断断续续地疼。他想起了好多人,好多事。他想起顾锦小小一个站在他面前,又想起她身穿嫁衣一步一步地走向他。

他不喜欢她……为什么所有人,哪怕自己,都觉得他不喜欢她?为什么所有人都觉得,她走了,他不会难过,不会痛苦,不会放不下?所有人都觉得他不把她放在心上,可是若不把她放在心上,他又怎么会在最后签和离书时还怕未来她会过得不好?

太监见周平的情绪不对,就给周平披上了披风,劝他道:"殿下,先回去休息吧……"

那披风上有顾锦惯用的熏香的味道,周平愣了愣。他的生活里到处是顾锦的影子,他的未来里却没有了她。她或许还会到另一个人身边去,她还这么年轻,又有这样的样貌和品性,只要愿意,完全可以另择良人。她会和那人成亲,生子,而他周平只是她生命中的一个过路人。

光是想想,周平就已经心疼得难以呼吸。他大口大口地喘息着,突然推开了太监,冲了出去。

"顾大人在哪里?"周平抓着人就问,"顾大人,见过顾大人没有?!"

路上的小太监被他吓到,慌慌张张地指了一个方向。

外面下着小雨,周平顺着太监指的路,一路朝着宫外跑。

这时候,顾锦坐在马车里。顾锦不愿与顾九思、柳玉茹坐一辆马车,怕他们看见自己的狼狈模样。她坐在一辆小马车里,跟在他们后面,抱着周平给她的和离书,蜷缩着,哭得不成样子。雨声盖过了她的哭声,她反复告诉自己,哭吧,哭完了就好了。这世上没有过不去的坎,她离了他,也是一样过日子。可是为了这个人她坚持了十三年,他已经扎根在她的心里了。十三年的求而不得,今日要从心上将他生生撕扯下来,她痛得难以控制自己。

外面突然传来了急促的马蹄声，她的马车猛地停下，她惊慌失措，车帘被人卷起。惊雷响起，她抬起头来，看见外面的周平。他浑身湿透了，凌乱的碎发贴在他的脸上，他失去了一贯的温和，一双眼死死地盯着她。

她有些慌乱，声音沙哑地道："你……你来做什么？"

周平死死地抓着车帘，道："我来告诉你一句话。"

"什么话？"

"顾锦。"周平上了马车，靠近了她。顾锦慌张地往后退了退，他又贴过来，认真地盯着她，道："和离这件事，我不同意。"说着，周平从顾锦手中拿过和离书，当着她的面一下一下地撕碎了。

顾锦震惊地看着他的动作，惊叫起来："周平！"

"你听好，"周平一把将她压在车壁上，"是我陪着你长大的，是我教会你说话，是我教会你写字，是我教会你念书，是我教会你写诗……是我，"他捏着她的下巴，在她震惊的眼神中继续道，"教会你爱一个人。"

顾锦颤抖起来，从未觉得如此羞耻。她觉得自己仿佛被剥干净了，没有半分尊严。她颤抖地出声："不是……"

"你是为了我入的东宫，为了我去做太子妃，为了我而成为顾锦。"

"我不是……"

"你喜欢我。"

"我没有……"

"顾锦。"

她捂住了脸，哭得让人心疼。他看着她的模样，突然冷静下来，他的动作也变得轻柔了。

"我知道你还小，可你也不能撩拨了人就抽身离开，"周平声音低哑，"来也是你，去也是你……你不能这样对我。"

顾锦不愿看他："你终归，"她哭着道，"终归不喜欢我。我的来去又与你有什么干系？"

"我喜欢你。"

顾锦愣了愣。

周平拉下她的手，看着她的眼，郑重地重复了一遍："我喜欢你。"

顾锦不敢相信，可周平接着道："没有孩子就没有孩子，他们若逼我，我便不当这个太子了。就算做了皇帝，我也不会有后宫，不会有别人，我的妻子只会是你。"

"我喜欢你。"他低下头,轻吻她湿润的眉眼,哽咽着道,"对不起,我这么晚才知道。我喜欢你。"

他以为他不会喜欢一个人,以为他的余生只有赎罪,以为要对得起秦婉之的牺牲,就要为大夏、为百姓付出全部。可遇见顾锦,他才知道自己也不过是个凡人。他也会有喜欢的人,会害怕失去她,会渴望有一个家,家里有一个姑娘,用一生陪伴他。

周平近三十岁才迎来了他们的第一个孩子,那时候顾锦不过二十二岁。年龄差让周平很担忧,有一段时间,周平一见到周思归就会想起顾九思和周烨说过的玩笑话,那时这两位父亲动过让顾锦嫁给周思归的念头。于是周平从来不蓄胡子,这样看上去会更年轻。

周思归喜欢玩乐,和顾长安玩得很好,两个人常常一起斗鸡抓鸟。后来两个人一合计,一个权臣之子,一个闲散王爷,一背包袱就去云游江湖了。顾长安"游"到一半被顾九思抓了回去,开始了仕途;周思归则一去不回,踏遍万里河山。

又过了十年,周烨病故,周平登基,年号乾元。

这时候的大夏承平已久。周平继位之后,大夏更是兴盛,声名远播,万国来朝。

周烨和周平的时代,史称明乾盛世。这个时代有最好的君主,最好的臣子,最好的百姓。

对周平而言,除此之外,这个时代还有最好的顾锦、最好的叶韵、最好的柳玉茹。

这些是最美丽也最难得的风景。

番外二

叶世安,身为当朝右相,生得俊美,位高权重,博学多才,性情温和,是朝中多有美誉的君子。

他几乎没有什么缺点,唯一的缺点就是:未婚。

如今他近三十岁,妹妹已成婚五年,好友的女儿都快十岁了,他却依旧孤孤单单一个人,连一个侍妾都没有。每年过年他都去蹭好友的家宴,像一个孤寡老人。于是上到皇帝,下到叶府的下人,甚至路边卖豆腐花的大妈都忍不住为他操心——叶相什么时候成亲哪?

催婚大军中,催得最猛的人便是左相顾九思。其他人不知道原因,但身为顾九思的兄弟,周烨和沈明十分清楚,因为顾九思曾不止一次私下同他们道:"老叶到现在还不成亲,是不是还想着玉茹?"

头几年,周烨和沈明都劝顾九思别多想,说叶世安对玉茹只有兄妹之情,绝无他意。可时间一长,连周烨和沈明都开始动摇了,甚至有时候觉得顾九思说的有道理:在叶世安的生命里,能勉强算得上是桃花的,也就一个柳玉茹了。但如果是这样的话,事情就有点儿严重了。

周烨琢磨着,当朝右相惦念着左相的媳妇儿,怎么看都是一件非常大的事。于是周烨在叶世安三十岁这一年,也不顾皇帝的架子了,亲自加入了催婚大军,每日逮着机会就问:"世安,你觉得那个王家的姑娘……"

"那个余家的姑娘……"

"那个陈家的姑娘……"

叶世安不堪其扰,最后寻到了一个巡查的机会,连夜出了东都。逃出东都的时候,叶世安想,的确该解决婚姻问题了,否则他得被他们逼出毛病来。

其实叶世安也不是不想成亲。他是个非常传统的人,觉得这事得有父母之命、媒妁之言,如果当初没有顾九思,叶世安可能早就和柳玉茹成亲了。后来他的长辈又早早地不在了,他一个人撑起了叶家,婚事也落到了自己手里,便茫然无措了。

他得自己给自己选个姑娘,他身边的人,无论是顾九思、周烨,还是沈明,他们的婚姻都起源于爱,哪怕是周烨和秦婉之有婚约在先,也向对方交付了真心。有了这样的参照,他就对婚事有了期待,但要找个喜欢的人太难了,认认真真地找了十多年都没找到。每当有人问他为什么还不成亲,他就很想反问对方,为什么你还不成仙?是不想吗?是嫌命长吗?

为什么他们个个能找个喜欢的人——就连沈明那样从来只知道傻乐、没有任何精神追求的人都能遇到叶韵,他这么优秀的青年才俊怎么就遇不到呢?他一混混到三十岁,同龄的同僚都嘲笑他,说再这样下去,他们都能把自己的女儿介绍给他了。

他陷入了一个尴尬的境地:找个不喜欢的人将就——委屈,做个孤家寡人——委屈。总之,婚事让他烦透了。

这种烦闷伴随了叶世安一路。这一次他替天子巡查全国,看看朝廷出台的各种条例在各地落实得如何。本来一路顺畅,但到达青州地界时,他管了一桩闲事。

岚城是青州的一座大城,以兰花和土匪闻名,叶世安去的时候,特意化装成了一个普通的商人。

他在茶馆里喝茶听书的时候,有人在隔壁桌调戏一个女子。那女子用面纱遮着脸,身段很美。叶世安在那些人伸手去掀女子的面纱的时候,用扇子挡开了他们的手,侍卫把那些人推开,叶世安冷冷地说了句:"滚远些。"

那女子从被他救下,就一直呆呆地看着他。叶世安知道自己生得好,这些年也招惹了不少姑娘,但自觉自己无法回应,一般能躲就躲。此时也一样,于是他连话都不说,便领着人转头走了。

他走远后,两个健壮的女人赶来,在那戴着面纱的女子身侧小声道:"老大,是那个汉子帮了你?要不要给他报个恩啥的?"

戴着面纱的女子看着叶世安离开的方向,眼里满是欣赏。站在她身后的两个女人对视了一眼,听着戴着面纱的女人感慨了一句:"好俊啊。"

好了,她们都明白了。

当天,叶世安出了城,准备明天和大部队会合后再用真正的身份入城。谁承想,山道上突然响起了战鼓声,叶世安粗粗一看,在这里约有上百人。他将手放在剑柄上,冷声道:"钱财都在马车里,诸位自便,还望留我等一条性命。"

"这位相公说笑了,"为首的女人大笑,她生得高大,手里拿着两个铁锤,道,"钱就当是你的陪嫁了,我们要的是你的人!"

他们要他的人,叶世安自然是不答应的。一场恶战之后,叶世安等人寡不敌众,全都被围了起来。

当天晚上叶世安被下了药,不仅动弹不得,还说不出话,只能由着他们折腾。他们给他洗了个澡,打上香粉,还套上了极其轻薄的衣服,最后把他扛进了一间卧室。这让他觉得自己像是一个被洗刷干净的宫妃,等着谁的临幸。他生平从未受过这样的羞辱,不由得恨得牙痒痒,暗暗发誓:等他回到岚城,一定要把这山上的土匪清理干净!

他在黑暗里等了很久,等来了一个醉醺醺的女人。夜里太黑,他没看清女人的样子,只闻到了一身酒味。

他皱起眉头。他不喜欢这样的女人,无礼。然而他被下了药,此时只能任人宰割。

他听见窸窸窣窣的脱衣声，闭上眼睛，咬紧了牙关。过了一会儿，他感觉到有人往他身边一倒，手还砸在了他的脸上，直接把他砸出了鼻血。

那人不算胖，甚至可以说是消瘦，所以完全没有察觉这张宽大的床上多了一个人。她醉得厉害，不一会儿房间里就响起了鼾声。

叶世安躺在床上，睁着眼看着床帐。这是他第一次和女人睡觉，然而他连这个女人长什么样都不知道，还被砸得满脸是血。他日后可怎么办？他思索了一夜。

这个女人已经脱了衣服和他一起睡在床上了，他的名节已经没有了。按理说，他得对她负责。可他守身如玉三十年，为的就是一段好姻缘，却被人强迫着……他才是受害者吧？！他又生气，又纠结，天明时才迷迷糊糊地睡了过去。

等第二天醒来的时候，他首先看到的是一张女子的脸。这个姑娘很白，眉目细长，鼻挺唇薄。与东都那些女子不一样，她不施脂粉，却不显寡淡，反而带了些许英气，这一点倒与她的身份极为相称。毕竟是个山匪，叶世安想。

女子似乎也察觉到有人在看着她，睁开了眼，然后看见了叶世安。她呆滞片刻，像见了鬼一般滚下了床，惊恐地看着叶世安。叶世安坐了起来。他一动，衣襟就敞开了，不得已，只能拉过被子挡在胸前，这个动作让他显得风流又柔弱。

女子一见他的动作，立刻道：“对不住！”

叶世安不说话，冷冷地看着她。

女子慌慌张张地站起身，一面捡起她昨夜乱扔的衣服，一面道：“对不起，你别介意，我这就去罚他们。我会对你负责的，你别担心，我一定会对你负责的！”说着，女子抓着衣服一溜烟儿跑了。

叶世安冷笑。就这个样子，她还敢和他说什么负责不负责？他信她才怪！

这个女人跑得太快，没有给他留衣服。他身上的衣服又着实不堪入目，叶世安没有办法，只能继续待在床上。

过了一会儿，女人匆匆回来了。这时候她穿好衣服了，一身黑衣劲装，用一根红色发带把头发束在脑后，腰上挂了一把钢刀，看上去精干又神气。她进门之后，看着床上的叶世安，欲言又止。

她似乎有点儿焦虑，叶世安则呈现出一种淡然。他不一定打得赢这个女人，但是在谈判这件事上，一定比这个女人更有经验。

这个女人在房间里走来走去，最后坐在了床边。她动作豪放，叉开双腿，将双手搭在双腿上，苦恼地道："他们把你绑过来，我是不知道的。"

"嗯。"

"我……我昨晚喝醉了。"女人艰难地解释，"不管我对你做了啥，你别介意啊。"

"嗯。"叶世安觉得鼻子有点儿疼。

女人看了他一眼，又迅速低下头，慢慢道："我想过了，既然已经到了这一步，我得对你负责。今晚我们就拜堂成亲！"

"不可能！"叶世安果断地拒绝，"若你真觉得对不住我，便应当放我下山，你我都当这事没有发生过。"

"不行，"女人摇了摇头，"我不是这种吃干抹净不负责的人。"

"我不介意。"

"我介意！"女人看着叶世安，满脸愧疚之色，道，"我的属下都问过你的随从了，你是第一次。"

叶世安静了片刻，冷静地道："我们昨夜什么都没发生。"

"但我毕竟把你睡了，"女人愧疚地道，"就这样吧，今晚我们成亲。"

于是，叶世安连这个女人的名字都还不知道，就被压着和她拜堂成亲了。

拜堂的时候，叶世安听见其他人叫她老大，观察了一圈，发现这应该是一个规模极大的山寨。他在脑海里将岚城周边这个规模的山寨迅速过了一遍，寨主是女人……她是岚城最大的山寨伏虎寨的寨主姬流云。

在他得到的资料里，姬流云是一个做事极为谨慎的人，完全不是这个样子，叶世安不由得开始思索姬流云的目的。

山寨里成婚很简单，他早早地就被送入了洞房，而姬流云被扯去喝酒。

他们派了好几个人看管他，叶世安是有点儿拳脚功夫，但要和这些真正的江湖高手比起来，差距也不小。他有自知之明，老老实实地坐在屋里，一面考虑着应对之策，一面思索着姬流云的真正目的。

半夜，姬流云终于回来了。她又喝得醉醺醺的，回来之后就往他边上一倒。这一次叶世安颇为嫌弃地往旁边坐了坐，不满地道："一个女人，夜夜喝成这样，像什么样子！"

"我这……这不是成亲吗？"姬流云嘟囔着道，"成亲得多喝点儿。"

"这算不得成亲。"叶世安皱着眉头道，"姬寨主，你连我姓甚名谁都不知道，就贸然和我成亲，这样的亲事当不得真。"

"我知道你是谁，"姬流云喝得头疼，靠在床柱子上，磕磕巴巴地道，"当朝右相，叶世安。"

"你既然知道是本官，还敢如此放肆？！"叶世安眼中闪过冷意，开始怀疑姬流云是被人派来害他的。

谁知姬流云抬手扶额，痛苦地道："是啊，不然我怎么会……怎么会这么做？不是每一个被绑来的男人都可以和我成亲的好吗？"

叶世安："……"

"你要不是右相，我们能成亲吗？"姬流云烦得很，"他们把你绑来了，还这么冒犯……冒犯你，你能放过我们山寨老小？现在唯一的法子，就是我和你，生米煮成熟饭……我成了你的娘子，伏虎寨是我的娘家，你就大人不记小人过，算了吧。"

"你现在放了我，我还能给你们一条生路。"叶世安冷着声开口。

姬流云恍若未闻，站起身来就开始脱衣服。

叶世安赶紧按住姬流云的手，惊慌地道："你别乱来！你就算嫁了我，我也未必不会治罪于你！"

"你说的很有道理，"姬流云认真地道，"所以我想过了，我们再生个孩子，这样……这样牢靠一点儿。"

"你休想用一个孩子绑住我！"叶世安怒喝，急得面红耳赤。

姬流云的动作顿住了，她低头静静地看了他一会儿，突然弯下腰，单膝跪在床上，靠近他。

突然拉近的距离吓得叶世安往后退去，姬流云却一把按住了他的肩："三十多岁的男人了，"姬流云的声音低哑，道，"还没娶老婆，不憋得慌吗？"

"姬流云！"

姬流云抬起叶世安的下巴就亲了上去，叶世安当场僵住了。

这倒是一个极其甜美的吻，带着姬流云清新的气息。和其他女子不同，姬流云的身上没有胭脂水粉的味道，只有淡淡的皂角味，这味道混着一点儿舌尖上的酒香，让叶世安头皮发麻。

很明显姬流云是个生手，虽然着实努力了，但依旧磕磕绊绊。亲完了，姬流云喘息着抬眼，问了句："满意吗？"

叶世安不说话了，面无表情地抬起手来，扶正了姬流云。他给自己漱了个口，又洗了把脸，接着捏着帕子走了回来，朝着坐在床上的姬流云就是一阵乱擦，而后将帕子一扔，倒在床上，不再说话了。

他看上去很镇定，姬流云上床躺在他身边，他也不动弹。姬流云辗转反侧，到了半夜也不敢睡。

越想越清醒，她推了推叶世安，道："你有什么想法？"

叶世安不说话，翻过身继续睡。

姬流云凑过去，继续推他："叶大人，你到底怎么打算的？你说句话啊。"

叶世安不堪其扰，终于开口："女孩子家家的，"他低喝，"矜持些！"

姬流云不明白叶世安是怎么想的，就继续把叶世安强留在伏虎寨上，打算培养感情。但叶世安经过成亲那晚短暂的惊慌之后，从容得很。

姬流云很头疼，也不知道该怎么办。山寨里的人胆子大得莫名其妙，居然把当朝右相给她抢回来做压寨相公。这下好了，就这么送回去，大伙儿都怕被叶世安治罪；不送回去，大伙儿又怕以后被叶世安治罪。最后，大家都寄希望于姬流云，希望她能以美貌拿下叶世安，让叶世安放弃对他们山寨的报复。

姬流云是山寨里最强的人，也是最美的女人，放眼整个青州也没有几个女人能比她美。本来姬流云也挺有自信的，结果成亲当晚，叶世安在她的诱惑下还能睡得深沉，这让她对自己的魅力产生了极大的不自信。

有一天姬流云就问叶世安："叶大人。"

"嗯？"

"我问问啊，你见过比我美的女人吗？"

叶世安打量姬流云一眼，嗤笑一声："你是女人？"

姬流云明白了，她对叶世安一点儿吸引力也没有。

两个人在山上耗着，姬流云继续尝试诱惑叶世安，而叶世安在等朝廷来救他。

他被抓到山寨上的消息是一定会第一时间被报到宫里的，那么顾九思就一定会马上来救他。但叶世安没料到的是，传到宫里的消息是这样的——"不好了，叶相被一个土匪抓去当压寨相公了！"当时整个御书房里的人都沉默了。

周烨:"抓去当什么?"

"压寨相公!"

"九思,"周烨想了想,看向顾九思,"你觉得该怎么办?"

顾九思心领神会:"先让他们培养培养感情!"

顾九思甚至还让人暗中给叶世安传话:"我们发现伏虎寨有一个更大的秘密,现在需要你先在山寨中周旋,你等我们的信号吧。"

叶世安得了传话,顿时在山上待得更自在了,甚至为了套话刻意接近姬流云。

他陪姬流云上山抓鱼、捕猎,看姬流云练剑、比武,跟着姬流云一起去听山寨里的老师讲学,因为嫌弃那老师水平太差,还亲自当起了教书先生。姬流云没怎么念过书,字都不会写,叶世安就教她写字。

她那手,握刀的时候稳稳当当,握起笔来,却连笔都在抖。叶世安看不下去,从她背后环住她,握住她的手,写下了一个"叶"字,道:"该这么……"他的话没说完,姬流云便转过头来,诧异地看着他。

她离他太近,风吹来的时候,发丝轻拂过他的脸。窗外的蝉鸣声和鸟叫声混在一起,闻着她身上皂角的清香,叶世安感觉他们的呼吸也纠缠在一起。他一时有些痴了,这是他第一次感受到心动。而后姑娘便凑了上来,她的唇贴在了他的唇上。他松开了笔,推开了纸,墨淌了一地。

那天晚上他们俩躺在床上,各自睡在自己的被窝里,就同平时一样。

姬流云看着房顶,突然道:"我明天带你去抓鱼吧?"

叶世安心跳不稳,低声回应:"好。"

"叶世安,"姬流云突然开口,"你对谁都这么好吗?"

叶世安不知道她为什么这么问。

姬流云侧着身子,用手撑着自己的头,低头瞧他。她在月光下显得很白,甚至带了一点儿光晕。她的衣服宽大,轻轻垂落,叶世安能看见她脖颈流畅的线条。她笑着同他说话,叶世安突然觉得她有了几分姑娘的模样,于是逼着自己将目光移开,勉强发出一声鼻音:"嗯?"

"我是山匪,把你抓了过来,你还对我很好。叶世安,你对姑娘都这么好吗?"

叶世安沉默了,认真地想了想,骤然发现,倒也不是。若换一个人来,他怕是没有这样好的脾气。发现这一点,他觉得奇怪得很,不由得又看了姬流云一眼。

姬流云笑意盈盈:"若是换一个姑娘亲你,你也乐意吗?"

他自然是不乐意的,叶世安的脑海里立刻就冒出答案。他这才发现,其实自个儿是并不讨厌这姑娘的,其实第一次见面时就不讨厌。

她生得美,她的美是一种清雅的、带着蓬勃生机的、干净利落的美,打从第一眼看见她,他就没法讨厌她。

他的沉默让姬流云疑惑,她往前探了探身子,皱着眉道:"想什么呢?都不说话。"

叶世安终于再次抬眼,定定地看了她一会儿,突然道:"没想什么,就是突然发现,若是其他姑娘亲我,我是不乐意的。"

这话把姬流云说愣了。她这么呆呆地瞧着人的样子倒是少见,叶世安笑起来,觉得心里软软的。

姬流云道:"那我亲你,你是快活的?"

如果是十几岁的叶世安,听到这样的话,此刻已经面红耳赤了。可如今他三十多岁了,心境不同。他坦然地抬起手枕在脑后,笑着看她,道:"那是自然的。"

话刚说完,姬流云又凑了上来。

一件事做多了,就成了习惯,你放下了戒备,便可以享受起来。

那天晚上,星光很亮。叶世安和姬流云躺在一起的时候,他突然想,准备了十几年的聘礼终于能派上用场了。

番外三

江河一觉醒来,觉得头痛欲裂。这种疼痛他非常熟悉,是宿醉带来的疼痛。他捂着头起身,缓了片刻,愣住了——他不应当在这里的。

他抬起头来,茫然地四处张望。这个房间里的物件让他觉得既熟悉又陌生……这是他十七岁以前在东都住的房间!

他成为江家的家主后,便有了自己的宅院,不再住这里了。为什么……为什么他明明死在东都宫廷的大火中,却出现在了这里?!

他正想着,外面就传来了母亲的声音:"阿河,你的事,我听你姐姐说了。那姑娘是怎么回事?你同母亲说,母亲为你提亲去。但凡有一丝机会,家里也会帮你……"

听到熟悉的话语，江河更茫然了。

他记得这些话。

他十七岁时与洛依水在一起，高高兴兴地回家说要提亲，家里人把聘礼都备好了，江河才想起来问洛依水的出身。

洛依水低笑着告诉他："我是洛家的大小姐。"

"洛家？哪个洛家？"

洛依水抬起手，指向了城郊的那片桃花。

他不记得自己是怎么回来的。他仓皇地逃了，连夜回了东都，日日买醉，什么都顾不得了。

这是……江河脑中劈过一道惊雷——这是二十二年前！

外面的人还在絮絮叨叨地劝着，江河翻身下床，猛地开门，看见站在门前的母亲和父亲。

他喘着粗气，艰难地发问："几月了？"

"十月……"他母亲说。

江河闭眼退了一步。十月，二十二年前的十月，洛依水就是在这个时候出嫁的。

"阿河？"江夫人担忧，忍不住上前扶住了看上去还有几分虚弱的江河。

江河缓了缓，突然道："我要去扬州。"

"你才回来不久……"江夫人不太理解。

江河坚定地道："我要去扬州。"

江家养孩子，一贯是放养的，江河又是江家孩子中最放肆的那个，谁都管不住他。他要去，就让他去了。

在去扬州的路上，江河慢慢弄清楚了目前的情况。

他死了一次，又回到了自己的十七岁。这个年纪颇为尴尬，若是早一点儿，他就能避开洛依水，再早一点儿，也许就能救下兄长。

他做了一场二十余年的黄粱大梦，已不像少年时那样偏执，对于江洛两家之间的仇也已经释然。当年他恨洛家的每一个人，偏偏深爱洛依水。如今恨消散了，爱平和了，余下的只有愧疚，除了对洛依水的，还有对洛子商……不，对江知仁的愧疚。

江河让这个孩子出生，又懦弱地抛弃了这个孩子，之后还眼睁睁地看着他走向歪路而不加阻拦。为人父亲，江河觉得自己简直该被千刀万剐。

他无法弥补洛依水，哪怕回到二十二年前，也不能娶仇人之女。而且就上辈子来看，洛依水与秦楠终成眷属，江河自知不该打扰。

可是对江知仁，这一次江河必须要好好照顾他，无论是为了自己还是为了天下。

江河赶到洛家时，刚好是洛依水出嫁的前一天。他奉上了自己的令牌，求见洛依水，洛家人本是不肯的，但他恰巧在门口遇见了秦楠，年轻的秦楠看上去还是沉闷古板的样子。

秦楠看着江河，江河也看着他。

江河道："她明日嫁你，我再同她说几句……"

江河的话没说完，秦楠一拳就砸了上来。江河的武艺和秦楠的是天壤之别，但江河此时并不躲避，被秦楠一拳砸到了地上。秦楠一把抓起他的领子，将他按在了墙上，红着眼，颤抖着声音问："为何不娶她？"

江河苦笑："我今日来，便是来解释的。她该心无芥蒂地嫁给你，秦楠。"

秦楠愣了。

秦楠慢慢冷静下来，深吸了一口气，扭过头去，低声道："我带你去见她。"

秦楠领着江河入府，而后江河悄悄来到了洛依水的屋中。

洛依水正坐在镜子面前，看着镜子中的自己，神色十分平和。

江河在角落里打量着她。

当年洛依水一直挂念着洛子商，以为自己的孩子身死，郁结于心，所以才早早地去了。江河最后见她时，她已经消瘦得不成样子，再没有半点儿年少时的风采。而如今的洛依水还在最好的年华，哪怕消瘦了些，还是美得惊心动魄。

洛依水自幼习武，江河才进入房中，她便察觉了。

她平静地道："既然来了，喝杯茶吧。"

江河走近，洛依水站起身，回头看他。她穿着嫁衣，清丽的面容上没有半分悲伤，依旧优雅又冷静。

她注视着他，道："我要嫁人了。"

"我知道。"

"那你来做什么？"洛依水笑起来，"总不会是来带我私奔的。"

"若我是呢？"江河突然很好奇这个答案。

洛依水静静地注视着他，好久后，慢慢地道："你不会做这样的事。"她一面说，一面走上前来，坐在桌边，平静地道，"秦楠提了亲，我也已经答应了。你我的感情是你我的事，不该牵扯无辜的人。我既然答应了他，便不会辜负他。若你今夜不来，我当你是负心薄幸，但你今夜来了，我便知你仍是顾三。"洛依水抬头看他，眸子澄澈，"既然是顾三，便不会做这样的事。"

江河设想过无数次，当年的洛依水是怎么看待他的。如今才知道，当年的洛依水，哪怕面对这份让她绝望的感情，也没有失去她的风度。

"你不恨我？"

"你自有苦衷。"洛依水摇摇头，"你若不来，我会恨你。可你来了，我便知道，你会给我一个理由。"

她审视着他道："说吧，为什么？"

"我哥哥，江然，"江河看着洛依水，平静地道，"是因你父亲而死。"

洛依水睁大了双眼。

江河低头喝茶，慢慢地道："具体的，你可以问你父亲。"

"所以……"洛依水好久后才反应过来，"你是因此才与我分开？"

"对。"江河没敢抬头。他不敢直视洛依水的目光。

洛依水静默了很久，终于道："我把孩子生下来了。"

"我知道。"

"我本以为我可以不出嫁，可以自己养育他。我以为我有足够的能力，可以和那些规矩对抗。"洛依水苦笑起来，"可我错了。其实我不是很明白，顾公子。"洛依水抬眼看着江河。

她叫了他过去用的化名，仿佛两个人还是之前那样，从来不知道对方的底细，只是大小姐和顾三。

"我做错什么了？我不想成婚，想自己一个人养孩子。我可以给人教书，可以经商。我有钱，为什么一定要嫁给谁，有一个名分，才不算辱没家门？"

江河笑了。此刻他才感知到自己老了，而洛依水仍旧是当年那个大小姐。

江河当年爱洛依水什么呢？他爱她的与众不同，爱她的抗争，爱她剑指天地的那一份豪情，因为年少的他也是这样的人。

江河静静地凝视着她，好久后，终于道："你没错。"

"不，"听到这话之后，洛依水的眼泪骤然滚落，"我错了。我错在太过自负，错在太过天真。我对抗不了家族，我的家族也对抗不了这俗世。江河，"洛依水闭上眼睛，"他死了。"

江河知道她在说谁。

洛依水握紧了拳头,声音沙哑地道:"我逃了出去,想将孩子生下来。我已经逃得很远了,但还是被父亲找到了。那时候已经临盆,打不掉了。我看着他们把孩子抱出去,哭着求他们……"

那一夜,她的骄傲,她的尊严,她都抛却了。她意识到自己也只是个普通人,改变不了什么,也没有自立的资本。她甚至护不住一个孩子。

她苦苦哀求,但是孩子依旧被抱走了。

江河静静地听完,道:"孩子没死。我会好好养着他,好好教导他,你若愿意,也可以来看他。"

洛依水睁大了眼,颤抖着唇,呆呆地看着江河。

"兄长的死,我不计较了。"江河慢慢地道,"你同你父亲说,玉玺在他手里,早晚会招来杀身之祸,过些年送到我那里吧。否则,洛家早晚保不住的。"说着,江河站起身来。

他注视着她,此时此刻,觉得她真的是个小姑娘。十八岁的年纪,不正是小姑娘的年纪吗?

这是她最苦的时候,她曾是天之骄女,一朝落入尘埃,便是万劫不复。他看着她,忍不住走上前去。

"依水,"他认真地瞧着她,"明天你就要出嫁了。"江河笑起来,"遇见我,你后悔吗?"

洛依水静静地看着面前的人,分别不过几个月,这个人却仿佛顿悟了,带着一身过去没有的沧桑与沉稳。

其实她一直等着他,等了好久,从怨恨等到绝望。她曾以为,他来时她会激动,也许是悲痛,也许是狂喜。然而如今他真的站在这里,她发现原来自己只是在等一个交代。

如同一个被困许久,终于得到了救赎的亡灵,她突然笑了。

"不,"她摇摇头,"不后悔。我喜欢的人依旧是我喜欢的那个样子,纵然你我不能在一起,我也不后悔。"

"我没有骗过你,"江河看着她,将那藏了二十多年的话说出来,"我那时是真心想娶你的。"

"我知道,"洛依水低笑,"不重要了。"

江河深吸了一口气,道:"那秦楠呢?你嫁给他,是真心的吗?"

江河知道门外站了个人,也知道洛依水是从不骗人的,此问只是为了让秦楠安心。

"顾三,"洛依水的语气温和,"我最绝望的时候,陪着我的人是他。"她抬起头,平静地道,"我不会嫁给一个我全然无意的人。"

站在门外的秦楠猛地睁大了眼,江河笑起来。

若他是少年的江河,怕是早已经满腔怒火,而如今的他只觉欣慰。

"我会好好照顾知仁,"江河道,"你放心吧。"

"好。"

"那么,"江河犹豫了片刻,道,"还有什么要问我的吗?"

洛依水想了想,摇了摇头:"当说的已经说完。"

江河点点头,道:"再会。"

"再会。"

江河开了门,门外的秦楠呆呆地看着他们。江河笑了笑,温和地道:"祝两位白头偕老。"

秦楠没有说话。

江河想了想,又道:"她身体不好,到永州后要好好休养。"

若换了旁人,听了这样的话,大约是要生气的,然而秦楠向来以洛依水为先,所以只抿了抿唇,低声道:"谢谢叮嘱。"

江河点点头,往庭院外走去。淅淅沥沥的小雨里,江河还能听见秦楠和洛依水低低说话的声音。

他顿住脚步,想起这是他的十七岁,他最张扬、最轻狂、最美好的年华。

他有一句话,从未与人说过。于是他忍不住回了头,大声道:"洛依水!"

洛依水和秦楠抬眼看他,江河笑起来:"我喜欢你,把你放在心上,放了一辈子!"

上一世,他哪怕到最后,也没有让人折辱这个名字。

洛依水愣了一下,而后轻轻笑了起来。和他们初遇时一样,她骄傲又矜持地微微颔首,笑容明朗又温柔:"那多谢公子厚爱了。"

她连半分推拒都没有,仿佛他的喜欢,对她来说理所应当。她天生骄傲如斯。

江河朗笑着转身走了出去。

那一场雨冲刷净了他们三个人二十多年的恩怨。江河走出洛府,心里终于知道,他放下了。他再无愧于洛依水,对她这二十多年的深情也终于有了归处。

江河出了洛府便直奔城隍庙，开始找洛子商。他让人将那阵子被抛弃的孩子都找出来，最后找到了一个用洛家的锦缎包着的孩子，然后又怕抱错，滴血认亲过后，才终于带孩子回了家。

他给孩子找了奶娘，但孩子黏人，每天都闹个不停，他没有办法，一得了空就得抱着孩子。起初江河还担心抱错了，几年后，终于从幼童的眉目里看出了后来的洛子商的影子。

或许是因为改名叫了江知仁，这孩子的性情温和得多。江河年轻的时候杀伐果断，做事不择手段，可此番总怕江知仁学他，因而凡事都留几分余地。

可一步改变，便事事改变，江河做事温和，不像当年那样冒进，自然升迁慢了许多，但根基更牢固了。

秦楠在永州，有洛依水指点，也不像当年那样冒进了。洛依水聪慧至极，可惜当年抑郁成疾，缠绵病榻，自顾不暇。如今她心结已解，甚至能领着秦楠隔空和京中的江河打配合。于是原来直到顾九思上任才解决的永州弊病，早早便被洛依水清理干净，秦楠也当上了永州州牧。

一事改变，事事改变。纵然最后江河还是追随范轩一起建立了大夏，可是过程也不像当年那样充满血腥。

大夏建立的时候，顾九思恰好十八岁。江柔给江河写信，说顾九思太能闹腾，没人愿意嫁他。

江河想了想，大笔一挥，送了封家书回扬州，让江柔去柳家，给一个叫柳玉茹的姑娘下聘："不必问九思的意见，娶就对了。"

江河还是不放心，领着江知仁回了扬州，把顾九思关了起来，又亲自去下聘。

顾九思奋力拍打着房门，怒吼："江河你个老匹夫，你放我出去！放我出去！"

江知仁靠在门口，怀里抱着剑，忍不住笑起来："表弟，别折腾了，柳玉茹你是娶定了。"

江河回来的时候正好听见了，就也站到门口，抱着扇子道："九思啊九思，我给你娶的媳妇儿你保准喜欢，你现在骂我，日后上门谢我都还来不及呢。"

"你做梦！"顾九思在门里大骂，"就是这全天下的女人都死绝，我也绝对不会看上柳玉茹！"

江河大笑。

成亲那天,顾九思死活不愿意去接新娘子,于是又挨了一顿打。他终于扭扭捏捏地领着柳玉茹步入大堂时,风吹起红帕,露出了柳玉茹的半张脸,顾九思一时竟说不出话来。

洞房挑喜帕时,柳玉茹漠然地抬起脸,看了顾九思一眼,便愣住了。一旁的江知仁也愣了愣。

等众人散去,顾九思坐在柳玉茹边上,结结巴巴地道:"那个……那个,咱们以前是不是见过啊?"

柳玉茹其实也有同感,但觉得自己该矜持,道:"郎君何出此言?"

"我就是……就是觉得,头一次见你,"顾九思有些不好意思地道,"就好像上辈子已经见过无数次了一样。"他抬起头来,注视着她,深吸了一口气,颇为紧张地道,"欢喜得紧。"

柳玉茹没说话,抿唇笑着看顾九思。

顾九思不由得道:"你看着我笑,是什么意思?"

"巧得很,"柳玉茹低下头,"我也是。"

院子里,江河打量了江知仁一眼,道:"我方才瞧见你看着玉茹愣了愣,你怎么了?"

"嗯?"江知仁笑了,"父亲的眼睛也太尖了,这都能发现。"

"你是我儿子,"江河冷笑一声,"我还不知道你?"

江知仁抬头看向天空,笑容温和地道:"觉得面熟罢了。"

"只是面熟?"

江知仁认真地想了想,终于道:"还带了几分欢喜。就好像上辈子曾经见过她,如今见她过得好,我亦过得很好,便如故友重逢,颇感欣慰。仅此而已。"

她过得好,他也过得很好。

故友相见,久别重逢。

于盛世中相遇,他们便永是少年。

江河听到这话,温柔地笑了:"你放心,"他抬手摸了摸江知仁的头,"爹给你找个更好的媳妇儿。这一辈子,爹保证你过得比九思好。"

江河的话刚说完,新房里就传来顾九思震惊的声音。

"读书?!你要我读书?!不可,就算我喜欢你,这也万万不可!"